onsha Library

古代人と死

平凡社ライブラリー

Heibonsha Library

古代人と死

大地・葬り・魂・王権

西郷信綱

平凡社

本著作は、一九九九年二月、平凡社選書の一冊として刊行されたものである。

目次

子曰く「未だ生を知らず。焉《イズク》んぞ死を知らむ」と。

——論語

人間は死を創造した。

——W・B・イェーツ

ノミノスクネ考

一　出雲とのかかわり

土師《ハニシ》氏の祖ノミノスクネ（野見宿禰）には二つの顔がある。一つは大力の持ち主で、名だたる力士と相撲をとってそれにうち勝ったという顔。いま一つは例の埴輪を作り陵墓に立て、殉死をやめさせたという顔。ところがこの二つの顔にどういうつながり、または結びつきがあるのかないのか、まるで明らかにされず、うやむやのまま今に至っている。うち見たところ、それを解こうとする試みさえなされてはいないようである。けだし、そこには神話の解体期に起きがちな意想外の屈折や転轍がからみ、事態がなかなか捕えにくくなっているせいだと思われる。以下の言説も、ダメでもともと覚悟した上での、一つの冒険的（？）な試論にすぎない。

資料といっても具体的には、次の二つの話があるのみ。最初にいったことのくり返しになる点があり申しわけないが、（イ）まず日本書紀垂仁七年の条に、「出雲国に勇士あり。野見宿禰といふ」、これを呼びよせてタギマノクヱハヤ（当摩蹶速）という天下の力士と相撲をとらせた、云々とある。（ロ）次に同じく垂仁紀三十二年の条には、后ヒバスヒメを葬るにさいしノミノスクネのはからいで、陵墓に人を生き埋めにする代りに埴輪を立てることにした。そこで出雲国の土部《ハジベ》百人を召し上げ、彼らに埴でもって人・馬及び種々の形の物を造らせ墓に立てた。

土師連が「天皇の喪葬をつかさどる」職についたのはこの功によるとある。

たったこれだけの記事からノミノスクネとは何かを探り出そうとするのは、どだい無理な相談といわれてもしかたがない。だが、ここであきらめて引きさがるのは早すぎる。仮説的におよその見当をつけた上で、草深い小径をかき別けかき別け進んでゆくならば、思いもかけず豁然たる広場につれ出されることだってありえないことではない。さしあたり私は、右の（イ）と（ロ）の話がともに出雲国にかかわっている点にまず注目する。ノミノスクネ考にとって、出雲とのこの因縁はどういう意味をもつであろうか。

出雲風土記飯石郡に野見野という地があるのを持ち出してきて、ノミノスクネの名はこれにもとづくとする向きもあるが、この思考法は誤っているといっていい。同じ飯石郡に須佐郷が存する。そして風土記ではこの郷をスサノヲノミコトと関係づけようとしているが、ではスサノヲの名がこの郷名にもとづくといえるかといえば、決してそうではない。イザナキ・イザナミの名は互いにイザナフ意によっていると同様、スサノヲは荒れスサブことと縁ある名である。つまり神々や英雄たちの名はその事蹟にもとづくのが一般であり、野とか村とかの小地名に由来する例はない、とほぼ断言できる。風土記の須佐郷の条その他にスサノヲのことがあれこれ出てくるのはむしろ、高天の原から出雲の肥の川上に降ってきてヲロチ退治をやったという書紀の話をもとにこの神を出雲に同化しようとしたものである。播磨風土記揖保郡の条に、そこで没したノミノスクネのため出雲の国人らがやってきて墓を造ったとあるのなども、おそらくは書紀の記事からこの人物を出雲びとと見たてたのである。地方風土記の編者らにとって、中央政府の手に成る日本書紀の権威はすこぶる大きかった。飯石郡野見野も、書紀にかたるノミノスクネの話からの逆輸入の公算が強い。

　ではノミノスクネの名義は何か。それは今のところ未定としか答えようがない。これは捨てぜりふではない。その事蹟もろくにわからぬうちは、そのまま留保しておくのが賢明で正しいやりかただというまでである。さもないと、せいぜいあれこれ持ってまわって帳尻をあわせるのが落ちであろう。

　ハジ部百人を出雲から召しあげたという（ロ）の話の方はどうか。試みに和名抄で土師（ハニシ・ハジ）郷を拾ってみるに、河内（二カ所）、和泉、上野、下野、丹波、因幡（二カ所）、備前、阿波、筑前、筑後などに及ぶ。それらは陶土に適した埴、つまり良質の赤土を産した地に違いないのだが、その他にもハジ部はかなり広く置かれていたようである。ところが当の出雲には土師郷がないばかりか、ハジ部の集団が存したことを示す証しも見出せないのである。[*1]これはノミノスクネの戸籍と同様、ハジ部百人を出雲から召しあげた云々もどうやら神話であるらしいことを暗示する。しかも（イ）と（ロ）の話を読みあわせてみると、いささかひねくれた逆説的な事情がそこにはからんでいるらしいと見こまざるをえない。これらの話の動機づけは何であり、またどのような特異性がそこに存するかを問うことが次の課題になる。
さて神代紀本文には、天穂日命《アメノホヒ》（天照大神とスサノヲとのウケヒの段で生れた神）は「出雲臣、土師連等が祖なり」とある。が、これを土師氏が出雲国の出身である意に解したら万事休すである。神代紀一書でその部分が、天穂日命は「出雲臣、武蔵国造、土師連等が祖なり」となっているのに徴してもわかる。後出「黄泉の国とは何か」で詳しくいうが、イヅモは非ユークリッド的な空間なのである。

古事記になると天穂日の子タケヒラトリが「出雲国造、武蔵国造、上菟上《カミツウナカミ》国造（上総）、下菟上国造（下総）、伊自牟《イジム》国造（上総）……等が祖なり」とあり、東国中心に多くの地方豪族の名がさらに加わっているのである。古代のこうした系譜をどう読みとるかということが肝腎なのであり、これを棒読みして土師氏を出雲出身の証しとするなら、武蔵国造を始め多くの東国の豪族たちまでみな出雲出身という奇態なことになる。問題は、神話的擬制をふくむこうした系譜の意味論的地平に何がかくされているかにある。

出雲の大国主は、ほうぼうの国主たちをいうならば収斂した人物であり、したがって例えばかれが天孫に国ゆずりする話は、何回にもわたり多くの地方の国主たちによりおこなわれてきたであろう国ゆずりを一人物に一回化して語ったものである。記紀で大国主には百八十余人の子があったとするのも、そのことと無縁でない。したがって、この国ゆずりの話と右にとりあげた系譜とは形式こそ全く違うけれども、実は等価関係にあると知るべきである。記紀における出雲を国郡制上の、あるいはたんに地理上の出雲と同一化する傾向はいまなお続いているが、これによって記紀神話にかんする思考がいかに硬直させられ不毛化しているか、測り知れぬものがあるといっていい。

出雲からノミノスクネやハジ部百人が呼び出されてきた云々の話を解読するにはしかし、この出雲が次のような独自性をもっていたことに眼を向けねばならぬ。例えば古事記には、他界したイザナミを「出雲国と伯伎《ハハキ》国との境の比婆の山」に葬ったとあるが、これは出雲国が死者の国に接する地と考えられていたことを示す。またスサノヲのいる根の国に赴いた大国主（オホナムヂ）は、その娘スセリビメを負い、また大刀と弓矢と琴とをわがものにしてそこを逃げ出してゆくのだが、その脱出口が黄泉比良坂《ヨモツヒラサカ》であったとかたられるのも、出雲がやはり黄泉国あるいは地下の根の国と地続きとされていた消息を見せてくれるものである。書紀では杵築《キツキ》大社を日隅《ヒスミ》宮と呼んでいるが、これも伊勢神宮のある伊勢が海から太陽の生れる国であったのと対照的に、出雲が日の没する西の辺地であり、したがって死者の国に近いと見なされていたことと関連する。

宮廷の葬儀にあずかる土師氏の祖ノミノスクネとハジ部百人は、この出雲から呼びよせられたのである。逆に彼らが伊勢国から出てきたりするのは、そもそもありえぬ沙汰であった。*2 むろんこれは大和に拠る中央政権が割りつけたものだけれども、記紀ではこうした神話的範疇が、その中核にれっきと生きており、それをおさえてかからぬとその解釈はピンぼけになること必定といっていい。

二　大力の由来

宮廷の祭祀を掌る斎部《インベ》氏が、トモノミヤツコ（伴造）として己れの部民を各地に所有していたことはよく知られている。古語拾遺によると、阿波、讃岐、紀伊、安房などの諸国に斎部氏の部民は在住しており、玉・木綿・麻その他、宮廷祭祀に必要な物資を貢納していたとある。この点、土師氏のありようもこれに似ており、やはりトモノミヤツコとして宮廷に仕え、各地に住するハジ部を管理していたと考えられる。ヒバスヒメの墓の埴輪を作るためハジ部百人を出雲から召し上げたというのも、諸国に置かれているあちこちのハジ部をいわば上番させて事にあたらせたのを、このように語ったまでで、大国主の国ゆずりの話にやや近いかたりくちといっていい。

だがそれにしても、土師氏の祖であるノミノスクネがなぜ大力の持ち主であり、しかも事もあろうに相撲でそれを発揮する勇者へと化けるのか。埴輪を作った手柄話があまりにも喧伝され独り歩きしているため、土師氏といえばたんに埴輪作り、ないしは土師器《ハジキ》作りの工人と受けとられてしまいがちである。確かにハニシまたはハジは、工人を意味する語である。古事記伝に、ハニシの「シとは、土物《ハニモノ》を造る者と云ことにて、為《シ》の意なり、凡て工人《テビト》の属《タグヒ》に、某師《ナニシ》と云、みな然り、……、然るに漢国にても、某師と云こと多きに因て、即《ヤガテ》某師《ノ》字を用ひたるのみなり」というとおりで、鋳物師、漁師、猟師などの語がすぐにも思いあわされる。シゴト、シテ、シワザなどのシも同語であろう。しかしこのような方向で考えるだけでは、どこまでいってもノミノスクネがなぜ大力の持ち主であったかという問いとは交わらない。土師氏が宮廷の葬礼を掌るとは、たんに埴輪作りだけが能ではなく、古墳築造のことから殯宮《モガリノミヤ》や埋葬のことまで含むのであり、ノミノスクネが大力の持ち主に化ける回路もここにかくされているはずである。結論をさきにいえば、ずばりそれは古墳のもつ巨大な造型力とかかわりがあるのではなかろうか。

古墳の築造は一種の人海戦術であった。例えば箸墓と呼ばれるヤマトトトビメの墓を造るのに、人びと列をなし大坂山の石を山から手越《タゴ》しに運んだのだが、「この墓は日《ヒル》は人作り、夜は神作る」(崇神紀)といわれたとある。大古墳を造るのが半ば神わざと見られていた消息が、ここにはハッキリうかがえる。箸墓のこの石は後円部の葺石《フキイシ》用のものであったらしいが、明日香島ノ庄のいわゆる石舞台あたりになると、巨石の印象がさらに強くなる。これは上部の盛土がなくなり横穴式石室の露出した方墳だが、今日の私たちでもこれを眼にすると、こんな巨石をどこからどんな具合に運んできてこのように組みたてたのか、そのわざの不思議さを、つい思いやってしまう。

古事記垂仁の段にはやはりヒバスヒメを葬るにさいし、石祝作《イシキツクリ》（古事記伝は「祝」は「棺」の誤りならんという）と土師部を定めたとある。イシキ作は石棺や石室を作る石工《イシク》で、そのトモノミヤツコが石作連であった。つまりイシキ作と石作連との間がらは、土師部と土師連とのそれに等しい。そして和名抄によると石作郷の名は山城、尾張、播磨等に見えるが、土師部がよき埴土や陶土のある地に置かれたのと同じで、石作部も大石の切り出し場近くに置かれたはずである。しかし石作氏は目ぼしい官人もほとんど出ていぬ小族であり、陵墓の造営においても土師氏に従属していたと思われる。ノミノスクネの大力の由来を考えるには、たんに石棺や石室の巨石ではなく、それらを内蔵する古墳全体の姿とその構築過程を視野に入れることが必要である。

古墳の古墳たるゆえんは、本体として墳丘をもっている点にある。天然の丘陵を利用することはあっても、古墳とは人が土を盛って作った高塚、つまり「死者のための土の造形」（佐藤宗太郎『石と死者』）である。そしてそれはあの世からこの世に向け、死後も己れの権威を誇示しつづけようとする造形である。巨大な前方後円墳にとりわけこうした権威性が強いのは、今さらいうまでもない。令義解《リョウノギゲ》はいう、「帝王ノ墳墓ハ如レ山如レ陵、故謂二之ヲ山陵ト一」と。陵は高大な丘の意。だから山腹や台地のへりに掘られたハンブルな横穴墓とか平地の無墳墓とかとは、それはいささか類を異にするのである。

その点、さきに和名抄から拾っておいた土師郷のうち、河内国志紀郡土師郷、丹比郡土師郷、和泉国大鳥郡土師郷に注目すべきである。これらがいわゆる応神陵や仁徳陵など巨大前方後円墳の存する地帯に近いのは、その造営そのものに土師氏がたずさわっていたことと不可分だといっていい。とくに最初の志紀郡土師郷は土師氏の本居であり、いわゆる古市古墳群（今の羽曳野市、藤井寺市）にそれは接する地域にぞくする。土師氏はこうした陵墓築造の任にあたっていたわけで、その巨大な造形を目のあたりにしてこれは大力の持ち主のしわざに相違ないと人びとが想像したとしても、かなり自然な成りゆきではなかろうか。著名な考古学者（梅原末治）はいわゆる仁徳陵につき以下のように計算する。その盛土の量は、一人が一日に一立方メートルずつ運ぶとすれば百四十万六千人、従って一日に千人を使っても四年に近い年月が土の運搬だけにかかる。それをきちっとした形に整え、さらに二万六千立方メートルの葺石を運びこみ、二万個を越す円筒埴輪が立てめぐらされる、云々と。

かつてダイダラ坊と呼ばれる原始の巨人がいて、山や沼を作ったという伝承は今になお残っている。だがそれは、あくまで天然の地形にかんする話である。人の手になる造形として諸人の目を驚かした最初のものは、日本でいえばやはり巨大古墳であったであろう。

前にはノミノスクネの名義を未定としたが、ここでそれにつき云々する資格がやっと与えられたように思う。といって確信を以て御披露するのではなく、むしろ想像を逞しうしての仮説的な言説と受けとっていただきたい。それは、ノミノスクネの「野見」とは野のなかに墳丘を造るべき立地を見定める意ではないかというのである（スクネはむろん武内宿禰や大前小前宿禰などのスクネと同じ敬称であろう）。皇極までの諸陵四十を延喜式によって見るに、そのうち陵の名に岡（丘）とつくもの七、原が六、山と坂がそれぞれ四、野とつくのが三という数になるが、岡も原も山も坂も広義ではみな野に入れることができよう。野は山に接した傾斜地をいう。原にしても、耕作地はハラとはいわず草や木の生えた広い平地のことだから、よほど野に近いといっていい。右にあげた以外の陵も名だけではわからぬものの、ほぼ同様の立地をもつと考えて誤るまい。それは式に百舌鳥耳原中陵（仁徳）とあるのが、記には百舌鳥野陵とあり、また式に百舌鳥耳原北陵（反正）とあるのが、記に「御陵は毛受《モズ》野に在り」と見えるのでも見当がつく。そういった野の立地を、あれこれの自然的・社会的・工学的条件のもとで吟味し、しかと見きわめて撰定するのが巨大古墳の築造にとって先ず何よりも重要な仕事であり、ノミノスクネの「野見」とはすなわちこのことではあるまいか、というのが私見の凡そである。一般の人びともこうした「野」に葬られたはずだが——「野辺送り」という語には深い歴史が宿る——、もとよりその場所をいちいち撰定する必要などなかった。

「見る」とはたんに眺めるだけではなく、「目によって物の外見、内容を知る。またそれをもとにして考えたり判断したりする」（日本国語大辞典）意であり、これが古来かなり多義的な用法をもつ語であるのを知るには、辞書をミレばいい。現代語でも本をミルとか、人をよくミルとか、医者が患者をミルとかいう。これらミルがたんに眺める意であったら、この世はとんでもないことになる。「野見宿禰」のミルも同断で、調べるとか判断するとかの意を当然ふくむ。「国見」という語にしても、たんに山に登って国を見る意でないのはもとよりである。物見やぐらにしても何かを見物するところではない。カワセミ（翡《ヒ》翠《スイ》）という鳥に川蟬という文字を今では当てたりするが、水辺にいて川の魚をとって食うその生態からすれば、川瀬見とすべきではないかと思う。とにかくミルという語が目でもって光や形や色をたんに受容すること以上の意味をもつのは、日本語だけの話ではないはずだ。かくてこの名義考、存外いけそうな気が不遜にもしてきたりするのだが、どうであろうか。

三　相撲の話

ところがノミノスクネがその大力を発揮したのは、古墳作りにおいてではなく何と相撲においてであった。しかもタギマノクヱハヤというういかにも荒っぽそうな力士と勝負し、そのあばら骨や腰を踏み折って殺したという。こんな次第になったのは恐らく本来のノミノスクネ神話が浸食を受け、その一角に地滑り現象が起きた結果と推測される。その最大のきっかけは、古墳時代の終焉という歴史の現実ではなかったか。

大化二年（六四六）には、いわゆる薄葬令なるものが出ている。総論は漢籍を借りて綴っており額面通りに受けとるわけにゆかぬが、身分によって墳丘の規模や役夫の人数や葬具その他に差をつけて規定している部分は空文ではないとされる。少なくともこの薄葬令の出た七世紀中葉が、四世紀ころからずっと続いてきた古墳時代の終末期にあたっているのは確実である。一方、大量の出費と夫役を要する大きな伽藍の建立が始まっていた。財政上の負担からも墳墓の造営をおさえてゆかねばならなくなりつつあったであろう。

何れにせよ疑いもなく、さしもの古墳時代は終りに近づいていた。ここに経験されたであろう人間と世界との関係の大きな変化を見すごしてはなるまい。後でもちょっとふれるが来世についての考えなども微妙に、そして次第に揺れ動いてきていたに違いない。さしあたってのことでいえば、墳丘という人目に立つ新たな造形が作られなくなったこと、それはかつての巨大墳墓が草木に蔽われた自然の風景へと、心理的にも現実的にも——とくに心理的に——急速に後退し同化されていったであろうことを意味する。ノミノスクネ神話に一種の地滑り現象が起きるのも、こうした過程とかさなっていたと思われる。つまり巨大古墳の造形に象徴されたその大力は、ここで行くかた知らずのものとなり、恐らくは突如、天下の力士クヱハヤを相撲で打ち負かすという方向に転轍されていったのではなかろうか。

垂仁紀が二人の勝負を七月七日の条にあげているのは、これを宮廷の相撲節会の起源として扱っているためである。むろんこれが相撲なるものの真の始まりであるわけではない。弥生期の力士像とか埴輪のそれとかがあるし、古事記に載せるタケミカヅチとタケミナカタの「力くらべ」の話なども相撲によほど近いものがある。だからその源はかなり古いと考えてよかろう。こうした民俗伝統にもとづき七月七日の相撲節会という年中行事が宮廷で催されるに至ったのは、中国宮廷の風習をとり入れたものであるらしい。ところでこの節会にさいして相撲部領使《スマヒノコトリツカヒ》が諸国につかわされ相撲人を召し集めるのだが、土師氏の祖ノミノスクネもこの節会に大力の勇士として出雲から呼び出されたというわけである。とんでもないといえば、まさしくそのとおりである。しかし説話にあっては、山イモが鰻に化けるくらいの芸当は朝飯前のことであったのを知らねばなるまい。この相撲節会の始まったのは、もとより中央集権国家成立後のことにぞくする。

四　殉死の禁と埴輪

今さらことあげするのも恐縮だが、埴輪の種類はかなり広汎で、それは円筒埴輪を始め、大刀・楯・弓などの武具、高坏などの食膳具、あるいは犬・鹿・牛・馬・鶏などの動物に及び、また埴輪家があり、人物も武人・楽人・巫女・侍女があり、さらに鍬と鎌を持った農夫の像まであるといった具合である。定まった教理があるわけではないから、むろん当時の人びとが来世をどのように考えていたかは一義的に決められないし、また決めるべきでない。が、少なくともこれらさまざまな埴輪とともにある古墳の主についていうなら、あの世とこの世の生が霊的になお続いており、あの世でもこの世と同じような暮らしを享受したいとの願望がそこにはありありとうかがえる。

古墳時代が終るとともに、あるいはほぼ同じことだが仏教が浸透し火葬——王族では大宝三年（七〇三）の持統天皇葬が最初である——というのが広まってくるにつれ、この世とあの世のこの素朴な連続性は絶ちきられ、死者の魂をあの世でいかに救済するかということが次第に主題化されてくる。奈良朝末（続紀、宝亀十一年）のことだが、寺を造るに古い墳墓をすっかりぶちこわしその石をまた用いる、といったようなことがあると聞きそれを禁ずる勅が出たりしているのも、見逃さぬ方がいい。こうした射程で以て埴輪のもつ意味を考えると、それは古墳時代に固有な文化の一つであったといえるだろう。時代差や地域差はもとより存するし、またそれがこの列島自生のものかどうかも問題でありうる。しかし近畿地帯にひろがる巨大陵墓にかんするかぎり、ごく大ざっぱにだがいちおう右のように見ておくことができよう。そうだとすれば、ノミノスクネが殉死に代えるに埴輪を以てしたというのは、ハッキリいって、土師氏が後生大事に持ち伝えようとした祖先神話であったことになる。

　魏志倭人伝には卑弥呼の死んだとき、「大きな塚を作った、直径百余歩、殉葬するもの奴婢百余人」とあるが、古代の日本には中国の殷王朝とかメソポタミアのウル王朝とかのように、考古学的にそれを証す事実に今のところ欠けている。中国河南省の殷墟の墓では、多いものでは三百から四百の殉葬者の遺体が発見されているという。文献でも「天子諸侯の殺殉すること、衆きは数百、寡きは数十」（墨子）などとあって、ほぼ合致する。とすると奴婢百余人が卑弥呼に殉葬したとは、いささか中国流の書きかたであって鵜呑みにしていいかどうか疑問が残る。

　しかし近習のものが主人の、あるいは妻が夫の後を追って殉ずるということなら、さほど珍しくはなかっただろう。大化二年の詔の一節にも、人が死んださい「自《オノレ》を経《ワナ》きて殉《シタガ》ひ、或いは人を絞《クビ》りて殉はしめ、……」等の「旧俗」を一切止めよとある。大津皇子が謀反のかどで捕えられて死んだとき、妻の山辺皇女が髪をふり乱し素足で「走り赴《ユ》きて殉《トモニシ》ぬ」と持統前紀は記す。

とりわけ令義解職員令の条に、夫が死ぬと妻が殉ずる「信濃の国俗」をあげているのが注目される。このことを考える上に大事なのは、人と人とがパーソナルにどのように強い紐帯で結ばれているか、あるいは縛られているかという点にある。だから「大将討死したるを聞きては、追腹を切るも習ひぞかし」（明徳記）という中世武士の場合も、たんに封建的道徳といいきってしまえぬ何ものかがあることになろう。*3

さて垂仁紀にもどって殉死の禁がどんな具合におこなわれたかを、念のため原文に沿ってやや詳しく見ておこう。まず垂仁の同母弟倭彦命を墓に葬ったとき、「近習者を集へて、悉に生けながらにして陵の域《メグリ》に埋みて立つ。日を数《へ》て死なず、昼夜泣《イサ》ち吟《ノドヨ》ふ。遂に死にて爛《ク》ち臰《クサ》りぬ。犬烏聚《アツマ》り噉《ハ》む。天皇、此の泣ち吟ふ声を聞きて心に悲傷《カナシミ》あり、群卿に詔して曰く、「夫れ生《イケルトキ》に愛《ウツクシ》みし所を以《モ》て、亡者に殉《シタガ》はしむるは、是甚だ傷《カナ》しきわざなり。其れ古の風《ノリ》と雖も、良からずは何ぞ従はむ。今より以後、議《ハカ》りて殉を止めよ」と」（垂仁紀二十八年）とある。ところがしばらくあって皇后ヒバスヒメが没した。その葬にさいし天皇は群卿にどうしたらよかろうぞとはかった。するとノミノスクネが、「夫れ君王の陵墓に、生人《イキタルヒト》を埋み立つるは、是良からず。豈後葉《ノチノヨ》に伝ふること得む。願はくは今便《タヨリ》なる事を議《ハカ》りて奏さむ」と進言し、そこで「使者を遣はして、出雲国の土部《ハジベ》壱百人を喚し上げて、自ら土部等を領《ツカ》ひて、埴を取りて人・馬及び種種の物の形を造作《ツク》り」、そして天皇に「今より以後、是の土物《ハニモノ》を以て生人に更易《カ》へて陵墓に樹て、後葉の法則とせむ」と献策した。天皇は大いにこれをよみし、土物を初めてヒバスヒメの墓に立てさせた。その土物を埴輪または立物《タテ》という。そこで天皇はノミノスクネの功をほめ「鍛地《カタシドコロ》」を与えるとともに「土部の職」に任じた。これがノミノスクネを祖とする土部連が「天皇の喪葬をつかさどる縁なり」と。

中国でも「従死（殉死）を止む」（史記、秦本記）――紀元前三八四年にあたる――と見え、そしてそれを象徴するかのように、秦始皇帝（前二五九―二一〇年）陵の近くから数千体の陶塑兵馬俑が発掘されたことは、私たちの記憶にもまだ新しい。殉葬から俑葬へのこの転換の下地には奴隷制の廃止が存するとする向きもあるくらいだが、それとは変って垂仁紀にかたるところは、殉死に代えるに埴輪を以てしたノミノスクネの功業によって土師氏が、宮廷の葬儀を掌る家になったという縁起譚へと収縮する。「鍛地」をもらったとあるのは、恐らく埴土を火で焼き固める場所で、今も旧土師郷に残る埴輪窯跡群などがそれであろうか。

だがそれにしても、例えば芸術的にも技術的にもすぐれていることで知られるあの迫真性に富む中国の俑と（参照『中国陶俑の美展図録』）、埴輪人物像のあの愛すべき朴訥さとは、そこにはあまりにも大きな相違がある。したがって問題を一般化することはできない。現に埴輪の制作はいち早く終ってしまうにたいし、俑はずっと後代に至るまで作り続けられていった。それは葬儀様式の違いによるわけで、なお厚葬の続いた唐代でも俑を作ることは官制のなかで管理・保護されたという。これが宗教的・政治的にどのような要因に規定されているか、私にはまだよくわからない。

それはさておきここで気になるのは、垂仁紀の話が、殉死の苛酷さをひどく倫理的に強調している点である。古事記には、こうした倫理色の入りこむ隙はなかった。そこでは倭日子命《ヤマトヒコ》の条に、「此の王《オホキミ》の時、始めて陵に人垣を立てき」(崇神記)とそっけない割注があるだけで、殉死を禁ずることも何ら記さず、ノミノスクネの名さえ出てこない。魏志倭人伝の記事を鵜呑みにできぬとはいえ、むろん首長の死に殉葬せしめられるものが古代日本にいなかったということではない。殉死の禁にかんする垂仁紀の記事もたんに頭のなかの所産ではなく、それなりに歴史上の経験にもとづくところがあったと考えていい。が問題は、殉死に代えるに埴輪——このさいこれは一種の俑と見なしうる——を以てするということが、土師氏の先祖の功業として語られ、しかもさっきいったとおり倫理色が強く、ほとんど儒教の「仁」の思想に近いものがそこにうかがえる点である。さればこそその代の君主は「垂仁」とおくり名される。しかしそれは逆にこの埴輪起源譚なるものが、わが家の命運に危機的不安を感じるなかで、古くから作られてきていた埴輪について土師氏みずからがまさに新規に発明した神話的な解釈であったらしいことを示唆するのである。ノミノスクネの大力が一方で相撲人に反転する過程と、これはおそらく表裏する関係にあったであろう。

危機感云々といったが、これは決して誇張の言ではない。古墳とそれに立てる埴輪を作る技術で以てトモノミヤツコとして宮廷に仕えてきた土師氏にとって、古墳時代の終焉は、その技術が無用と化し、一族の存在理由そのものが根底から問われる事態を意味した。現に土師氏は律令制の官人社会のなかで、具体的記述はひかえるが、したたか辛酸をなめさせられたのである（参照、直木孝次郎『日本古代の天皇と氏族』所収「土師氏の研究」）。ノミノスクネのもつ二つの顔を、解体期の神話に固有な屈折という観点から考察しようとしてきたゆえんである。

最後に一つ、ゆゆしい（？）事実を指摘しておく。それは古事記では、いわゆる十代目の崇神に続く十一代目天皇を垂仁とは呼べぬということである。垂仁という漢風諡号は――これは書紀にも本来はなく後に附加されたものらしいが――、殉死を禁じ仁を垂れたことにもとづく名であるのに、古事記にはこの話を欠いているからだ。その和風諡号は伊久米伊理毘古伊佐知命《イクメイリビコイサチノミコト》（書紀は活目入彦五十狭茅と記す）という。これは彼が夢のなかでサホビコの逆心を知ったのによる名である。夢は寝目《イメ》、つまり睡眠中の目で、それをほめて生目《イクメ》（活目）云々といったものと思われる（参照、拙著『古事記注釈』第三巻）。こうして古事記と日本書紀との間には、天皇の呼びかたにまでひびく大きなずれがあることになる。ノミノスクネの埴輪の話にもとづくこの「垂仁」なる名が古事記には通用せぬというゆゆしい、というより奇態な事実は、やはりうっかり見すごさぬ方がいい。

五　楯節舞をめぐって

ノミノスクネとはじかにかかわらぬが、次に楯節舞（「節」は「臥」「伏」とも記される）につき一言しておかざるをえない。まず持統二年紀十一月四日の条に、天武の殯宮で楯節舞を奏したとある。これはタタフシあるいはタテフシのどちらにも訓めるが、さしあたり前者としておく。この舞を無視できぬのは、令集解《リョウノシュウゲ》に、いま雅楽寮にある舞曲の一つとして「楯臥舞十人、五人土師宿禰等、五人文忌寸《フミノイミキ》等、右着レ甲并持二刀楯一」（職員令）とあるからである。つまりそれは土師氏のもの五人、文氏のもの五人が甲を着し刀と楯を持って演ずる舞であった。問題はここになぜ土師氏と文氏が登場するかである。

この舞については次の見解がほぼ通説として受けいれられているようである、「土師宿禰にせよ文忌寸にせよ、一つは国内において、一つは国外から大和朝廷に服属した代表的氏族であり、前者は手工業生産の方面で、後者は文筆の方面で朝廷に奉仕したものであった。従って朝廷に服従する民衆の代表としての意味をもって、それぞれの《先祖等所仕状》を、歌舞として奉仕したものであろう」（林屋辰三郎『中世芸能史の研究』）と。これは楯節舞にかんする尊敬すべき新見解なのだが、いろいろ問題もあるように思われる。

持統二年紀十一月に記す楯節舞につきまずどうしても見過ごせないのは、二年余り前の朱鳥元年九月四日に始まった天武の殯宮《モガリノミヤ》がいよいよ終ろうとする段階でこの舞が奏されている点である。念のためやはり原文を引いておく。ちなみに、右の引用文中の「先祖等云々」の句もここにふくまれている。

冬十一月の乙卯の朔戊午（四日）に、皇太子（草壁）、公卿・百寮人等と諸蕃の賓客とを率て、殯宮に適《マウ》でて慟哭《ミネタテマツ》る。是に奠《ミケ》奉りて、楯節舞奏《ツカマツ》る。諸臣各己が先祖等の仕へまつれる状を挙げて、たがひに進みて誄《シノビゴト》す。己未（五日）に、蝦夷《エミシ》百九十余人、調賦《ミツキ》を負荷《オ》ひて誄す。布勢朝臣御主人、大伴宿禰御行たがひに進みて誄す。直広肆当摩《タギマ》真人智徳《チトコ》、皇祖《スメミオヤ》等の騰極《ヒツギ》の次第を誄奉る。礼なり。古《イニシヘ》には日嗣《ヒツギ》と云ふ。畢《ヲハ》りて大内陵に葬る。

ここで楯節舞を土師氏が——文氏のことは後にいう——演ずるからには、文脈上それはやはり葬送儀礼にかかわっていると見るべきではなかろうか。確かに天武の殯宮は荘厳化され、権力崇拝の要素が目立つ。そして臣従関係を新たに固める一つの機会にそれがされていたのも疑えないけれども、土師氏が「民衆の代表」に撰ばれて服属の舞を演ずると持ってゆくのは、あまり説得力に富むとはいいがたい。土師氏が殯宮の場で歌舞するとすれば、それはやはり葬送儀礼にかかわっていたからで、例えば大将軍来目皇子《クメ》が筑紫で没したとき、「周芳の娑婆に殯す。乃ち土師連猪手を遣して、殯の事を掌らしむ。……後に河内の埴生山の岡の上に葬る」（推古紀十一年）とある記事などに徴してもわかる。あるいは孝徳の没したとき、「殯を南庭に起つ。……百舌鳥《モズノ》土師連土徳を以て、殯宮の事を主《ツカサド》らしむ」（白雉五年紀十月）ともある。天武の場合にしても土師氏は、陵を作ること、またその殯宮から埋葬に至る事どもに深くかかわっていた。本居内遠の「賤者考」に、「崇道天皇（早良親王）の八島陵の地を島田といふ」、そこに「夙村《シュクムラ》あり。すべて夙村の者の言伝には、野見宿禰の末裔なりといへり」。「又伊賀国にては熅房をばチといひて土師と書くなり」とあるのなどをも視野に入れた方がよかろう。

　では文忌寸がこの舞で土師宿禰の相方をつとめるゆえんは何か、ということが当然問題になる。楯節舞は天平勝宝四年四月の大仏開眼のさいにも久米舞その他とともに演じられたのだが、東大寺要録がそれにつき「楯伏舞卅人 檜前忌寸廿人 土師宿禰廿人」と記しているのによって、令集解にいう文忌寸は東（大和）文氏であることが判明する。文氏には東西二流あるが、ここに関与するのは大和の高市郡檜前《ヒノクマ》郷を本居とし、阿智使主《アチノオミ》を祖とした東文氏である。この氏を土師氏に結びつける紐帯は、古墳の築造を通して生じたものに相違ない。

　周知のようにこの列島には、大陸から多くの技術者たちが海を渡ってやって来た。その技術によって各種の土木工事がおこなわれたが、それは「巨大な前方後円墳の築造に極まる」（山田慶兒「日本技術の原型」、朝日百科「日本の歴史」原始古代 5）とされる。

さきごろも古市古墳群中の峰ヶ塚古墳の調査がなされ、その墳丘が粘土質層と砂質層とを交互に積んで突き固めるという工法で築かれており、後の寺院建築に使われた版築に匹敵する強度を有しているとの記事が大きく新聞に報道されたが（一九九二・六・二七）、大陸から渡ってきた人びとのもつ技術にもとづく設計や工法が巨大古墳築造の根底に存するのは明白である。その渡来族がここでは文氏であったという構図になる。土師氏も当然、古墳造営の工程そのもののなかで文氏と協力していたであろう。古墳といっても具体的には陵墓であり、土師氏は「天皇の喪葬」をつかさどるのだから、前にもいったとおりたんに埴輪を作りそれを立てるだけが能であったはずもない。

この土師氏と文氏とが組んでいよいよ墓（檜隈大内陵）に遺体を埋葬しようとする日を間近にひかえて楯節舞が演じられるのだから、それは服属儀礼ではなくやはり埋葬のための特殊な舞であったと思われる。右の引用文でも、「楯節舞を奏る」と「諸臣各己が先祖等の仕へまつれる状を云々」とは、じかに続いてはおらずセンテンスを異にする。

隼人舞の楯、あるいは物部氏が大嘗祭で宮門に立てる楯、それらはみな悪霊の侵入を防ごうとするものである。つまり楯は攻撃の具ではなく防禦の具である。楯節舞の楯も埋葬の日の近づいた死者の魂を悪霊から守ろうとするものに相違ない。殯宮は、死者の魂が悪霊に攻撃される危険の大きい、不安定な過渡期にぞくしていた。いや楯だけでなく、刀もまた死者を守るためのものであったらしいのは、死者の室に刃物を置くことが広くおこなわれているのからも見当がつく。

その伝来についていえば、多分この舞も天武の殯宮を荘厳化すべく創始されたのだろうが、大嘗祭に結びついていた大伴・佐伯両氏の久米舞などと同様、時のたつにつれ特定の儀礼との因縁が薄れ、やはり雅楽寮のレパートリーの一つへと昇華されていったのである。律令で雅楽寮・玄蕃寮・諸陵司・喪儀司の二寮二司が同じ治部省の管下におかれていたのを見ても、そのへんの消息が容易にうかがえる。（ちなみに、大仏開眼のときの楯伏舞で土師氏をひきいたのは、諸陵頭の任にある土師牛勝であった。）

タタフシという名義にも、こだわってみる必要がありそうだ。フス（伏）には自動詞（四段）と他動詞（下二段）とがあり、両者は活用形を異にする。楯を伏せるのであったら他動詞であり、その場合は「伏廬《フセイホ》」（万、五・八九二）、「伏屋《フセヤ》」（三・四三二）の例のようにタタフセ舞になるはずである。しかるにここの楯節舞は「節」の字をあてているから、ほぼ絶対にタタフセではなくタタフシであり、つまり自動詞のフスである。まずいちばん古い書紀が「楯節」であるという点からも、フセがフシに転じた可能性はない。とすれば、タタフシは楯を伏せて服従を示すのではなく——前述したとおり楯は防具だし、タテは「立ツ」（他動詞）の名詞形である——、手楯を捧げ持って死霊の前に人が伏す所作をあらわすと解するほかなく、それが少なくとも土師氏にはふさわしいように思うのだが、果たしてどうであろうか。

あとがき

はなはだ突飛なようだが、実は本稿を草しながら菅原道真のことが、ずっと気になっていた。道真はノミノスクネの裔で、そのことをかれじしんとくと承知していた。「菅家ノ本ノ姓ハ土師氏ナリ。河内国土師寺ハ是、其ノ先祖ノ氏寺ナリ」（江談抄）とあるによっても、そのへんのことがうかがえよう。土師寺のあるのは第二節で言及した河内国志紀郡土師郷。この寺は道明寺ともいい、能の「道明寺」では天神となった菅公の功徳があれこれ語られている。改姓についていえば、奈良朝末の天応元年、大和国添下郡菅原の地に住む土師宿禰古人らが「凶儀」の匂いのしみついた土師の名に替え居所の名による姓に改めたいと願い出て許されたものだが、こうしてとにかくノミノスクネから道真に及ぶ射程が眼前にちらついていたというわけである。

もとより、神話上の人物であるノミノスクネのことを考えるのに、道真とつきあわねばならぬ義理など存しない。しかしノミノスクネを祖とする土師氏という、宮廷の葬儀をつかさどり、埴輪を作ることなどにたずさわっていた一氏族が、古墳時代が終った後どういう命運を辿っていったかに思い及ぶと、やはり菅家のことどもが射程内に入ってくるのを拒めないのである。いや菅家だけでなく、紀伝道でそれと並んだ江家《ゴウケ》もまた土師氏の末裔であった。

どのような偶然、どのような因縁を通してこういった現象は生じてくるのだろうか。ここにはいたく興味をそそる文化史上の、あるいは精神史上の問題がかくれているはずである。そして私は最初は本稿でそこまで何とか辿り着くつもりでいたのだが、ノミノスクネ考という枠のなかにそれを組みこむには無理があるのに途中で気がついた。で、この問題は別途に扱うとし、本稿はいちおうこれで終ることにする。

注

＊1——類聚三代格に引く太政官符（延暦十六年四月二十三日）や続紀天応元年六月の条などに、「出雲国土師部三百余人」を喚び来り云々とあるが、これは右の垂仁紀の記事にもとづく土師氏の家伝であるから、証しにはならない。百人が三百人に肥大していっているのも、伝承のうちにそうなったのだろう。出雲の土師部としては、すでに指摘されているように出雲国大税賑給歴名帳に独り土師部小龍の名が見えるのみ。

＊2——伊勢にも河曲郡土師村（今は鈴鹿市土師町）があり、伊勢神宮に土器を納めていたらしい。

また平家物語「殿上闇討」の段に、平忠盛が御前の召に舞を舞ったとき、人びと「伊勢へいじはすがめなりけり」とはやしたてたとある。「へいじ」は平氏と瓶子、「すがめ」は眇と酢甕とを掛けたもので、この土師村の土器作りと関係があろうという(富倉徳次郎『平家物語全注釈』参照)。

＊3——それにつけ想いあわされるのは、インドのヒンドゥ教徒の間におこなわれていたサティ(suttee)という古い習俗である。ここでは夫の死骸を焼く薪(pyre)の焔でもって妻も生きながら焼かれるのだが、そのさい妻は自発的にそうするのであり、そしてそれはあっぱれな行為と見なされていたという。(この習俗が禁止されたのは、英国支配下の一八二三年のことである。)またやはりヒンドゥ教下のバリ島で一八四七年、王の死にさいし三人の妻たちが王の死骸を焼く焔の海に恐れおののくこともなく、むしろ祝祭に赴くがごとく身を投じるさまを群集のなかで見聞した人の残した記録をとりあげ、その意味を分析した著作(ギアーツ『ヌガラ』)も出ていることをいっておく。なお日本では「鳥辺野の煙」といわれるように、同じ火葬でもそれが煙によって象徴されるにたいし、ヒンドゥ教では赤く燃える焔がそれを象徴する点がひどく印象的である。

(一九九三年)

地下世界訪問譚

はしがき

　地下世界訪問譚は、古事記だけでも三つを数える。イザナキが亡妻イザナミを連れ戻すため黄泉《ヨミ》の国に降りていった話、オホナムヂ（大国主）が八十神たちのもとをのがれスサノヲの棲む根の国へと赴いた話、ホヲリ（山幸彦）が海の底なるワタツミの国に至り着いた話、この三つである。もっと視野をひろげると浦島太郎の龍宮譚とか、「鼠浄土」または「地蔵浄土」と呼ばれる昔話とか、あるいは日本霊異記や今昔物語その他に載る冥途還りの話とか、あるいは中世の甲賀三郎の話（諏訪縁起）なども、当然この類いに入ってくる。さらにそれが国境を越え世界的な広がりをもつものであることも知られている。

　これらの話にはもとよりそれぞれ固有な意味があったはずだが、そうかといってバラバラにそれを読むだけでは、独りよがりで底の浅い解釈に終ってしまう恐れが多い。これらとどうつきあってゆくか工夫が必要である。それにはこれらがどんな構造をもっているか、そしてその根底にどのような想像力が働いているかを、たえず部分と全体の関係のなかでとらえること、同じことだがそれらが時代の文化といかに包みあっているかを考えることが不可欠である。短兵急のそしりを免れぬが、私は論点をまず端的に要約し、それを提示するという形で、問題のありかに近づいていってみようと思う。

人間は死ぬと、土葬の場合その死体は地に埋められる。地下に死者の世界があるとする神話的思考が生じるのは、もとよりこのことにもとづく。古墳に葬る場合も例外ではない。しかしこの地または大地つまりearthには、ひとの命を育み養うさまざまな食物を生み出す力、つまり生産力が蔵されており、豊饒という恵みをもたらしてくれる。《母なる大地》と呼ばれるのも、大地が人間の生にとって根源的なものであったことを示す。こういう異なる機能を大地は人間にたいしてもつ。そして右にいう地下訪問譚は、これら異なる機能が複合的に重なりあったり、あるいはそのどちらか一つが主に働く、という具合にしてさまざまな形で語られているのである。これが、地下世界を訪れる話の意味をとらえる上で欠くことのできぬ観点だと思う。

一　黄泉の国・根の国

ヨミはヤミ（闇）にもとづく語で、母音が転じたものと考えられる。それはイザナキが櫛《クシ》の歯を欠きとり「一つ火」ともして妻の死体を見たとあるによっても、そこが暗黒の世界であったことがわかる。しかしこのヨミの国が、死霊のついの棲みかという意での死者の国であったかといえば、そうではない。「視るな」の禁を破り、イザナキが「一つ火」ともしてのぞきこんだとき見たのは、妻の次のような姿であったという。「蛆たかれころろきて、頭《カシラ》には大雷《イカヅチ》居り、胸には火雷《ホノイカヅチ》居り、腹には黒雷居り、陰《ホト》には拆《サキ》雷居り、……并《アハ》せて八はしらの雷神《イカヅチガミ》成り居りき」（古事記）と。

「蛆たかれころろきて」とは、蛆どもが死体にたかってワーンとむせび鳴くこと。あれこれの「雷《イカヅチ》」は鬼類、魔ものの類をいう。こうして死体の恐るべき腐乱過程がここにはなまなましく語られているわけだが、書紀一書にいうとおり、モガリ（殯）と呼ばれる古代の葬法とこれは無縁でない。モガリでは埋葬するまで死体を一定期間安置しておくのだが、それは魂が肉体からまだ分離し終らぬ中間のきわどい過渡期にあたっていた。つまり黄泉はいわば死者の国の一丁目であり、だからイザナキはイザナミをこの世に喚び返そうとしたのである。

　では死者たちの棲む世界はどこにあったか。それはよくわからぬとする他ない。ただ暗号と思しきものが幾つかあるのも確かである。そのうち最もいちじるしいのは、死んだイザナミを「出雲の国と伯伎国との堺の比婆の山」に葬ったとする古事記の一節である。ここにいう「国」は神話上の範疇であり、国郡制の次元でとらえてはなるまい。（ちなみにこの範疇という概念を今なお欠いていることが日本神話研究の最大の方法上の弱点だと私は考える。）結論だけをいわせてもらえば、それはヤマトから西方にあたるイヅモ世界を暗い死者の国に見立てて、その国との「堺」の山にイザナミを葬ったという意に解していいはずである。人びとの生活次元に戻して考えるなら、耕作地の向こうにひろがる野や原、あるいはそれにつづく山地などがさしあたり死霊の世界ということになろう。

ではこの黄泉の国と根の国とはどのように違うのか。オホナムヂは「黄泉比良坂《ヨモツヒラサカ》」を経て根の国から出雲に脱出したと古事記が語っているのは、両者が何らかの形でかさなっており、どちらもやはりイヅモと関わりありと見られていたことを示す。スサノヲにしても高天の原で罪を犯したかどで追放されて出雲に降り、そのあと根の国の住人になった形になっている。

もっともオホナムヂは「木国《キノクニ》の大屋毘古神」のもとに八十神たちの難を避け、そこから「木の俣より漏《ク》き逃《ノ》がして」もらってスサノヲのいる根の国に赴いたとあり、道筋を異にするが、これは根の国の根を木の根にかけ、木（紀）の国から訪れたと語ったまでだろう。（現にこの前段は、八十神たちが大樹に茹矢《ヒメヤ》を打ち立ててオホナムヂをそのなかに入らしめ締め殺そうとしたという話になっている。）古事記にはこういうコトバの上での連想を回路とする話が珍しくない。大いなる木が深く根を張っているように、大地も根に相当するものをもち、そこに根の国が存在するとされていたわけだ。それに紀国と出雲国とは、詳細は省くけれど何かと神話上かさなった点がある。

さてこの根の国からオホナムヂが脱出したのが「黄泉比良坂《ヨモツヒラサカ》」であるから、それはやはり死者の国とも無縁でないといえる。現に「根の国・底の国より麁《アラ》ひ疎び来る物」（道饗祭《ミチアヘ》祝詞）とか、あるいは罪という罪を「根の国、底の国に気吹《イブ》き放つ」（大祓《オホハラヘ》の詞）とかあるように、根の国は地下の暗くて穢れた国と見なされていた。しかし古事記の根の国には、黄泉の国のもっていたあのなまなましい死臭はまるで存しない。むしろここでスサノヲはオホナムヂにたいし、祖霊の地位にあると見ていい。スサノヲが根の国でオホナムヂを隔離し、きびしい試練をあれこれ科するのも、そうすることによってその身に新たな王たるべき資格を附与しようとするものであった。そのことは、弓や太刀やスセリビメを奪いとり「黄泉比良坂」から逃亡してゆくオホナムヂを追っかけ、スサノヲがはるかに見さけて呼ばわったという次のことばにハッキリあらわれる。ここではそれを原文で示すほかない。

その汝《ナ》が持てる生大刀・生弓矢をもちて、汝が庶兄弟《ママアニオト》は坂の御尾に追ひ伏せ、……おれ、大国主神となり、また宇都志国玉《ウツ》神となりて、そのわが女《ムスメ》須世理毘売を嫡妻《ムカヒメ》として宇迦《ウカ》の山の山本に、底つ岩根に宮柱ふとしり、高天の原に氷椽《ヒギ》たかしりて居れ。この奴《ヤツコ》や。

まず注目されるのは「宇迦の山の山本」という語である。ウカとは「稲魂」をウカノミタマ、「稲魂女」をウカノメというごとく、食物とくに稲の意であり、「宇賀の神」といういいかたも広く存する。この「ウカの山」が出雲風土記の出雲郡の宇賀郷、あるいは宇加社のある地を指すかどうかは別として、大国主つまり大いなる国主となったオホナムヂが食物の多産をもたらすべき農業王としてここに誕生することを、この語は示すものである。そしてそれはオホナムヂがスサノヲの娘スセリビメと婚したことと不可分に結びついていた。かの女は根の国にオホナムヂがやってきたとき「出で見て、目合《マグハヒ》して相婚《ア》ひまして、云々」、つまり目と目が合って情を通じ、その場で契りあい云々とある。

このような若き女性が棲んでいること、しかもそれがいち早くオホナムヂの妻になること、ここに根の国の話の見逃せぬ一つの特質がある。私は大地はおのれのなかに死者を受容するとともに、ものを生み出す女性原理を秘めているとしたが、かくてこうした機能が古事記の根の国の物語ではあざなわれるごとく語られているといえる。ここに想像力がどのように働き、それが話の構造としてどう現われているかを知らねばならぬ。父イザナキにお前は海原を治めよといわれたとき、スサノヲが「妣《ハハ》の国根の堅州《カタス》国」(古事記)に行きたいといって泣きわめいたとあるのも、女性原理としての根の国の性格を語っている。

さて表現としては先に引いた、スサノヲがオホナムヂに呼ばわったことばが、「おれ」(お前)とか「奴」(こいつ)とかの語をふくむ命令法になっているのに注目したい。それはまさしく村々の成人式での長老の、若ものにたいするものいいを彷彿させるかのようである。農業社会の王の即位式は成人式の特殊形態で、それは季節祭りとかさなっておこなわれるという命題は受け入れていいだろう。宮廷の大嘗祭はそれが儀礼として異常な肥大化をとげ、天上から王がこの国に降臨する形になるが、にもかかわらずそのへんの消息はありありと指摘できる。根の国といえば「鼠浄土」と呼ばれる昔話を無視できない。爺が畑で昼飯の団子を食う。そのとき団子を落としてしまう。落ちた団子は穴のなかに転がりこむ。爺はその団子を追って穴のなかに降りてゆくと、そこは鼠の世界であり、鼠たちが歌ったり踊ったりしている。爺は団子の礼に歓待され、大判小判を土産にもらい帰ってくる、云々というのである。この話じたいは笑話として語られているのだが、楽土は天上にではなくかつては地下にあったとするのがフォークロアにおける古い記憶といえなくもない。これは私のひとりよがりの思いつきなどではなく、宗教を現象学的に深く考察した Van der Leeuw の歴とした仮説でもあることをいっておく。そしてそれはもとより、大地がものを生み出す根源的な力をもっていることと関連する。

「地蔵浄土」などもそれとモチーフを共有する。宇治拾遺に載せるコブ取り爺の話などにも、このモチーフがちらついている。ネズミが根棲《ネズミ》すなわち地下に棲むものだとの語感は打てばひびくように人びとのあいだに生きてきたはずで、だからこのスサノヲの話にもさっそく鼠が登場してくる。鳴鏑《ナリカブラ》矢を大野に射入れそれを採りに行かされたオホナムヂが野火に焼きめぐらされたとき、ネズミが出てきて「内はほらほら、外はすぶすぶ」といって彼を穴に入れ助けた云々と。

さらにここでどうしても想いあわされるのは、沖縄のニライ・カナイである。これは一種の文学表現で、そのもとになっているのは奄美から沖縄本島にかけて分布するニレー・ニリヤ・ニーラなどの語で、その所在は海のかなたの国だったり、海の底だったりするが、そこから年ごとに神々が人間界を訪れて祝福を与えてくれるとされる。五穀の種も元来そこからもたらされたという。一門の宗家である根屋がニーヤ、そこから出た神女（根神）がニーガンと呼ばれるのでもわかるように、ニライは紛れもなく根の国と見合う。

根の国は黄泉の国と連結しており、罪がそこへと祓いやられる穢れた暗い国との印象をかたがた持つが、ニライには楽土としての性格が強い。かといってそれを変に浪漫化すべきでない。語義からしてそれは大地の根であり、海のかなたであるにしても、海底に通じる洞窟がそこへの通路であったらしい点を重んじねばなるまい。沖縄のニライ・カナイはかくて、楽土がかつて地下世界にぞくしていたことを証す記憶として大きな意味をもつ。

二　海神の国

ここで私たちは海神の宮または龍宮の問題に直面する。他界へ行くのには案内人が要る。山幸彦（ホヲリ）をワタツミの宮に導く役にあたったのはシホツチの翁である。シホツチとは潮路をつかさどる神の意で、彼はマナシカツマの小船を造り、それに乗せて山幸彦を押し流したとある。マナシカツマの船に乗るとは目をつむって眠ることを比喩したものいいにほかならず、丹後風土記逸文所収の浦島の話その他になると目をつむり眠っているうち須臾にして仙界に至ったとある。眠りというものが他界へ抜け出る一つの通路であった消息が、ここには語られている。これは、この世から他界へと赴くのには一つの境を越えねばならぬとされていたこととかさなる。古事記には黄泉比良坂という語が二度ほど出てくる。もとよりサカはサカヒと同義だが、とくにヒラサカは切りたった坂という意である。海については「海坂《ウナサカ》」というのがある。例の浦島は七日間も家にもどらずに、鰹や鯛を釣りつづけたあげく、ついに「海坂」を漕ぎ過ごして海神の乙女に出逢ったと万葉の伝説歌（巻九）には見える。古事記によると海神の娘の豊玉姫は渚の産屋で子を産もうとし、見るなといったのにワニの姿になって腹ばい、のたうちまわっているところを垣間見られ、子を産み置いたまま「海坂」を閉ざして帰って行ったとある。

古代人は、水平線には縁があり、そこが水の渦まく急な坂になっており、その下の方に海神の国という他界があると考えていた。だからそれもやはり「底つ国」であったといえなくはないが、黄泉の国や根の国と海神の国との間には、一つのいちじるしい違いが存する。海神の国は限りなく明るく、死臭はもとより死の影すら感じられない。つまりそれは死を超えた世界だといっていい。謡曲「海士《アマ》」にも「龍宮の習ひに死者を忌む」とある。これは経典の文句によるものらしいが、海神の国が龍宮と化しそこが不老不死の仙境と見なされるに至るのも、このことと無縁でないはずである。だが海神の国にはこうした観点からするだけでは解き明かせぬ、もっと深い神話上の意味がある。

海神国につき先ず見落とせぬ肝腎な特質の一つは、そこがもっぱら豊玉姫という名もうるわしい女神の棲みかであった点である。豊玉姫にも綿津見《ワタツミ》大神という父がいることになっている。しかしこれは説話的に加上された系譜にほかならず、そもそもワタツミは女神であったはずである。現に和多都弥《ワタツミ》豊玉比売神(山城国風土記逸文)といういいかたも見出される。古事記にはコノハナノサクヤビメという女性が出てくる。それが大山津見神の女と系譜づけられているのも同断で、周知のように民間では「山の神」とは女である。豊玉姫とコノハナノサクヤビメの双方につき、産屋で子を産む話が印象的に語られているのも、たんなる話のあやではない。

海神が山幸彦に亡くしたチ(つり針)と二つの珠を渡して次のようにいったとあることばなども、こうした文脈のなかで解することによってはじめてその意味の深さを汲みとることができる。

この鉤《チ》を兄君にかえす折には、こう申されよ。この鉤は、おぼ鉤《チ》、すず鉤、貧鉤《マジ》、うる鉤。この文句をとなえて、うしろ手に渡されよ。そして、兄君もし高地に田をつくらば、おん身は窪地に田をつくりたまえ。また兄君もし窪地に田をつくらば、おん身は高地に田をつくりたまえ。かくしたまえば、われ水をつかさどるものなれば、三年のうちに兄君は必ず貧しく落ちぶれよう。その時もし怨を抱いて刃向って攻め来るなら、塩盈珠《ミツ》を出してこれを溺らし、もし嘆き訴えて来るなら、塩乾珠《ヒル》を出してこれを活かし、かくのごとくにしてそのよこしまを懲らしたまえ。（石川淳『新釈古事記』）

ただ海宮での話をたんに右から左へと、小説みたいに読んでいってもしかたない。神話では因果的な話の続き具合より全体が肝腎なのである。そういう全体としてこの海宮神話を読むとき、そこにあからさまに見えてくるのは、ワタツミは水を支配する神であり、しかもそれは田をつくる農の水とも無縁でなかったということである。ただ隼人服属のことを語るため、水で相手を溺れさせるという方向に話は持ってゆかれているだけである。旱魃に苦しむ百姓が夢のなかで龍宮に行って「水の種」をもらって帰り村を救った、というような昔話（参照『みちのくの民話』）も伝えられている。船乗りならぬ陸地の農民には深い沼や湖が龍宮への通路とされていた。万葉にも日照りで田畑が枯れてゆくので海神に向かって雨乞いしたという歌（一八・四一二二）を載せる。

ものの本によると狩猟を主とするイヌイット族（旧称、エスキモー）では、飲み水だけがwaterで海水はwaterではなく異なった語だという。それは農耕民族とは分類法が同じでないのによる。他方、ギリシャで海の神ポセイドンはすべての泉の神でもあった。とすればワタツミが水を支配する神であったからといって、一向おどろくにあたらない。やがて大陸伝来の龍王というのがワタツミの上にかぶさってくる下地も、そのへんにあったと見ることができる（実朝なども「八大龍王雨やめたまへ」と歌っている）。

それに記紀神話ではワタツミの国は、天にたいする地の一部にぞくするものとして扱われている。もう何度か書いたことがあるので簡略にいわせてもらうが、天降ってきたホノニニギが山の神コノハナノサクヤビメと婚してホデリ・ホスセリ・ホヲリを生み――みな稲穂のホの字が冠せられている――、ホヲリ（山幸彦）はワタツミの女豊玉姫と婚しウガヤフキアヘズを生み、これが豊玉姫の妹・玉依姫と婚してワカミケヌすなわち初代君主神武を生むという次第になる。ミケヌのケが食べものの意であるのはいうまでもない。天界にたいし山と海とは、むしろ一体としてearthを示すものであった。山の神の女コノハナノサクヤビメと海神の女豊玉姫や玉依姫は大地の生産力、その豊饒を象徴する女性であり、だから天つ神の子はそれと婚することによって稲穂みのる国の王たる資格を身につけるという神話的想定がここにはあるのである。ワタツミが農の水を支配する神たるゆえんでもある。

海神の国のもつこうした性格や働きがもはや語られなくなったとき、いわゆる浦島の話は成立する。

三　浦島説話の意味

万葉に伝える「水江の浦島子を詠む」(九・一七四〇)によると、浦島子が「海坂」を越えて着いた海神の宮は至福の常世の国であった。彼はそこで海神の娘と「老いもせず、死にもせず」、仲むつまじく永世を享受することができたはずだったが、ちょっと家に帰り父母に会ってきたいと言い出した。で、女は開くなと堅く言い含め、「玉くしげ」を男に渡した。そして男は墨吉《スミノエ》に帰ったのだが、家も里も見あたらぬ。僅か三年の間にこんなことがあるものか、この箱を開けて見たらもとどおりになろうかと、少し開くと、白雲が箱から出てたなびき、男は忽ち失心し、若かった肌も皺がより、黒かった髪も白くなり、遂に息も絶えて死んでしまったというのである。

確認のためとはいえ周知の話をくり返して恐縮だが、これはもう大陸伝来の神仙譚の影響をもろに受けたものと見ていい。雄略紀(二十二年)に出てくる浦島子も「蓬萊山」に赴いたとあるし、丹後風土記逸文浦島子の話にも、人の世ならぬ「蓬山《トコヨノクニ》」に行ったとある。これらに見られるあれこれの出入りはさておき、山幸彦の話と右にあげた万葉以下の浦島の話との間にある決定的な違いは何かといえば、後者になると海神の娘が子を産むということが欠け落ちてしまった点にある。

私は前に大地のもつ生産力を女が象徴的にあらわすとしたが、海宮神話の核心もそこに存した。民俗学ではこの話をよく龍宮女房譚と呼ぶけれど、たんにモチーフで以て話を機械的に類別する、こうしたやりかたで果たしてその本質をよくとらえうるかどうか疑わしい。少なくともこの海宮神話の場合、豊玉姫が山幸彦と婚し子を産むことをぬきにしては、その主題はなりたたない。それが浦島譚では、永遠の時間の支配する神仙国で夫婦として連理比翼の契りを結ぶという話に転調する。漢文の続浦島子伝（平安初期の作とされる）あたりになると、その傾向はさらにいちじるしく、それはほとんど閨房文学とさえいえなくもないものになっている。水を支配するものとしてのワタツミの姿が、浦島の話ですっぽり落ちてしまうのである。

では古事記の伝承から万葉以下の浦島の話へと至る間にとげられたこうした変化には、いったいどんな意味がかくされているか。一言で集約するなら、神話時代を終らせてしまうような、そういった深い変化がそこには生じていると私は見る。すなわち宇宙観（コスモロジー）や信仰形態の変化、あるいは人間と自然また社会との関係、そのなかに生きる人びとの経験の構造、つまり文化としか言いようのないものの変化と、それは不可分に包み合っているであろう。文化とは非常に曖昧多義にわたる語だが、つまるところこれは、ある時代に生きる人びとの生活をつらぬく経験のありようの問題に収斂できると私は考える。

そしてこの一連の話が特に注目されるのは、神話というものが神仙譚風の説話に転化していった過程をかなり具体的にたどりうる珍重すべき事例である点に存する。

四　地獄からの蘇生

さてここで死者の国の方へたちもどってみると、この領域でも新たな変化が生じつつあったのがわかる。仏教の説く地獄というものの成立がすなわちそれである。だがこの事態を、たんに仏法の受容という風に片づけるだけに終ってはなるまい。現に日本霊異記では地獄のことを黄泉の国と称しており、この語はずっと後まで生き続けるのであり、根の国という語も中世の物語にまでちらほら使われている。これは日本人の仏教への改宗過程において、古来のフォークロアや神話、それらと仏説の間で矛盾を孕む相互作用が絶え間なく経験されてきたことを暗示する。宗教的発展では、たんなる置き換えは存しない。とはいえ、地獄なるものの性格が黄泉の国や根の国と決定的に違うこともまた確かである。いちばん顕著なのは、黄泉や根の国には応報、あの世で人を罰するということがなかったのにたいして、地獄では現世で罪を犯したものが審判に付された点にある。ギリシャでもその冥府《ハーデイス》に審判はなく、それがおこなわれるようになるのはキリスト教の地獄になってからである。そこには、文化としての神話的世界と宗教的世界との差異が存する。仏教なりキリスト教なりがいわゆる異教の地に根づこうとする上に、死や死者あるいは後生のことなどをいかに主題化するかは、不可欠で肝腎な一つの礎石であったはずである。

王身といえど、この責苦を免れることができなかった。例えば、醍醐帝は菅公を流罪に処した罪のため鉄窟に堕ち、その臣三人とともに受苦し悲泣嗚咽する目にあったという。しかも後でふれるとおり、その様子をまざまざと見たものがいるのである。スサノヲも数々の罪を犯したかどで高天が原から下界の根の国に追放された。しかし彼にとって根の国は「妣《ハハ》の国」であり、そこで罰せられるということは毫もなかった。現世の、つまり娑婆でのおこないが来世で審判されるとする仏教が普及するにつれ、一人ひとりの伝記が肝腎な問題になってくる。当然、それは死というものが次第に個人化されていった過程、別のいいかたをすれば、死者への恐れがみずからの死の恐れへと感染してゆく過程と呼応する。

さて醍醐帝が地獄で受苦しているさまを見たのは、道賢または日蔵と呼ばれる行者であった。彼は吉野金峯山の奥の笙の窟《イワヤ》で無言断食、一心念仏を行ずるうち、天慶四年八月一日――これは醍醐の次の朱雀天皇の代にあたり、将門の乱が起きるのはその翌年である――ついに息絶えた。と、窟内に執金剛神と名のる一人の僧があらわれ、冥界へと導かれた。そこで彼は道真を左遷させたせいで醍醐帝が責苦を受けているさまを見た。そして十三日目に蘇生しこの冥途で見た事を記したのが「道賢上人冥途記」である。「日蔵夢記」と呼ばれるのからもわかるように、これは幻視つまりヴィジョンにほかならない。地下世界への入り口である洞窟にこもって修行するものたちが、こうしたヴィジョンを見ることは大いにありえたはずである。なお、この冥途記は天皇堕地獄のさまにふれた唯一のものとされるが、例えば室町期の『平野よみがへりの草紙』に次のようにあるのを念のため引いておく。いわく「総じて上下といふ事は、人間ばかりの仕様なり。罪によりて王・后も地獄・餓鬼なんどに落つ。賤しき乞食・こつがい人も罪なくば成仏うたがいあるまじ」と。日本でどこまで貫かれたかすこぶる怪しいものの、これが仏教の本義であっただろう。

さらに見のがしてならぬのは、行者などでない普通人が似たようなことを経験した話が、あれこれ残されていることである。平安初期にできた説話集・日本霊異記にここで登場してもらわねばならぬ。

そのなかに例えば冥途に行って亡き妻と亡き父に会ってきたという次のごとき話がある。膳《カシ》臣《ワデ》広国なる豊前国宮子郡の少領がいた。文武の慶雲二年九月十五日、にわかに死んだ。それが三日たって蘇生しこう語ったという。その一部を紹介すれば――亡父はすごく熱い銅《アカガネ》の柱を抱かされて立っていた。また鉄《クロガネ》の針三十七本をからだに打ちこまれ、鉄の杖で朝昼晩の三度三百回、あわせて毎日九百回ぶったたかれていた。広国これを見て悲しみ、いったいどういう罪でこんな苦を受けるのかと問うと、父のいうには「わしは妻子を養うため生きものを殺したり、人に八両の綿を貸しそれを十両にふやして徴《ハタ》り取ったり、あるいは小斤《ショウゴン》の稲を貸して大斤でもどさせ大もうけしたり、人のものを奪い取ったり、ひと妻を犯したり、また父母を孝養せず、目上のものを敬わず、また奴婢でない者をののしったりしたせいでこんなひどい目にあっている。痛きかな、悲しきかな。どうか早速わしのため仏像を造り経を号して罪をあがなってくれ」云々と。

霊異記には冥途からもどってきた話がいくつかあり、それらは今昔物語にも受けつがれていっているのだが、「道賢上人冥途記」では受苦のさまが何ら具体的に書かれていないのと違い、俗界の普通の人の生活のにおいがここにはある。広国が冥界から生きて帰れたのは幼時に写した観世音経のおかげであり、かくて彼は父の罪をつぐなったという。これらの話は地獄の恐怖を現に見てきたという形で逆修《ギャクシュ》の大事なことを説こうとするものだが、そこで見落とせぬのは、いったん死んで冥途へ行き、戻ってきている点、しかも冥途から戻ってくるのには魂の宿るべき身体が必要とされている点である。というのも、冥途へ行ったのは魂にほかならないからだ。

ここでヨミガヘルという語につき一言しておく。もとよりこれは黄泉《ヨミ》から帰る意で、万葉では「死還生」(三・三二七)の字をあてているが、この語が古代このかた日常語として頻繁に用いられるのは、生死不明の期間が長かったせいもあり――それが喪やモガリの下地にあるのだが――、人びとの間でしばしばヨミガヘリが経験されており、それをもとに霊異記に見るような蘇生譚がかなり広く普及していたせいに違いない。イザナキにしてもヨミの国に赴いたのは、妻をこの世に連れ戻そうとしてであった。ちなみにものの本によると英・仏語にも冥界から戻ってきたもののことをいうrevenantなる語がある。そしてそれは中世にキリスト教と結びつき蘇生譚があれこれ語られてきた名残りらしい。

さてこうした蘇生譚のうちもっとも興味深いものの一つは、霊異記の「閻羅王の使の鬼、召さるる人の饗《アヘ》を受けて恩を報ずる縁」(中・二五)である。今昔物語にも載っているのだが、筋のあらましをいえば――聖武の世、讃岐の山田郡に名は衣女《キヌメ》という女がいた。疫神を饗応し退去させるため門の左右に御馳走を並べていた。そこに閻羅の使の鬼がこの女を召すためにやってきたが、走り疲れていたのでこの疫神向けの御馳走を見てこれを失敬した。その「恩に報いよう」と鬼、この女にお前さんと同じ名の女はいないかと問うと、同国の鵜垂《ウタリ》郡に同名の女がいると答える。そこで鬼は鵜垂郡の女の方を連れていった。と閻羅王、これは召した女とは違う、速やかに山田郡の女を連れてこいというので鬼は仕方なく山田郡の女を連れてくる。三日ほどして鵜垂の女は家に帰された。ところが戻ってみると、その女の身体は焼かれてもうなくなっていた。で閻羅王に「体を失ひて依りどころなし」と訴えた。王は、山田郡の女の体がまだあると知り、「其《ソ》を得て汝が身とせよ」と命じた。かくて鵜垂の女の魂（霊異記にはないが今昔ではハッキリ「魂」という語を用いている）が山田郡の女の身に入って甦った。しかし何しろ身と魂が入れ替ったのだから、当然ごたごたが起きる。山田郡の親も鵜垂郡の親もこれは我が子ではないといって拒む。そこでこの女、閻羅王の命令でかくかくの次第になった旨を語り、ようやく納得してもらう。かくてついにこの女、四人の父母と二家の財《タカラ》を手に入れたと。そして霊異記は、地獄の鬼にマヒナヒ（賂）する功徳はまんざらでないと、この話を締めくくるのである。

必ずしも一貫性はない奇談だが、ここでものをいっているのは教理ではなく、限りなくフォークロアに近い想像力である点に注目したい。人びとはこうしたおかしみや滑稽によって、きたるべき死と地獄の恐怖を和らげ、それに堪えようとしたのであろうか。すぐにも「地獄の沙汰も銭次第」という諺が想起される。たんにカネの威力を説いたものと解されがちだが、逆に読めば、地獄の恐怖にたいする新たな挑戦がそこにはあるともいえる。その地獄の恐怖で平安朝の人心を震撼させたのが後の往生要集にほかならぬ。

さて霊異記以降のヨミガヘリ譚は、見たとおりみな死を前提として、身体を離れた魂だけが冥界に赴きまた戻ってくることになっている。その点、イザナキやオホナムヂが生きながら黄泉や根の国を訪れ、そこから脱出してくるのとは明らかに様相が違っている。そこで、魂とは何かについて一考する必要に迫られる。先ずタマシヒ（またはタマ）とココロとは同一のものではなかった。沖縄語では前者はマブイ、後者はキムという。万葉などにも「群肝《ムラギモ》の心」とある。なかでも心臓がこれをつかさどるものと考えていたらしい。むろん全く同義というわけではなかろうが、欧州諸語の soul と heart, âme と cœur, Seele と Herz なども参考になる。タマシヒとココロが働きを異にするのは、恐らく多くの民族がそうであったに違いない。しかもそこにはさらに、あれこれと分化もとげられているといっていい。そのへんのことについては、別の機会に考えてみたい。

さしあたって大事なのは、仏教の移入につれ死後における魂の旅路あるいは運命に、一つの新たな変貌が生じたのである。民俗学ではもっぱら山中他界説がいわれているが、山中だけに限定すべきではあるまい。森や野原や湖や島や空や地下等、死後の魂のゆくえは必ずしも一定していなかっただろう。死後の世界についての教理というものがまだ全く存在しなかったからだ。魂の永遠性といった観念もなかった。ごく大まかにいえば死者の魂はこの世との関係を持ち続けながら純化をとげ、やがて先祖になってゆくと考えられていたらしい。

私は魂の旅路といったが、このことを古代の文献で証すことは難しい。が、例えば最上孝敬『魂の行方』などから――そこには死後、ほどなく忌み明けとともに魂が肉体から分離し、米のほか蓑、笠、杖などをもって旅立つさまがいきいきと記述されている——かなり古い世の消息もうかがうことができる。仏教が入ってくるにつれ、その旅路の果ては次第に遠ざかっていった。それによると地獄は地下二万由旬の底にあるという。こうなればもう蓑や笠や杖では追いつかぬ。極楽も十万億土のかなただという。しかし何よりも大きな変化は、その魂が前にも見たとおり人それぞれ娑婆で犯した罪によりあの世で審判を受け、罰せられ、かくて死が個人化されるに至ったことである。その点、死後わが身を焼くなといいおいて魂が冥界に赴き、人の苦患のさまを目にして戻ってくるという語り口が霊異記に多いのに改めて目を留めねばなるまい。そこには、身体と魂との二元論が発生して来つつあるさまがハッキリと見てとれる。

死がもたらす魂と身体のこの二元論に拍車をかけたのは火葬の普及であったと思われる。周知のように、平安中期以後の貴族社会には、欣求浄土の強い願望が沸きおこってくる。それには当然さまざまな要素が複合しているはずだが、その有力な一要素として火葬の普及を看過するわけにはゆくまい。そこでは、死ぬと身は焼かれて忽ち灰と化す。かくて帰るべき身体を無くした魂は、いわばみずからを純化して、遥か十万億土のかなたをひたすら希求するという図がらになる。ちなみにピラミッドのミイラは、王の魂がやがてそこに戻って永生を得るためのものであったという。文脈はまったく違うが説経節の小栗判官が熊野で再生しえたのは、かれが火葬ではなく土葬されたことと不可分であった。

五　終りに

私の主題はしかし天空ではなく地下である。で、浄土のことはさて置き地獄についていうなら、かつて神話時代、死者を受容するだけでなく、女性原理に属し、ものを生み出す母胎とも考えられていた地下は、ここではもう死者たちの苦患の声しかきこえぬ荒涼たる世界と化してゆく。そういう世界の風景と結びついて培われた想像力には、独自なゆたかさがある。浄土についての想像力が総じてつまらないのと、それは好対照をなす。

では平安期以降、地下世界はただ地獄一色に塗りつぶされてしまったかといえば、必ずしもそうではない。当然のことだが、仏説にもとづく冥界往来の伝統は中世へと流れこんで行く。しかし他方、それとはやや別種の地下訪問譚があらわれたのを見過ごすべきでない。その代表が諏訪縁起こと甲賀三郎の話である。これには主人公の名も違う二系統の伝承があり、筋立ても本によって必ずしも同じでないが、仏教臭の乏しい点は共通する。が、この縁起を解明しようとすると、もっとあれこれの視点を導入せねばならなくなるので、いま深入りすることは差しひかえる。

（一九九四年）

古代的宇宙《コスモス》の一断面図——「大祓の詞」を読む

はしがき

延喜式に載る「大祓《オホハラヘ》の詞」が古代有数の詞章の一つであることは、すでにいい古されて来ている。が、さてその詞にどういう意味が蔵されているか、あるいはどのような志向や思惑がそこに働いているかという段になると、その考察は多くの点で相当お粗末な域に今なお留まったままのように見受けられる。

例えば大祓の詞の最後は、「四国《ヨクニ》の卜部《ウラベ》等《ドモ》、(祓《ハラヘ》つ物を)大川道《チ》に持ち退《マカ》り出でて、祓へ却《ヤ》れと宣《ノ》る」と式次第風のいいかたで終っている。この「四国の卜部等」は神祇官にぞくする伴部で、後に見るとおり対馬・壱岐・伊豆等の国から取られる決りになっていた。そしてここには、大祓の本質をまさしくうらなう上に欠くことのできぬ視点が隠されているはずなのに、なぜこれら卜部をこうした国々から取るのかとの問いは、まだかつて一度も主題化された試しがないのである。これはかなり驚くべきことである。私が恐る恐る本稿を草する気になったのも、この驚きにそそのかされたせいといっていい。

むろん、『大祓注解大成』三冊に収める江戸期までの尨大な文献がある上、近代の注釈や研究までふくめれば、かなり部厚い歴史がそこには沈澱している。それらを私もできるだけ活用し、その恩恵にあずかりたいと思う。しかし、それらにはどうも狭苦しい枠のなかでの同質的な読みに終始している向きが強い。大祓の詞のもつ独自な意味を新たに見出すには、右にいったような読みを仕切ってきている在来のあれこれの枠を取りはらい、思いっきりこの詞章とのつきあいかたを変え、古代人の世界の見かた、そこにある空間と時間の関係、その根底をなす政体などについても問わねばならぬはずである。

以下、できるだけ問題のありかを鮮明にするため、まず大祓の詞の全文をかかげ、その主だった部分を新たに読み直すという形で進みたい。かといって本稿は決して、その一言一句にかかわる注釈を志すものではない。私はまず詞章そのもの、そこに何がどのように現前しているかとじかに向かいあってみるということから始め、それが古代的または神話的宇宙《コスモス》の一断面図であるゆえんに、徐々に近づいていってみようと思う。

一　直喩の働き

六月晦大祓《ミナヅキノツゴモリノオホハラヘ》　十二月《シハス》も此に准《ナラ》ふ

(一)　集《ウゴナハ》り侍《ハベ》る親王《ミコタチ》、諸王《オホキミタチ》、諸臣《オミタチ》、百官《モモノツカサ》の人等《ヒトドモ》、諸《モロモロ》聞《キ》き食《タマ》へと宣《ノ》る。

(二)　天皇《スメラ》が朝廷《ミカド》に仕へ奉《マツ》る、比礼《ヒレ》掛《カ》くる伴男《トモノヲ》、手襁《タスキ》掛くる伴男、靫《ユキ》負ふ伴男、剣佩《タチハ》く伴男、伴男の八十《ヤソ》伴男を始めて、官官《ツカサツカサ》に仕へ奉る人等の、過《アヤマ》ち犯しけむ雑雑《クサグサ》の罪を、今年の六月《ミナヅキ》の晦《ツゴモリ》の大祓に、祓へ給ひ清め給ふ事を、諸《モロモロキ》聞き食《タマ》へと宣《ノ》る。

（三） 高天原《タカマノハラ》に神留《カムヅマ》り坐《マ》す、皇《スメラ》が親神漏岐《ムツカムロギ》、神漏《カムロ》美命以《ミノミコトモ》ちて、八百万《ヤホヨロヅ》の神等《カミタチ》を神集《カムツド》へ集ひ賜ひ、神議《カムハカ》り議り賜ひて、我が皇御孫《スメミマ》の命《ミコト》は、豊葦原《トヨアシハラ》の水穂《ミヅホ》の国を、安国《ヤスクニ》と平《タヒ》らけく知《シロ》し食《メ》せと事依《コトヨ》さし奉《マツ》りき。

（四） かく依《ヨ》さし奉《マツ》りし国中《クヌチ》に、荒振《アラブ》る神等《カミドモ》をば、神問《カムト》はしに問はし賜ひ、神掃《カムハラ》へに掃へ賜ひて、語問《コトト》ひし磐根《イハネ》樹立《コノタチ》、草の垣葉《カキハ》をも語止《コトヤ》めて、天《アマ》の磐座《イハクラ》放ち、天《アメ》の八重雲《ヤヘグモ》を伊頭《イツ》の千別《チワ》きに千別きて、天降《アマクダ》し、依さし奉りき。

（五） かく依さし奉りし四方《ヨモ》の国中《クニナカ》と、大倭日高見《オホヤマトヒタカミ》の国を安国と定め奉りて、下津《シタツ》磐根に宮《ミヤ》柱太《ハシラフトシ》敷き立て、高天原に千木《チギ》高知《タカシ》りて、皇御孫《スメミマ》の命《ミコト》の美頭《ミヅ》の御舎《ミアラカ》仕へ奉りて、天《アメ》の御蔭《ミカゲ》日の御蔭と隠《カク》り坐《マ》して、安国と平らけく知《シロ》し食さむ国中《クヌチ》に成り出でむ天《アメ》の益人等《マスヒトラ》が、過ち犯しけむ雑雑《クサグサ》の罪事《ツミゴト》は、天《アマ》つ罪と、畔放《アハナチ》、溝埋《ミゾウメ》、樋放《ヒハナチ》、頻蒔《シキマキ》、串刺《クシサシ》、生剝《イケハギ》、逆剝《サカハギ》、屎戸《クソヘ》、ここだくの罪を天つ罪と法《ノ》り別けて、国つ罪と、生膚断《イキハダタチ》、死膚断《シニハダタチ》、白人《シラヒト》、胡久美《コクミ》、己《オノ》が母犯せる罪、己が子犯せる罪、母と子と犯せる罪、子と母と犯せる罪、畜《ケモノ》犯せる罪、昆虫《ハフムシ》の災《ワザハヒ》、高津神《タカツカミ》の災、高津《タカツ》鳥《トリ》の災、畜仆《ケモノタフ》し蠱物為《マジモノセ》る罪、ここだくの罪出でむ。

（六） かく出でば、天つ宮事以《ミヤゴトモ》ちて、大中臣《オホナカトミ》天つ金木《カナギ》を本打切《モトウチキ》り、末打断《スヱウチタ》ちて、千座《チクラ》の置座《オキクラ》に置き足らはして、天つ菅曾《スガソ》を本刈り断ち、末刈り切りて、八針《ヤハリ》に取辟《トリサ》きて、天つ祝詞《ノリト》の太《フト》祝詞事《ノリトゴト》を宣《ノ》れ。

（七）　かくのらば、天つ神は天の磐門《イハト》を押披《オシヒラ》きて、天の八重雲《ヤヘグモ》を伊頭《イツ》の千別きに千別きて聞し食《メ》さむ。国つ神は高山《タカヤマ》の末短山《スヱヒキヤマ》の末に上《ノボ》り坐《マ》して、高山の伊穂理《イホリ》短山の伊穂理を撥《カ》き別けて聞し食さむ。かく聞し食してば、皇御孫の命の朝廷《ミカド》を始めて、天の下四方《ヨモ》の国には、罪と云ふ罪は在《ア》らじと、科戸《シナト》の風の天の八重雲を吹き放つ事の如く、朝《アシタ》の御霧《ミキリ》夕《ユウベ》の御霧を、朝風《アサカゼ》夕風《ユフカゼ》の吹き掃《ハラ》ふ事の如く、大津辺《オホツベ》に居《ヲ》る大船《オホフネ》を、舳《ヘ》解き放ち艫《トモ》解き放ちて大海原《オホウナハラ》に押し放つ事の如く、彼方《ヲチカタ》の繁木《シゲキ》が本《モト》を、焼鎌《ヤキガマ》の敏鎌《トガマ》以ちて打掃ふ事の如く、遺《ノコ》る罪は在らじと、祓へ給ひ清め給ふ事を、高山短《ヒキ》山の末より、さくなだりに落ちたぎつ、速川《ハヤカハ》の瀬に坐《マ》す瀬織津比咩《セオリツヒメ》と云ふ神、大海原に持ち出でなむ。かく持ち出で往《イ》なば、荒塩《アラシホ》の塩の八百道《ヤホヂ》の、八塩道《ヤシホヂ》の塩の八百会《ヤホアヒ》に座《マ》す、速開都比咩《ハヤアキツヒメ》と云ふ神、持ちかか呑みてむ。かくかか呑みてば、気吹戸《イブキド》に坐す気吹戸主《イブキドヌシ》と云ふ神、根《ネ》の国底《ソコ》の国に気吹《イブ》き放ちてむ。かく気吹き放ちてば、根の国底の国に坐す速佐須良比咩《ハヤサスラヒメ》と云ふ神、持ちさすらひ失ひてむ。

（八）　かく失ひてば、天皇《スメラ》が朝廷《ミカド》に仕へ奉る官官《ツカサツカサ》の人等《ヒトドモ》を始めて、天の下四方《ヨモ》には、今日《ケフ》より始めて罪と云ふ罪は在らじと、高天原に耳振り立てて聞く物と馬牽《ヒ》き立てて、今年の六月《ミナヅキ》の晦《ツゴモリ》の日の夕日の降《クダチ》の大祓に、祓へ給ひ清め給ふ事を、諸《モロモロキ》聞き食《タマ》へと宣る。

（九）　四国《ヨクニ》の卜部《ウラベ》等《ドモ》、大川道《オホカハヂ》に持ち退《マカ》り出でて、祓へ却《ヤ》れと宣《ノ》る。

同音の語や句をこれでもかこれでもかといった具合に反復し、他にちょっと類のない独特な韻律模様を織り出している点、かなり長期間の吟誦に堪えてきた詞章であることが直覚される。形式としてリズムがことばをあわや追いこしているのではないかと思える節さえある。まず目につくのは、（七）の中程の「科戸の風の天の八重雲を吹き放つ事の如く、……」以下、罪を祓えやるのにホメロス風の壮大な直喩——いわゆるepic simile——をたたみかけている点である。

周知のように比喩には暗喩（metaphor）と直喩とがある。あえて要約していえば暗喩は一種の凝縮であり、異質なものを一挙に、出しぬけに、また啓示的に等価たらしめる働きをもつ。それも多様にわたるわけだが、さしあたり例えば出雲風土記の国引きの段に八《ヤ》束水臣津《ツカミヅオミツ》野命、「……童女《ヲトメ》の胸鉏《ムナスキ》取らして、大魚《オフヲ》のきだ衝《ツ》き別けて、はたすすき穂振り別けて、三身《ミツミ》の綱うち挂《カ》けて、霜黒葛《シモツヅラ》くるやくるやに、河船のもそろもそろに、国来《クニコ》々々と引き来縫へる国は……」とあるあたりを想い合わせていただきたい。*1 枕詞なども一種の暗喩と見なしていい場合が少なくない。

それとは異なり直喩は、これも一義化しにくいのだがここの文脈にそくしていえば、ある行為を他の行為または事象と「……如く」で結ぶことによって、外への拡がりと延長をもった場面を眼前に提示するという風に働くのである。「……吹き放つ事の如く」「……吹き掃ふ事の如く」「……押し放つ事の如く」「……打掃ふ事の如く」というこの四つの比喩句のかかわるところが、すでに人のよく見、よく知る事象や行為である点に眼を向けなくてはなるまい。「彼方《ヲチカタ》の繁木が本《モト》を、云々」の句も、繁りあった灌木の根もとを鋭い鎌でなぎ掃ってゆく開墾作業を念頭にもって、かくいったものだろうと私は見る。それでこそこの句は、船を「舳《へ》解き放ち艫《トモ》解き放ちて云々」の前句とバッチリ呼応する。

宣長は「大かた同じさまなるたとへを、四つまで重ねて挙たることは、祓によりて、罪穢ののぞこり清まることの、すみやかにのこりなきことを、たしかに顕はさんために、かへすぐいへるにや」（大祓詞後釈）と評している。もっともこの比喩句四つは、自然の事象にかんするもの二、人の行為にかんするもの二から成っているのだが、しかしこれらの事象や行為は、前述のとおり日常の生活においてみながよく見知っているものである点で共通する。こうしてこれら詞章が読みあげられるのを聞きつつ人は、罪どもが祓いやらわれる思いに次第に自分が漬ってゆくのを感じたのではなかろうか。何れ後でふれるが、これは一種の浄化作用といってもいい。国引き詞章で、広くふくらんだ「童女の胸」がいきなり鉏《スキ》に化けたり、「はたすすき」の穂がホフリ（屠）のホにすり早く転化したりという意外性でもってその比喩が私たちを驚かすのとの、働きの差異を見るべきである。
ここで壬申の乱のことを詠んだ人麻呂の歌の次の一節を思い出すのも無駄ではなかろう。

整ふる　鼓の音は
　雷《イカヅチ》の　声と聞くまで
吹き鳴《ナ》せる　小角《クダ》の音も（一に云ふ、笛の音は）
仇《アタ》見たる　虎か吼《ホ》ゆると
諸人《モロビト》の　おびゆるまでに（一に云ふ、聞き惑ふまで）
ささげたる　旗のなびきは
冬ごもり　春さり来れば
野ごとに　着きてある火の（一に云ふ、冬ごもり　春野焼く火の）
風のむた　靡《ナビ》くが如く
取り持てる　弓弭《ユハズ》の騒き
み雪ふる　冬の林に
飄《ツムジ》かも　い巻き渡ると
思ふまで　聞きの恐《カシコ》く（一に云ふ、諸人《モロ》の　見惑ふまでに）

引き放つ　矢の繁けく
大雪の　乱れて来れ
……

（万、二・一九九）

「如く」という語の用いられること一度だけだが、広い意味で右全体は直喩で構成されているといってよかろう。しかし、大祓のそれとは趣を大いに異にする。ここでは「鼓の音」とか「小角の音」とか「旗のなびき」とか、戦闘のもろもろの側面を次々に比喩化しながら臨場感を出そうとしている。それに対し大祓の詞では、「……如く」と繰り返される四つの直喩が、前に見たとおり拡がりのある場面を提示すると同時に、罪という罪を追放することに向かってひたすら収斂されてゆくのである。ことばの性格も同じでないと感じられる。「声と聞くまで」「おびゆるまでに」「思ふまで」の反復に問題はないとしても、「冬ごもり」と「冬の林」、「み雪ふる」と「大雪の」に見る「冬」と「雪」の重出に一種の抵抗を覚えるのは私だけではあるまい。一方、大祓のこの四句は、繰り返しもあり、語の重出も大ありだけれど——何と「風」が三度、「放つ」が四度用いられている——、不思議とそういった抵抗感を与えない。

この相違が何にもとづくか、うっかり断言できぬけれど、それは恐らく人麻呂が一作者として文字言語の課する新たな労苦と戦っているにたいし、大祓のことばにはまだ伝承的な、つまりオーラルな息づかいが強く生きているのに関連するのではないかと思う。人麻呂の歌に「一に云ふ」がしきりに出てくるのも、異伝もあろうが多くは作者が推敲しつつ両案を考えたものらしい。何れ次節で言及するが、私は大祓の詞を一種の呪文と解する。

二　呪文としての「大祓の詞」

次はいよいよ大祓の詞の中核をなす（七）の後半の瀬織津比咩《ヒメ》・速開都比咩・気吹戸主・速佐須良比咩といった名の神々が要所要所に居て、リレー式に罪を大海原に持ち出したり、それを呑みこんだり、吹き放ったり、そしてついに流亡させるという段になるわけだが、この部分とつきあうのには、やはり行分けにしてこれを掲げる方がよさそうである。

（a）高山・短《ヒキ》山の末より、さくなだりに落ちたぎつ、速川の瀬に坐す瀬織津比咩と云ふ神、大海原に持ち出でなむ。

（b）かく持ち出で往《イ》なば、荒塩の塩の八百道《ヤホヂ》の、八塩道の塩の八百会《ヤホアヒ》に座す、速開都比咩と云ふ神、持ちかか呑みてむ。

（c）かくかか呑みてば、気吹戸《イブキド》に坐す気吹戸主と云ふ神、根の国・底の国に気吹《イブ》き放ちてむ。

ひてむ。

（d）かく気吹き放ちてば、根の国・底の国に坐す速佐須良比咩と云ふ神、持ちさすらひ失

まず（a）の「さくなだりに落ちたぎつ」は、水が音たてでどっとなだれ落ちる意。瀬織津比咩の「瀬織」を「瀬下り」で急流の瀬に下りる意に解し、黄泉国から逃げ出たイザナキが日向の海で禊した折「中つ瀬に降り潜《カツ》きて云々」とあるのと考え合わすべしとする宣長説（大祓詞後釈）はいただけない。ここはやはり幾筋も白波の立つ速川の瀬を織りなす女神を想い浮かべるべきである。「秀起《サキタ》つる浪穂の上に、八《ヤ》尋殿《ヒロドノ》を起《タ》てて、手玉もゆらに織経《ハタオ》る少女《ヲトメ》」（神代紀）という映像ゆたかな句も存する。さてここの「高山・短山の末」が、（七）の始めの「国つ神は高山の末・短山の末に上り坐して、高山の伊穂理《イホリ》・短山の伊穂理を撥き別けて云々」の句とこだましており、「大海原に持ち出でなむ」が、「……大船を、……大海原に押し放つ云々」の句とひびきあっているのはもとよりである。韻律のこうした共鳴現象とその意味については後述する。

次は（b）だが、ここで鍵になることばは「八塩道の塩の八百会」である。それにつき宣長が「八百会とは、八百の塩道の集り会所《アフ》を云ふ、方々の潮道より流れ来る潮の、一つ処に集《マリ》会《ヒ》て、海の底に巻没《マキイ》る所也」（後釈）としているのはさすがである。しかし速開都比咩を古事記にいう水戸神・速秋津比売と同一化し、ミナトは川が海に入って開く所だから「開」という

名があるのだろうとするのは、こじつけに他ならぬ。「開」はパックリ口を開けている意で、だからこの神、大海原にもち出された罪どもをそっくり「かか呑む」、つまりがぶがぶ呑みこむのである。ちなみにカカは擬声語である。

さてここで「大海原」（sea というよりこれは ocean にあたる）というものが、かつてどんな具合に見なされていたかを振り返っておく必要がある。古人は茫々たる海の果てには縁があり、そこが急な坂になっており、その下の方に下界があると考えていた。これが「海坂《ウナサカ》」で、水江浦島はこの「海界《ウナサカ》」を漕ぎ渡ってゆくりなくも「海神《ワタツミ》の娘子《ヲトメ》」（万、九・一七四〇）に出逢ったとあり、また例の豊玉毘売（海神の娘）は海辺で子を産む姿を垣間見られたので「海坂を塞《サ》へて」（古事記）もとの国に帰ったとある。「海坂」は坂であるとともに一つの境であった。そのへんのことはもう何度も言及したのでくり返すのはやめておくが、その点、宣長はいち早く「潮の八百会は、此顕国の海上の堺」といっている。

さて（c）だが、速開都比咩のががぶ呑みこんだ罪どもを、次には下界への戸口にあたる気吹戸にいる気吹戸主という神が「根の国・底の国」へと大いなる風のような息で吹き放つというわけである。「吹き撥《ハラ》ふ気《イキ》、神となる」、「吹き棄《ウ》つる息吹のさ霧に成れる神」（神代紀）などの句もある。そしてそれは前に「科戸《シナト》の風の天の八重雲を吹き放つ事の如く」とあったのをも想い出させる。イブキドのドは門《ト》で入り口の意。こうして罪どもは川から大海にたんに持ち出されるだけでなく、ここで垂直に根の国・底の国へと吹き放たれる。
（d）にいう根の国・底の国は同義で、「海坂」の底なる他界をいう。そしてそれは死者の国であるヨミとも重なっていたことは、根の国のスサノヲのもとを訪ねたオホナムヂ（大国主）が、「黄泉比良《ヨモツヒラ》坂」から脱出したと古事記に語っているのからもわかる。この海底にはまたワタツミの国、あるいはいわゆる龍宮もあるとされていた。世界のこうした構造は私たちには矛盾としか思えぬけれど、宗教上の特定の教義の定まらぬ世では、どこの国でもこれがむしろ伝承の常態であったといっていい。「根の国・底の国」にいる速サスラヒメ――サスラヒメはサスラヒヒメの約――という神が、イブキドヌシのイブキ放った罪どもを直ちに流亡させてしまうだろうというわけだが、瀬織津比咩からサスラヒメに至る諸神の名は、かくて活物としての大海の水のあれこれの相をあらわす。

このあたりの詞章では、「……なむ」や「……てむ」といったいいかたが、「大海原に持ち出でなむ」「持ちかか呑みてむ」「気吹き放ちてむ」「持ちさすらひ失ひてむ」という具合に反復用いられている。「なむ」「てむ」はどちらも「きっと……してしまうだろう」という確かな推定や期待をあらわす語とされる。それをくり返すのは、いやが上にもそうした期待が強いことを示す。そのさい「持ち出でなむ」だけが「なむ」であって「てむ」でないのは、「出づ」の完了形が「出でぬ」であって「出でつ」でないのにもとづく。

さきに私は、「科戸の風の天の八重雲を吹き放つ事の如く」以下四つの直喩句の示す事象や行為が、「遺《ノコ》る罪はあらじ」という句に向かって収斂されてゆくとしたが、さらにこの段になると右に見るとおり、くさぐさの罪が国土の外なる大海原に持ち出され、そっくりそれが海底の根の国で流亡させられるといった次第になる。この詞章がここまで読み上げられるのを聴聞するに及んだとき、おのおの贖《アガ》物を差し出して朱雀門前に参集したものたちは、多かれ少なかれ罪の抑圧から解除されたような気におのずと誘いこまれたのではなかろうか。詳しくは第七節「儀礼の現場」の条で取りあげるが、とくに詞章（七）の放つ躍動的な映像、それと不可分に包みあっている摩訶不思議としかいいようのない身体的な韻律などからして、ほぼそのように推測できる。

　音連鎖のなかで類似した聴覚印象が反復されるのをリズムと呼ぶが、記紀歌謡や万葉の長歌で五・七音出入りの定型がずっと続くのとは、これはもとより大きく趣を異にする。歌では次にどのような音形が来るかあらかじめほぼ予想可能だけれど、ここではそれができない。定型というものが存しないからである。だがここにも類似した聴覚印象をもつ句が、「……に坐す……と云ふ神、……持ち出でなむ。かく持ち出で往なば、……に座す、……と云ふ神、……かか呑みてむ。かくかか呑みてば、……に坐す……と云ふ神、……気吹き放ちてむ。かく気吹き放ちてば、……に坐す……と云ふ神、……さすらひ失ひてむ」という風に反復されている。しかもそれは（五）から（六）にかけて「……ここだくの罪出でむ。かく出でば、……」、（六）から（七）にかけ「……宣れ。かくのらば、……聞し食さむ。云々」とあったのとも、遥か山彦のようにこだましあっている。

さきにいったように音数律で測れない上、枕詞が全く用いられていないのも、歌あるいは歌いものとの違いを示す。かといって、もとよりそれは語りものまたは叙事詩でもない。（七）の部分の韻律につき摩訶不思議としかいいようがないとつい口走ったが、ことほどさように、リズムというのは微妙で、しかも厄介で困難な問題を抱えているのである。聴覚印象云々といったところで、たんに生理的な受容であるはずがない。リズムが、精神とも結節している《内なる耳》によってのみ感知される、つまり物的に観察できぬ曖昧な何ものかである点については、かつて書いたことがあるので繰り返さぬが[*2]、大祓詞章についても同じことが指摘できる。

一般に祝詞の修辞学の特徴として、列挙法・反復法・対句法等があるとされる。しかし大祓の詞、とくに（七）の段では、こうした手法がたんに個々にではなく、それこそ一斉に組んづほぐれつしながら同時進行していっている趣を呈しているため、右のような形式上の分類も何やら空しいものに思われてくる。では大祓の詞とはいったい何なのか。これまで自明なもののように受けとられて来た向きが強いが、ここでこのことを改めて問わねばなるまい。延喜式でノリトに「祝詞」の文字を当てているのは、祈年祭などで「天つ社・国つ社の皇神等」つまり官社の神々に奉幣するようになるにつれ、ノリトが言葉うるわしくこれらの神々をほめたたえるに至った以後の新たな当て字であろう。その点、古来大祓祝詞とはいわず大祓詞とするならわしになっているのは、それが並みの「祝詞」とは質を異にするものと目されてきたからに違いない。ずばりいって大祓の詞は一種の呪文だと私は考える。[*3]

呪文にとってまず以て大事なのは、力のこもった言葉であること。それは言霊によって罪を力ずくで追い出そうとするのだからだ。前節にふれた四つの比喩句や、本節にとりあげた(a)(b)(c)(d)の詞章がこぞって一種独自な激しさを帯びているのを見てもわかる。さらにそうした言葉が呪術的な韻律を織り出して人を魅すること、またそれが公的に唱えられることが必要であった。宣命譜《センミヤウフ》というのがあったらしいが、大祓の詞の宣読にもそれなりの骨法が伝承されていたかもしれぬ。少なくとも大祓の詞が、呪文あるいは呪言に本質的な、右にふれたようなもろもろの特性を具有する詞章であることは納得していただけるだろう。

三　大祓、贖罪、スサノヲ追放

「さくなだりに落ちたぎつ、速川の瀬に坐す瀬織津比咩《ヒメ》」云々を解するのに、古事記に見える日向のアハギ原でのイザナキのミソギのくだりを以てする宣長説を見当外れだとさきには評したが、しかしこうした解釈にまんざら根拠がないわけではない。というのはハラへとミソギとは、いち早く折衷または習合していたらしいからで、現に古事記もイザナキのミソギを「禊祓」という文字であらわしている。万葉にも「身祓」をミソギと読ませた例がある。

しかしすでにいわれているとおり、ハラへは「罪」を払い除くものであり、ミソギは「穢れ」を洗い清めるもので、両者の間には明瞭な区別があった。大祓の詞に「罪」という語は頻出するのに「穢れ」という語が一度も出てこないのも、そのことと対応する。[*4]では両者はどのように違っていたか。

まずいえるのは、罪を犯したものは一種の負債状態に置かれ、それをアガナフことが求められた点である。しかも表に顕われたものより、むしろ、隠された罪の方が問題であった。古事記仲哀の段に「罪の類を種種《クサグサ》求《マ》ぎて」大祓したとある。このように罪をさがし求めるのは、罪には顕在化せぬ不作為のものが多かったからで、大祓の詞に「国中《クヌチ》に成り出でむ天の益人等《マスヒトラ》が、過ち犯しけむ雑雑《クサグサ》の罪事《ツミゴト》」（五）と推測的にいうのも、このへんの消息を語るものにほかならない。六月と十二月の晦に、こういったさまざまの罪を国中《クヌチ》から祓え除こうとして朱雀門に百官男女が参集しておこなわれる儀礼が大祓で、そのとき例えば天皇は「御《ミ》贖物《アガモノ》」として鉄人像・薄絁《アシギヌ》・糸・木綿・麻・御衣・袴・被・鍬・米・酒その他の品々——これは後にふれる東西文部《フミベ》の祓とも関連するのだが——を差し出すきまりになっていた（延喜式）。中宮・東宮についても、ほぼ似た規定がある。

さて大祓の詞にあげる罪の名を念のため記せば、（五）に見るとおり「畔放・溝埋・樋放・頻蒔・串刺・生剝・逆剝・屎戸」（天つ罪）と、「生膚断・死膚断・白人・胡久美・己が母犯せる罪・己が子犯せる罪・母と子と犯せる罪・子と母と犯せる罪・畜犯せる罪・昆虫の災・高津神の災・高津鳥の災・畜仆し蠱物為る罪」（国つ罪）となる。ここで忘れてならぬのは、これらはみな広義での宗教上の罪つまりsinであり、刑法上の罪つまりcrimeではないという点である。例えば殺人や窃盗の罪をここにあげないのは、それらがcrimeであり律によって罰せられる罪であったからだ。また「己が母犯せる罪」「己が子犯せる罪」等をあげるのに、「人の妻犯せる罪」がないのも、やはり同じ道理にもとづく。それは「姧」として律で刑せられる。

このへんのことについては、宣長がすでに次のようにいってのけている。「つらく考ふるに、まづ上代に、もろくの罪を治むるに、刑と祓と有て、刑《ツミナ》ふべき罪と、祓を負すべき罪との異《カハリ》ありけむか、……然れば此大祓に挙られたる条目どもも、諸の罪の中にて、刑《ツミナ》ふべき罪にはあらで、必《ズ》祓ひ清むべき罪のしなぐくにぞありけんかし」（大祓詞後釈）と。つまりritual offenceが大祓にいうツミである。

右の「天つ罪」と「国つ罪」に列挙されたものが、しかし罪の総目録であるわけではない。それはいうならば神話的にその項目をあげただけで、したがって（五）の末句「ここだくの罪出でむ」は真淵のいうように、右は「凡そにて、それのみならねば、ここだくといへり」（祝詞考）と解するのが正しい。犯された罪が何であるかわからぬからこそ「罪と云ふ罪」、つまりたんにあれこれではなくすべての罪がこの国土から追放されねばならなかったのだ。

さてこの大祓儀礼の起源をかたるのが、高天の原からスサノヲを追放した記紀の神話である。周知の話なのでくり返すのは控えるが右にあげる「天つ罪」は、天照大神のとりおこなう祭事の聖性を冒したスサノヲの荒ぶるわざの名目であり、かくてスサノヲは「千座《チクラ》の置戸《オキト》」を科され、高天の原から出雲を経て根の国へと追いやられる。この「千座の置戸」とは、贖物をどっさり置いた台の意で、すべての罪を表象する。

ミソギはこれとは異なり、身についた穢れを水で洗い流す行為をいう。語としてもミソギは身ソソギ、すなわち身をそそぎ浄める意である。そして黄泉国から脱出したイザナキが、死者に触れたわが身の穢れをすすぐため「日向の橘の小門の阿波岐《アハキ》原」の瀬に下り立ってミソギしたという記紀の話が、このミソギの起源譚をなす。死穢は、もっとも重い穢れであった。

ただミソギについて云々するさい、現に多少ともそうなっていると思うのだが、それをたんに日本に固有な浄化形式であったと見なしてはなるまい。水で身を浄化することは、ほぼ世界的なひろがりをもつ形式であって、キリスト教の洗礼なども、実はそれを象徴化したものである。一般にミソギは消極的に穢れを除くだけでなく、神に近づくにふさわしい状態を作り出そうとするものであったといえる。それにたいし大祓に準ずるものを求めるとすれば、後にもふれるが仏教の悔過《ケカ》とか懺法《センポウ》などがあげられる。あるいはユダヤ教の正月にあたる贖罪日に、人びとの罪を負うたスケープゴートを荒野に放つ例（旧約レビ記）――後にはそれは崖からつき落とされたという――などがあげられよう。ものの本によると、これに似た祭式は古代ギリシャとかヒッタイトその他でもおこなわれていたという。

何れにせよミソギとハラへとは、明らかに別々のものであった。ところがかなり早い時期から両者が馴れあったのは、ともに水と縁ある行事である上、罪も穢れも神的なものにたいしクリーンでなく、それを濯ぐことと解除することとの間に接点があったからだろう。次に見る伊勢物語の例では、語としてもこの両者がごっちゃになっている。「陰陽師《オンミヤウジ》・巫《カムナギ》よびて恋ひせじといふ祓」をしてもらったのに、なお恋心とどめがたく、「恋ひせじと、御手洗河《ミタラシ》に、せしみそぎ、神は受けずも、なりにけるかな」と歌ったとある。

万葉集などにも「時つ風、吹飯《フケヒ》の浜に、出で居つつ、贖《アガ》ふ命は、妹がためこそ」（一二・三二〇一）とあり、ハラへが個人化されていたさまを知りうる。「水無月《ミナツキ》の、なごしの祓、する人は、ちとせの命、のぶといふなり」（拾遺集）とも歌われている。斎宮・斎院のミソギのようなものもあるにはあるが、「大祓執中抄」（近藤芳樹）にいうとおり「おほかたはみな禊は私に修するわざ」であったわけで、それと結びついたハラへに私的な色合いが強まるのも肯ける。八十島祓と呼ばれる八十島祭なども――その初出は平安初期の文徳天皇嘉祥三年（八五〇）である――、一代一度の祭りではあるが、もう天皇一家の私祭にすぎなかった。

だから、こうした次元でミソギとハラへの関連にかかずらうだけではらちはあかない。本稿の主題はたんなるハラへではなく大祓である。そして大祓は右に見たようなハラへとはいささか範疇を異にする儀礼であった。さきに仲哀記に見える臨時の大祓のことに言及したが、仲哀が神の教えに従わず急死したあと、急遽とりおこなわれたからといって、それを死穢によるものとすることはできない。もしそうであれば、「罪の類を種々求ぎて」大祓したというはずがない。（なお、この項に該当する拙著『古事記注釈』第三巻の記述は根本的に訂正されねばならない。）後で述べるように大祓は、いわゆるハラへが多少ともミソギと結びつき個人の罪を消し再生を祈るわざとなっていたのとは違い、神的な掟を犯すもろもろの「罪と云ふ罪」をこの国土から追放し、いわば聖なる調和を回復しようとする公的な儀礼であった。したがってそれは、犯したものつまり罪人の立場からではなく、むしろ犯されたものすなわち共同体や国の側から執行されるのである。恒例の大祓の意図するところは「定期的な国土の罪からの浄化による神との関係の確認あるいは再確立、そしてそれによる国土の再生」[*5]であったとする定義を、かくて私たちは了承できる。臨時の大祓も、罪のため聖なる調和が壊れ国土が危機に瀕しているとの卜定に応じるものであった。

ただ、これをいわゆる通過儀礼と見なすのはどうかと思われる。大祓の大祓たるゆえんは、「罪と云ふ罪は在らじ」「遺る罪は在らじ」とあるように総体的に罪を贖って国土を浄めるスケープゴート——下にもいうとおりそれは動物だけでなく人や物でもありうる——がそこに存する点である。スケープゴートの概念は政治的に濫用されすぎて来た嫌いがある。例えばお偉方の罪をかぶって消される下級者とか、あるいはいわゆる貴種流離譚の主人公とかをそう呼ぶ場合が少なくない。これではしかし、共同体の罪の総体にかかわるこの言葉の原義は失われてしまう。（イエス・キリストはすべての人の罪をあがなうため死んだ神人だという教理も、この原義にもとづくものに他ならない。）スケープゴートのことを最初に大きくとり上げたのはフレィザー『金枝篇』だが、もうそこで本来の scapegoat と個人的な surrogate（身代り）とがごっちゃになっているとされる。この批判はフレィザーのむしろ忠実な弟子筋にあたり、『新金枝篇』を編んだT・H・ガスターのことばだけに、ひとしお重みがあると思う。[*6]『金枝篇』はすぐれた古典ではあるけれど古城のようなもので、現代人がそこにそのまま住みこめるというわけにはゆかない。

だがそれにしても、これら「罪と云ふ罪」が追放されるという「根の国」は、いったい空間的にどのあたりに存し、コスモロジーとしてこの国土とどのように関連するとされていたのだろうか。それをただ海の底なる他界と見るだけではあまりにも漠としており、無方向すぎる。

これが次の問題になる。

四　潮境としての壱岐・対馬

右の問題を解く鍵は、大祓の詞をしめくくる（九）の「四国《ヨクニ》の卜部等《ウラベドモ》、大川道《チ》に持ち退《マカ》り出でて、祓へ却《ヤ》れと宣る」という最後の一節にある。（神祇令にも「卜部為二解除一」と見える。）これは式次第を語ったものにすぎぬとして軽くあしらわれて来ているのだが、実はここに大祓の詞の本質を知るのにすこぶる肝腎な契機がかくされている。

卜部は神祇官に所属する伴部だが、これについてはまず延喜式に、「卜部取二三国ノ卜術優長ノ者一。（伊豆五人、壱岐五人、対馬十人。）」（臨時祭式）とある。伊豆・壱岐・対馬の三国なのに「四国の卜部」と称するのは在京の卜部を含むからだとする向きもあるが、対馬を上県《アガタ》・下県の二国にわけてこういったとする説が正しい。そのへんのことは何れ後でもふれるが、さしあたり、「四国」のクニは国郡制のクニではなく、国造制のクニであるのを忘れてはならぬことだけをいっておく。[*7] ではどんな「卜術」かといえば、それは亀の甲を灼いて生じるひびの割れ具合で吉凶をうらなう亀卜で、これはもとより大陸伝来の新たな卜法であった。亀は中国では蓬萊山を支える動物、長寿であるため未来を予知する霊能があるとされていたという。そして殷墟出土の甲骨文字からは、殷代に亀卜や祭祀を軸にした神聖王朝ともいうべきものの存していたらしい様相が知られるのだが、[*8]日本の律令政府はこの亀卜の法を伝統的なウラナヒに替り権威あるものとして神祇官にとりこみ、卜部をしてその事に当らせたのである。[*9]

日本でも亀が神とゆかり深い動物と目されていたことは、豊玉姫が大亀に乗り玉依姫をつれ海宮からやってきたという神代紀の話などからも見当がつく。神と亀は縁ある語かも知れぬ。カメ（亀）のメとカミ（神）のミは、ともに乙類の仮名に属する。奈良朝に亀を瑞祥として「霊亀」「神亀」「宝亀」などしきりに改元しているのにも、何がしかの下地あってのことであろう。万葉にも藤原京のことを「我が国は、常世《トコヨ》にならむ、図負《アヤオ》へる（甲に模様ある）、神《クス》しき亀も、云々」（一・五〇）と詠んだ寿歌がある。こうして亀卜もかなりすんなり神祇官に受け入れられたと推測される。

さてそのさい、神祇官の卜部二十人のうち対馬十人・壱岐五人という具合に選び取られたのを、対馬・壱岐が中国から亀卜の伝来してくる道筋にあたっていたせいだとする向きもある。が、これでは伊豆から卜部の出てくるゆえんが解けない。「四国の卜部」が右のような構成をとるに至ったのには、もっと別の契機が働いていると見るべきである。壱岐・対馬についていえば、そこがともに異国への航路にあたり、対馬海峡が国土の西の果てを画する地帯であったことそれは切り離せないと私は考える。ちなみにイキは「往き来」するイキ＝ユキにもとづく名、ツシマは「百舟の、泊つる対馬」(万葉) と見えるとおり舟泊りの津である島の意。つまり「根の国」のハヤサスラヒメが、国中から放たれてきた罪どもを一挙に流亡させるのにこのあたりは、まさにふさわしい海域とされていたわけだ。

話は飛ぶが、中世の幸若舞その他に、「日本と唐土の潮境ちくらが沖」(百合若大臣) といったものいいがほとんど決り文句みたいに何度か出てくる。それにつき辞書類に「ちくらが沖」は韓《カラ》(または唐) と日本の潮境にあたる海と定義しているのはそのとおりだが、チクラは巨済島の古称である瀆羅の転か、あるいは筑紫の「筑」と新羅の「羅」の抱きあわせかと持っていったりするのはいただけない。むしろ古事記や日本書紀に、高天の原でさんざん罪を犯したスサノヲに「千位《チクラ》の置戸《オキト》を負せ……神やらひやらひき」(記) とか、このスサノヲに「千座《チクラ》の置戸の解除《ハラへ》を科《オホ》せて」「底つ根の国」(紀) に追放したとかあるのを想起すべきではなかろうか。大祓の詞にも「……ここだくの罪出でむ。かく出でば、天つ宮事以ちて、大中臣天つ金木《カナギ》を本《モト》打切り、末打断ちて、千座の置座に置き足《タ》らはして、云々」とある。「天つ金木云々」(六) は宣長のいうように古い作法をいったものらしく、後の延喜式などからは解けぬ不詳句なのだが、それはしばらくおきここで大事なのは、「千座の置座」というのが、大祓の詞にとっても一つのキーワードであったに相違ない点である。後の新撰亀相記などにもこの語はやはり温存されていっている。

チクラノオキド・チクラノオキクラとは諸人の差し出した祓《ハラヘ》つ物つまり贖《アガ》物をどっさり載せた台という意で、そしてそれはこの国土の罪の総体を象徴する。古代人は罪はたんなる心的状態ではなく物化されうるものと考えていた。さればこそ罪という罪が大祓では川から海へ、さらに大海のあれこれのところを通って底なる根の国で亡びさるという風に語られたのである。ただそのさい忘れてはならぬ、この根の国は実はスサノヲが高天の原を追われ、出雲を経て到り着いたというその根の国でもあるということを。かくて中世の幸若舞その他にいうチクラガオキという語の記憶が、スサノヲの科されたチクラオキドにまでさかのぼるとしても、さして驚くにはあたらない。スサノヲは、もろもろの罪を背負って西の果てなる根の国まで放たれた贖罪の羊であった。釈日本紀にスサノヲを「人形《ヒトガタ》」の始まりとしているのは、やや後世風だが一理なくもない。

古いところに持ってゆきすぎるとのそしりを受けそうだが、しかし言葉には目に見えぬ糸で奇妙な具合につながってゆく場合がよくあるわけで、唐と日本の潮境がチクラガオキと呼ばれるようになったのも、大祓詞に「千座の置座」とあり、それを大祓にさいし対馬や壱岐出身の卜部らが祓えやる仕儀となっていたことと関連するはずである。そして、なぜ対馬・壱岐から卜部が選ばれたかといえば、それは根の国に罪どもを祓えやろうとする場合、この海域こそ異国に接する西の境界地帯に当っていたからである。村と村、畿内と畿外、中心と周辺の境その他、境というものが独自な宗教性を帯びていたことはよく知られている。なかんずく危機的なものが孕まれているのは、異国に接する領土上の国境であった。「四国の卜部」の秘密を解く第一の鍵がここにある。

もっともチクラガオキが中世に浮上してくるのは、実はもっと別の回路とも包みあっていた点があると考えられる。それには陰陽師が絡んでいる。紫式部日記の中宮お産の条に、「陰陽師とて、世にあるかぎり召し集めて、八百万の神も耳ふり立てぬはあらじと見えきこゆ」とあるが、これは（八）の条に「かく失ひてば、……天の下四方《ヨモ》には、今日より始めて罪と云ふ罪は在らじと、高天原に耳振り立てて聞く物と馬牽《ヒ》き立てて、云々」とあるのを下地にしたものいいで、多くの陰陽師らが一斉に大祓の詞を声高にとなえたさまがうかがえる。「七十一番職人歌合」にも、陰陽師は水干に袴を着し祓串をささげた姿で登場し、「われらも今日は、晦日《ミソカ》御祓、持参候べきにて候」と口上している。つまり大祓の詞はむしろ民間の個人祭祀の場で活動する陰陽師らの口を通して普及していったのであり、かくて大祓の詞のチクラノオキクラがチクラガオキに化けるという事態も生じたと推測できる。民間伝承の世界では、こういう現象は朝飯前のごくありふれたことであったと思われる。

五　卜部と海人と

それにしても亀卜に従事するはずの卜部が、なぜ大祓にこのようにかかわってくるのか。神祇令に「中臣宣㆓祓詞㆒、卜部為㆓解除㆒」と見えるこの「解除」は、もとより大祓の詞の最後にいう「祓へ却る」にあたる。これにつき、「(貞観)儀式や延喜式に見える神祇官の卜部は、……実際には殆ど亀卜以外の解除とか祭事の雑務とかに役せられているのであって、それは同じく神祇官の伴部なる神部と余り違わない」[*10]とされる。神部《カンベ》はいわゆる負名《オイナ》氏(中臣・忌部《インベ》等)から任じられ、卜部より上位にあったのだが、では卜部に替り神部が大祓の「解除」の任にあたっても差しさわりないかといえば、そうは行かなかったはずである。

貞観儀式の大祓の条に「中臣……読㆓祝詞㆒」とあるのが、延喜式には「卜部読㆓祝詞㆒」とあるのを卜部氏による改竄と見る向きが有力だけれど、中臣氏が全体を掌る点は変らぬにしても、卜部氏が次第にこの儀礼との因縁を深めてゆき、「解除」だけでなく祝詞をも読むに至ったと解せなくもない。大祓の詞の伝本に卜部本と称されるものがあるのも、これが卜部によって読まれたであろうことを暗示するとの見かたがある。[*11] 現に卜部は貞観儀式や延喜式によるに、大祓にさいし贖物として荒世《アラ》・和世《ニゴ》の衣を王族に献ずることになっていたし、少なくとも下に見るとおり罪を根の国に祓えやる資格をもつのは卜部のみであったのを知るべきである。だからそれは決してたんなる「雑務」の一つではなかった。

前節で第一の鍵にふれたが第二の鍵は、これら卜部が海人《アマ》であった点にあると思う。そのへんの消息は、天平八年の遣新羅使の一人・雪連宅満《ヤカマロ》なるものが壱岐の島に着いたとき、「鬼病《エヤミ》」に遇い急死したのを悼んだ、万葉巻十五所載の次の歌によって知ることができる。

わたつみの　恐《カシコ》き道を　安けくも　無く悩み来て　今だにも　喪《モ》無く行かむと　壱岐《ユキ》の海人《アマ》の　秀《ホ》つ手《テ》の卜部を　かた焼きて　行かむとするに　夢《イメ》のごと　道の空路《ソラヂ》に　別れする君　（一五・三六九四）

（海原の怖い道を、安らかな思いとてなく苦しんで来て、せめてこれからは無事に行こうと、壱岐の海人なる名うての卜部に占ってもらって、いざ行こうとする折しも、夢のようにはかなく旅の空で別れ去った君よ）

大蔵式によるに、入唐使・入渤海使・入新羅使には大使・副使を始め医師・陰陽師・通事・水手《カコ》等々のほか卜部が乗りこむ決りになっていた。これをもとに雪（壱岐）連宅満は神祇官の卜部として仕えていたのがこの一行に加わったのであり、「壱岐の海人の、秀つ手の卜部」も雪宅満その人をさすとする向きもあるけれど、[12] これはいささか勇み足ではなかろうか。姓氏録によると神別の壱岐直と渡来系の伊吉連との二流があり、後者の連姓の方は有名な伊吉連博徳などの出た史官の家で、壱岐出身の直姓の卜部氏とは異なると見るのが妥当である。ここでも、懐風藻に漢詩一篇を上総守として載せるほどの雪宅満を「壱岐の海人」と呼ぶのはすこぶる不自然である。壱岐出身の卜部については、少し後のものだが伊伎宿禰是雄――宿禰姓は直姓の流れを汲む――の卒伝が役立つ。いわく「是雄ハ壱伎島ノ人ナリ。本姓卜部、改メテ伊伎ト為ル。……神代ヨリ始メテ、亀卜ノ事ニ供フ。ソノ後子孫祖業ヲ伝習ス。……是雄、卜数ノ道、尤モ其ノ要ヲ究ム。……嘉祥三年、東宮ノ宮主ト為リ、皇太子即位ノ後、宮主ニ転ズ。……貞観十一年従五位下ニ叙ス」（三代実録、貞観十四年五月）。宮主は神祇官の卜部の長で、天皇の祈禱師ともいうべきものだが、この是雄は恐らく壱岐の海人の首領級の家の出で、亀卜のわざは出身地の壱岐の家でも「祖業」として伝承されていたと思われる。[13]

神功紀には、志賀の海人《アマ》などに西海に国ありやを探らせてから、「吉日を卜《ウラ》へて」新羅に向かったと見える。ウラナヒによって吉凶を問うことは、古代の生活では多少とも欠かせぬ要素であったはずだが、とくにもろもろの偶然と危険にさらされて生きる海人にとって、ウラナヒはほとんど必須のわざで、それなしには生業がなりたたぬていのものであっただろう。風や雲や潮、あるいは天体の示すちょっとした変化の兆しから、彼らは何が生起しようとしているかを占い、その暗示を速やかに解読せねばならなかった。それが生業と切実に結ばれていた。こうして亀卜のことに携わるに至った神祇官の卜部は、みな海人の出身だったと見て誤らない。壱岐・対馬・伊豆等のもつ地域の特性からも、彼らが海人だったに違いないことが推定できる。その点、右にあげた万葉の歌の「壱岐の海人《アマ》の、秀《ホ》つ手《テ》の卜部」という句には、万鈞の重みがあることになる。

いや、そのような側面からの証明の手だてに頼るだけでは充分とはいいがたい。それよりむしろ、大祓の詞章そのものが、何よりもいい証しといえる。最初に引いた本文（七）の瀬織津比咩以下の段に改めて眼を向けていただきたい。つまり大海原に持ち出された罪どもが潮の渦巻くあたりに呑みこまれ、さらにそれらが海の底なる根の国へと息吹き放たれ、そしてそこでついにさすらい失われてゆくさまを、それこそ沸騰するようなリズムでたたみかけるこの一段の放射する海洋というものの動態についての、他にちょっと類のない独自な映像、このへんのことばが大海との間にもつ執念ぶかいかかわりかた、これらは海という大いなる自然に挑んで生きる海人たちの経験を媒介にして初めて可能であったといえるのではなかろうか。大祓儀礼を掌るのは中臣氏であるにしても、実際に罪の解除にあたるのは海人出身の卜部にほかならなかったゆえんが、詞章じたいからこうして読みとれる。

「四国の卜部等、大川道に持ち退り出でて、祓へ却れ」という結びのことばは、かくてたんなる式次第以上の意味をもつ。それは決して神部がやってもいい「雑務」などではなく、この役はどうしても海人の出である「四国のト部等」でなければならなかったのである。

六　伊豆諸島のもつ意味

みずからを中華と称する大陸の帝国からすれば、倭国《ワコク》つまり日本は渺たる一「東夷」にほかならなかった。だが奇妙なことに、この日本国にもまた己れの「東夷」が存在した。古代の民族や国家では、世界を自己中心的にとらえ、周囲のものを蛮族視しようとする志向がとても強かった。

古事記のかたるヤマトタケルのいわゆる東征譚によると、かれは「悉に荒ぶる蝦夷等《エミシドモ》を言向《コトム》け、また山河の荒ぶる神等を平和《ヤハ》し」て後、足柄の坂に立って「あづまはや」と発したとある。走水の海で入水した妻オトタチバナヒメを偲ぶことが、同時に東国をアヅマと呼ぶ地名起源説話にもなっているわけだが、ここには大和の王権にとって足柄の坂が「化外《ケガイ》」の民エゾに対する一つの象徴的な境であった時代の消息が見てとれる。が、足柄峠という一点に固執すべきでない。むしろこの峠から箱根を経て伊豆半島に下り、さらに東南に向かって散らばる伊豆七島（大島・利島・新島・神津島・三宅島・御蔵島・八丈島）に及ぶ海域も、見すごすわけにゆかないのである。この伊豆諸島は空間として壱岐・対馬と東西の対極をなし、従ってその海域はもう一つの「根の国」やチクラガオキでありえたと考えられる。神名帳にあたって見るに、下国なのに伊豆国には九十二座の式内社がある。例えば駿河国二十二座、甲斐国二十座、相模国十三座、武蔵国四十四座、安房国六座、上総国五座、下総国十一座、常陸国二十八座などに比べ、これはかなり突出した数字である。しかも伊豆諸島にあわせて二十二座もそれが存する。なかんずく集中しているのは三宅島で、何と十二の式内社がこの小島に集中して鎮座したことになっている。（なお壱岐島には二十四座、対馬には二十九座の式内社があるのも見逃せない。）

伊豆諸島に式内社がこんなに多く配されたのは、それが神異に富む火山群島であったことによる点もなくはあるまい。例えば天武紀十三年に、大地震あり、「伊豆島の西北、自然に増益《マ》せること、三百余丈、更一《イマヒトツ》の島となれり。即ち鼓の音の如くあるは、神の是の島を造る響なり」と見える。また承和七年（続後紀）の条には、神の造った島の神津島に鎮座する物忌奈神と阿波神――ともに名神大社――にかんする神異のことどもがあれこれ記されている。しかしこうした点だけから伊豆国が中央の注目するところとなったとは考えにくい。少なくとも、伊豆国から卜部の貢されるいわれがそこにあるとすることはできまい。

三宅島の名は、養老六年（七二二）多治比三宅麻呂なるものが「伊豆島」（続紀）に流されたのにもとづくとする向きもあるが、この名はもっと端的に宮廷の直轄地の意に解してよさそうに思う。むろんここは経済的にはさして取りえのある島ではないから、田部による農業経営を主とする一般の屯倉《ミヤケ》と同一視はできぬ。しかし宮廷につらなる十余の式内社が置かれているのであってみれば、それは宗教的な意味でほとんど宮廷直轄領というに近く、さればこそミヤケ島と称されるに至ったと考えていいのではなかろうか。

その点、対馬も壱岐も県(アガタ)であった事実を見逃せない。古事記の系譜にはいう、アメノホヒの子タケヒラトリは「出雲国造・无耶志《ムザシ》国造……津島県直……等の祖なり」と。この津島県主と並んで壱岐県主の名が、顕宗三年紀に祭祀者として出てくるのにも深いわけがあるはずである。アガタについてはまだ明らかでないところもあるようだが、県主は国造より宗教色が濃く、また宮廷への従属性が強いこと、したがってアガタが宮廷領に近い性質を有していたことは確かで、それは「倭の六つの御県」(祈年祭祝詞)などに徴してもわかる。こうしてアガタとしての壱岐・対馬と、ミヤケ島を軸にする伊豆諸島とが、中央政府にとって西と東の二つの空間上の磁極であったのを知ることができる。

伊豆諸島にいわゆる祭政未分の状態が江戸期になるまで続いていたのも、こうした事情に関連するであろう。*14 だから三宅島は一つの象徴であったといえる。伊豆七島の式内社の神々の多くが伊豆の一の宮三島大社の眷属と伝えられるのからもわかるが、伊豆半島東側から七島にかけては一つのまとまりをもつ地帯であった。じじつ七島はみな和名抄では三島郷に属する。三島は御島の意に相違ない。こう考えてくると、伊豆国から神祇官の卜部が撰び取られるいわれが何であるか、およそ見当がつく。足柄の坂を起点に伊豆七島にかけての海域が、さっきもいったように荒ぶる「蝦夷等」の棲む化外の地に接する境界線であったことと、それは不可分なはずである。

西の壱岐・対馬の海域にしても、実は異国との間にたんに船の往き来が多いというだけではなく、新羅の存在が大きくものをいっていた点を忘れるべきでない。かつて大和の王権の辺境をなすのはアヅマとサツマであった。ツマは端の意で、アヅマとサツマがその両端であった。[*15]ところが隼人の服属とともに西の辺境は移動し、次いで急浮上してきたのが新羅であったと思う。仲哀記や神功紀で、クマソ討伐を止め代って新羅へ出向くという風に話が展開しているのは、このことと関連があるに相違ない。しかもその新羅を征し、その国を天皇の「馬甘《ミマカヒ》」として隷従させたと語っているところには、相手を言辞の上で卑めることにより己れの優越を示そうとする魂胆が見てとれる。[*16]つまりそれほど新羅の存在が強く意識されていたことになる。

とにかくある時期の大和政権にとり、西の壱岐・対馬と東の伊豆の両者がほぼ類似した政治的・神話的な意味を蔵する地帯と見なされていた点を逸するならば、なぜ伊豆国から卜部が取られるか、うやむやに終ってしまうほかあるまい。伊豆国の船は中央でもよく知られていた。

万葉には、「防人の、堀江漕ぎ出る、伊豆手舟、梶取る間なく、恋は繁けむ」(二〇・四三三六)という歌が見える。伊豆国風の船は、難波から防人らを送り出す官船として用いられていた。また応神紀には、伊豆国に命じて造らせた船、軽く浮かんで速いこと走るが如し、故に枯(軽)野と名づけたとの話を載せる。これらには、伊豆国の海人たちが航海や漁労の術に長けていた消息が十二分に示されている。

しかしこのことを強調するだけでは仕方がない。伴信友《バンノブトモ》は「卜部を定置れたる壱岐、対馬は島国なり。伊豆は海中にさし出て、これも島国ともいふべきところにて、共に海辺に便あり。式に亀甲を紀伊、阿波、土佐、志摩の国々より貢らしめらるる由見えたり。この国々も、海辺ひろきところにてあり」（正卜考）とし、卜部と海との間に関連のある事実に気づいている。これはさすがといっていいけれど、しかし亀甲を貢した紀伊以下の国々からではなく、卜部が取られるのは壱岐・対馬・伊豆国からであった。また伊豆などよりは淡路とか伊勢とかの国の海人の方が、宮廷との因縁はずっと強かったといえる。両者とも「み食《ケ》つ国」、つまり天皇の食する海のものを納める国の海人と呼ばれていた。ところがこうした国々の海人が神祇官の卜部に取られるという事態にはならなかった。理由は明白である。右にあげた国々は、宮廷と縁深い海人の住する地ではあっても、さっきから見てきたごとき境界地帯に固有な政治的・神話的な磁力を持たなかったからである。

その点、天武九年（六八〇）に駿河国から田方・賀茂二郡を分離して伊豆国を新設した（扶桑略記）との記事は、やりすごさぬ方がよかろう。これは律令制の開始にあたり、伊豆国が天皇の治めるこの国土の構成上、ある独自性をもつ一つの単位として新設されたことを暗示する。

だがこの伊豆国を国郡制のクニと考えるだけでは充分でない。前にふれたように、「四国の卜部」のクニはそれ以前の国造制的なクニであった。「伊豆半島ではなく、明らかに伊豆七島の豪族が、伊豆の卜部を率いていた」[*17]（圏点引用者）、との指摘に注目せねばなるまい。それは令義解職員令の条に引く別記に、津島上県国造・下県国造・壱岐国造・伊豆国島直らがおのおの卜部・厮《カシワデ》を率いて神祇官に仕えていたとあるにもとづく。防人軍団などと同じく国造級のもの、またはその代理者が部領していたわけで、伊豆の卜部についていえばそれを率いたのは島直、つまり伊豆諸島を基盤とする土豪であった。

こうして西の潮境をなす壱岐・対馬沖と、東の潮境をなす伊豆諸島沖との二つの海域が、ここに浮上してくる。この両極を同時におさえる中心が王都に他ならない。そしてこれは、かなり集中性の強い王権がそこに存したことを意味する。その集中性には武力や官僚制による点があるのはむろんである。しかしこの王権が、一本の大きな幹から多くの小枝がわかれ出るような具合に、対馬から東国に及ぶ多くの地方豪族たち（古事記によるとその数はざっと百数十にのぼる）の先祖の血縁的出自をまさに擬制的に、神代このかたの宮廷系譜に結びつけることができた、そういう時間構造の深さを持っていた点も忘れてはなるまい。つまり対馬から東国に及ぶ空間の構造的な拡がりと、宮廷系譜のこの時間構造の深さとは、内面的に包みあう関係にある。

かくて王都が大和にある場合なら、大祓儀礼で祓つ物を「大川道」に持ち出でて祓えやるとき、罪どもは大和川の水とともに難波の海へと注がれ、さらにそこから西は対馬沖の、東は伊豆諸島沖の潮境を経て、海の底なる「根の国」へと放たれ、そこで流亡さるべきであった。その仕手として壱岐・対馬と伊豆の海人出身の卜部がここに登場してくるゆえんである。そしてそれは晦《ツゴモリ》の日の「夕日の降《クダ》ち」、つまり日が西に落ちるころの演出であった。祈年祭祝詞その他に見るように吉事の場合、「朝日の豊栄登《トヨサカノボ》りに」とあるのとはあべこべである。根の国はヨミの国と同様、闇の世界と考えられていた。

「根の国」は出雲のかなたの西方にある、と前にはいったではないかと反論するかも知れぬ。しかし神話的空間は地理学上の空間とは異なるのであり、それをあまり小うるさく又は堅苦しく一義化するのは考えものである。前節に記したが出雲国造は、津島県主だけでなく武蔵国造を始めアヅマの国造らとも——伊豆国島直の名は見えぬけれど——同祖とあるのを考えれば、東の方の伊豆諸島沖にも「根の国」がありうるからといって、別に驚くには当るまい。

なお一言いい添えておく。伊豆の卜部云々はいかにももの遠い話に聞こえるだろうが、そうとばかりはいえない。注に卒伝[*18]を記した伊豆国出身の卜部宿禰平麻呂なるものの子孫が、実は亀卜の道によって次第に神祇官で出世し、鎌倉時代にはついに堂上公卿に列し、やがて卜部神道（吉田神道）を唱え神祇界を牛耳る力をもつようになるのである。それを大成したのは室町期の卜部兼倶《カネトモ》だが、その神道説に密教的な性格が濃いのも、神祇官における卜部の古い伝統とまるまる無縁だとはいいきれまい。卜部氏が後に吉田氏を名告るのは、藤原氏の氏神春日社の分社である京の吉田社の預りとなったのにもとづく。それはとにかく、かつての伊豆の卜部のことどもは、ただそれっきりで打ち止めにせず、中世へと続く時間の幅のなかで眺める方が確実に私たちの歴史感覚を刺激する。鎌倉中期には、第四節にちょっとふれた釈日本紀（これは最初の書紀注釈本で、平安期以来の諸博士と卜部家の古典学を集成したものとされる）の著者・卜部兼方が出て来るし、徒然草の作者・卜部兼好もまた、この卜部氏の一支流の生れであった等々……。

七　儀礼の現場

大祓を実修して罪から解除されるのが、当代の人びとの強い願望または要請にもとづくものであったらしい消息は、これまで試みてきた詞章の分析からも推定できる。貞観儀式によると、大祓がとりおこなわれるのは朱雀門前の路の南であった。この朱雀門から南へ真っすぐに羅城門に走るのが朱雀大路、藤原京以来この大路の名は見えるし、この門前こそ大祓の古来の祭場であったと考えてよかろう。平安京でいえば朱雀大路は幅二十八丈、門前を東西に走るのが幅十七丈の二条大路、「かく広き十字《ツジ》にての式なれば、幾百千の人立こみても、狭しと云事あるべからず」（大祓執中抄）という。

大祓に参集する者の数がどのくらいあったかはわからない。延喜式には「男女百官悉く会す」とあり、さらに「文武百官」に「妻女姉妹」を連れて祓戸に参集させたとの記事（続紀、養老五年七月）も見えるし、宮廷行事としてこれがかつては最大のものの一つであるのは確かで、その数は恐らく数千人に達したのではなかろうか。周知のように大祓の詞は「集《ウゴナハ》り侍《ハベ》る親王《ミコタチ》、諸王《オホキミタチ》、諸臣《オミタチ》、百官《モモノツカサ》の人等《ヒトドモ》、諸《モロモロ》聞き食《タマ》へと宣る」で始まる。[*19] このウゴナハルのウゴはウゴクとかウゴメクのウゴと同根で、多くの参集者の群がる「其頭の少しづつ動くさまをいへる詞」（執中抄）。ここにすでにこの場を領したであろう雰囲気の一端が感じとれなくもない。

宮廷の行事は、大極殿前の朝堂院という広庭でおこなうのが通常であった。朝庭（廷）なる語もこれに由来する。大祓執行の場が朝堂院ではなく、大内裏の正面にあたる朱雀門の南前の広い路上に設けられたのは、もとよりこれが多くの罪を外に向かって放ちやる儀礼であったせいである。だがそれにしても、広場に集まったこんなにも多数の群衆のなかで大祓の詞を読み上げることに、果たしてどのような意味や効果がありえただろうか。第一、拡声器などなく、その声は人びとの耳にはなかなか届かなかったはずだから、それは儀礼のための儀礼に終ったのではないかという疑問がおのずと生じてくる。これはしかしどうも当っていないらしい。

祈年祭祝詞は「集《ウゴナハ》り侍《ハベ》る神主祝部《ハフリ》等、諸聞き食《タマ》へと宣る」で始まり、その下に「神主祝部等、共に唯《オオ》と称《マヲ》す。余の〈宣《ノ》る〉といふも此に准《ナラ》ふ」と細注する。これは神祇官でおこなわれたのだが、この点は大祓も同断であったと思う。祈年祭は何しろあちこちの神々に幣帛を献ずるため、そのつど「宣る」といい、それが十回に及ぶ。大祓の詞には「宣る」という語で切る段落は、本文を見ればわかるように四つしかない。しかし祭式の規模が違う。大祓の祭場ではこの語が——この「宣る」の主格はもとより天皇である——発せられる度に、「オオ」と応ずる声は群衆のなかを波のように拡がりながら通りぬけていったのではなかろうか。

まず考えられるのは、ここに参集する人びとは、この儀礼が何を目指しており、そこでどのような詞が何のために読み上げられているかにつき、大なり小なり心得ていただろうという点である。万葉に越中守時代の家持の、「中臣の、太祝詞言《フトノリトゴト》言ひ祓へ、贖《アガ》ふ命も、誰がために汝《ナレ》」(一七・四〇三一)という歌を載せる。「酒を造る歌」とあるだけで文脈は必ずしも分明でないけれど、この「中臣の、太祝詞言」を大祓の詞とまるで無縁とすることはできまい。「贖ふ命」とあるのもハラへの本義にかなっている。とにかく個人にかかわるこうしたハラへは古くからおこなわれており、したがって朱雀門前の大祓儀礼にたいしても人びとはとくに違和感などもっていなかったはずである。

大祓の詞が今の形にいつ定まったかは確定できぬが、天武朝あたりとする通説にほぼ従ってよかろう。律令制に見あうあれこれの典礼や祭祀の体裁が新規にととのえられたのは天武朝においてだったらしく、大祓もまたその一環をなすものであったと考えられる。この詞章が全体としてもつ韻律構造や措辞のありようなどにも、天武朝前後の初期万葉期の長歌などと一脈通じあうものがあると直覚される。少なくとも、大化前代とか奈良朝とかにこの詞章の生れた見込みは皆無に近いといって過言でない。

そうかといって、これが天武の代に一挙に成ったはずもない。じっくり読んでみればわかるが、そこには不透明な語法や語句や語彙がいくつかある。それは今見る詞章が古い下地をあれこれ織りこんで成った証左である。国家以前の世にも当然、聖なる掟や調和を犯すわざは人びとの生存そのものを危うくする罪であって、したがってそれらは定期的に追放されねばならず、こうして大祓の原型にあたる祭式は、ごく素朴な形ではあっても前代からおこなわれていたに違いない。それが天武朝あたりで、律令制時代にふさわしい公的な儀礼として新たに再創造されたのである。その特徴は、その手順や形式があれこれと洗練されてきたこと、またそれを実行したのが普通人ではなく、プロフェショナルな祭官たちであった点である。

それはこの祭式または儀礼が、芸術的ともいうべき要素を次第に帯びてきたことと、ほぼ同義である。むろん前代に比較しての話だが、私のいいたいのはそこに演出された一つの儀礼世界が存し、それに参加することによって一種の浄化作用を人びとが多少なりと経験するに至ったのではないかということである。[*20] 仏教のあれこれの法会なども、こうした効果を人びとに新たに感じさせる力を大いに持っていたと思う。私じしん、ギリシャ劇についていわれたカタルシスという語または概念には、実はもっと広い受皿があっていいのではないかと気づいたのは、二月堂の観音悔過《ケカ》である修二会《シュニエ》つまり「お水取り」に、講社の人に伍して立ちあった時にであった。[*21]

音楽もなければ踊りもない朱雀門外の大祓儀礼について、もとより過大な言辞を弄すべきではない。それはいささか厳粛だが、かなり野暮ったいものであっただろう。しかしウゴナハル数千の者が「オオ」という声を何度か発し、それとともに、自分も知らぬ間に犯しているかも知れぬ罪という罪を根の国へと追い祓おうとするこの儀礼に立ちあうことによって心的浄化作用がまるで経験されなかったとしたら、かえって嘘になろう。ウゴナハルといっても、それはたんにごたごたと人が群がっているわけではあるまい。貞観儀式に見るように式次第もちゃんと決っており、祭場である広い空間も一つの舞台として、男女百官らの席の配置とか、祝詞座とか、祓つ物をどこにどう並べるかなど、その設営のしかたまで然るべく規定されていた。

前に試みた詞章の分析にさいし、表現そのものに罪からの解放感を与える力が秘められているとした点とも、当然これは関わりをもつ。とくに大祓のおこなわれたのが、六月と十二月の、とくに十二月の晦日という暦の節目ないしは切れ目にあたっていたのを忘れるべきでない。それは過去と未来と現在が、いわば危機的に出あう日であった。

六月・十二月の晦日には大祓だけでなく、卜部らの手で鎮火祭や道饗《ミチアヘ》祭等もおこなわれた。なかでも後者は「根の国」から鬼魅のやって来るのを京城の四隅で防ぎ止めようとする祭りだから、大祓の済んだ後のいわばダメおしの行事であったとも受けとれる。何れにせよ、この夜にはこうして再生を希求する祭祀が集中したわけで、次にふれる東西文部《フミベ》の祓や追儺《ツイナ》の儀などもやはり同類と考えていい。

八　大祓と薬師悔過その他

疾患・災禍を攘《ハラ》い除くことを説く薬師経が大祓の詞に関与していることを指摘したのは、青木紀元氏『祝詞古伝承の研究』である。ただ薬師経の漢訳は五種ほどあり、天武朝ころ読まれていたのは隋の達磨笈多訳（六一五年）のもので、青木氏もこれに拠って、とくに大祓の詞「国つ罪」中のいくつかに薬師経の影が落ちていることに言及したのである。

例えばこの経に見える十二大願の第六には、其の身下劣、諸根不具の衆生があって、「醜陋頑愚……身攣背傴、白癩癲狂」その他の身病をもっていても、我が名を聞かば一切の諸根は具足するだろうとあるが、右の「背傴」は「国つ罪」中の「胡久美《コクミ》」にあたり、「白人《シラヒト》」に当るとされる。シラヒトを白癩とする向きは前からあるが、青木説の斬新さはこれを薬師経と関連づけた点にある。その他、「昆虫《ハフムシ》の災」「高津鳥の災」「畜仆し蠱物《マジモノセ》為る罪」等についても、委細は省くがやはり薬師経と無縁でないことが摘出される。

その一つ一つが心ゆくまでの説得力を持っているとは限らない。正直いって私なども首をかしげたくなる箇所がある。しかしそんなケチな料簡にとらわれてはなるまい。これまで自国一辺倒の狭い枠のなかに閉じこめられてきた大祓の詞を、文化史的な広い原野のなかに初めて投げこむに至った点こそ、まず以て評価さるべきである。右の説に誘われ遅ればせながら当の達磨笈多訳の薬師経を私も手にしたのだが、薬師経と大祓の詞とが共時的に文化として交叉しているのをまざまざ見る想いがしたと白状せざるをえない。地滑りにも似た、風景の新たな変容がそこに現われてくる。

こうなるとしかし、比較文学流にあれこれの字句を拾い出して来てつきあわせるといった操作にとどまらず、さらに大祓儀礼と薬師悔過《ケカ》という祭式次元にまで降りていってそのかかわりを考えねばならぬことに否応なく気づかされる。仏教の影響云々がいわれるとき教理よりむしろその神話と祭式、つまり説話と行事のもつ意味をもっと重んずべきだと、かねがね私は思っている。今の場合でいえばどうしても見逃せぬのは、青木氏もすでに言及しているのだが天武の朱鳥元年七月紀に、二日には宮中で悔過、三日には大解除《オホハラヘ》、四日には天下の調を半減、徭役を免ずとある記事である。

悔過は経を読んで罪過を仏に懺悔し利益《リヤク》を求める儀礼で、書紀には四回ほどその記事が見える。しかしそれには薬師悔過、吉祥悔過、阿弥陀悔過、観音悔過などがあり、特定できぬけれど右のは薬師悔過と見てほぼ誤るまい。なぜならこれは天武天皇の病気平癒を祈る悔過であり、同年五月の条には天皇の病篤く川原寺で薬師経を説かしむとあり、また六月にも同寺で悔過すとあるからだ。この薬師悔過のおこなわれた七月二日に引き続き三日に大祓がおこなわれ、両者が一体の行事であるかのように見える点、朱鳥元年七月紀の記載はすこぶる貴重である。いやそれだけでない。天武みずから皇后の病を癒そうとして例の薬師寺建立を発願した（天武紀九年十一月）ことなどを考えあわせると、この時期に薬師信仰が興り薬師悔過と大祓、あるいは薬師経と大祓の詞とが相互作用しあう状況にあったとしても不思議でない。

当時の薬師悔過の作法がどのようなものであったかは、むろん知るよしもない。今に伝わる薬師寺の花会式《ハナエシキ》や法隆寺の西円堂薬師悔過——これはどちらも修二会である——は平安後期以降に始まったもののようだが、その結願《ケチガン》に鬼やらいの作法があるのには特に注目したい。それは薬師経の本質によく叶うとともに罪を根の国に追いやる大祓の主旨とも呼びあうものがあるといえる。けだし薬師信仰は衆生の病苦を除くというその現世利益のため、当時の日本人には仏教のうちもっとも馴染みやすいものの一つであったらしい。今に残る国分寺の本尊には薬師如来が圧倒的に多いというが、ここにもそうした消息がうかがえる。この薬師信仰の媒介項になったのがスクナヒコナである。薬師寺の仏足石歌にはいう。

薬師《クスリシ》は　常のもあれど　賓人《マラヒト》の　今の薬師《クスリシ》　尊かりけり　めだしかりけり

この「常のも」とは、万民やケモノのため「其の病を療《ヲサ》む方《ミチ》を定」め、また「鳥獣《トリケダモノ》・昆虫《ハフムシ》の災異《ワザワヒ》を攘《ハラ》はむ」がため「其の禁厭《マジナヒヤ》む法《ノリ》を定む」(神代紀)とあるオホナムヂとスクナヒコナ、とりわけ後者を指す。それもさりながら新たな賓客である薬師如来こそ尊く、めでたいという意。「昆虫の災異云々」とある句が大祓の詞や薬師経などとひびきあっているらしいのも、かりそめではなかろう。[*22]

だがスクナヒコナと薬師如来との結びつきは、たんにクスリシである点だけにとどまらない。例えば常陸国鹿島郡の式内社・大洗磯前《イソザキ》薬師菩薩神社の縁起は次のようにいう。大磯前に天降る神あり、塩を煮る者、夜半海上輝いて天につらなるを見たが、明旦、怪石二つ高さ一尺ばかりなるあり、神造る石ならんと怪しむ。ところが一日たってまた二十余の小石、その左右に列なりその形沙門のごとし。時に神、人に憑《カカ》って云う、我は大奈《オホナ》母《モ》知《チ》少比古《スクナヒコ》奈命《ナノミコト》なり、昔この国を造り終えて東海に去っていたが今民を救わんがため帰り来ったと（文徳実録、斉衡三年十二月）、そして翌天安元年（八五七）この神に薬師菩薩名神の号を授けたとある。

この縁起にはいろんな要素が絡んでいるが、もっとも肝腎なのは薬師如来が東方の浄瑠璃世界の教主であった点だ。東大寺を中心に西は筑前の観世音寺、東は下野の薬師寺に三大戒壇がそれぞれ設けられたのは周知のとおりだが、薬師は東方世界の教主なので下野薬師寺が撰定されたはずで、常陸国鹿島郡に薬師菩薩名神というちょっと他に例を見ぬ名の式内社が誕生するのも、そこが東国なればこその話に違いない。ヒタチの原義は「日立」、すなわち日が東から立ちのぼる意であろう。それが薬師に結びつく一方で、スクナヒコナをも喚起したのである。古事記によるにスクナヒコナは海のかなたからやって来て、大国主と力をあわせ国造り終えたあと常世の国に渡ったという。この常世の国がどこにあるか、むろん特定できぬが、それはどうやら東の海のかなたにあるとされていたらしい。右に引いた文徳実録にも名告りして「東海」に去っていったとある。伊勢の国が「常世の浪の寄る国」（逸文伊勢風土記）と称されたのも納得できる。常陸風土記に「古の人、常世の国といへるは」、けだし物産ゆたかなこの常陸の国のことならむといっている背後にも、ほぼ似たような心意が働いている。

私は東方浄土の薬師、常世国のスクナヒコナの関係が民間伝承や神話の世界でいかに自在に運動しているかにつき一言したまでで、もとよりスクナヒコナの件は大祓とは関係がない。が、薬師経や薬師悔過と大祓とは決して無縁ではありえない。大祓という壺は伝統色の濃い産物であるにしても、そのなかには新しい葡萄酒が何ほどか滴り落ちているかも知れぬ。少なくとも自国一辺倒の眼で大祓を見るだけにとどまってはならぬことは、疑う余地がないと思う。

なお付けたりとして東西文部の祓の呪文と追儺の祭文を次に採りあげておく。それらとの共時関係を視野に入れるならば、右のことはいっそうハッキリ自覚されてくるだろう。

神祇令に見るとおり、大祓の当日、それにさきだって、渡来族の裔で文筆を以て宮廷に仕える東西つまり大和・河内の文部《フミベ》が天皇に祓刀を献じ、漢語の祓詞を読むことになっていた。そこには「祓詞」とあるが、延喜式には「献㆓横刀㆒時ノ呪」とし、その全文を載せている。その一部を念のため引いておく。

謹請、皇天上帝、三極大君、日月星辰、八方諸神、……捧以㆓禄人㆒請㆑除㆓禍災㆒捧以㆓金刀㆒、請㆑延㆓帝祚㆒。呪曰、東……、西……、南……、北……、千城百国、精治万歳、万歳、万歳。

道教にもとづいたもので内容は何ということもないが、大陸式の祓であるため、それはそのあとすぐおこなわれる大祓を権威づける冠のような役をしたに違いない。漢音で読まれたので、陀羅尼と同じで霊験一入あらたかな呪文と聞きなされもしたであろう。「禄人」は災禍を除く人形《ヒトガタ》。祓刀は災を断ち斬る意か。藤原京や平城京跡から多くの人形が出土しているが、さらにさきにあげた天皇の「御贖物《ミアガモノ》」中に鉄人像があるのも、この行事と関連するはずである。もっとも、東西文部は禁廷に参候してこの呪文を読むのだから、百官たちとじかにはかかわらない。しかし次に天皇を主格に大祓が実行されるのを思えば、これはこれとして小さからぬ意味をもつといえよう。

大祓を考える上に見逃せぬものが今一つある。十二月晦日の夜におこなわれる追儺の儀がそれである。このとき陰陽師の読む祭文（貞観儀式・延喜式所収）があり、その一節には次のようにいう、

穢ク悪《アシ》キ疫鬼ノ所々村々ニ蔵《ヲサマ》リ隠フルヲバ、千里之外、四方之堺、東方陸奥、西方遠値《ヲチ》嘉《カ》、南方土佐、北方佐渡ヨリ乎知《ヲチ》（遠）ノ所ヲ、奈牟多知《ナムタチ》（汝達）疫鬼之住加《スミカ》ト定賜ヒ行賜テ、五色宝物、海山ノ種種味物《クサグサノタメツモノ》ヲ給テ、罷賜移賜フ所所方方ニ、急《スミヤカ》ニ罷行《ユケ》ト追給《ヤラヒ》ト云々

……。

やはり大陸伝来の行事で、このときは東西南北の四つの宮門から儺人が鬼どもを追っ払う演戯をおこなった。四方の堺の一つに「東方陸奥」とあるのはもとより、陸奥もアヅマのうちであったからだ。大伴家持なども万葉で、「あづまなる、陸奥山に、金花咲く《コガネ》」（一八・四〇九七）と歌っている。ただ陸奥を東の境といっているのは、この祭文の作られた時期が天武朝などより少し後のことであるのを示す。

「西方遠値嘉」についていえば、これは五島列島の福江島を指すのだが、蜻蛉日記には作者の母が死んで十日あまりたったころ、僧たちが念仏のひまに死んだ人の姿が「あらはに見ゆる」ミミラクという所がチカの島にあるなどと雑談するのを聞く一節がある。値嘉は日本国の西の最果ての地であり、かつ陸つづきでなく水を隔てた向こうに浮かぶ島だし、死者の棲む処に擬せられるにふさわしいといえる。遣唐使船が発進するのも、値嘉のこのミミラクからであった。東西文部の唱える呪は「禍災」を除き、陰陽師の読む追儺の祭文は「疫鬼」を追放しようとするものだが、それらが「罪」を解除しようとする大祓と何がしか相互関係にあるのは確かだと思われる。撫物《ナデモノ》としてヒトガタを水に流すのは文部《フミベ》流の行法に由来するはずだし、大祓の詞が民間の陰陽師の唱えるところとなっていた消息も、すでに一瞥したとおりである。ただ大祓とは違い、日本国を仕切る空間がこの祭文ではもっぱら地図的にとらえられているのを見のがせない。

　こうして「罪」や「禍災」や「疫鬼」等をこの国土から追い出すことが、時代の強く希求するところとなっていた様相が窺える。令は文部《フミベ》による祓と中臣による祓とを不可分の一体であるかのように規定しているし、追儺についても「大祓追儺如二常儀一」（三代実録、天安二年十二月）といった風な記事が何度か見える。つまり大祓のひとり舞台ではなく、仏教・道教・陰陽道等のあれこれの呪術的なもろもろのハラへ儀礼のもたらす総合的効果が、とくに年の暮には期待されていたのである。

九　古代首長と罪

　これまで私は大祓の詞の「四国《ヨクニ》の卜部《ウラベ》等、……祓へ却《ヤ》れと宣る」という最後のことばから逆に大祓の世界に入り込もうとしてきた。というのは、肝腎かなめの問題がその辺に置いてきぼりになっていると考えたせいだが、むろんそれだけに終ってはなるまい。やはり正面からも入ってゆかねば、どのような世界がそこに存在するか、その全体の姿はよく見えてこない。さて大祓の詞は次のような句で始まる。

集《ウゴナハ》り侍《ハベ》る親王《ミコタチ》、諸王《オホキミタチ》、諸臣《オミタチ》、百官《モモノツカサ》の人等《ヒトドモ》、諸《モロモロ》聞き食《タマ》へと宣る。

末句を原文で示せば「諸聞食止宣」となる。これは、従来「聞こし食《メ》せと宣る」と訓まれてきていたのだが、今日では右のように訓みが訂正されている。[*23]「聞き食《タマ》へ」は「承われ」「聴聞せよ」の意で、上から下にいい聞かせる語法である。（「宣」をノタマフと訓む向きが多いが、私はノルでいいと思う。）かく訓んでこそ文として主客のけじめが明白になる。大祓の詞を宣読するのは中臣氏だけれど、その背後にいる主格は天皇である。この主格が親王以下の諸臣に向かって「聞こしめせ」、つまり「お聞きあそばせ」といった風の敬語を使うことはありえぬから、ほんのちょっとしたことのようだがこの訓みの訂正は重い意義をもつ。（七）の初段に見るとおり、大祓でも「天つ神」「国つ神」については「聞こし食《メ》す」といっている。

宣命ではこの「諸《モロモロ》聞き食《タマ》へと宣る」というのがむしろ常態である。そういう宣命風の祝詞がいくつかあり、大祓の詞もそれに属する。しかし、同じく天皇のことばを伝えるにしても、宣命と大祓とではその質が異なる。宣命は「現《アキ》つ神と大八島国治らしめす天皇《スメラ》が大命《オホミコト》らまと詔《ノ》りたまふ大命を、集《ウゴナハ》り侍《ハベ》る皇子等《ミコタチ》、諸王等《オホキミタチ》、百官の人等《ドモ》、天の下の公民《オホミタカラ》、諸聞き食《タマ》へと宣る」（文武即位の宣命）と切り出すのが、基本型である。つまりその主格は「現つ神と大八島国治らしめす天皇」である。即位・改元・立太子等、王権の継承や国家の政治上の大事にさいし宣命が発せられるのとこれは呼応する。では何を承われというのか、文武即位の宣命からふたたび引けばそれは、「国の法《ノリ》を過ち犯す事無く、明き浄き直き誠の心を以て《モチ》……仕へ奉れと詔《ノタマ》ふ大命を、諸聞き食《タマ》へ」（続紀、文武元年八月十七日）というわけである。この「国の法」は律令を指す。[*24] 律はもとより罰をともなう刑法だが、令も根本では一種の教令法であったから、それを犯さず、「明き浄き……心を以て……仕へ奉れ」と続く。

ところが大祓で「諸聞き食《タマ》へと宣る」ところの天皇は、「現《アキ》つ神」ではない。（二）以下の本文を読めばわかる。（二）ではまず、「天皇《スメラ》が朝廷《ミカド》に仕へ奉る」官《ツカサ》々の人等の、「過《アヤマ》ち犯しけむ雑雑《クサグサ》の罪を」今日の大祓で「祓へ給ひ清め給ふ事を、諸聞き食《タマ》へと宣る」わけで、そして（三）と（四）ではこの国が「安国《ヤスクニ》」たるゆえんを神話に即してかたり、（五）ではこの「安国」のなかで犯されたであろう「天つ罪」「国つ罪」のことに及び、（六）では例の「千《チ》座《クラ》の置座」に祓つ物を「置き足らはす」ことをいい、（七）では縷々述べてきたとおりこれら罪どもが根の国へと追放されるに至るさまを綾なすことばでもって読みあげ、かくて（八）で「罪と云ふ罪は在らじ」と祓え清める事を「諸聞き食《タマ》へ」といって終るのである。途中いささかごたついており、例えば本文の（三）と（四）の部分などはなくもがなと一見されるかも知れぬ。しかしこの国が第六節でふれたような神代このかたの深い時間に包まれた「安国」であり、したがってこの「安国」たるべき国中《クヌチ》に成り出てくる罪どもを大祓で悉く追放するのだとの文言は、やはりどうしても欠くことができなかったと思われる。

　同じく宣命体のものいいではあっても、ここに居る主体は、こうして「現つ神」ではない。大祓の主格は、この国うちで犯されたであろう罪にたいし責任を人びとと共有し、それを解除しようとするところの王である。宣命における「現つ神」が聖体であるとしたら、ここにいるのは日常生活に即した俗体の王といってよかろうか。延喜式によると天皇は六月と十二月の上旬に御贖祭、つまり罪をあがなう祭りをするだけでなく、何と月毎の晦日にも御贖祭をおこなうとある。大祓にさいしていちばん贖物を多く差し出すのも天皇であった。これは首長の地位にあるものと罪との間に、眼に見えぬ緊張関係が絶えず存したことをもの語る。かつて首長は罪を犯さぬよう、また罪に感染せぬよう、あれやこれやの禁忌や呪術にとりまかれていたと見える。

　首長のそういう責任が問われてくるのは、はげしい旱魃や飢饉にさいしてであった。その点、天武五年（六七六）八月に最初の大祓が臨時におこなわれたとあるのに注目したい。書紀通釈にはこの大祓は彗星があらわれたによっておこなわれたとする或る人の説を紹介するに止まる。確かに七月紀に「星有りて東に出でたり、云々」の記事がある。しかし六月紀に、「是の夏、大きに旱《ヒデリ》す。使を四方に遣して、幣帛を捧げて神祇を祈らしむ。また諸の僧尼を請《マ》せて三宝に祈らしむ。然れども雨ふらず。是に由りて、五穀登《ミノ》らず、百姓飢《ウ》ゑす」とあるのと、彗星（それは妖星でその出現は凶兆とされていた）の一件と、そして八月に大祓をおこなったこと、それらは紛れもなくワンセットなのであり、また大祓の直後に死刑・没官その他のものに減刑や恩赦を与え、諸国に放生を命じたりしているのもその一環をなす。（七月の条に「龍田の風神・広瀬の大忌神を祭る」とあるが、これは例祭なので今は別枠としておく。）

　恒例の大祓は、前述したように東西文部の祓の呪文や追儺の祭文とセットになっていたが、臨時の大祓もこうしてあれこれの部門と相互作用しあっており、必ずしも大祓だけが執りおこなわれたわけではない。天と地、自然と国土とを含む神的な調和が何かの罪のため壊され、凶作や飢饉が迫ってきつつあるとのただならぬ怖れと緊張がそこには見てとれる。罪のもたらすこういう国土の災禍と、首長はまともに付きあわねばならなかった。かつて首長の肉体的活力と自然または農作の豊饒とは連動しており、等価関係にあると見なされていた。国によっては、むしろ王権そのものを救うために活力の衰えた王は殺されたり廃位されたりさえしたとフレィザーはいう。あまり字義どおりに解してはなるまいが、浅からぬ意味がそこには蔵されているはずである。古い共同体以来のこうした伝統は新しい代になっても、形をやや変えまだ執拗に生き続けていた。それは初代君主神武に至る記紀の系譜にオシホミミ、ホノニニギを始めホアカリ、ホデリ、ホスセリ、ホヲリ（亦の名ホホデミ）と稲の穂のホを織りこんだ名がずらりと続き、神武じしんの名もワカミケヌ・トヨミケヌで、そのミケが食物の意であるのを以てしても凡そ見当がつく。大祓の詞にも、王たるべきものは「豊葦原の水（瑞）穂の国を、安国と平らけく知《シロ》し食《メ》せと」（三）天つ神が委任したとある。この瑞穂の国で五穀みのらず百姓飢えようとするとき、その首長が手をこまぬいていていいはずがない。

例えば皇極紀元年八月の条に、大旱にさいし天皇、南渕の川上に幸し、天を仰ぎ雨を祈った。と忽ち雷鳴し大雨が降った。そこで天下の百姓よろこび「至徳《イキホヒマシマス》天皇」とたたえたとの記事が見える。書紀がイキホヒと訓んだ「徳」はむろん時とともに倫理化・観念化されてゆくわけだが、凶作をもたらす王はそこでは当然「不徳」の者ということになる。こうした「不徳」ないしは「薄徳」の意識が、律令制下の首長たちにもなお執拗に付きまとっていった。

次から次に襲ってくる凶作や飢饉、天変地異に接し聖武天皇は、「実に朕が不徳を以て致す所なり」（天平四年七月）とか「戦々兢々として責め予に在り」（天平七年五月）とかの文言を織りこんだ詔をしきりに発している。例の国分寺建立の詔でも年穀みのらず、疫癘頻りなるにたいし「慙懼《ザンク》交《コモゴモ》集りて、唯労《イタツ》きて己を罪《ツミナ》へり」（天平十三年三月）といい、大仏発願の詔（天平十五年十月）でもみずからを「薄徳」と称し、この事業のため百姓を苛斂するなかれとしている。いわゆる徳治主義による権力の擬態を見てとるのは容易だが、それだけでは片づかぬ問題がここにはあるように思う。詔書の「作成発布には、天皇と太政官の両方が必ず関与するのであって、何れか一方が恣意単独に作成発布することがあってはならぬという主旨がこの手続に貫徹していた」[*25]とされる。

だから天平勝宝元年(七四九)四月、陸奥国から初めて黄金が出たというので聖武が東大寺に赴き、盧舎那仏の前に「三宝《ミホトケ》の奴《ヤッコ》」と額づいたとき、それは支配層の精神や政治意識の領域で何かがここで終ろうとするに至ったことを示す一つの決定的な前ぶれであったといっていい。聖武の引き受けた世は、天平という元号とは全く裏腹に、「安国と平らけく知し食す」(大祓の詞)ことの困難な、なかなか以てきびしい時勢になってきていたのである。こうして同年七月、聖武は「譲位」するが——中継ぎ役の女帝を別にすればこれが最初の「譲位」である——、病身であったこともさりながら、それはフレイザーのいわゆる「廃位」(deposing)の一つの逆説形態、つまりみずからによるみずからの「廃位」であったと見なせなくもない。そうなれば「古代的宇宙《コスモス》の一断面図」として取り上げてきた大祓も当然、もう大して社会的に機能せぬたんなる年中行事になり果てつつあったということになろう。

注

*1——参照、拙稿「国引き考」(上)(「月刊百科」一九九一年三月号)。
*2——拙稿「古代詩歌の韻律」(『神話と国家』所収)。

＊3――ノリトのトはコトド（絶妻之誓）やトコフ（呪う）のトと同じく甲類の仮名にぞくするから、ノリトとはつまりもともと呪言の意であり、大祓の詞はそれが独特の発展をとげたものではないかと思う。とすれば大祓の詞は古いノリトの本質を、めでたい「祝詞」などより多分に保有していることになろう。

＊4――参照、青木紀元『祝詞古伝承の研究』。

＊5――山本幸司『穢と大祓』。

＊6――T. H. Gaster, *The New Golden Bough* (1959) の補注による。なお同じ著者の *Festivals of the Jewish Year* (1952) をも参照。

＊7――大祓の詞には「天の下四方《ヨモ》の国」とか「天の下四方」とかの句が何度か用いられている。「四国の卜部」はこの「四方」に応ずる修辞であり、それをのちに実体化しようとして対馬を上県・下県に分け「四国」にしたと考えることもできなくはない。少なくとも「三国の卜部」では韻律構造としても、うまくない。

＊8――例えば白川静『甲骨文の世界』（東洋文庫）参照。

＊9――日本における亀卜については伴信友「正卜考」参照。

＊10――岩橋小弥太「卜部考」（『神道学』四二号）。

＊11――金子武雄「六月大祓宣読考」参照（『延喜式祝詞講』所収）。

＊12――滝川政次郎『万葉律令考』参照。

＊13――注18の伊豆国出身の卜部平麻呂の伝を参照。

＊14――『黒潮の道』（海と列島の文化7）参照。この本は伊豆諸島の亀卜のことを知る上にも有益な記事をふくむ。

＊15――拙稿「アヅマとは何か」（『古代の声』所収）参照。

＊16――『古事記注釈』（第三巻）の補考「いわゆる新羅征討譚について」参照。

＊17――井上辰雄「卜部の研究」（『古代王権と宗教的部民』所収）。

＊18――伊豆出身の卜部の代表として、次に卜部宿禰平麻呂の卒伝（三代実録）を抄記しておく。いわく、平麻呂は伊豆国の人、幼にして亀卜の道を習い、神祇官の卜部となったが、その道に秀でていたので承和の初め遣唐使の随員として渡唐、帰国して外従五位下を授かり宮主となり、さらに従五位下（つまり外官から本官となり）、元慶五年（八八一）七十五で没すと。第五節にあげた伊伎是雄の伝と照合すれば、亀卜の道が国造級の家筋で受けつがれていっていた様子がわかる。

＊19――この一節のもつ意味については最終節「古代首長と罪」の条を参照。

＊20――次のような見解もある。「日本語のハラへは……ハルとアへ（合）との複合した言葉だと思う。ハルとは、晴、遥か、遥けしなどと、語根を同じくする言葉で、これらの〈ハル〉は遠くまで途中をさえぎるものが何もなく見通せるさまをいう」（大野晋『新版日本語の世界』）。

＊21――大隅和雄「年中行事の原点」（朝日百科「日本の歴史」別冊『年中行事と民俗』所収）は、この「お水取り」行事がいかに劇的なものであるかを記述した一文として注目される。もとよりそれが今の姿にまで芸術化されるには、永い歳月がかかっているはずである。

＊22――スクナヒコナの祠と薬師堂とが並び立っている例が今でも温泉地には少なくない。風土記逸文には、伊予の湯や箱根の湯についてスクナヒコナの伝承がある。なお阪下圭八「スクナビコと薬根」（『歴史のなかの言葉』所収）参照。

＊23――有坂秀世「祝詞宣命の訓義に関する考証」（『国語音韻史の研究』所収）、金子武雄『延喜式祝詞講』等参照。

＊24――『続日本紀』（一）（新日本古典文学大系）。

＊25――佐藤進一『日本の中世国家』。

（一九九五年）

三輪山神話の構造——蛇身の意味を問う

一　象徴としての蛇

三輪山の神・大物主が蛇身であったことは誰しも知っている事実だけれども、たんにそうした事実の次元に立ちどまり、そこに安らいでいるだけではらちはあくまい。私たちにはどうも《事実の帝国》とでもいうのを作りあげたら、それで以て能事終れりとする悪い習性があるように思う。大物主の神が蛇身であるその意味は何かという問いを発し、それによってこうした伝来の枠を取っ払い、もっと奥の方にある次元に踏み込んで行くことが肝腎なのではなかろうか。それには三輪山神話と呼ばれるものを、まずもってじっくり読み直さねばならぬ。大物主が蛇体であるのをかたる三輪山神話は、以下の三つの話に要約できる。これらのなかに、問題を解きあかすもっとも重要なきっかけが隠されているはずである。

(イ)津の国の三島の湟咋《ミゾクヒ》の女《ムスメ》に、名をセヤダタラヒメという美女がいた。三輪の大物主の神、これにすっかり惚れこみ、この女の「大便《クソマ》る時」、つまり厠《カハヤ》に入った折をうかがい、「丹《ニ》塗《ヌリ》矢《ヤ》」となって下の溝から流れ下って、——カハヤはむろん川の上に掛けた小屋、ここに川といわずに「溝」とするのは前記「三島のミゾクヒ」にひかれたものと思う——女の陰《ホト》を突いた。女はおどろいて逃げまどったが、その矢を持ち来って床のべに置いたところ、矢はたちまち一人の美丈夫と化した。すなわちその美女と契って子を生んだ。その名をホトタタライススキヒメ、亦の名をヒメタタライスケヨリヒメという。（古事記、神武の段）

（ロ）河内の陶津《スエツ》耳《ミミ》の女《ムスメ》にイクタマヨリビメという美女がいた。ここに姿かたち無類の男あり、真夜中にふっと音もなくヒメの閨《ネヤ》にあらわれる。相見るやすなわち契りをかわし、やがて夜ごとをともにすごす。ほどなく女はみごもる。父母怪しみ、夫もないのにこれはどうしたことかと問うと、「名も知らぬ、うるわしい男、夜ごとにやって来て、共にすごすほどに、いつしかこの仕儀に……」という。そこで父母、その素性を知ろうとして女に、「赤土《ハニ》を床のあたりにまき散らし、また糸巻きに巻いた麻糸を針に貫いて、その人の衣の裾に刺しておけ」と教える。教えのごとくして、夜あけて見れば、針につけた麻糸は戸の鍵穴から外に抜け出て、残った糸は「三勾《ミワ》」だけだった。あとを尋ねて行くと、三輪山に至って神の社にとどまった、云々。（古事記、崇神の段）

（ハ）ヤマトトトビモモソヒメ、大物主の神の妻となる。がこの神、昼は姿見せず、夜にだけやってくる。ヒメは夫に語っていう、「昼お見えにならぬので、お顔を見ることができぬ、どうかこのまましばし留まって、明くる朝、うるわしいお姿に接したい」。大神答えていう、「では明朝、あなたの櫛笥《クシケ》に入っていよう、が私の姿に驚きたもうな」。ここにヒメ、夜の明けるのを待って櫛箱（それには蓋があったはずだ）を見れば、何とうるわしい小蛇がいる、その長さ太さは衣紐《シタヒモ》くらい。これを見てヒメは驚き叫んだ。そこで大神は恥じてたちまち人の形と化し、大虚《ソラ》を践《フ》んで御諸《ミモロ》山に登っていった。一方、ヒメはそれを仰ぎ見、どすんと坐ったはずみに、箸で陰《ホト》を突いて他界した。かの女を葬ったのが箸墓である。(崇神紀)

右の三つの話のうち、三輪山(御諸山)の大物主の神が蛇体であるとあらわに語っているのは(ハ)だけだが、(イ)と(ロ)にも紛れもなくそうした暗示が読みとれる。以前から説かれているとおり(イ)にいう溝より流れ下り女の陰を突く「丹塗矢」とは、男根の象徴にほかならない。しかも「丹塗矢」とあるから、それは屹立した男根をあらわす。そしてそれはもとより蛇身の変形でもあった。山城風土記(逸文)にいう賀茂伝説にも玉依姫、石川の瀬見の小川に川遊びしたとき、「丹塗矢」川上から流れ下ってきた。それを取り床の辺に挿し置くと遂に男の子を生んだとある。この子は可茂別雷命《カモワケイカヅチ》(上鴨社の祭神)、またこの丹塗矢は乙訓《オトクニ》郡の火雷神《ホノイカヅチ》なりという。

ここには蛇身が次々に姿を転移させつつ、丹塗矢とか、ひらめく雷電とかに化していく比喩関係がうかがえる。そういえば雄略天皇が三諸《ミモロ》丘の神の形を見たいといって、少子部《チヒサコベノ》スガルにそれを捉えて来いと命じた話(雄略紀七年)なども、三輪山の蛇がその目イカヅチのごとくひらめいたと語っている。イナヅマ(稲の夫《ツマ》)とかイナツルビとかの語は古くから用いられていたようだが、その下地には雷電と稲とがつるんで稲穂を孕むとする神話的思考が存する。

さらに（イ）の話で見のがせぬのは、セヤダタラヒメが厠に入った時、大物主が丹塗矢となって流れ下りそのホトを突き云々という具合にして生れたホトタタライススキヒメ、亦の名はヒメタタライスケヨリヒメ（ホトというのを嫌って後に名をこう改めたと注にはいう）が、実は何と初代君主神武の「大后」たるべき貴女とされている点である。このことは、後でさらに考える。

（ロ）についていえば、これには実は次のような前置きの話がある。すなわち崇神の代、疫《エ》病《ヤミ》猛威をふるい、ばたばたと人びとが死んでいった。天皇これを憂え斎戒して寝た夜の夢に、大物主の神あらわれて告げていう、「これは我がしわざぞ。意富多多泥古《オホタタネコ》をしてわが御前を祭らしめよ。さすれば神のたたり起こらず、国もやすらかとなろうぞ」と。そこで駅使《ハユマヅカヒ》を四方にはなち、オホタタネコという人を求めた。ときに河内の美努《ミヌ》村にその人を見つけて貢進した。そこで天皇、このものが大物主神がイクタマヨリビメにかよって生んだ子であると知り、いたく歓び、「これで天下やすらぎ、人びとも栄えなむ」といって、このオホタタネコを神主として三輪山の神の前をいつき祭らせた、というのである。（ロ）はこれを前置きとして、オホタタネコが「神の子」であるゆえんを語った話。つまり、麻糸をたどって行くと三輪山に至り神の社にとどまったとは、タマヨリビメのもとにかよってきたのは大物主の神であり、その胎内の子はオホタタネコであったとの意にほかならない。そしてそのさい針をつけた麻糸――針と糸は女の裁縫具として一組のものであった——が戸の鍵穴から外に抜け出て三輪山に至ったとあるのは、それがまさしく蛇体であったことを示唆する。

それにしても三輪山の神が蛇体であることには、歴史的あるいは文化的にどういう意味が蔵されているのか。前述したように従来このことが主題化されず、それをたんに事実として受けとるにとどまってきているわけだが、右にあげた話に見るとおり三輪の神はただたんに蛇体なのではなく、大っぴらにではないが蛇体として処女のもとにかよい、そしてその子を生むという形になっているのである。蛇は実にさまざまの属性をもち、後に見るようにあれこれの象徴として働く。だがそうした多様性の海に溺れてはなるまい。少なくとも右の三輪山神話の根底にあるのは、蛇が「最古の男根の象徴」(the most ancient phallic symbol) だと言うことではなかろうか。[*1]

どうかすると私たちは、大地がそれじたいおのずからにして豊饒なものであるかのように思いこみがちである。ふくれた乳や腹部を強調した縄文土偶なども、こうした幻想を知らぬ間に増殖させる。そして即自的に母なる大地と呼んだりする。しかし全体としての母なる大地という概念は、むろんまだ存しなかった。あるのは人びとの生きる村や地方の「母」であった。そういう「母」なる地が豊饒であるためには、それを孕ませる男性原理が必要で、その象徴がつまり蛇にほかならぬという関係になっていたはずである。「女が孕んで子を生むのは、大地を模倣したのであって、大地が女を模倣したのではない」とプラトンはいったそうだが、野性的な自然の深い懐のなかで人間が生きていた世の記憶を想起させる言い草ではある。

神が蛇体となって処女のもとにかよい、これを孕ませその子を生むと語る三輪山神話は、こう考えてくるとたんに神婚伝説とか異類婚姻譚とかの概念で処理するだけではすまされぬ、ちょっと類のない奥ゆきを持った伝承だということになる。もっとも右にあげた三つの話のうち（ハ）には子を生む一件がない。これは蛇の姿におどろいて女が死んでしまったのだからしかたない。しかし、いろんな死に方があるはずなのに、おどろいて箸でホトを突いて死んだとあるのは、蛇とホトとの浅からぬ因縁を語っているように思われる。

今昔物語（巻二九、三九話）には、土塀に向かって尿《ユバリ》する若い女を見て、そのあたりの穴にひそんでいた蛇が愛欲をおこし女を犯したというような話を載せている。日本霊異記（中、四一話）などにも、桑の木に登ってその葉をむしり取っていた女が蛇に犯された話を載せる。その他、沙石集とか古今著聞集とかにも、蛇が女を犯した話を載せる。これらは三輪山神話などとは類を異にする説話だが、そこに古い神話の尻尾が見え隠れするといえなくもない。

蛇はしかし、つねに男性原理をあらわしていたわけではない。古事記垂仁の段によると、ホムツワケが一夜婚した出雲の肥長《ヒナガ》比売は蛇体であったとあるし、今昔物語にはさきの尿する女を犯した蛇の話と、若い僧、昼寝の夢に美女と交わったが目覚めてみると実はそれは五尺ほどの蛇であった、という話とを並べて載せている。つまり日本でも蛇は両性具有であった。ただ右に引いた三輪山神話にかんする限り、大物主が、phallic symbol としての蛇であるのは、ほぼ確かだといっていい。

二　ミワという地名

ミワという地名の由来につき一言しておく。そこには、吟味すべき問題が内包されていると思う。

（ロ）の話に、針につけた麻糸が「三勾《ミワ》」（三巻き）だけ残った、それでその地を名づけて美《ミ》和《ワ》というとあるのは、もとより地名起源説話にほかならない。ヤマトタケルの東征譚に、三重村に至ったとき、吾が足「三重の勾《マガ》りの如く」（三つ重ねにしたマガリ餅のように）疲れた、それでそこを名づけて三重というとあるのと同類である。古代にこうした地名起源説話が多く作り出されてくるのは、人間の与えたものである地名の意味が時のたつにつれ不明に帰し、そのいわれを知ろうとする欲求が起こってきたためである。[*2] それは神話の一形式で、したがってそのままそれを地名考のなかに持ちこむわけにはいかない。語呂合わせに興じただけのものも多い。

ではなぜミワというか、実はまだ確定していない。[*3] 最新の古事記のテキストなどでも、「ミワの本来の意味は、酒を入れる土器」と注されているといった具合である。三輪の神が酒と無縁でないのは後にいうが、しかしミワはやはり「水曲」または「水輪」で、泊瀬川の紆曲する地形にもとづくとする『大日本地名辞書』(吉田東伍)の説に従うべきである。「三諸の、神の帯ばせる、泊瀬川」(万、九・一七七〇)というのは、三輪山の麓を泊瀬川がめぐって流れているからである。全国に数あるミワという地名——和名抄の郷名だけでも十数カ所に及ぶ——を地図でたどってみても、その多くが河の流れの曲がっている地勢にもとづくと見受けられる。大和のミワもその一つと解すべきで、それを別格に扱うのには賛成できない。蛇体である大物主の棲みかであるミワの地のミも、水にほかなるまい。(もとより「三」と「水」はともに甲類のミの仮名である。)蛇が水辺または沼沢の地を好むというのとも、それは照応する。オホタタネコのオホタタも「大田田」で、水によって田をうるおし稲のみのりをもたらすという映像が目に浮かんでくる。大物主が酒造りの神であるのも——「味酒《ウマサケ》」または「味酒の(を)」は三輪にかかる枕詞——、水が浄かったせいに相違あるまい。

蛇を水と関係づけるだけではしかし、いささか当り前すぎる。というより、それは水田農業の展開にともなって目立つようになった新たな属性だと思う。蛇は水陸両棲動物であり、その主たる棲みかはむしろ山中の岩穴——つまりムロ——であったといえよう。古事記には、大物主は「三諸山《ミモロ》（三輪山）の上に坐す神なり」とある。「見渡しの、三室《ミムロ》の山の、巌菅《イハホスゲ》」（万、一一・二四七二）という歌に「一に云ふ、三諸の山の、岩小菅」とあるのでもわかるとおり、三輪はミモロでもあり、またミムロでもあった。そしてミムロ山は、蛇神がこの山の土中のムロヤを棲みかとしていると信じられていたのにもとづく名であろう。[*4]

蛇はさらに種類も多く、あれこれと多様な属性をもつ。蛇はしきりに脱皮をくり返す。これは不死とか再生とかと結びつく。また蛇は姿を消したかと思うと急に現われる。つまり春になると地中の冬眠から目覚めて穴を出る。蛇が春をもたらす太古の地の霊《デーモン》とされるゆえんである。いや、それだけでない。くねりながら音もなく滑ってゆく。かと思うと光のようにす早く突き進むその動きの不思議さ、あるいはその眼にひそむ魅惑、それらも蛇を一種神秘的な動物と感じさせる。他方、蛇は毒気を有し人にかみつきもする怖るべき存在でもあった。日本語の蛇の古語ヘミはハム（食）と同根の語、ウハバミも同断である。男根を象徴するほか、こうしてさまざまな属性をもつ蛇は、かつては人間にとりもっとも磁力に富む多義的な動物であった。世界中いたるところの神話や民間伝承で、この動物の活躍が目ざましいのもそのせいである。

ここではミワ地名考の観点から蛇体が同時に水の神でもありうるゆえんに触れたわけだが、しかしこれでもって三輪をたんに水の神と見なすことに終るならば、とんでもない誤解、少なくとも矮小化に陥ることになる。

三　大物主と大国主

大国主に八千矛とかオホナムヂとか葦原シコヲとか多くの亦の名があるのは、かれが一種の綜合神格であったせいである。したがって神代紀に大物主を大国主の亦の名の一つにあげているからといって、両者を単純に同一化してかまわぬことにはならない。ただ大国主が大物主と無縁でないのも、また確かである。

古事記によると、大国主（オホナムヂ）はスクナヒコナとともに国造りした。が、そのあとスクナヒコナは常世国に渡ってしまった。そこで大国主、われ独りでどうしてこの国を造り得ようぞと嘆いた。と、たちまち海を照らしてやってくる神あり。その神、大国主にいわく、「よく我が前を治めば、吾能《ヨ》くともに相作り成さむ。もし然らずは国成り難けむ」と。大国主、ではどう祭ったらいいのかときくと答えていう、「吾をば倭の青垣の東《ヘ》の山（三輪山）の上に拝《イツ》きまつれ」と。

つまり大国主の国造りには、二つの国造りがあった。一つはスクナヒコナと兄弟となりともに成した国造り、いま一つは三輪山の神すなわち大物主とともに成した国造り。前者は「大汝《オホナムヂ》、少御神《スクナミカミ》の、作らしし、妹背の山は、見らくし良しも」（万、七・一二四七）とあるように、おもに国土の自然を造ったことにかんする。オホナ・スクナのナはナヰ＝地震のナで土地の意であろうか。またオホナ・スクナは兄弟の称。それにたいし後者は国ゆずりのための国造りである。それが具体的にはどういうものであるかを知るには、崇神の段の記事と関連させて考えねばならない。神代の話をしているのに、何で崇神のことを持ち出すのか納得できぬ向きもあろう。しかし神話の本質を洞察するには、それをただ通時的に右から左へと読むのではなく、むしろ共時的関係にあるものとして読まねばならぬことがある。崇神記の記事というのは、第一節の（ロ）の話でふれたオホタタネコの話にほかならぬ。そこでは例の、夢の告げに従い天皇、オホタタネコを探し出し彼をして大三輪の大神の御前を拝《イツ》き祭らせよ、とあるのに続き「また……天神地祇《アマツカミクニツカミ》を定め奉りき。……これによりて役《エヤミ》の気《ケ》悉に息《ヤ》みて、国家《アメノシタ》安らかに平らぎき」という文脈になっているのに注目したい。

古事記にはほぼ同じ主題が神代の巻と人代の巻とで繰り返されている例がいくつかある。神代における隼人の服属の話とヤマトタケルによるクマソ討伐の話などもそうだが、両者は構造的には共時関係にあるわけで、前者がコスモロジーのことばで語ったのを後者はいわば歴史のことばで語ったものといっていい。海を照らしてやって来て大国主とともに国造りした大物主を神代の巻ですでに「倭の青垣の東の山」、つまり三輪山の上に祀るとあるのに、崇神記でまた右のように語るのは、同じことを違ったことばで語ったまでなのである。この崇神をしかも

「初国知らしし天皇《スメラミコト》」（記）と称え、つまりここに王政が開始されたことを示している点からも、三輪の神がまさに国造りにいかに大きな貢献をしたかがわかる。

出雲国造《クニノミヤツコ》神賀詞《カムヨゴト》（延喜式）——これは出雲国造が新任のたびに朝廷に参向して奏上する寿《ヨ》詞《ゴト》である——に次のようにいうのも、また共時的文脈にぞくする。この一節は国ゆずりが終了しまさに杵築宮に鎮まろうとする直前に大国主が、己れと己れの子らの魂を「皇孫命《スメミマノミコト》の近き守神」として大和の然るべき地に布置すべきことをいいおいた部分にあたる。原文のまま引用しておく。

己命《オノレミコト》の和魂《ニキタマ》を八咫《ヤタ》鏡に取り託《ツ》けて、倭の大物主櫛玉命《クシミカタマ》と御名を称《タタ》へて、大御和《ミワ》の神《カム》奈備《ナビ》に坐《マ》させ、己命の御子阿遅須伎高孫根命《アヂスキタカヒコネ》の御魂を、葛木の鴨の神奈備に坐させ、事代主命の御魂を宇奈提《ウナデ》に坐させ、賀夜奈流美命《カヤナルミ》の御魂を飛鳥の神奈備に坐させて、皇孫命《スメミマノミコト》の近き守神《マモリガミ》と貢り置きて、八百丹《ヤホニ》杵築宮に静まり坐しき。

大国主は己れの「和魂」を三輪のカムナビに坐させ云々とあるが、神功紀の神言に「和魂は王身に服《シタガ》ひて寿命《ミイノチ》を守らむ」とあるとおり、これは王身を守護するものとされていた。神代紀の国造りの段に三輪山の神が大国主に、「吾は是汝の幸魂奇魂《サキミタマクシミタマ》なり」といったとあるのもほぼ同義と見てよかろうか。

右のヨゴトで大事なのは、大国主と三輪山とのかかわりだけでなく、その子アヂスキタカヒコネ、コトシロヌシ、カヤナルミ等の魂をそれぞれの地に配し、宮廷の「近き守神」たらしめたと語っている点である。配置から見て、これは王都が飛鳥の地にあった代の詞章といえる。これはしかしたんに飛鳥周辺にとどまらず、もっとひろく多くの神々が国ゆずりとともに宮廷信仰に従属させられるに至ったらしい状勢をも暗示する。例えば大国主の子には右のほかタケミナカタがいる。国ゆずりにさいし、彼は高天の原の使者タケミカヅチと一戦を交えたが叶わず、ついに信州諏訪湖のあたりまで追いつめられ、「我《ア》をな殺したまひそ。此地《ココ》を除《オ》きては、他処《アダシトコロ》には行かじ。また我が父、大国主神の命《ミコト》に違《タガ》はじ。八重《ヤヘ》事代主《コトシロヌシノ》神の言《コト》に違はじ。この葦原中国は、天つ神の御子の命の随《マニマ》に献らむ」といったというのだが、この話の背後には国つ神としての諏訪社の定立ということが存するはずである。このへんのことについては後に改めて言及する。

国ゆずりにさいし高天の原のタカミムスヒ、大国主に次のように勅したとある。「それ汝《イマシ》が治《シラ》す顕露《アラハ》の事は、是吾孫《スメミマ》治すべし。汝は以て神事《カミノコト》を治すべし」（神代紀下）と。「顕露の事」がこの世の政治向きのことにかんするにたいし、「神事」とは霊の世界のことを指す。現に記紀に語るとおり国ゆずりとは、天つ神の子孫にこの国土をゆずり大国主がこの世を去って幽界に入り、神として杵築宮に鎮まることと同義であった。

こう見てくると、大国主という名じたい、うっかりやりすごせぬものであることがわかる。つまりそれは「葦原中国《ナカツクニ》」の多くの地方の国主――制度的にいえば国造《クニノミヤツコ》――たちを収斂した、または典型化した名にほかならぬはずである。現に記紀は大国主には百八十人ほどの子があるといっている。大国主の国ゆずりの件も、そうした多くの国主たちのおこなったであろう国ゆずりを一回化して示した神話だということになる。(それは多くのタケルたちによってなされたであろう地方勢力の討伐が、ヤマトタケルという一人物に集約されたのに等しい。)だから国ゆずりとは、多くのそういう国主たちが王政に服し、そのいつく神々がみな幽界から宮廷を守る神へと転化するという体制のととのったことを意味する。崇神を古事記が「初国知らしし天皇」と称したゆえんも、そこにある。かくて大国主が大物主と国造りし、そして国ゆずりした話は、崇神記にいうところの「初国知らす」をコスモロジーのことばで語ったものにほかならない。

むろんこれが「初国」の実体のすべてではない。「豊鉏比売は伊勢の大神の宮を拝《イツ》き祭る」とあるように、頂点に伊勢神宮が定立されるのもこの代のことであった。その他いわゆる四道将軍の派遣とか租税制度の創始とかも、この代のことと記されている。私の指摘したいのは、こういう「初国」の形成にさいして三輪山の大物主の発揮している呪力がきわめて大きかった点である。

四　神殿なき神

周知のように三輪の神大物主には神殿がなく、背後の山そのものが神体とされる。それは大物主が蛇体であったからだといえる。蛇体である諏訪の神がやはり神殿を持たず、背後の山を神体山としている例など考えあわせるだけでいい。前節に引いた出雲国造神賀詞の一節には、「神奈備《カムナビ》」という語がしきりに使われている。カムナビとは神の宿るあたりという意で、具体的には森に蔽われた聖なる丘陵や山地を指す語と思われる。

出雲風土記にもこのカムナビが、次のような形で何度か出てくる。(イ)「神名火山《カムナビ》。……高さ二百三十丈(六八二メートル)……。佐太大神社《サタノオホカミ》は、即ちその山の下なり」(秋鹿郡)。(ロ)「神名樋山《カムナビ》。……高さ一百二十丈八尺……。嶺の西に石神あり。……石神は……多伎都比古命《タギツヒコ》の御魂なり。云々」(楯縫郡)。(ハ)「神名火山。……高さ一百七十五丈。伎比佐加美高日子命《キヒサカミ》の社、即ち此の山の嶺にあり」(出雲郡)。こうしてカムナビはたんに樹木に蔽われているだけでなく、その嶺または麓には石神やヤシロが存し、そこが一種の聖所になっていたらしいさまが、これらの記事から読みとれる。神賀詞にいう大和のあれこれのカムナビも、これとほぼ同じような場所を指すはずである。

右の出雲風土記に見るとおり、カムナビ山は決して高山ではなかった。私たちは山を垂直的に天と結びつけ、その天から神が山に降臨してくると見なしがちである。しかしそれは王権神話として高天の原の神々が出現した以後の、ギリシャでいえば雪を頂くオリュンポス山(二九一七メートル)が神々の棲みかとされた以後の話。山は古くは天ではなく、むしろ地にぞくしており、そこは地霊の、あるいは国つ神の領《ウシハ》くところとされていた。高山霊峰への宗教的崇拝は修験道の影響による点が多く、一般にいわれているほどそう古くないと見ていいのではなかろうか。カムナビも高くそびえる峰ではなく、三輪山がまさしくそうであるように人びとの生活圏の間近にあり、樹木が茂り、あるいは岩磐《イハクラ》などを有する山地をいう語であったと思う。つまりそこには里と山とを結ぶ水平の軸があった。

万葉集にもカムナビの語の用いられること二十余例に及ぶ。なかには固有名詞化したのもあるかに見受けられるが、とりわけ注目されるのは、次のごとき用法の存することである。すなわち「カムナビに、ひもろきを立てて、斎《イハ》へども」(一一・二六五七)、「カムナビの、三諸《ミモロ》の山に、斎《イハ》ふ杉」(一三・三二二八)、「カムナビの、磐瀬《イハセ》の杜《モリ》の」(八・一四一九)、「カムナビの、神依り板に、する杉の」(九・一七七三)等々。これらのカムナビがどこを指すか決めにくい点もあるが、大和のカムナビは三輪・飛鳥・龍田あたりの山地にかんすることが多いとされる。それはとにかく右の表現から推測できるのは、これらカムナビに神は宿るが神の棲む社殿はそこには存せず、森または樹木、ないしは石がその象徴とされていたらしいことである。三輪についても、「うまさけを、三輪の祝《ハフリ》が、斎《イハ》ふ杉」（四・七一二）と歌っているのは、杉の大樹が三輪の聖なる目印であったからである。一本の木でも、こんもり茂っていればそれはモリでありえた。出雲風土記は、八《ヤ》束水臣津《ツカミヅオミツ》命が国引きし終えた条に「意宇《オウ》の杜《モリ》に御杖衝き立てて〈おゑ〉と詔る。故、意宇といふ」として次のように注する、「意宇の杜《モリ》は、……田の中にある小山、是なり。……その上に一もとの茂れるあり」と。万葉集にも「社」「神社」をモリと訓んだ例がいくつかある。第二節に注記したが、ミモロは御森の転じた語らしい。

そこでヤシロ（社）という語につき一言しておかねばなるまい。古代信仰を知るのにヤシロは肝腎な語の一つだが、それはもともと後代のように神殿を有するいわゆる神社とは異なり、神の来臨にさいし仮屋を設ける所をいう語であった。漢字を当てれば屋代であり、そのシロはナハシロ（苗代）のシロに同じと見て誤らない。つまり苗代が苗を作る田の意であると同じく、ヤシロは来臨する神を迎えるための仮の宿にあたる。したがってそれは、祭事が終ればとり払われてしまう。さきに引く神賀詞や万葉の歌にいうカムナビから、神が殿舎に常住する後世の形を予想したらとんでもない見当違いになる。殿舎に神が常住するという考えは、仏像の鎮座する寺院形式によって新たに触発されたものに違いない。

欽明紀に百済の「献れる仏の相貌《カホ》端麗《キラギラ》し。全《モハ》ら未だ曾《カツ》て有らず」とあるごとく、きらきらと照り輝く仏像が、概してまだ精霊崇拝しか知らぬ当時の人びとに与えた衝撃はきわめて大きかった。カミというものが、たんに精霊であることから次第に人格化あるいは人間化される道(anthropomorphism)へと進み、その住むべき神殿を要求し始めるきっかけになったのは、寺院内のこの燦然たる仏像であったはずだ。

都が飛鳥あたりの地を転々としていたころ、都城も大寺院もなく大和はおしなべて、まだほとんど原生林の生い茂ったままであったと推定される。三輪を始め右にあげた各地のカムナビまたはミモロも、そうした原生林のなかの聖所であったのだろう。そこでもう一度、さきに引いた出雲国造神賀詞にいうカムナビに立ちもどって考えてみる必要がある。実は三輪のカムナビを棲みかとする大物主だけでなく、葛木の鴨のアヂスキタカヒコネもまた蛇身の面影を有していた。夷振《ヒナブリ》という名でこの人物のことを詠じた古事記の歌の一節に「……み谷、二渡《フタワタ》らす、阿治志貴《アヂシキ》高日子根の神ぞ」と見える。一首全体としては意味必ずしも分明とはいいがたいが、右の句はかれが蛇体であったことを暗示すると諸家によって説かれて来ている。この葛木の鴨は、葛上郡阿治須岐《アヂスキ》託《タカ》屋根命神社(式)がこれにあたる。

実はウナデのコトシロヌシについても同じことがいえるのである。他がみなカムナビであるのに、ここだけウナデとなっているのは、カムナビが山地または丘陵であるにたいし、ウナデは平坦地だからだろうといわれる。高市郡雲梯《ウナデ》（和名抄）とあり、高市御県坐《ミアガタニマス》鴨事代主命神社（式）がこれにあたる。そこは万葉で「真鳥（鷲）住む、うなでの社《モリ》」（一二・三一〇〇）と歌われている。多分平地の原生林であったのだろう。それはさておきコトシロヌシは国ゆずりにさいし、「この国は天つ神の御子に立奉らむ」との誓いの言を体する神で、宮廷の神祇官八神殿の一つに加えられている。ところがこの神でさえ、「事代主神、八尋熊鰐《ヤヒロワニ》になりて、三嶋の溝《ミゾ》樴《クヒ》姫、或は云はく、玉櫛姫といふに通《カヨ》ふ」（神代紀上）というような伝承があり、蛇と同類のワニとなり女のもとにかよった古い記憶がつきまとっていた。最後のカヤナルミは女神だろうが、記紀には名が見えぬ。その飛鳥のカムナビも、さしあたり不明とするほかあるまい。もしそれが神名帳にいう飛鳥坐《アスカニマス》神社（高市郡）であるなら、境内に多くのリンガの並ぶところということになる。

神賀詞のことはとにかく、こう辿ってくると神殿に住することを拒み蛇身として三輪山をずっと棲みかとしてきた大物主が、太古以来のどのように独自な因縁を背負っているか、やや見当がついてくるように思われる。

五　大物主の呪力の根源

崇神紀に載せる次の歌に注目したい。

この御酒《ミキ》は　我が御酒ならず　大和《ヤマト》成す
大物主の　醸《カ》みし酒　幾久《イクヒサ》　幾久

これは「八年冬十二月……、天皇、大田田根子を以て、大神《オホミワノカミ》を祭らしむ。この日に活日《イクヒ》（大神《オホミワ》の掌酒《サカビト》）自ら神酒を挙《ササ》げて、天皇に献る。よりて歌《ウタヒ》して曰はく」とあってこの歌が載る。

この歌からすぐに連想されるのは、古事記仲哀の段に見える次の歌である。「この御酒《ミキ》は、我が御酒ならず、酒《クシ》の司《カミ》、常世《トコヨ》に坐《イマ》す、石立《イハ》たす、少名《スクナ》御神の、神寿《カムホ》き寿き狂ほし、豊寿き、寿き廻《モトホ》し、献《マツ》り来《コ》し御酒ぞ、乾《ア》さず食《ヲ》せ、ささ」。これらは勧酒歌と呼ばれるものだが、大国主の国造りに力を借した少名御神（スクナヒコナ）と大物主の名がともにここに出てくるのはかりそめではあるまい。スクナヒコナがクスリシ（クスシ）であったことは、奈良薬師寺の仏足石歌に「薬師《クスリシ》は、常のもあれど、賓客《マラヒト》の、今の薬師、貴かりけり、賞《メ》だしかりけり」とあるのからもわかる。今来《イマキ》のクスリシとは薬師如来、常のクスリシとはスクナヒコナをいう。そのことについては別に書いたことがあるのでここでは略記にとどめるが、[*5] スクナヒコナの去った常世が東海のかなたにあるとされるのと、薬師如来の住するのが東方浄土である点なども、両者がクスシとして習合するきっかけとなったはずである。

この歌では酒のことをクシと呼んでいる。クシはもとより「奇《ク》シ」で、酒のもたらす霊妙な働きによる命名にほかならぬ。医者をやまとことばでクスシ（クスリシ）と称するのも、病を癒す不思議な力をもつものとの意。スクナヒコナは、古来そういうクスシ（クスリシ）で、だから霊妙な酒を醸すこともできたのである。かつてはもっぱら薬用であったが、今では鑑賞用ともなっている石斛《セッコク》つまりデンドロビウムの日本名は、和名抄によれば何とスクナビコノクスネというのであった。[*6] そしてそれは石の上に生えるから石斛の名があるのだそうだが、とすれば右に引いた仲哀記の歌に「石《イハ》立たす、少名御神の」とあるのとも、それは無縁ではないはずである。

いささか脱線したようだが私がいいたいのは、「この御酒は、我が御酒ならず、大和《ヤマト》成す、大物主の、醸みし御酒」とうたわれた三輪の大物主もまた、不思議な霊力の持ち主であったことになるのではないかという点である。むろん大物主はクスシではない。しかしかれには前々節に引いた古事記の一節によれば、「役《エヤミ》の気《ケ》」をやめさせ天下安泰をもたらす呪力があったとある。いやそれだけではなく、この「役の気」をもたらしたのも実はかれじしんであった。

大物主のモノとは目に見えぬ、人の畏怖する霊威をいう。物部氏のモノ、「物知人《モノシリ》等の卜事《ウラ》」（龍田風神祭）と祝詞でいうところのモノも同類、沖縄語では今も易者をモヌシリと呼ぶ。そして万葉では「逢わぬもの故、滝もとどろに」（一一・二七一七）、「思ひ乱れて、死ぬべきものを」（一一・二七六五）の「もの」に「鬼」の字をあてたのが一〇例もある。平安朝にしきりに用いられた「物のけ」のモノになると、ほぼ悪霊というのに近い。悪夢を見るのを「ものにおそはるる心地して」（源氏物語「夕顔」）といったいいかたも生じてくる。ただ、それがモノの本来の姿であったとは限らない。ギリシャ的なデーモンがキリスト教とともに悪霊化していったように、モノも仏教が浸透するにつれ悪鬼へと次第に零落したのではなかろうか。「物知人」の語に徴しても、ほぼそういった見当がつく。崇神記に「役の気《エヤミ》」を「神の気」とも称しているのは、モノとカミにはきわどく重なりあう点があったことを示す。

大物主はそういうモノの気の棟梁であったわけで、その呪力が大きいのもこのことと関連する。だが、たんに大きいというだけではすまされまい。前々節に引いた崇神記の夢の記事に見るとおり、大物主の方が天皇よりはむしろ格が上なのである。「役病《エヤミ》起りて人民尽きむ」としたのを天皇は歎いて「神牀《カムドコ》に坐《マ》しし夜」、大物主が夢にあらわれてしかじかのことを告げたというこの「神牀云々」とは、物忌みして神の夢託を乞うて寝ることで、incubation と呼ぶ。これについては『古代人と夢』で詳しくふれたことがあるので蒸し返さない。ここで見逃せないのは、大物主は天皇に夢を授けたのであり、そしてそれは霊夢であって、その夢の告げのとおりにふるまったら果たしてめでたく天下は平安に復したとある点である。ここには、天皇にたいして大物主がどういう位置にあるかが示されている。

もっと端的にそのへんの消息を語るのは、第一節の（イ）に引くところのイスケヨリヒメにかんする話である。すなわちこれは大物主、津の国の美女セヤダタラヒメが厠に入った折をうかがい「丹塗矢」となって女の陰《ホト》を突き云々というのに始まる、いわばいささかとんでもない（？）誕生譚をもつ女性なのだが、そういう女性をどうして神武は「大后」に撰んだのだろうか。それは大物主が、恐るべき神であるとともに王権にとって一種守護霊的な側面をもっており、かの女がまさしくこの大物主の生んだ「神の子」（神武記）であったからにほかなるまい。古事記ではかの女への神武の求婚譚が語られているだけでなく、入内《ジュダイ》以前、狭井川のほとりで二人で寝た一夜のことをなつかしむ「葦原の、しけしき小屋《ヲヤ》に、菅畳《スガタタミ》、いやさや敷きて、我が二人寝し」という神武の歌まで添えられているのである。

問題は、大物主のもつそうした呪力の根源が何かということにある。そこで前にあげた歌「この御酒は、我が御酒ならず、大和《ヤマト》成す、大物主の、醸みし御酒」の「大和成す、大物主」という句にもっと目を凝らさねばならぬ。まずいえるのは、このヤマトが、いわゆる国郡制上の「大和」ではないことだ。「大和」の国の主は、速吸門《ハヤスヒト》から海路「大和」へと東上する神武の軍を導いたとあるサヲツネヒコ（紀ではウヅヒコ）を祖とする「倭国造」（記）――姓氏録にいう大和宿禰（大和国神別）――である。そしてそれの祀るのは大和坐《ヤマトニマス》大国魂神社（延喜式）

であった。大和の国魂をいつくこの倭国造が、無視できぬ存在であったのはいうまでもない。しかし国造は「国の御奴《ミヤツコ》」であり、それは宮廷への従属性を本質として持つ。神武を大和へ迎え取ろうとするサヲツネヒコの動作にも、そのへんの様子がうかがえる。大国主はそういった「国の御奴」の頭であり、だからこそ国ゆずりの役を唯々と引き受けさせられたのだ。

それにたいし大物主は、もっと次元の違う世界に生きていた。崇神天皇に大物主が霊夢を授け、それでもって世を救った話はさきに見たとおりだが、大和に都を定めた初代君主・神武にしても、安らかに世を治めるには、大物主の子であるイスケヨリヒメを「大后」、つまり最高の妃として受け入れねばならなかった。「大和成す」つまり大和を造成した大物主には、その大地ときり離せぬ、いうならば縄文期このかた沈澱してきた深遠な神秘的呪力が宿るとされていたからである。そしてそれはこの神の棲みかが三輪山であったことと切り離せない。国ゆずりの条にいうとおり、三輪山が「倭の青垣の東の山」にあたり、かつその奥には洞窟を想わせる「こもりくの泊瀬《ハツセ》」が控え、さらにそれが伊勢の山地や鈴鹿山脈へとつらなっているというトポロジーからしても、大和国原に住む人びとにたいし大物主の持ったであろう存在感のほどが納得される。そして三輪山はミムロ山と呼ばれた。ムロとは地中の密閉された空間のいいだが、三輪山がミムロであるのは、この山中のムロが蛇神の棲みかであったことと不可分である。それはかれが地を孕ませる地中の霊、ギリシャ風にいえば chthonic daemon[*7] であったことを暗示する。この概念には在地的とか土着的とかとはいささか違う、もっと深い意味がひそむ。蛇神としての大物主の霊威も、そうした根源的なものと結びついていたと私は考える。つまり三輪山の蛇身はたんに男根象徴なのではなく、そのことによって同時に最古の地の霊でもあったのだ。その点、大物主は国造の親かたである大国主と必ずしも同体と見ることのできぬ独自な特性をもっていたといわねばならない。

万葉の次の歌は、天智天皇により都が飛鳥から近江の大津に遷されようとしたとき額田王が、奈良山のあたりで大和に別れを告げようとして作ったものと伝えられる。

味酒《ウマサケ》　三輪の山　あをによし　奈良の山の　山の際《マ》に　い隠るまで　道の隈《クマ》　い積るまでに　つばらにも　見つつ行かむを　しばしばも　見放《ミサ》けむ山を　心なく　雲の　隠さふべしや　（一・一七）

ここにも三輪山がたんなる風景である以上に、大和の地霊そのものであるかのような息づかいがうかがえるだろう。

六　諏訪と宇佐

甚だ唐突だが、ここでとりあげたいのは信濃の諏訪社のことである。第三節でふれたように諏訪社の縁起には大国主の子であるタケミナカタがからんでいるが、この神がタケミカヅチに追いつめられ「他処には行かじ」といって降参した一件を歴史の次元に置き変えるなら、それはかれが藩屛としてこの地にあって宮廷を守りますと誓ったことと同義であった。そしてそれは信濃が「化外」のエゾ地に接していたことと関連する。いささか後の話だが、坂上田村麻呂のエゾ討伐に諏訪社の霊験がいちじるしかったといわれるゆえんでもある。

さらに忘れてならぬのは、諏訪社本宮（上社）の大祝となっているのが神氏《シン》に他ならぬ点である。神をシンと音読みするのは、ミワ（三輪）に「神」または「大神」の字をあてていたのにもとづくはずで、つまり諏訪の神氏は、この地に送りこまれた大和の三輪氏——古事記には先に見たオホタタネコを「神君《ミワ》、鴨君の祖」とある——がそのように呼ばれるようになったのだと思われる。ではなぜ三輪氏が諏訪社に送りこまれたかというに、それは大物主の大いなる霊威に仕える三輪氏をこの地の大祝とすることによって、エゾを調伏し鎮定しようとするものであっただろう。*8

しかし諏訪だけの話ではない。宇佐八幡宮につき延喜式に「凡八幡神宮司、以二大神・宇佐二氏一補レ之、不レ得レ雑二補他氏一」とあるのと、実はそれは対応するものであったはずだ。すなわち、諏訪がエゾに対するのは宇佐がやはり「化外」の隼人に対するのと同じ関係になるわけで、いわば遠き守りとして諏訪と同様、宇佐にも大物主の呪力をこういう形で配置したのだと解される。

八幡神はもともと仏教と縁の深い神で、宇佐では隼人のため放生会を執りおこなうようになるが、これはかつて「化外」の民である隼人たちをずっと捕えたり殺したりしてきた罪業のつぐないとしてであった。宇佐の神領は豊前・豊後から日向の国は宮崎郡あたりまでずっと延びていたし、その社殿が南面しているのも、それが隼人を鎮めようとするものであった消息を語っている。南九州からするいわゆる神武東遷にさいし、豊国の「土人《クニヒト》」ウサツヒコ・ウサツヒメのもとにその一行が立ち寄ったというのも、かりそめの話ではないはずである。

もっとも、諏訪の神氏や宇佐の大神氏が大和の三輪氏との同族性をずっと持ち続けてきたとは思えない。大神某が宇佐の禰宜《ネギ》とか主神《カムヅカサ》とかの地位にいたことは続日本紀にも出てくるが、そしてそれはオホミワと訓まれているようだが、オホガと訓む方がいいのではなかろうか。宇佐からほど遠からぬあたりに大神郷《オホガ》（和名抄、豊後国速見郡）というのが存するのからしても、宇佐社の大神氏もオホガ（それはやがて大賀と記すようにもなる）と呼ぶべきだろう。つまりシン氏やオホガ氏となるにつれ大和の三輪氏との関係は薄れ、かれらはエゾや隼人の棲む「化外」の勢力から王土を守る神に仕える者との意識を強めていったようである。ただそのさい、かれらの方が、これら国つ神をいつき祀ってきた在地の土豪――宇佐でいえば宇佐氏、諏訪でいえば金刺《カナサシ》氏や守屋氏等――よりは常に上位にいたのは、やはり中央から来たという出自がものをいったのである。

以上はごくかいなでの言及にすぎぬけれども、大和の三輪氏がこうした遠き守り神の形で、隼人とエゾに接する宇佐と諏訪に配置されたという事態が、とにかくここにはある。そしてこれは決してそう新しいできごとではなかっただろう。恐らくこのことは大国主の国ゆずりのための国造り神話とかかわっており、むしろそれを完成させるところの最終段階をしめくくるものではなかったかと思われる。少なくともこの一件が国造りにさいし、第三節に引いたように「海を光《テラ》して依り来る」大物主が大国主にたいし、「よく我が前を治めば、吾能くともに相作り成さむ。もし然らずは国成り難けむ」といったことばと無縁でないのは確かである。海のかなたに棲むわけでもない神がどうして「海を光《テラ》して」とあるのかといえば、これは大国主が三保の崎にいるときスクナヒコナが「波の穂より天のカガミ船に乗り」より来ったとあるのに応じただけかもしれぬが、この大物主が蛇体であり、波状にうねるように動いてくる蛇の姿と海の波との間に比喩関係が存したためとも考えられる。蛇体の肥長比売についても「海原を光して」という句が用いられている。

蛇身は秩序にたいする原始的な混沌をあらわすと、ふつう解されがちである。確かにスサノヲの退治したヲロチとか、常陸風土記に伝える「夜刀《ヤト》の神」とかについては、こうした見かたもまんざらでもあるまい。しかし同じ蛇身でも大物主が、こういった見かたで汲みつくせぬ存在であるのも明らかである。そのことを根底から考えるには、縄文時代までどうしてもさかのぼる必要がある。そこにはかなりこみ入った諸関係があるのだが、それを大ざっぱに私なりに図式化すれば、およそ次のようになる。まず土偶はすべて女体であり、そしてそれに対応するのが石棒《セキボウ》であること。石棒には二メートルを越えるものもあり、頭部を亀頭状に加工したのが多い。すでにいわれているとおりこれは男性の表象だが、大事なのはこの石棒と土偶が概ね一つのセットをなしていたこと。さらにこれを受けついだのが、実は山の神と石神（イシガミ・シャクジン）との対応関係にほかならぬこと。つまり土偶も山の神も豊饒の化身を示す女性である。が、それをうっかり単性生殖化すべきでないこと。土偶と山の神を孕ませる力をもつのはそれぞれ石棒と石神であり、そしてこの男性原理の根底にあるのが蛇体だという関係になっていると、そのように私は考える。[*9] 三輪山の神に、たんに「原始的」というよりもっと奥の深い独自の呪性が宿るのも、そしてその「磐境《イハサカ》」をなす石が三輪山を象徴するのも、こうした由来を背負っているであろう。

大国主の国ゆずりのあと王政が始まり、多くの国つ神たちが次々に組織されてゆく過程がこれに続くわけだが、隼人を背後にもつ宇佐と、エミシの地に接する諏訪に三輪氏がそれぞれ割りつけられたのも、恐らくはこの過程の、恐らくは最後の、だが重要な一環をなすものであっただろう。とりわけ宇佐についてその宮司には大神・宇佐二氏を以てこれにあてるべしといった規定が延喜式にまで持ちこされてくるのは、大和朝廷が隼人帰順のあと新羅の勢力を新たな圧迫と感じるに至ったことと関連する。[*10] 何れにせよ、イスケヨリヒメを初代君主神武の大后たらしめたその大物主の独自の霊異が、こうした形でこうした関係のなかにも生きていることになる。このとき「ヤマト成す大物主」という句のヤマトは、大和地方を越え倭国のヤマトをあらわすものへと拡大されていたと見ていい。

だがこう見るだけで大物主の威力の源泉がすっかり解明できたかといえば、どうもそうではないという気がする。この稿を進めながら、ずっと心の一隅にわだかまっていたことがある。それは大物主が蛇だとしても、これがどのような蛇であったかという点である。前にもいったが古語ヘミはハム(食)にもとづく語、南西諸島のハブも、このハムと縁つづきで、つまりそれは毒蛇である。アシハラシコヲこと大国主は、スサノヲの居る地下の根の国で「蛇《ヘミ》の室《ムロ》」に入れられるという試練を受ける。そのときその妻スセリビメが「蛇の比礼《ヒレ》」を夫に授け、「その蛇咋《ク》はむとせば、この比礼を三たび挙《ア》げて打ち撥《ハラ》え」といったとある。このヘミが人に食いつくマムシでなかったら、こういった話はどだいなりたたない。信濃諏訪の尖石で出土した縄文期の蛇体把手付深鉢という土器は有名だが、鎌首をもたげたその姿態は紛れもなくマムシである。頭上にマムシを載せた土偶や、マムシを思わせる隆帯文のある土偶もある。土器の渦紋なども、たんなる蛇でなくマムシをあらわすのではなかろうか。

インドのヒンドゥ教や仏教で毒蛇であるコブラを原型とするナーガが尊ばれたのは、外に向かって威嚇する力が逆に内を護る力として働いたからであるらしい。三輪山の蛇神もこうした両義性を蔵しており、それがその威力の源を形成している点があると見てよさそうだ。少なくとも三輪氏が背後にいわゆる「化外」の地を控える宇佐と諏訪の宮司として出向いた根本に、こうした両義性がものをいっているのを想定せざるをえない。

七　最後の光芒

奈良薬師寺の仏足石歌のなかに次の歌がある。

四つの蛇《ヘミ》　五つの鬼《モノ》の　集まれる　穢き身をば
厭ひ捨つべし　離れ捨つべし

「四つの蛇、五つの鬼《モノ》」とは、仏説にいう四蛇《シダ》・五蘊《ゴウン》を訓読したもので、これはそういった蛇とモノ、つまり不浄と罪の集中しているこの穢い身を厭離すべしと歌った作である。文脈をやや異にするとはいえ、蛇でもありモノでもある大物主は、ほぼまるごとその存在理由を問われる羽目にここで立ちあわされていることになる。現に三輪山神話がどのような変容を受けるに至ったかを見れば、これはまんざら思いすごしでないことがわかる。

苧環《ヲダマキ》型と呼ばれる昔話の一群がある。前半の筋は三輪山の話とだいたい同じなのだが、女の腹に宿った蛇の子の扱いがまるで違ってくる。神話ではそれは「神の子」であった。ところが昔話では、この腹の子を溶かして流すため三月節句の桃酒とか、五月節句の菖蒲酒とか、九月節句の菊酒とかを女に飲ますといった結末になる。つまり蛇という動物は、もっぱら忌まわしいもの扱いされる。しかもこの種の話はほぼ全国にわたって分布している。水乞型と呼ばれる蛇婿入譚でも、針千本を口に投げこまれたりして蛇は死ぬという形で終る。

こうした大きな変化をもたらしたのは何によるかといえば、それはおもに仏教の影響にもとづくと見ていい。蛇は毒虫でもあるから、古来それはかたがた嫌悪の対象であったとするだけですますわけにはいかない。昔話は神話の残雪だという説がおこなわれたこともあるが、神話に由来すると覚しき昔話はどの国でもそう多くない。日本でも両者の関連がハッキリ読みとれるのは、世にいう龍宮女房型の昔話が山幸彦の海宮訪問の神話に、またここに取りあげた蛇婿入譚と呼ばれるものが三輪山神話に由来するといった例くらいしかない。だとすれば蛇の扱いが同系統の神話と昔話とでどうしてこんなに違ってくるのかは、やはり不問に付すべきではあるまい。

仏教では、死後蛇身に生れ変って苦を受ける蛇道なるもの（畜生道のうち蛇身を受ける境界）が説かれていた。そして今昔物語にも、罪のため蛇身となったものが法力により善所に生れたというような話をあれこれ載せている。さきには今昔物語や日本霊異記などに女を犯した蛇の話があるのを紹介したが、その蛇たちはむろんみな殺される目にあっている。こうして少なくとも蛇たちにとっては、まことに幸い薄き世になったわけである。畜生という語も仏説から来る。とにかくこうして昔話の世界で蛇が忌み嫌われるようになったのは、仏説でこの蛇道なるものが説かれたことと関係があると思われる。こうして今や蛇は負の遺産に転化する。

もっとも、一切を仏説のせいにすることはできぬ。人間の生活様式が自然というものから次第に離れていくにつれ、異類との婚姻譚がその意味を変え、忌まわしいものになるのは当然で、蛇道云々の仏説はこの過程を加速させたにすぎぬと見るほうがよさそうである。だがそれにしてもよくわからぬ問題がここにはある。コブラを原型とする蛇（naga）崇拝がインドではヒンドゥ教・ジャイナ教だけでなく、仏教でも旺んであったという。日本仏教で蛇がおとしめられるようになったのには、仏典中のナーガを昇華させ「龍」と翻訳した漢訳仏典に依拠するに至ったことも[*11]恐らく一役買っている。こうしてとにかく日本では蛇道は、「邪淫戒に触れたものが落ちる悪道」であり、そしてそれは「蛇を多淫とする考え方に由来する」（岩波仏教辞典）とされる。今昔物語にも「愛執の過《トガ》」により蛇身となった男の話（巻十三、十二話）を載せているし、道成寺の縁起にいう清姫が生きながら大蛇と化したのも、男への妄執のせいであった。嫉妬のため女の指が蛇と化したといった類いの話（発心集、沙石集）さえ伝わっている。

本稿で扱ってきた蛇の話も、「多淫」にかかわるものであったといえなくもない。だが異教的な言語に置き換えるなら、「多淫」は農の多産とか豊饒とかに転ずる要素をもつのであり、そしてそこでは蛇こそそういう生産性の原点をあらわす最古の phallic symbol であった次第を説こうとしたのである。とはいうものの、さきに引いた仏足石歌に見るとおり、時勢が大きく移り変りつつあった。「多淫」は今や女の罪業とされる。「蛇性の婬」（上田秋成）なども女性にかかわる話である。

さてその時、三輪の大物主はいったいどうなったか。大物主とてもはや脱蛇身の道を歩むほかなかったはずである。奈良時代にはもう三輪神宮寺もできたようだし、蛇神としての大物主にかんする古伝承は、いよいよもの遠いものになっていかざるをえなかっただろう。むろん神階は正一位、大和国の一宮の地位は名目上不動であったが、とくに都が奈良に遷ってからは、春日社の勢いが三輪社にすっかり取って替ったのも事実である。平安遷都以後は推して知るべしで、奥儀抄（藤原清輔）に次のことばが見える。

或人云、この三輪の明神は、社もなくて祭の日は、茅《チ》の輪を三つ作りて、岩の上に置きて、それをまつる也。

「茅の輪」とはチガヤを編んで作った輪で、六月の夏越《ナゴシ》の祓のときそれをくぐって疫病よけのまじないにする風が平安朝になりさかんとなった。それを取りこみ、三輪だからその輪を三つ作ることにしたのだろう。ここにいう「岩」は例の磐境《イハサカ》であろうか。チノワを鳥居の下などに作ってくぐるのではなく、岩の上に置いて祀ったというのは、「社もなくて」というのと対応するはずである。せめて茅の輪が蛇を型どったものであるのは見のがせぬにしても、この一文には「祭の日」の平安末期における三輪社の寂寞が読みとれる。

が、ここで本稿を打ちどめにするわけにいかない。三輪山神話には、最後の光芒ともいうべきものが、それとは別に存するからである。私のいいたいのは平家物語巻八に載る、豊後国の住人緒方三郎維義なるものの五代さきの先祖が大蛇の子であったことをかたる話である。豊後国の片山里に住む女のもとに男が夜な夜な、かようほどに女はただならぬ身になる。母、これを怪しんで云々。娘は母の教えに従い、朝出てゆく男の狩衣の頸上《クビカミ》に針をさし倭文《シズ》の緒環《ヲダマキ》をつけておく。そして糸をたどって行くと優婆《ウバ》岳という山の裾の大きな岩屋の中に糸は入りこんでいる。女、岩屋の口に佇んで耳を傾けると、大きなうめき声が聞こえる。お目にかかりたいと女がいうと、なかから「我は人間の姿ではない。わが姿を見たら、そなたはおっ魂消《たまげ》るぞ、早々に帰れ。そなたの腹の子は男子であろう。弓矢・太刀を取っては九州・二島（壱岐・対馬）に肩を並べるものもあるまいぞ」と教える。女が重ねて会いたいというと、さらばとて、岩屋の内に臥長《フシタケ》（とぐろ姿）五、六尺、首から尾まで十四丈もあろうと思われる大蛇が、地ひびきたてて這い出たのである、云々。そこに生れ出たのがアカガリ大太《ダイタ》と呼ばれる豪の者であった。その名の由来は、「夏も冬も手足にアカガリ（アカギレのこと）隙《ヒマ》なく破れければ、アカガリ大太」といったという。緒方三郎は「かかる怖ろしき者」の五代の孫にあたるというわけである。

小異はあるが、この話には紛れもなく三輪山神話の伝統が脈々と息づいているのが見てとれる。緒方氏が豊後国という辺境の地に住みついた大神《オホガ》氏の一族であったのを思えば、これは決して意外ななり行きとはいえぬ。いや、それだけでない。和名抄に豊後国大野郡緒方郷を載せるが、ここは宇佐宮の神領であったらしい。そしてもしかしたらオホガが化けてオガタになったのかも知れぬ。それにしても、アカガリ大太という呼び名が気になる。源平盛衰記に「はだしにて野山を走行ければ、足にはアカガリ常に」生じたとするのは後講釈で、「蛇身の血をうけて鱗状の肌をしている」[*12]と見るのが正解だと思う。だからこそ「かかる怖ろしき者」というのである。

代々、背中や脇下に蛇のウロコがあると伝える家筋が、栃木県や新潟県や富山県などにあるのが知られている。これら某々家では、蛇の血を引いていることがかつては家門の誇りとして伝承されていたはずである。それらをみな大和の三輪氏と因縁づけるには及ぶまい。そもそも蛇の裔であるとは、高天の原ならぬこの地中から生れ出た、つまりearthbornであることを象徴するのであり、したがってそれはまさしく土豪の英雄的出生譚にふさわしい形式であった。

そしてここで注目したいのは、豊後の土豪・緒方三郎維義が蛇の裔であるゆえんを語る平家物語の語りくちが、ほとんど神話的な息吹を放っている点である。大蛇の姿も彷彿と眼に浮かぶ。そして本文は、その大蛇はかの「高知尾《タカチヲ》明神の神躰なり」と語り収める。ホノニニギが天降ってきたというタカチホの嶺、その明神の神体がここでは何と大蛇へと転倒される。平家物語はもっぱら仏法の見地から云々されることが多い。それはそれとして納得できる。だが仏法一辺倒になってしまうと、そこにある拡がりや豊かさを切りすて、この作品を矮小化する羽目に陥りかねない。現に、仏法の説く蛇道なるものがもし民間に広く流布していたら、アカガリ大太という豪の者などこの世にもはや生れてくる余地はなく、つまりは緒方三郎の話も日の目を見ずに終っただろう。

辺境に住する武士たちはまだ多分に仏教以前の、いうならば異教的世界に生きており、その豪勇もそういった生活に根ざすものであったと思う。古い三輪山神話がどんな意味をもつかを問おうとする本稿で、あえて平家物語に登場する緒方三郎の話にまで言及したのは、日本における《地中のデーモン》ともいうべきものの最後の残照がそこにあると見たからである。

注

＊1――A. D. de Vries編『象徴とイメージャリ辞典』中の“serpent”の項による。なお蛇については日本にも吉野裕子『蛇――日本の蛇信仰』、小島瓔礼編著『蛇の宇宙誌』等がある。

＊2――拙稿「アヅマとは何か」（『古代の声』所収）参照。

＊3――池田末則『日本地名伝承論』などにも「ミワは円錐形の山容を象徴する素朴な古代語」とある。

＊4――ミムロのロは甲類であるにたいし、三諸《ミモロ》のロは乙類であるから、三諸は御室《ミムロ》なりと断じていいかどうかは疑問。恐らくミモロは御室《ミムロ》ではなく御森《ミモリ》に由来する語であろう。名義抄には「社、ヤシロ、モリ」とある。

＊5――本書所収「古代的宇宙《コスモス》の一断面図」。

＊6――阪下圭八「スクナビコと薬根」（『歴史のなかの言葉』所収）参照。

*7——この用語は W. K. C. Guthrie, *In the beginning* から借りてきたものであることをいっておく。
*8——詳細は本書所収「諏訪の神おぼえがき」参照。
*9——その点、前稿「地下世界訪問譚」では、地下の世界を女性原理にのみ還元しすぎていると反省せざるをえない。
*10——拙稿「八幡神の発生」(『神話と国家』所収)参照。
*11——荒川紘『龍の起源』参照。
*12——富倉徳次郎『平家物語全注釈』。

(一九九六年)

諏訪の神おぼえがき——縄文の影

一　タケミナカタという名

名がなければ人も物も存しない。名は存在の実をあらわす。神名もまたそうである。そこでまず、大国主神の国ゆずり神話に登場してくるタケミナカタ（建御名方）という神の名の詮議から入ることにする。もっとも、タケミナカタのミナカタが「水潟」の意にほかならぬ点は他の折に何度かもういったことがあるのだが、行きずりに触れたにすぎぬので、今度はもう少し腰を据えてかかってみる。

ものの本によれば、湖にも貧富の違いがあり、貧栄養湖は水中に栄養分が少なく生物も乏しく透明度の高い湖、それにひきかえ富栄養湖は栄養分ゆたかで生物の数も多く、そして水深も浅く透明度の低い湖をいうとある。そして前者を代表するのが十和田湖や中禅寺湖など、後者を代表するのが霞ヶ浦や諏訪湖や琵琶湖などだという。遠浅の潟があるのはいうまでもなく後者で、霞ヶ浦には行方（ナメカタ）郡があり、琵琶湖にはそのくびれのところに堅田がある。カタタは潟田で、湖東の野洲川のもたらす沖積土によってできた潟を田地にしたのにもとづく名に相違ない。タケミナカタの名も、二十余の河川の流れこむ諏訪湖が、沖積土による潟を有する湖であったことと不可分に結びついているはずである。かつて諏訪湖は南の方へ潟がひろがり、今より二倍くらいの大きさであったともいう。ミナカタのミナはもとより、ミナモト（水源）・ミナト（水戸）等のミナと同格の語。（ちなみに、透明度世界有数の摩周湖は貧栄養湖の最たるもので、流入・流出する河川は一つもないという。）

タケミナカタは、かくて諏訪湖の潟にもとづく名である。スハという名も水辺の湿地の意であったらしい。[*1] その点、古事記が州羽の字をこれにあてたのもかりそめでない。ではタケミナカタの神とは何ものであったか。それを見きわめるには、やはり古事記の本文そのものに就くほかない。高天の原の使者タケミカヅチの神、出雲国の伊那佐《イナサ》の小浜に降り立って、十拳《トツカ》の剣を抜き、白波にその柄をさかさまに刺し、剣さきにむずとアグラをかいて大国主に国ゆずりを迫った。イナサの小浜とは、国ゆずりの一件を否むかどうか、その諾否を大国主と談判する意をふくむ地名。そのとき相談を受けた事代主は父の大国主に、「恐《カシコ》し。この国は、天つ神の御子に立奉《タテマツ》らむ」とひたすら服従することを言上した。そしていよいよ次の段になる。

故《カレ》ここに（タケミカヅチ）その大国主神に問ひたまはく、「今汝《イマシ》が子、事代主神、かく白《マヲ》しぬ。また白すべき子ありや」と問ひたまふ。ここにまた（大国主）白さく、「また我が子、建御名方神あり。此を除《オ》きては無し」。かく白す間に、その建御名方神、千引《チビキ》の石《イハ》を手末《タナスヱ》に擎《ササ》げて来て、「誰ぞ、我が国に来て、忍び忍びにかく物言ふ。然らば力競《クラ》べせむ。故《カレ》、我先にその御手を取らむ」と言ひき。故、その御手を取らしむれば、すなはち立氷に取り成し、また剣刃《ツルギバ》に取り成しつ。故ここに懼《オ》ぢて退《ソ》き居り。ここにその建御名方神の手を取らむと乞ひ帰して取りたまへば、若葦を取るが如、搤《ツカ》み批《ヒシ》ぎて投げ離ちたまへば、すなはち逃げ去《イ》にき。故、追ひ往きて、科野《シナノ》国の州羽《スハ》の海に迫《セ》め到りて、殺さむとする時、建御名方神白さく、「恐《カシコ》し。我《ア》をな殺したまひそ。此地《ココ》を除《オ》きては、他処《アダシトコロ》に行かじ。また我が父、大国主神の命《ミコト》に違《タガ》はじ。八重事代主神の言《コト》に違はじ。この葦原中国《アシハラノナカツクニ》は、天つ神の御子の命の随に献らむ」とまをしき。

この段が一きわ劇的なのは、事代主が「恐《カシコ》し」のひと言であっさり屈服したのとは逆に——コトシロヌシとはコトバで恭順を誓い、それを言質とするものの意——タケミナカタはいわば一匹狼としてタケミカヅチに立ち向かった、そのさまが生き生きと語られているからである。

周知のとおり、大国主にはいくつもの亦の名がある。これは大国主が一種の綜合神格であったことを物語る。そして実は大国主というのは締めくくりの最終段に現われてくる名なのである。古事記でその閲歴を手短に辿れば、まず例のお馴染みの稲羽の白兎の話とか焼けた大石を赤い猪と偽ってそれを取らせた八十《ヤソ》神に殺された話とかがある。その時かれはオホナムヂ(大穴牟遅)という名で登場する。次いで八十神からのがれてスサノヲの棲む根の国に赴いたとき、かれはアシハラシコヲ（葦原色許男）と名乗っている。次いで八千矛の神という名で高志国《コシ》のヌナカハヒメのもとにかよい相聞の歌をやりとりしたりする。そして最後に大国主の名で以てスクナヒコナや大物主とともに国造りし、やがてそれを高天の原の使者タケミカヅチに恭々しくゆずり渡すといった段取りになるのである。

これらの話は何れも興味ふかく、とくに最初の三つはいわば古代の民衆文化論にとって逸することのできぬものといっていい。ところが書紀はこれらの話には眼もくれず、いちばん政治色の濃い最後の国ゆずりの一件を取り出し、もっぱらそれに力を入れるのである。ここには書紀編纂の態度や志向があらわなわけだが、しかしその国ゆずりの話でも記紀の間には見のがせぬ差異が存する。書紀はタケミカヅチに歯向かって一戦を挑んだタケミナカタの話をまるまる棄て去っており、そこにはタケミナカタの名さえ出てこないのである。

この差は大きい。「千引の石」を手玉にとってタケミナカタが高天の原の使者タケミカヅチに向かって「誰ぞ、我が国に来て、忍び忍びにかく物言ふ。然らば力競べせむ」と挑戦する一節こそが古事記国ゆずりの段の最高の見どころであり、これが無かったら大国主はたんに国ゆずりするために国造りした木偶《デク》の坊でしかないことになる。

だがタケミナカタもしょせんここまで。力競べではてんで歯がたたず、その手を「若葦を取るが如」くつかまれて投げとばされてしまう。タケミカヅチとは天空にひらめく雷電のいいだが、ここは同時に鋭利な剣をあらわす神でもある。そしてタケミナカタもついに「我《ア》をな殺したまひそ。此地《ココ》を除《オ》きては、他処《アダシトコロ》に行かじ。云々……、この葦原中国は、天つ神の御子の命の随に献らむ」という次第となる。いささかもの足りぬ点があるにしても、しかたなかろう。こうした結末は、国ゆずり神話では始めから予定されていたわけで、せめてタケミナカタが登場し一戦を挑んだ点が織りこまれているのを買わねばなるまい。

だがここで問題になるのは、タケミナカタは外から諏訪に侵入してきた者なのか、それともそもそも諏訪在地のものであったのかということである。タケミナカタのミナカタは諏訪湖にかかわりある名と見る私は、この名づけかたじたいにすでに、かれが諏訪のものであったことが含意されていると考える。古事記の本文にタケミカヅチに追われて「科野国の州羽の海」に到り云々とあるのは、いかにもたまたまその地まで逃げ延びたかに受け取れるが、それは棒読みで、かれはむしろ郷国へと逃げ帰ったのだということになろう。

ところが研究者の間では、タケミナカタは「出雲文化」を外から持ちこんだ侵入者で、諏訪の土着の勢力と対立しそれを支配下に置いたと解そうとする向きが圧倒的に強い。しかし、古事記の右の本文を果たしてそんな風に読んでいいかどうか。それに「出雲文化」なるしろものが、すこぶる曖昧な概念というほかない。

それにしてももともと蛇身だとされる諏訪の原始の神とタケミナカタという新たな人格神と

は、どのように折りあったか、あるいは両者が重なったためどのような混乱と変化が生じたのか。タケミナカタをたんに侵入者ではないとするだけではどうにも片づかぬ、かなり微妙で厄介な問題がこのあたりに隠されているのも疑えない。[*2]

二　諏訪社の位相

右に引いた古事記の文中の、「我《ア》をな殺したまひそ。此地《ココ》を除《オ》きては、他処《アダシトコロ》に行かじ」をどう解すべきかにつき、まず考えてみる。諏訪社では上社の大祝が国の外に出ることをせぬのはこの言葉にもとづくとされたのだが、もとよりそれはこの一文をそのように読み取ったまでにすぎぬ。この一文はむしろ、ここ諏訪の地にあってがっちり「天つ神の御子」の藩屏たらんとの言立《コトダ》てをした意にほかならぬと思われる。それが「大国主神の命《ミコト》に違《タガ》はじ。八重事代主神の言に違はじ。この葦原中国は、天つ神の御子の命の随に献らむ」という言辞へとつながっていくゆえんでもある。だからこれは、諏訪社が宮廷の作り出そうとする秩序のなかに一つの有力な国つ神として織りこまれつつあった事態を語るもので、つまり何かが侵入してきたとすれば、それは出雲系ではなくむしろ宮廷の力であったというべきである。

大国主の国ゆずりとは、大和の権力が多くの荒ぶる地方豪族たちを「ことむけ」ようとしてきた長期にわたる屈折した歴史の過程を、いわば一回的に神話化して語った話である。でっかい中国大陸に比べ日本列島は何しろ狭小だから、中央にちょっと強い力があらわれると隅々まですぐにも統合できそうに一見される。が、ヤマトタケルが東征の途次ついに山の毒気にあたり他界するというような話などに徴しても、必ずしもそうではなかった消息が納得できるだろう。至るところ険しい山岳が地域を分断して走るこの列島における政治的統一の事業には、やはりそれなりにさまざまの困難が伴なっていた。そうした条件を考慮に入れながら、国ゆずりにさいし信濃国諏訪を郷国とするタケミナカタがタケミカヅチに挑戦した話と読むならば、その諏訪の地が偶然ここに出てくるわけでないのを知ることができる。

タケミナカタが出雲の大国主の子の一人とされる意味は何か。記紀は大国主には子が百八十人ほどいたと語る。大国主とは大いなる国主、つまりこの葦原中国《アシハラノナカツクニ》のあちこちの国主＝豪族たちのカシラとされていたのにもとづく名である。しかしこれはあくまで神話上の仮構であり、大国主のいる出雲の勢力が、かつてこの国を統一的に支配していたというようなことではない。従ってタケミナカタが大国主の子だからといって、諏訪が出雲の支配下にあったと見たりするのは、早とちりといわざるをえない。なるほど古事記には八千矛神（大国主の亦の名）が高志《コシ》国の沼河比売——和名抄に越後国頸城郡沼川郷あり——のもとに妻問いした時の歌を載せているし、出雲風土記を見てもコシと出雲との間に浅からぬ関連のあったことがわかる。これはしかし、恐らくは海路で双方が結ばれていたということであり、越後を出雲が支配下に置いていたとの意ではありえない。ましてタケミナカタが大国主の子だからといって、出雲の勢力が信濃の諏訪にまで及んでいた証しになるわけではない。

さっきもふれたとおり、タケミナカタがタケミカヅチに「此地を除《オ》きては、他処に行かじ」といって降参したのは、この地にしかと腰をすえて藩屛たらんとの誓を天つ神に、つまりその裔である大和宮廷に向かって立てたとの意にほかならぬ。では何のための藩屛かといえば、それは大和から見て、越の国・出羽の国にかけて棲むエミシを背後に控えている諏訪が、そのエミシの勢力をおさえ鎮定するにふさわしい一つの要衝の地であったことと不可分だと思う。[*3]

景行記には東征中のヤマトタケルが甲斐国で、アヅマの蝦夷の首梁たちはことむけたけれど信濃と越とはまだ王化に従わぬといったと見えるし、「越蝦夷」という語にはその後もたびたびお目にかかる。大化三年に渟《ヌ》足柵《タリノキ》（新潟市）を造ったのに続き、翌四年に磐舟柵（新潟県村上市）を造り蝦夷に備えたとき「越と信濃との民を選びて始めて柵戸《キノヘ》（屯田兵）に置く」（紀）といった記事もある。[*4] 征夷大将軍坂上田村麻呂が蝦夷の首領らを平らげたのは諏訪明神の霊験によるというような伝承が平安朝になると生れたり、やがて「関より東のいくさ神、鹿島香取《カントリ》、諏訪の宮」（梁塵秘抄）とうたわれたりするに至る状況が、すでにここに孕まれつつあったともいえる。その点、貞観十二年（八七〇）八月に、「出羽国白磐神・須波神」（三代実録）に従五位下を授くとある記事を見逃せぬ。式内社にこそなってはいないものの、諏訪の神が出羽方面に進出していっていた事実を知ることができる。

　しかし鹿島・香取と諏訪との間には、大きな違いがあった。香取の祭神はフツヌシ、鹿島の祭神はタケミカヅチ、ともに高天の原から降って来た、しかも利剣を象徴する神であった。こうした神が利根川をへだて下総国と常陸国に祀られたのは、もとより蝦夷に睨みをきかせ、それを圧えこもうとする意図に出たものである。現に鹿島社は北面して建ち、その苗裔《ビョウエイ》神が陸奥国に配置されること式内社だけでも八社（香取も二社）に及ぶ。これは柵《キ》（城）が茨城、磐城、多賀柵という風に北上していった過程と見あう。ただ鹿島・香取の神も始めから天つ神であったわけではない。香取は楫《カ》取《トリ》つまり水夫《カコ》の意だし、鹿島も中世の「文正《ブンショウ》さうし」などに徴し、もとはやはり海の民とかかわる社であったと推定される。そうした土着の神の上に中央から、利剣の威力をもつ新たな天つ神が降ってきて、その上に重なるという形で鹿島・香取社は定立されたはずである。[*5] また宮廷の祭官たる中臣氏が大宮司として中央からやってきて、土着の祝《ハフリ》の上に立ったのである。そして藤原鎌足は常陸の生れであるとか、藤氏の氏神春日社を奈良の都に創建するにさいしてはその祭神に鹿島の神がアヅマから移し迎えられたとかいわれるほど、この社の宮司としての中臣の勢力は深くこの地に根を張ったのである。

　エミシとの関連でいえば諏訪も鹿島に似た点があるとはいえるが、諏訪の神はあくまで国つ神であった。そして諏訪にやってきたのは、中臣氏ではなく三輪氏であった。諏訪上社の大《オホ》祝《ハフリ》が神《シン》氏を称する由来は、このように考えて初めて納得される。三輪は「神」とも記す。そして「神」を音読みすればシンになる。つまり、恐らくは諏訪社の定立されるのとほぼ時を同じうして大和から三輪氏が諏訪にくだり神《シン》氏と称し、その宮司職（大祝）に就くに至ったのだろうとの推測がかなり無理なく成りたつ。そしてそれは前述したように、越国出羽国にかけてまだまつろわぬエミシの勢力が蠢動していたという事態と対応する。古事記の東征譚ではヤマトタケルは筑波から甲斐に入り、それから信濃を越え美濃・尾張に出たことになっているが、この行程のなかに諏訪地方が含まれるのはほぼ疑えない。とすれば鹿島・香取社に中臣氏が出向いていったのと三輪氏が諏訪にやってきたのとは、共時関係にあると見てほぼ誤るまい。

が、九州の宇佐のことも同時に考えねばならぬ。延喜式は「凡八幡宮宮司、以二大神・宇佐二氏一補レ之、不レ得レ雑二補他氏一」（臨時祭式）と規定する。三輪は「神」とも「大神」とも記し、「神」を諏訪ではシンというのにたいし、宇佐では「大神」をオホガと称する。（後にはこれが大賀氏ともなる。）どちらも三輪氏なのだが、このように三輪氏が宇佐社に関与するようになるのは、エミシ同様、南九州という化外の地に棲む隼人をその神威によって鎮定しようとするものであった。つまりそこには東西二つの辺境が存した。三輪山に棲む蛇神・大物主神はそういう独自な呪力をもつと信じられていた。そのことは別途にふれたことがあるのでくり返さない。[*6]

祭祀の形にも変化が当然あったはずである。宇佐でも大神氏が宇佐氏の上に立ったが、諏訪でも新来の神氏が上社の大祝職に就き、祭祀権をおのれのものとした。神体山である守屋山と同名の守屋氏が神長（大祝職の次位）に就いているのは、[*7]それが土着勢力を代表する氏であったことをものがたる。何れにせよ、祭祀権のこうした移動にさいし小ぜりあいくらいはあっただろうが、中央との絆の重さを考えれば事は概ねおだやかに進んだと思われる。少なくとも神氏がやってきたあおりで、国造家の金刺氏が下社の方に追いやられたというような事態であったとは思われぬ。

神名帳には諏訪社のことを南方刀美《ミナカタトミ》神社二座（名神大）とあるが、六国史にはその二座を建御名方刀美・八坂刀売と記す。これはあとでこのように男神と女神にしたて上げたのではなく、二座はもともと一対として諏訪社を構成し、かつ機能していたと私は見る。むろん男神が上社、女神が下社。この男女のペアがどのような意味を持っていたかは追い追い明らかになってくるはずだが、次に下社の大祝である国造家の金刺舎人の素姓や来歴につきまずは一瞥を加えておきたい。目に見えるものを写しとるだけではつまらない。学問にあっても大事なのは、目に見えぬものを目に見えるようにすることにある。諏訪の神にかんし今まで目に見えなかったものを見えるようにするには、この金刺舎人のことをどうしても疎外するわけにいかぬ。

三　金刺舎人

「科野《シナノ》国造」の名が出てくるのは、古事記の神武の段に見える多《オホ》（太《オホ》または意富《オホ》）氏系譜においてである。多氏はもとより古事記を撰録した太安万侶《オホノヤスマロ》のぞくする氏、次にその系譜を掲げておく。

神八《カムヤ》井《ヰ》耳《ミミ》命は、〔意富（多）臣、小子部連《チヒサコベノムラジ》、坂合《サカヒ》部《ベ》連、火君《ヒノキミ》、大分《オホキダ》君、阿蘇君、筑紫三家《ツクシノミヤケ》連、……（中略）……、科野国造、道奥石城《ミチノクノイハキ》国造、常道仲《ヒタチノナカ》国造、長狭《ナガサ》国造、……（中略）……尾張丹羽《オハリノニハ》臣、島田臣等の祖なり。〕（〔　〕の中は原文割注）

この系譜を隈なく読み解くのはそう易しくないが、ここに名を連ねる氏々――それは十九氏に及ぶ――が血縁関係で結ばれていたのでないのは確実である。これは同族系譜で、その関係をつらぬくのはむしろ擬制的・政治的なものであり、そこには多氏を頂点とするある種の従属関係が存したと推測される。

例えば火君は姓氏録に「肥直、多朝臣同祖、神八井耳命之後也」（大和国皇別）とあるとおり、多氏を通して神八井耳命（神武の子）の裔だと称している。火（肥）君といえば筑前国川辺里に「戸主追正八位上勲十等肥君猪手」のもと百二十四人に上る戸口を擁する正倉院戸籍のあることで著名だが、こうしてこの辺境の豪族も多氏を媒介にして中央につながっていたらしい。むろん「大和国皇別」とあるように、多氏との関係も実は大和在住の火君を軸にしたものにほかならぬが、久安五年（一一四九）の日付をもつ多神宮注進状に「禰宜従五位下多朝臣常麿、祝部正六位上肥直尚弼、云々」とあるに徴し、多氏と火君との間に従属関係のあったことが確認できる。つまり右の系譜は決してたんなるでっちあげではない。

壬申紀には、右の系譜に見える大分君にぞくする恵尺《ヱサカ》や稚臣《ワカミ》といった連中の目ざましい働きぶりを記しているが、太安万侶の父とおぼしい多品治《ホムジ》という人物が天武の軍の一方の将であった点などからすると、大分君が多氏と系譜的に結びつくきっかけもこのへんに隠れているといえよう。小子部連などにしても、尾張国司小子部鉏鉤《サヒチ》が二万の軍をひきいて天武方に付いたことと、この系譜は無縁ではなさそうだ。*8 それよりしかしとくに本稿として関心をそそられるのは、右の系譜中に見える「科野《シナノ》国造」がまさしく諏訪の豪族・金刺舎人氏に他ならぬという点である。

金刺舎人とは欽明天皇の磯城嶋《シキシマ》金刺宮の名を負うた舎人（次の敏達の訳語田《ヲサダ》宮の名を負うものに、やはり信濃国の他田《ヲサダ》舎人がある）。こうした舎人はその名を負う王宮守護の任にあたる国造の子弟たちのいいだが、六世紀中葉、大和政権による地方首長層の支配が進むにつれ——右の金刺舎人などもその類いに入る——、特定の王に仕える舎人から宮廷そのものを守る組織へと次第に変っていったという。そして奈良朝にはやがて近衛府が成立（七六五年）するわけだが、それは主として東国の国造らの子弟によって構成されたのである。[*9]「是《コ》の東人《アツマビト》は常に云はく、額《ヒタヒ》には箭《ヤ》は立つとも、背は箭は立たじと云ひて、君を一つ心を以て護《マモ》るものぞ」という宣命（四五詔）中のことばもこれと関連する。だとすれば、その名は表に出てはいないものの、金刺舎人が壬申の乱で動いたとしても一向に不自然ではない。

壬申紀六月二十六日の条に、「山背部小田、安斗連阿加布を遣して、東海の軍を発《オコ》す。また稚桜部臣五百瀬、土師連馬手を遣して、東山の軍を発す」と記すが、実はこの最後の部分につき釈日本紀に引く私記には「案二安斗智徳日記一云、令レ発二信濃兵一」と見える。これは書紀が資料としての智徳日記に「信濃兵」とあるのを、「東海軍」にたいし「東山軍」と称したものに相違ない。[*10] 壬申の乱で騎馬隊の活躍のいちじるしいのはすでに知られている通りだが、宮廷の牧を多く擁する信州であってみれば、この「信濃兵」は騎馬隊を主とするものであったと見ていい。しかもそれを率いて出動するのは、万葉の防人において見るような国造層のものであったはずだから、この「信濃兵」を率いる中心にいるのが、「科野国造」つまり金刺舎人氏あたりであったのはほぼ確かである。

それに万葉巻二で久米禅師と石川郎女とが、「みこも刈る、信濃の真弓、我が引かば、うま人さびて、否と言はむかも」「みこも刈る、信濃の真弓、引かずして、……」「梓弓、引かばまにまに……」「梓弓、つら緒《ヲ》取りはけ……」等と互いに歌い交わしているのによってもわかるとおり、信濃は弓とくに梓弓の産地として知られていた。げんに続紀には「信濃国献二梓弓一千二十張一、以充二大宰府一」とあり（大宝二年三月）、臨時祭式には祈年祭の料として「甲斐国は槻弓八十張、信濃国は梓弓百張」を進上と見える。こうして信濃には牧だけでなく弓矢、つまり騎馬隊を構成する二大要素がそっくり揃っていたわけで、その国造族である金刺舎人氏が壬申の乱に一つの独自な武力として登場して来たとしても何ら不思議はない。だがここにはさらに大事な側面が隠されていた。これは諏訪社が狩猟の神であった事実と表裏するのである。古代から中世までは、マックス・ウェーバーのいうとおり狩猟と戦さとは組織の上でも技術の上でもひと続きのものであった。この点はすでにふれたことがあるが、[*11] 何れ後段でもっとじっくりとり組んでみたい。

金刺舎人氏は諏訪郡だけでなく水内郡、埴科郡、伊那郡などにもひろがっていたが、諏訪下社をいつく金刺氏がその軸をなすものであったはずである。少なくともこの金刺舎人が天武方の舎人として壬申の乱に参加したこと、それが縁となって多氏の祖・神八井耳命の裔を称するに至ったことはほとんど疑う余地がない。

だが金刺舎人と多氏との関係には、実はさらに注目に価する後日譚があるのである。諏訪社のことからいささか外れるが、やはりこのさいぜひ書き留めておく。まず、三代実録の次の記事に注目していただきたい。「右京人散位外従五位下多臣自然麻呂賜㆓宿禰㆒、信濃国諏訪郡人右近衛将監正六位上金刺舎人貞長賜㆓姓太朝臣㆒、並是神八井耳命之苗裔也」（貞観五年九月）と。多自然《ジネン》麻呂は「雅楽の一者《イチノモノ》」といわれた著名な宮廷伶人で、体源抄所載の多氏系図にも「此時始伝㆓歌舞両道㆒」と注記している。ただ、彼が安万侶直系でなく、多氏に同化された家のものであったことは、外位である上、「臣」という卑姓（臣は天武朝の八色の姓中の第六位）にぞくしていたことからも推察できる。

　右近衛将監のこの自然麻呂が姓宿禰（八色の姓の第三位）を賜わる件と、諏訪郡人右近衛将監金刺舎人貞長が姓太朝臣（朝臣は八色の姓の第二位）を賜わる件とが、かく並記されているのには浅からぬ意味がある。つまり多自然麻呂も、かつては金刺舎人氏を称していたのが早く本貫を右京に移し、近衛の官人として楽舞の道で才を発揮するに至ったと見てよかろう。近衛の官人たちが軍事から離れ儀仗兵化し、さらに芸能の方へと大きく傾斜してゆくのは平安初期においてであったのは周知のとおりである。

　自然麻呂に始まる多氏は「雅楽の家」となり、その後ずっと世襲されて今日に至ることになる。それにはもとよりこの人物の才能がものをいったわけだが、しかしこういう人物が世にあらわれてくる下地には、この氏が近衛の官人として宮廷の諸儀礼に仕えてきたその独自な伝統とも切り離せぬものがあった。外来の楽を身につけるのだから、同じく「雅楽家」でも狛《コマ》氏や秦氏などいわゆる渡来族の場合とはおのずと違う要素がそこには働いていたはずである。自然麻呂に始まるこの「雅楽の家」の多氏の出自と血脈も、こうして神武記所収の多氏同族系譜中の「信濃国造」、つまり諏訪下社をいつく金刺舎人氏と分かちがたい関連にあったことになる。太安万侶につながる多氏の宗家の方は次第に衰亡に向かったらしく、その後、目ぼしい人物はほとんど出ていない。

中央とのこうした因縁があるのは、必ずしも金刺氏に限らない。延喜式によると信濃国小《チヒサ》県《ガタ》郡には、生島足島《イクシマタルシマ》神社二座（名神大）が存する。生島・足島神は宮中三十六座のうち生島御《イクシマノミ》巫《カンナギ》の祀る神で、祈年祭祝詞には「皇神《スメガミ》の敷き坐す島の八十《ヤソ》島《シマ》」といい、古語拾遺は生島につき「大八《オホヤ》洲《シマ》の霊なり」と注する。どうしてこういう宮中の神が小県郡に勧請されたのか。

それは他田《ヲサダ》舎人氏が敏達天皇の訳語田《ヲサダ》宮に仕える舎人の家柄であったことと不可分だと思う。万葉集の防人歌には「国造小県郡の他田舎人大島」の「韓《カラ》衣、裾に取りつき、泣く子らを、置きてそ来《キ》ぬや、母《オモ》なしにして」（二〇・四四〇一）という一首が見え、三代実録には「信濃国小県郡権少領外正八位他田舎人藤雄」（貞観四年三月）の名が、「信濃国埴科郡大領外従七位上金刺舎人正長」とともに外従五位下に叙せられた記事がある。

前に注記したとおり、千曲川の氾濫による小さ潟がこの流域のあちこちに存したわけで、これが「大八洲《シマ》の霊」の生成を呪的にたたえる生島足島という名の神をここに連れてくる一つのきっかけになったのではなかろうか。

こう見てくると、金刺氏と他田氏は、信濃における隣りあう二つの勢力として特定の役を荷なうべく期待されていたことになる。むろん憶測にほかならぬが、例えばエゾ地に向かう坂上田村麻呂の軍隊には、この二氏出身のつわものたちが少なからず参加していたに相違ない。古代にあって諏訪または信濃の有した独自なトポロジーがこうして隠微のうちに働いているらしいのを見逃さぬ方がいい。げんに、「東海、東山、坂東諸国歩騎五万二千八百余人」を陸奥国多賀に会せしむといった記事（続紀、延暦七年三月）も見える。

四　風の神として

諏訪の神が史上に登場するのは、日本書紀持統五年八月廿三日の条に「使者を遣して龍田風神、信濃の須波《スハ》、水内《ミヌチ》等の神を祭らしむ」と見えるのが初出である。都から遠い地に特使を出して祭らせるといった例は、他にほとんど見受けられない。龍田の神は広瀬大忌神とともに天武以来、ほぼ年毎に宮廷の祭るところとなっている。龍田は風の神であり、広瀬の祭神は若宇《ワカウ》加能売《カノメ》というから、両社を祭るのはもとより五穀の稔りを祈るためである。しかもその祝詞が延喜式に収められており、ともに「王臣を使として」祭るとあるのは、両社が特別扱いを受けていた神であったことを示す。その祭日が四月と七月に定まっているのは（四時祭式）、稲にとって五月雨の前と台風の直前とが大事な時期であったせいである。

こういう来歴をもつ龍田の神と肩を並べ、信濃の須波・水内の神がかく宮廷の手で同時に祭られたのはなぜであろうか。考えてみるに価する問題がここには隠されている。スハの神についていえば、タケミナカタ（水潟）の名義に見るとおりそれが水の神でもありえたことは疑えぬ。水内もその名からして水の神の側面をもつ。しかし水の神や農の神は実に至るところにあるわけだから、都を遠く離れたこの両社が大和の龍田社とこのように同列に扱われるいわれが、これですっかり氷解したとはとてもいえない。

まず龍田社をたんに農の神と見るのを止めるべきである。龍田社は広瀬社（広瀬郡）と一体として祭るのが恒例なのに、ここでは広瀬が外され信濃の二社と組んで祭られている。しかも同年七月十五日に広瀬・龍田を例のごとく祭ったとあるその翌八月廿三日のこととしてこの記事は出てくる。これは龍田をただ農の神としてではなく、あくまで風の神として遇しているために相違ない。神名式には龍田坐《ニス》天御柱国御柱神社と見えるが、それが風の神に他ならぬ次第は延喜式祝詞「龍田風神祭」によって明らかである。

その主旨はこうである。崇神天皇の代、何年にもわたり凶作が続いた。何という神のたたりか、それを知るべく天皇は誓約寐《ウケヒネ》した。と、その夢に神あらわれ、人民の作りと作る物を「悪しき風・荒き水」にあわせたのはわれ、その名は天乃御柱乃命・国乃御柱乃命なり。このわれを「龍田の立野の小野」に宮を定めて祀らば五穀ゆたかに稔るであろうと教えさとしき、云々。龍《リュウ》は中国で水中に潜み、時あって雲を起こし雨を呼び天空にのぼるとされた想像上の動物、これをタツといいかえたのはいみじき和訓である。香具山に登って詠んだ舒明の国見歌（万葉巻一）に、「煙《ケブリ》立ち立つ」を「煙立龍」と表記しているが、龍田社も生駒山麓のタツノに鎮座する。「風たちぬ」というとおり風もたつもの、とくに強烈な台風ともなれば龍（タツ）のように渦巻きながら空に昇ってゆき雨を呼ぶ。現にこのあたりは、台風の風が大阪湾から大和国原に向かって吹きこむ通路にあたっていた。こうして「悪しき風・荒き水」を起こす神の名が天乃御柱・国乃御柱であるのも納得できる。柱はもっぱら空に向かってたつものである。[*12]

こうたどってくると、つとに古事記伝（巻十二）に指摘するように、持統紀にいう諏訪と水内の信濃の二社も龍田と同じく「風の祈《リ》のためにぞありけむ」ということになろう。現に諏訪社には「風の祝《ハフリ》」がおかれていた。袋草紙などからそのへんの消息が窺える。

俊頼歌に云ふ、

信濃なる木曾路の桜咲きにけり　風の祝に透間《スキマ》あらすな
信濃国は、きはめて風早き所なり。よりて諏訪明神社に風の祝といふ者を置きて、是を春の始に、深く物に籠めすゑて祝（斎）ひ、百日の間尊重するなり。然れば其の年凡そ風静かにして、農業のため吉きなり。

これは風の祝をもの忌みのため籠もらせ、二百十日の「悪しき風」の災を防ごうとしたもので、恐らく木曾路に桜の咲くころから、いよいよ百日のもの忌みに入ったのだろう。民間にも風の神を祭って村中が忌み籠る民俗があちこちに存する。それらを下地にして諏訪の「風の祝」も生れたのだろう。そして諏訪社には薙鎌《ナギガマ》を高く立て悪しき風を切り払い防ごうとする行事もあった。[*13]

六国史によってもわかるが、多くの風の神が各地にまつられていた。神護景雲三年七月（続紀）には、五畿内の風伯《カゼノカミ》に使を遣して奉幣せしめたとある。さらに貞観十七年には伊予国の、元慶七年には安芸国の風伯を祀ったとある。伊勢神宮などにも風宮があり、式内社として見えるあちこちの穴師《アナシ》社も風害を鎮める神であったとされる。アナシのシは、アラシのシと同じで風の意。「科戸《シナト》の風」（大祓詞）、「風神、名は志那都比古《シナツヒコ》神を生む」（古事記上）、「号二級長戸辺《シナトベ》命一、亦曰二級長津《シナツ》彦命一、是風神也」（神代紀上）等とあるシナトまたはシナツのシもやはり風の意。ナはミナト（港）・クナト（岐神）などのナと同じく助詞、トは処の意。かくしてシナトは風の吹き起こる処の意となる。

こうなれば信濃の神が龍田の神と並んで持統紀に登場する謎もおよそ解けてくるだろう。ずばり言って、シナノという呼称がシナトという語を喚起したのである。文字以前の世とか民間伝承の世界では、もっぱら音として聴覚的にコトバは機能していた。例えば藤原鎌足が鏡王女を妻問いしたとき、女の方が「玉くしげ　覆ふを安み　明けていなば　君が名はあれど　我が名し惜しも」と歌いかけたのにたいし男は、「玉くしげ　みもろの山の　さな葛《カヅラ》　さ寝ずは遂に　ありかつましじ」（万葉巻二）と答えたとある。女が櫛笥《クシゲ》の蓋を「開ける」のを夜が「明ける」に懸けてよこしたにたいし、男は蓋ならぬ「身《ミ》」の「みもろの山」といい返し、さらに「さな葛」（サネカヅラともいう）という音から一挙に「さ寝ずは遂に」へと飛躍する。このような場合「さな葛」は「さ寝」の「序」だと教科書ではいうけれど、そこにあるのは音として働くコトバの早わざにほかならぬ。

万葉のこうした例を念頭におくなら、シナノがシナトをいきなり喚起し、それがさらに「信濃国は、きはめて風早き所なり」といった神話を生み出すのにも大して手間はかからぬことがわかる。が、現実のこととしていえば『諏訪史』（第二巻前篇）には、諏訪地方がとくに風の強いところではなく、例えば上州前橋付近に比べれば問題にならぬことが、自然科学者の証言としてあげられている。だがそれにしても、台風期も過ぎたはずの八月廿三日（陰暦）にどうして風の神をとくにこうして祀る次第になったのか。それは多分この年の十一月下旬に大嘗祭をとりおこなう予定になっていたことと関連する。天武の他界と同時にその后持統は称制し、四年正月に即位の式をあげたのだが、何か事情があって大嘗祭は翌年に延びたのである。そして大嘗祭では貞観儀式によると八月下旬に抜穂使《ヌキホ》が卜定され悠紀《ユキ》・主基《スキ》両国へ発遣される次第になっていた。持統五年八月紀の龍田・諏訪など風の神への奉幣は、まさしくこの抜穂使の発遣とかさなっていた。この時の悠紀・主基がどこであったかはわからぬが、西の龍田と東の諏訪とは、ユキ・スキの取りあわせの点からもふさわしいものといえる。

さて諏訪はともあれ水内の神はいったいどうなのか、という問題がまだ残されている。神名式にいう水内郡の建御名方富命彦神別神社（名神大）がこれにあたることはほぼ疑えない。ところがこの神、ここにその名が見えるだけで、「世々の史どもに、御贈階のこと一ッも所見たることなし」（日本書紀通釈）といったありさまなのである。[*14]というのもその境内に善光寺が建立され、寺の方が栄えるにつれ「社地を押領し、社人をも尽く仏徒となし、社をば片隅におし退け」（同）ていったせいらしい。この社はだから善光寺の地主神で——諏訪大明神絵詞には「善光寺別社」と呼んでいる——あったと見てもいいはずである。ただ、式内の名神大社でそのゆくえがこのようにわからなくなった例は外に存しない（記伝巻十四）。逆にいうなら、どういうわけか、ことほど左様に、つまり地主神を食いつくすまで善光寺は繁栄をきわめたということになろうか。

水内社がかつて諏訪社と並ぶ大社であった事実まで、このため消えてしまうことにはならぬ。建御名方富命彦神別神社という名からしても、これが諏訪社の眷属神であるのは明らかで、これをいつきまつるのはやはり金刺氏の一族であったはずである。むろんこのことから直ちに水内社も風の神であったはずだと持ってゆくことはできぬ。しかし善光寺域の一隅の堂内で風祭がなおおこなわれていたことを示す資料もあるらしいし、[*15] 少なくとも持統紀が諏訪と並んで水内社をやはり風の神扱いしていることは確かである。

しかし、証拠をあと追いするこうしたやりかたでは、らちはあきそうにない。第一、説得力に欠ける。むしろ水内《ミヌチ》という名から、和名抄にいうミツチ――「蚊、美豆知《ミツチ》、龍属」――がやはり喚起されたのではなかろうか。「文字に飼い馴らされた私たちの感受性は、オーラルなことばのもつ独自にして果敢な力学にたいし少なからず鈍ってきている」（『古事記注釈』巻三）と、かつて書いたことがあるが、ここにもシナノとシナト、ミヌチとミツチが連動しているのを見のがすべきではあるまい。これは決してこじつけなどではなく、こうした曲芸はむしろ「言霊《コトダマ》の幸《サキ》はふ」世に固有な力学なのだと思う。ミツチのミは水、ツは助詞、チはヲロチとかイカヅチとかハヤチ（疾風）、カグツチとかのチで、勢い猛なる霊の意である。仁徳紀（六十七年）に吉備の川島河の川股に「大虬ありて」路行く人その毒により多く死ぬとあり、「大虬」をミツチと訓んできている。つまりミツチは妖気を発する恐るべき龍属の大蛇であった。（ちなみに、枕草子の「名おそろしきもの」には、イカヅチとハヤチが入っている。）こうなればしかし諏訪湖畔に鎮座する諏訪社も、その祭神が並々ならぬ蛇体であることが中央でもすでに知られていたのではないかという気がする。後に見るとおり、諏訪の神はやがて龍となって空に飛翔するであろう。こうして大和の龍田、信濃の諏訪・水内の神は東西を代表する風の神として、つまりたんに水の神ではなく雲を呼び風を起こす龍の神としてここに登場したのだといえそうである。「風の祝」云々より、シナノとシナトとの因縁の方が古いと私は目測する。

　諏訪社の初出記事にいささか敬意を表しすぎたかに見えるかも知れぬが、必ずしもそうではない。風の神としてであれ諏訪・水内の神が宮廷によりかく重んじられたのは、それをいつき祀る者、つまり前節にふれた金刺舎人の存在が宮廷側に何らかの形で意識されていたせいもあるはずだ。ただ、ことはこれだけではどうもすみそうにない。諏訪社の祭神が今やタケミナカタであるとは、それはもうたんなる名もなき原始の蛇身ではなく、諏訪湖底に潜み、やがて夷狄の空めざして天翔る龍と化すであろうことが暗々のうちにすでに含意されていたことになるのではなかろうか。

五　石神と柳田国男

さていよいよ諏訪の神とは何かを問わねばならぬ段取りになる。これまでは中央の記録に見え隠れする僅かな断片資料から、遠く諏訪の方を眺めやったにすぎぬ。それによって諏訪地方の豪族や、そのいつく神が中央と政治的または宗教的にどのように交渉しあっていたかの一端は明らかになったとはいえるが、さらに諏訪の内陣に迫ろうとするにはおのずと別の道を撰ばねばなるまい。

三輪社が神体山を有したごとく、諏訪社にも守屋山という神体山がある。これは八ヶ岳や蓼科よりずっと低く、高さでは二流か三流にぞくする山だが、周囲の山々のなかで人里にもっとも近く、諏訪湖畔の住民に土俗的に深く親しまれてきた山。そしてその山に棲むのは、やはり蛇神であったとされる。ただ三輪山のようにその神が里の処女のもとにかよい神の子を生むといった話は守屋山の神にかんしては伝えられていない。これは大和の三輪と信濃の諏訪とでは、その背後に横たわる文化伝統に、大きな差があったのにもとづく。ズバリいって、諏訪では縄文期文化の伝統が圧倒的に強かったのだ。

両社の社殿構成には、むろん類似性が見出される。それはどちらも神殿をもたぬ代りに宝殿を有する点である。次のようにいわれている、「宝殿は山とか樹木また岩石などの自然物を神の依憑としている神社が二次的に剣とか鏡や玉などの人工物を神の霊代とする祭祀形態の移行に伴って神宝奉安の殿舎として出現し」たもので「その祭祀上の形態をよく保存している例に信濃国一宮諏訪神社がある。即ち神体は上社は神山、下社は神木とされているが、夫々宝殿が存し祭神の霊代が奉安されている」[*16]と。そしてそれはもとより、三輪も諏訪もその神体が蛇であったことと関連する。

こうした類似にもかかわらず、諏訪の独自性にはやはりきわだつものがあった。諏訪地方にあってはミシャグジと呼ばれる原始的な神が、大きな比重を以て人びとの信仰のなかに生きていた事実に目を向ける必要がある。これにかんしては例えば『古代諏訪とミシャグジ祭政体の研究』といった、主として土地の学者たちの手になる著作(一九七五年)なども上梓されている。このミシャグジなる名の神は、中部地方から関東・東北にかけて広がっているという。そしてそれは村の辻とか境、あるいは田の隅などに祀られており、そこには必ず古樹が茂り、その木の根もとには祠があり、神体として石棒《セキボウ》がなかに納められているというのがその姿の典型だ、とこの著作は多くの資料研究や踏査にもとづいて指摘する。これだけでも想像を刺激し、またいろんなことを想い出させてくれる。

実は私の住居(武蔵国橘樹郡)からほど遠からぬかつての村境に、右の諸条件に酷似する祠があり、人これをシャクジンと呼ぶ。しかもその境の川に架かった橋には石神橋という文字が書き記されている。そこで信濃のミシャグジも石神にほかならぬ公算が大きいのではなかろうか、という思いから私は脱れることができなくなるのである。武蔵国北豊島郡の著名な石神井《シャクジ》のことも、おのずと想起される。それにつき私は何も知らぬものだが、俗にこのシャクジは釈氏・杓子とも書き、下石神井にある社には「石棒を奉安す」と大日本地名辞書には見えるから、これもミシャグジの仲間に入れてよかろうという気がしてくる。だがこんな思いつきを披露してもらちはあきそうにない。そこで柳田国男『石神《イシガミ》問答』（一九一〇年）に立ちもどり、問題のありようを新たに検討し直してみる必要に迫られる。

　柳田国男は山中笑あての書簡で、まず「諸国村里の生活には書物では説明のできぬ色々の現象有之候中に、最も不思議に被存候一事はシヤグジの信仰に候」、「最初関東数国の間に限られたる信仰とのみ存じをり候ひしに、此頃注意致候へば西国の端々まで之に因ある地名分布致居、いよいよ好奇の念に勝へず候」、「石を祀る故石神《（シャクジ）》なりと云ふ説は新しく且有力に候へども信じがたき点有之候」、「ともかくも其語が日本語で無いことだけは確ならんと存じ居候が、御見込如何にや」（傍点引用者）等と書き送り、ここに往復書簡が始まる。全三十四通のうち両者間のものが十八通で過半数を超えている点からも、柳田が山中をいかに尊敬していたかがわかる。[*17]シャグジ呉音説へのこうした疑問にたいし、柳田への返書で彼は、石神に何を祈願するかといえば多くは「子の病気殊に咳、又は良縁安産等にて男子に関係せしものに非ず。……これ石神を陽形と見なせしより良縁安産を祈願せしことと存候」、「名称の転訛より来りしものにて、……石神よりシャクシと成り、再転シャモジと相成、……云々」、「リンガ崇拝の部類に入るべきものと存じ候」等と答えているのである。

ミシャグジには御左口・御作神・社宮司・三宮司・蛇口神等々、実にいろんな文字があてられているわけだが、これはやはり呉音説が正しいと私は考える。むろん最初からそうであったというのではなく、いつしかイシガミよりシャクジン——ミシャグジはその転——という曖昧《アンビギュアス》で神秘的なひびきをもつ呉音の方をありがたがるようになり、漢音であれこれの文字をあてるに至ったものに違いない。そしてそれは恐らく仏教の浸透するにつれ生じた現象であった。諏訪のミシャグジ問題が今なお収拾つかぬ混乱に陥ったままであるのは、柳田国男のこの呉音説否認が権威あるものと目されていることと無縁でないと見受けられる。*18

さて右の山中笑の書簡にもどっていえば、咳に効くとは石神が村境にあって悪霊をせきとめることと語呂あわせになっているはずだから（右にふれたわが村境のシャクジンまたしかりである）、いちおう問題外に置いてよかろう。肝腎なのは、石神に祈願するのが男子でなく婦人であること、そして石神がリンガつまり屹立した陽物であると図入りで指摘している点である。古文献では例えば出雲風土記楯縫郡の神名《カムナ》樋《ビ》山の条に、石神あり、これを多伎都比古《タキツヒコ》命の御魂なりと見えるが、これはかなりでっかい陽物形の自然石だといわれる。[*19] 狂言記の「石神」もまた男性である。

石神はこうして後のサヘノカミとか道祖神とかにもつながるわけだが、それとは別にどうしても見逃せぬのは、ミシャグジの神体として石棒がその祠に納められている点である。つまりミシャグジの本質はたんなる石ではなく、石棒崇拝を下地にもつ信仰であった。むろんかつて石棒にはいろいろと生活上の用途があったはずだが、石神との関係で見れば、紛れもなくそれは男根を象徴する呪物であった。縄文中期の石棒には長さ一メートルを越え二・五メートルに達するものもある。そして後期の石棒は概して小型になり、その代り頭部の彫刻が複雑になり、頭部を亀頭状に作ったものが多くなるという。つまりいよいよ男根象徴にふさわしいものにそれは生成してくるわけで、この石棒がミシャグジの神体として納められている意味は、だからこの上なく大きいといっていい。サヘノカミや道祖神に何かとまだこうした豊饒の属性がまつわりついているのも、前代の石神の遺産がそこに生き残っているからに他なるまい。

柳田国男を読むときは、私はこれまでもっぱらそこに広がってくるおびただしい事実の海に身を漬たすよろこびを主として享受してきた。『石神問答』でも、事実にたいする著者の好奇心は、実にすさまじい。ところが今度、この『石神問答』を諏訪の具体的な歴史とからませてじっくり読むに及び、かれの思考のしかたに問題があれこれあるのに気づかざるをえなかった。

柳田国男が石神の解釈に手を焼き結局つまずいてしまったのは、それを「日本語で無い」とし呉音説を拒むとともに、陽物なるべしとした山中笑の説にむげに反対し続けたせいといってい い。『石神問答』再版序（一九四一年）で柳田国男は「あれから信州諏訪社の御左口神のことが少しづつ判つて来て、是は木の神であることが明かになり、もう此部分だけは決定したと言い得る」といっている。これが何にもとづくか私にはわからぬが、古樹の下に石神が鎮座している以上、御左口神を樹だとする伝承があっても一向におかしくない。

現に諏訪には七石や七木を信仰する風があった。七は仏教の聖数だから、七石・七木を鵜呑みにはできぬけれども、それが古い自然崇拝の名残りであり、石と木がそこではからみあっていたさまが見てとれる。そういえば大和の三輪社なども、杉の木と山の磐境《イハサカ》とがその象徴とされることが多い。しかしそうかといって、御左口神は「木の神であることが明らかにな」ったといい切れるわけではなかろう。後でふれるとおり下社の神体は春宮が杉、秋宮はイチイでその前に自然石があるが、この神木を御左口神だと呼ぶことはほぼ絶対にありえない。右のことばは、だからていのいい敗北宣言にほかならぬともいえそうだ。

柳田国男は性についての発言を何やらおぞましく、むくつけきものと感じる心情の持ち主であったらしく、その方面の発言は皆無に近く、少なくともほとんど見るべきものがない。かれの仕事のでっかさに比べ、小事と見なしていいかも知れぬ。しかし性が自己完結した一つの環でなく、認識や実践の行為と内面的に結合した身体的機能である以上、これを遠ざけたり疎外したりすると人間が生きるということの実存性が稀薄になるのは必至である。『石神問答』とつきあいながら、そういう稀薄さがそこに入りこんできているのを私は否めなかった。かつて性的なことを大っぴらに語り、大っぴらに表現する時代が、とくに庶民の間ではずっと続いてきていたのを忘却すべきでない。人間のそういった心性とじかにつきあうことの多い人類学や民俗学や考古学、あるいは古代研究ではとりわけそうである。さもないと、いわゆる《形而上学的な猫かぶり》に陥ってしまう。例えば宮本常一『忘れられた日本人』は、この忘却に気づかせてくれる著作の一つではないかと思う。

次節に見るように、石神は原古のリンガを象徴する蛇身の裔であるとともに、山の神の夫でもあったのだ。

六　諏訪の蛇神

石神すなわちミシャグジが陽物であるならば、それにたいする陰の神があったはずで、山の神こそがまさしくそれにあたる。つまり石神と山の神とは連れあいであり、両者は性的に一対をなす。

周知のように山の神は狩猟の幸《サチ》や農作のみのりをもたらすとひろく信じられていた。そうかといってしかし、アブラ虫みたいに山の神が単性生殖によって続々と子を生み出したわけではない。夫なくして息子を生む聖処女崇拝なるものがあるが、それは特殊な宗教的な事例であって、それでもって民俗一般を律することはできぬ。山の神はしばしば一種の地母神に擬せられたりする。が、その多産性は決しておのずからのものではなかった。醜女なのに山の神は好色であるとか、その祠には男根様のものが供えられているとかよく指摘されるのも[*20]、そのもたらす豊饒が単性生殖によるものでなかった消息を語っている。山の神の相手はミシャグジつまり石神であったのだと思う。

古伝承の世界に存する性の分化と合一、この目に見えぬ過程をないがしろにすると、そこに生きている有機的な諸連関はばらばらに解体し、何が何やらわからぬ混沌に見舞われてしまう。山の神にしても石神にしても、それが性的な一対をなすと見なすことによって初めてその本来の姿をとりもどす。諸伝承が生き生きと蘇ってこないのは、従来このへんの配慮が足りないままで来ているためといって過言でない。信濃のミシャグジにかんする解釈が今もって不首尾に終っているのも、座標軸なしにそれをたんにそれじたいとして自己完結的に考察していることと無縁でない。

これでしかし万事ケリがついたといえるわけではない。山の神と石神とは必ずしも最古の対《ツイ》ではなかった。さらにそのさきにはかなり入りくんだ前史が存したはずである。縄文期の土偶と石棒《セキボウ》とのかかわりを念頭において私はこういっている。

さきにも言及したように、石棒は磨製石器で一様でないが、縄文後期になると概して小型になり、頭部を亀頭状に工作したものが殖えてくる。その用途が何であるか一口にはいえぬにしても、これが主として男性器を呪術用に造形したものであるのは、諸家の指摘するとおりであろう。しかし肝腎なのは、この石棒と土偶とがそれぞれ男と女をあらわしている点である。例えば諏訪から遠くない与《ヨ》助尾根《スケオネ》遺跡のいくつかの住居跡には「それぞれに石柱祭壇・土偶・石棒という祭祀施設」があるという。*21 これらは初めは屋外で祀られていたであろう。破砕された土偶が多いのも、屋内に安置されるのとは違い屋外での用がすみ次第随時廃棄されたせいではないかと思う。土偶はすべて女性と見ていい。男性とその象徴のしかたが異なるのは、乳や腹部のふくらみの方が像として女体をあらわすのにふさわしかったからである。それはとにかく右の例が示すように、土偶と石棒とは性的に互いに対をなす間柄にあったわけで、別々のものとしてそれらを扱うと、いたずらに思わくがのさばることになる。縄文期のこうした関係を信仰の次元に置きかえていえば、山の神と石神つまりミシャグジとの関係がそれにあたると見てよかろう。

大和の三輪山の蛇神の何であるかを考える一文で、*22 地中に住む蛇こそが最古の男根象徴

(phallic symbol) であり、この蛇によって地母神は受胎されること、そして石棒と土偶との関係はこれを表現したものに他ならないことに言及したが、こうした図形が私の胸中に次第に構成されてきたのは、実は諏訪の神のことをあれこれ模索する過程とわかちがたく結びついていた。蛇身としての古い神話には欠けるものの、考古学上の資料にめぐまれ、かつ研究上の蓄積にも富む諏訪は、こうした問題に近づくのにはうってつけの場だといえる。

その点とくに注目すべきは、長野県穴場住居跡に見られる石皿と石棒等の独自な出土状況である。そこでは「竪穴住居の壁近くに石皿が立てられ、その内側の凹《ヘコ》みに向かってそそり立つように石棒が、炉の近くに斜めに横たわり、石棒にはヘビの装飾がついた釣手土器が覆いかぶさっている」[*23]。昭和初期に出た『諏訪史』第一巻で鳥居龍蔵がすでに石棒をリンガ、石皿をヨニと解しているが、三輪山神話に翻訳すれば、これは蛇神大物主が「丹《ニ》塗矢《ヌリヤ》」と化してセヤダタラヒメのホトを突かんとする図柄に近い。注目すべきはここに蛇がこうした形で出てくることである。「縄文中期中葉から、土器、土偶、石棒に表現される……蛇体信仰」がこの地方では「一つの文化圏を形成していた」とされる[*24]。諏訪社の蛇体信仰がその中心をなすのはもとよりである。

だが蛇体が大地を孕ませる最古の男根象徴である点をただ指摘するだけでは不充分である。前出「三輪山神話の構造」でいったことのくり返しになるが、例えばそれをいわゆる青大将であると見なしてはなるまい。同じく地中に棲んでいても青大将は、デーモンたるべき威力に欠ける。蛇の古代語はヘミであるが、これはもとよりハム（食む）にもとづくもので、南西諸島のハブともそれは通じる語。だから古代語ヘミはマムシであったと見てほぼ誤らない。そこには崇拝と恐怖の両義性が存し、それがヘミを原始のデーモンたらしめる要件であったといえる。

諏訪尖石で出土した縄文期の蛇体把手付深鉢と呼ばれる著名な土器がある（図）。鎌首をもたげたその姿態は紛れもなくマムシである。同じく信州出土のものに、頭上にマムシを戴せた

●蛇体把手付深鉢。尖石遺跡出土。高さ19.5cm
（茅野市尖石縄文考古館蔵）

土偶や、マムシを思わせる隆帯文のある土偶もある。先にあげた穴場住居跡の石棒に覆いかぶさるヘビの頭も、青大将にはない独特の威力をもっていると見受けられる。その他、土器の渦文なども多くはマムシをあらわすもののようである。だから地中のデーモンであるこの蛇身が、宮廷側から「化外」の地を威嚇しつつ王土を守護する神として位置づけられたとしても不思議ではない。大和の三輪出身の神氏が大祝となることによって、この威力は倍加すると期待されもしたであろう。[25]

もとより中世の神道集などに載る諏訪縁起こと、甲賀三郎の話なども無視できない。それが語るところの地底の国には仏教風の地獄の相がまるでなく、例えば主人公が永く滞在した維摩《ユイマ》国は何と諏訪と同様、鹿狩りのさかんな国であり、そこから日本国に戻るにさいしては鹿の生肝で作った餅一千枚を旅の糧としてもらったりする。それにかれは妻のゆくえを探すべく生身のまま「人穴」に入ったのである。また地底の国ではそこの美女と婚し、十三年たって日本に戻り妻ともめでたく再会する。そして二人はやがて上下の諏訪明神として示現するというわけだが、古い地方的な伝承を下地にした神話とも呼ぶべき構造がここには見て取れる。だが、神話とは決定的に違う点がある。主人公は地下の国から蛇身と化して出てくるのだが、そのままかれが諏訪の神になったわけではない。諏訪明神として示現するには、蛇身から離脱せねばならなかった。上社の本地は普賢菩薩、下社の本地は千手観音であったからだ。つまりこれはもう本地物であり、ここにいう「縄文の影」を読み取る足しにはほとんどならない。

　諏訪社における蛇神のありようが、具体的にどのようなものであったかを知るには、年の暮から春にかけて上社でとりおこなわれる一つの秘儀に立ちあわねばならない。

七　ミムロの秘儀

「諏訪大明神絵詞」はいう、「十二月廿二日。……同日御室入。大穴ヲ掘テ其内ニ柱ヲタテ、棟ヲ高クシテ、萱ヲ葺キ軒ノ垂木、土ヲササヘタリ。今日第一ノ御躰ヲ入奉ル。大祝已下神官参籠ス」。またいう。「十二月廿九日大夜明、大巳（御）祭、又御躰三所ヲ入奉ル。其儀オソレアルニヨリテ、是ヲ委《クハシ》クセズ。冬ハ穴ニ住ケル神代ノ昔ハ、誠ニカククコソ有ケメ」と。これにもとづき私は秘儀と呼んだのだが、以下『諏訪史』（第二巻、宮地直一）その他から、この秘儀の何たるかをさぐってみよう。

　この祭式は上社から東南約一・五キロ、守屋山の北麓の神原《ゴウバラ》という地区でとりおこなわれた。代々の大祝神氏の居館も存し、ここは諏訪社の重要な神事の執行される古い聖地であった。そして右に引いた「絵詞」に「神代ノ昔ハ、誠ニカククコソ有ケメ」とあるのは、これがその原初の世にもどって再生を志向する祭式だと、ずっと信じられていたことを語っている。そしてこれは冬十二月下旬に始まり春三月の「御室御出」まで続くのであった。このツチムロがつまり「御室」で、「絵詞」によると、まず大穴を掘ってそこに土室を作る。竪穴住居に似るというより、一種の大きな洞窟と考える方がいい。（『諏訪市史』（上）に、この「御室」の復原図とその所役が載せられている。）三輪山はミムロ山と呼ばれたが、それは蛇神のこもり棲むムロが山中にあると見たためで、蛇神をまつる諏訪もその神体山はやはり一種のミムロ山であったはずである。したがってここに掘られた土室は、当然、蛇のムロ屋を象徴化した空間であり、それが「蛇之家」と称されたゆえんもそこにあるといってよかろう。

ところがどのような内容をこの祭りが持っていたかという段になると、すこぶる曖昧で、具体的にはしかとわからないのである。すべての資料に目配りしている『諏訪史』の記述だって同様で、心して読んでもなかなか納得できぬ点がある。それはこの祭りがすでにあれこれと歴史的な変化をとげてなかば形骸化し、消滅に瀕しつつあったころの資料しか残っていないためと見るほかあるまい。

その点、「絵詞」に「其儀オソレアルニヨリテ、是ヲ委《クハシ》クセズ」とあるのは注目に価する。ではそこには何がおこなわれるか知ってはいるが書くわけには参らぬ、といった口吻がある。では「オソレアルニヨリテ」といったのはなぜかといえば、男女の神々のミトノマグハヒするさまがミムロの中ではあからさまに演じられたせいではなかろうか、と私は憶測する。むろん、式次第のどこを探してもそんなことは記していない。しかし「諏訪効験」という名の中世の歌曲に「さても冬籠る御室は、あな尊《トウト》、凍《イテ》に契を結んでや、云々」と見えるのは、冬のこのミムロで契が結ばれたことを紛れもなく示しているように思う。さらに見逃せないのは、「そそう神」と呼ばれるものの存在である。

例えば「年内神事次第旧記」によると、十二月廿二日と廿三日には「そそう神」が、諏訪社の直轄地である三地区（道の口・道のなか・道の奥）の三所に現われたので悦び仕え奉るといった申立て（祝詞のごときもの）が、所の名を変えて三回となえられる。さらに廿五日には、こんどは舞曲の詞章として「そそう神」がやはり三地区の三所に現われたことが誦せられる。そしてこの日には、榛《ハン》の木で以て作られた籠形の「むさて」と呼ぶ大蛇三体がムロに入れられるのである。[*26]「むさて」は恐らくムザネ（身実）の転で本体の意。本体が三つあるのは、直轄の信仰圏が三分されていたのに応ずるものとしてよかろう。

だがそれにしても「そそう神」とは、いったい何か。次の見解に注目したい、「ミシャグジ＝石棒（男性）との結びつきから……石皿のようなもの、すなわち女性的なるものの象徴であったのではないか[*27]」との説、「御《ミ》左口《シャグジ》神は……男性的精霊であり、ソソウ神は……女性的精霊である。……まったく性格を異にする精霊が御室の内部……において婚姻する[*28]」というもの。

以下こうした考えの正当性を、ことばの面からいささか補強させてもらうことにする。「そそう神」とは女陰ソソを神格化してかく称したのではなかろうか。日葡辞書にSosoとは「女の陰部」とあり、物類称呼には上総、下総で女陰をそそというとあり、俚言集覧（増補）には「東国にて女陰をソソといふ、上方にても云り、新撰狂歌集に見えたり」とある。近くは小林多喜二『蟹工船』に、船員たちが「おそそ」恋しやと唄う場面があるし、この語がかなり広く流通していたことがわかる。諏訪の「そそう神」もこのソソとかかわると見てほぼ誤るまい。そしてソソは着物のスソ（裾）にもとづく語だろうといわれる。

こうして土中のこのミムロで、蛇体とソソウ神とのマグハヒが演じられたのはほぼ確かだと思う。ここにあるのは、この地方で一つの「文化圏を形成していた」という蛇体信仰が祭式として典型化された姿にほかなるまい。この秘儀が冬の間続き三月に終るのも、蛇が冬籠りして春になってふたたび現われてくる周期を踏んだものであろう。こうして凍てつく冬の祭りをつつがなく通過することによって世界は再生し更新し、そして受肉される、と人びとが信じていたらしいさまが垣間見える。少なくとも地下のムロでとりおこなわれるこのミムロ祭りは、縄文の伝統をたっぷり背負っている点で、日本でもっとも古い形式と中味をもつ祭式と断じて誤るまい。これに比べると古いとされてきている宮廷の祭式なども、その新しさが逆に目立ってくる。例えば蛇神が地中のデーモンとして働いているのに比べ、高天の原から新たな神が降ってきてこの地を支配するというのにしても、それがいかに新しい仕掛けであるかにつき、もっとしたたかな自覚が要請されることになるはずである。

縄文期までさかのぼらないと三輪山の蛇神のもつ独自な呪力の根源はとらえられぬ、と別のところ（既出「三輪山神話の構造」）で私は書いたことがある。けだし大和の三輪山の神は、いわば点として残った縄文の遺跡である。それにたいし諏訪の蛇神には鉱脈として縄文期の伝統がなお生きているわけで、そういうものとしてこのミムロ祭儀とさらに深くつきあっていくことが、今後の課題といっていい。以上の私の記述など、ごくかいなでのものに過ぎない。

このミムロ祭儀も、農の豊饒を希求するものへと傾いていったようである。「明神は稲の体に渡らせらるる」（諏訪神道縁起）とさえ伝えられてもいる。蛇神は地中の霊として生産力の原点のごとき存在でもあったのだから、農業の展開するにつれこうした変化が生じるのは当然の成りゆきである。が、その側面は本稿ではいちおう棚上げさせてもらうことにする。といってもとより諏訪社にとってそれが無用であるとか、農業がすでに縄文期に始まっていたことを否定したりするものでもない。

諏訪を包む「縄文の影」には、なお不透明なところが多い。例えばタケミナカタと守屋山を棲みかとする土着のデーモンである蛇神との、あるいはタケミナカタとミシャグジとの諸関係は、いったいどのようになっているのか。また右に見たように、「そそう神」というのがなぜ続々と現われるのか。そこにある曖昧さは、特定の名さえまだない原始のデーモンや精霊を崇拝していたところに、タケミナカタという歴とした個人名を有する神格が宮廷の手で突如もちこまれ、その波動が縄文世界の伝統を烈しくゆさぶり、そこに一種の変異が起きたことと無縁ではあるまい。そのへんの消息をうかがうべく、もう一度ミシャグジという神に戻って考えてみることにする。

実は冬祭りのおこなわれるミムロのちょっと奥に前宮という殿舎が存する。勧請の神楽歌に「前宮廿の御社宮神《ミシャグジ》」とあるとおり、そこには二十躰のミシャグジが収められている。二十躰とは恐らく、信仰圏にぞくしている郷村のすべてをそれぞれ代表する神だからであろう。この前宮は上社本宮にたいする以前の宮の意という。これによると、諏訪社の信仰圏が拡大するにつれ——諏訪湖の湖汀線が次第に退いていったこともあり——、本宮はある時期に今の位置に新規に造営されたことになる。確かに大事な祭儀の多くがこの前宮地区でおこなわれるし、また鈴や鏡や鞍その他を祀る宝殿がそこにあるによっても、この地区に古い歴史が沈澱しているのは疑えない。しかし天皇の侍臣をマヘツキミというのに似て前宮はマヘツミヤで、つまり神体山の神の前にミシャグジたちの伺候する宮の意と解せなくもない。ミシャグジの祭祀権は神長守矢氏の手にあったが、この守矢氏の祖はかつてタケミナカタ（明神）の入国するのを防ごうとしたが力及ばず、明神に帰属したとの伝承があるのを想うと、右の配置もこれと関係があるかもしれぬという気がする。

　さて「絵詞」に廿二日に「第一ノ御躰ヲ入奉ル」というのはミシャグジのこととされる。しかしこの時ミシャグジはたんに伺候するものとしてミムロ入りするのではあるまい。女性をあらわす「そそう神」が同日すでに示現しているし、また同じ日に子安神を祀るとする旧記も存するから、ミムロのなかでミシャグジがphallic symbolである蛇身へといわば先祖帰りしてマグハヒの儀に参加するのは、ほぼ確実と見ていいように思う。

　とにかく一つの次元にこだわっているだけでは諏訪のもつ重層性、その神変する姿はとらえきれない。「絵詞」がミムロの秘儀にすぐ続いて、「毎年臘月（十二月）、……極寒ノ時節日夜ノ間ニ御《ミ》渡《ワタ》リアリ」と、諏訪湖が氷結したとき上社の男神が下社の女神のもとにかよう不思議について語っているのなども見逃せぬ。ミムロ祭儀の最中なのにこんなことがどうしてできるのか、というのは愚問である。両者は、同じことを違った風に語ったまでなのであろう。『諏訪史』が舞曲の詞章の解釈としてすでに、「そそう神」には狩猟とのかかわりが強いといっているが、下社の神は上社の神にとっては女神つまり「そそう神」であるとともに、次節で見るようにそれはまた特異な能力をもつ狩猟神でもあった。

　諏訪の「龍蛇信仰」といういいかたにも、一種の不透明さがつきまとう。爬虫類の蛇と想像上の動物である龍とは、必ずしもひと続きのものではない。名だたる三輪山の蛇神はついに龍となることはなかった。それにたいし諏訪の蛇神はどうして龍と化したのか。ずばり、それはそこに諏訪湖があったからであるとしても、決して詭弁ではない。タケミナカタという神の名は、つまりそれほど重かったのだ。いいかえれば、諏訪の神がタケミナカタと命名され、そしてそれが前述したように龍田社とならぶ風の神とされたのは、時至らばそれが龍《タツ》になるかもしれぬ可能性を潜在的に秘めるに至ったことをものがたる。げんに天竜川は、龍の棲む諏訪湖に源を発するのでつけられた名にほかならない。（その初出は太平記あたりで、恐らく山伏修験者の手になる名であろう。更級日記にはこれを「天ちうといふ河」、海道記には「天中川」、東関紀行には「天流と名付けたる渡り」と見える。）

されればといって、その龍が諏訪湖を常住のすみかとしていたのでないのは、次の引用からもわかる。いわく「元亨正中ノ比ヨリ……、東夷蜂起シテ奥州騒乱スルコトアリキ。……（中略）……或夜深更ニ当社宝殿ノ上ヨリ、明神大龍ノ形ヲ現ジテ、黒雲ニ駕シテ艮《ウシトラ》ノ方ヲサシテ向給ヒケリ。諏方郡ノ内、山河大地草木湖水ミナ光明ニ映徹セリ。同夜同時ニ奥州ニモ現ジ給ヒケルトゾ……」（絵詞）。ここに「宝殿ノ上ヨリ、明神大龍ノ形ヲ現ジテ」とあるのに注目したい。諏訪が神殿をもたぬ代りに「宝殿」をもっている意味については前節で言及したが、こうして古来の蛇神とタケミナカタと龍とは微妙に重なりあい、包みあう関係にあったといえる。

蛇から龍への進化も、決して小さくない。天に向かって飛びたつ龍の背後でこれを景気づけるのは、宮廷と仏法の力であったのにたいし、地中のデーモンとしての蛇信仰の核には縄文期の生活伝統があった。そういう伝統を背負う諏訪社の神が大国主の子の一人にとくに選別されたのは、「東夷」に接するこの地にあってそれがやがて大いなる威力を発揮するであろう蛇神だとの認知にもとづくはずである。

八　狩りとイクサと

諏訪社は延喜式には「南方刀美神社二座」とある。二座はもとより上社と下社を指す。だが諏訪の神は蛇体だというとき、上社・下社ともにそうだということではない。蛇体は上社の神だけであった。諏訪社を考えるのにこれはすこぶる大事な点である。

六国史には諏訪社二座の叙位の記事が数度見えるがそのつど、ほとんど「健御名方富命、前八坂刀売神」という形でそれが出てくる。「前」はキサキの意で、「八坂刀売神は……御名方富神の后神《キサキ》にして、今下諏訪と云是なり」（記伝）というとおりである。古くは袖中抄（顕昭）にも下社は女神を祭ると見える。この事実は動かない。だから、前節でとりあげた「前宮」の「前」がキサキの意である可能性もなくはない。もしそうだとすれば、上社本宮が新たに今の地に造られたとき、女神の棲みかは「前宮」のある処から湖北の地に移り下社と称するに至ったと解することもできる。もっとも、これはたんなる憶測にすぎない。

ここで肝腎なのは、上社と下社とは男神と女神でそれは夫婦の間柄であったこと、かくて両社は渾然一体をなし祭祀に共通した点も多いのだが、かといってしかし下社は決して蛇神ではなかったこと。「信濃の国諏訪上宮成二白龍一向二虚空一」（北条九代記下）とあるのでもわかるとおり、龍蛇はもっぱら上社にかかわる。上社と下社とは神としてその機能を異にするのである。

大祝も上社は神《シン》氏であるにたいし、下社は金刺氏であった。この神氏と金刺氏との関係につき「異本阿蘇氏系図」なるものにもとづいてあれこれ云々されているようだけれども、これは偽書というから取りあげぬ方がいい。[*29] 阿蘇氏系図に金刺氏のことが出てくる因縁は、第三節にふれた古事記所載の多氏の同族系譜中に、「科野国造」（金刺氏）と阿蘇氏との名がともに見えることを置いて外にないはずである。それはともかく神氏と金刺氏とのこうした配置には、深い意味が隠されているといっていい。すでにふれたとおり神氏が神体山として守屋山と似る三輪山の神をいつく三輪氏の出だとすれば、それが上社の大祝職に就いたのはまさにハマリ役であったことになる。しかし金刺氏が下社の大祝職に就いたのにも、それに優るとも劣らぬ因縁が宿っていたと知るべきである。

下社には春宮と秋宮とあり、前者は杉の大樹、後者はイチイの古木をその神体とする。その神体がこのように樹木であるのは、それがいわゆる山の神にほかならぬことを意味するであろう。八坂刀売という神名も、坂の多い山がかりの地を暗示する。山の神といっても、なかなか一義化できぬ多様性をもつ。が、二叉ないし三叉の樹に宿ること、あるいはそういった樹の下にその祠や祭場があること、そしてそれが男性ではなく多くは女性で、しかも多産で好色的で嫉妬ぶかいこと、さらにまたかつてはそれが狩猟の神であったこと、等々の属性をそこから取り出すことができる。山の神のありようが多様化するのは、それが農の神にもなり、一年のうちに山と平地の田んぼの間を往き来するようになってからである。下社に春宮と秋宮とがあり、神が季節によって居を遷すのも、その反映に違いない。

しかし本稿ではさしあたり、農にかんする部分は切り棄てさせてもらう。山の神につき農作以前の古い世のこととしていちばん重大なのは、いうまでもなく狩猟神でそれがあった点にある。そしてこうなるとどうしても、諏訪社の御射《ミサ》山御狩神事といわれるものをとりあげねばならなくなる。

この祭りは上社では七月（旧暦）下旬の五日間、八ヶ岳の御射山に仮屋を作っておこなわれる。下社のほうは霧ヶ峰の御射山でこれをおこなう。どちらもその狩場をミサヤマと呼ぶのは、これがもとは普通名詞であったという由来にもとづく。万葉に「ますらをが、さつ矢手挟《タバサ》み、立ち向ひ、射る的形《マトカタ》は、見るにさやけし」（一・六一）とあり、さらに狩りに用いる弓を「さつ弓」、猟人を「さつ雄」などといっているが、後にいうとおりミサ山の「サ」もこれとかかわりのある語と見ていい。御社山・御斎山・三才山と書く例もあるが、御射山が一ばん実体に即した字である。その「さつ矢」にどんな希いがこめられていたかは、次にあげる呪文の一節から知ることができる。

しし《鹿》のこ《子》のふとはら《太腹》にや《矢》かけさせ給へ、やかけのなかににこ《柔》いけにあら《荒》いけ、あらいけににこ《柔》いけいゑら《撰》ぶことなくとらせ給へ……。（年内神事次第旧記）

騎馬に乗ったあまたの狩人たちが獣に向かって矢を放つのである。「にこいけにあらいけ」は、広瀬大忌祭祝詞（延喜式）にいう「山に住む物は毛の和《ニコ》き物・毛の荒き物」と同系統のいいまわしである。その賑いのほどは、むろん中世になってからの話だが「凡諸国参詣ノ輩、諸道伎芸ノヤカラ……群集シテ一山ニ充満ス」（絵詞）とあるのからも想像がつく。[*30] この狩猟神事は恐らく人びとの記憶を絶する古い世に始まり、姿かたちをすこしずつ変えながらずっと大事としておこなわれてきたものに相違ない。少なくともその根ざしの深さを想いやらねばならぬ。

右の言及は上社の御射山祭りについてのものである。下社の方には記録がほとんど残っていない。だがその御射山——いまはこれを旧御射山と呼ぶ、江戸時代に狩場を里近い地に移しこれをやはり御射山と称したからである——の発掘調査の結果、所々に土壇の遺構や、多数の土器・薙鎌・古銭・雁股の矢等が出土した点からも、ここでの狩猟祭りがかつてすこぶる盛大であったさまを知ることができる。『諏訪史』は次のようにいう、「祭場の広漠として規模の宏壮なる点よりいっても、上社の比ではなく、……此所に営まれた御狩神事のいかに崇厳であったかは想像に余りある」と。またいう、「さらに想像を加うるならば、御射山祭は本来下社に起って後に上社に移され」たのであるらしいと。これはたんなる「想像」ではないと思う。前にふれたとおり下社はそもそも山の神であり、山の神としてそれは狩猟の神であったはずだからだ。現に上社の御射山祭りには、下社の神も勧請されたのである。

上社御射山の頂きには山宮があった。これは御射山社として残されている。その祭神がいま何と呼ばれていようと、その実体が山の神であるのはほぼ確かだろう。下社の神が上社の御射山に招ぜられたのを、上社にたいする下社の従属関係を示すものと見てはなるまい。狩猟にかんするかぎり、真にその機能を発揮したのは下社の方であった。「大小神事……両社同日同会ナリ」（絵詞）とあるとおり、両社の一体化は時とともに進んでいったわけだが、それはあくまでやはり二座であり、神としての働きの違いまですっかり消えさったわけではない。

ここで、「絵詞」に伝える下社大祝金刺盛澄の次の話に目を向けたい。かれは木曾義仲を婿にとり、親子の関係にあった。寿永二年、義仲入洛の年も行をともにし毎度の合戦に手柄を立てていたのだが、下社の御射山神事のため、後を弟の光盛[31]に頼んで越前から諏訪にまいもどったとある。かれにとりこの神事がいかに大事であったかわかる。しかもこれには後日譚がある。義仲が最期をとげたあと、かれは頼朝に召し出されて死罪と定まった。それを梶原景時、弓矢の名手であるこの男をなんとか助けたいと盛澄に流鏑馬《ヤブサメ》——それは「矢《ヤ》馳馬《ハセメ》ノ転カ」（言海）ともいう——の芸を披露させることにした。ところがその見事な神技に、頼朝も感じ入ってついに赦免したというのである。この話は吾妻鏡（文治三年八月の条）にも見える。そしてその吾妻鏡によるに盛澄はその後も何度か鶴ヶ岡八幡のヤブサメに出演しており、さらに「弓馬ニ達シ」「狩猟ニ馴ルルノ輩」の一人として頼朝の覚えもめでたく、御家人にとりたてられたようである。

第三節「金刺舎人」の条でふれたが、古代・中世では狩猟とイクサとは組織の上でも技術の上でもひと続きのものであった。曾我物語に描くところの、頼朝が富士の裾野でおこなった巻狩りのさまなどを想い出していただきたい。そこではイクサと同じように「狩場の内の高名《カウミヤウ》」があり、該当者には五百余町の土地が与えられたりしたのである。また平家物語には一の谷の戦を前にして、「武蔵国の住人別府小太郎清重とて、生年十八歳になる小冠者」が進み出ていうことには、父は自分に「敵にも襲はれよ、また山越《ゴエ》の狩をもせよ、深山に迷ひたらむ時は、老馬に云々……」（巻九「老馬」）等と教えてくれたとある。狩りとイクサに共通するのは、弓矢を以て相手とたたかう点である。例の舟の上の扇をあやまたず射落とした那須与一にしても、小兵のかれが選ばれたのは、「かけ鳥などを争ふて、三に二は必ず射落とす者で」（平家物語巻十一「扇」）あったのによるとある。

右にあげた例と等しなみに扱うことはできぬけれども、続日本後紀に陸奥の国いうとして「弓馬《ノ》戦闘、夷狄之《ヲ》生《レナガラ》習《フ》云々」（承和四年二月）とあるのなどもやりすごせない。いわゆるエゾは、狩猟にもとづく「弓馬」の術を生得しており、従って農民出身者の多い律令軍にはなかなか手ごわいといっているわけだ。[*32]

さて諏訪にもどっていえば、下社の御射山祭りにさいしては、むろん中世になってからだが将軍を始め北条氏・千葉氏・和田氏・梶原氏などなど鎌倉幕府のお歴々の桟敷が設けられていたという。これは諏訪社が鎌倉幕府の体制に組みこまれたことを意味する。[*33]しかしここには諏訪の神が狩猟の神であることによって、同時にイクサ神として武家の崇敬を集めていったさまがうかがえるともいえるはずである。信濃国から弓が中央政府に納められていたことは既述したところだが、弓は矢とセットをなすから矢も納められたに違いない。それにつき諏訪郡と小県郡との境にある和田峠が、黒曜石の本州における有数の産地であったことも無視できぬはずである。

黒曜石は無土器の石器時代に重要な素材であったにとどまらない。縄文期になってもそれは例えば矢尻などに多く用いられたのである。山林や草原や渓谷に富み、大気が乾いている上、諏訪地方はこうして鉱物資源にもめぐまれていた。その神が狩猟神として特立していったのも偶然でないことがわかる。おもに投槍やワナによって野獣をとらえてきた従来のやりかたに比べ、弓矢の発明にもとづく猟法は一つの画期をなすものであった。しかし狩猟具としてだけでなく火器が現われてくるまで武器としても、とくに騎馬隊によってそれが用いられるとき、弓矢は最有力なものであった。

これはしかし、諏訪地方に原始のいわゆる狩猟時代がなお続いていたことを意味するものではない。私はその部分を棚上げしたが、五穀豊饒を志向するものへとミムロ祭儀じたいが変ろうとする契機を孕んでいたことはすでに言及した。まして山の神である下社はそうで、季節により春宮と秋宮へその神の遷居することがすでに農の発展とかかわることは、これまたさきに見たところである。御射山祭りにしてからが、二百十日の台風の直前の時期におこなわれるのには稲作との関連を否めない。こうしてそこにあるのは、食料を狩りに依存する社会とは異なる農耕社会だといっていい。御射山祭りを執行する金刺氏にしても、もはやたんに下社の祠官であるにとどまらず、片や一族郎党を率いる開発領主の性格をもつに至っていたはずである。

農業だけではない。とりわけ殺生戒が説かれ肉食をけがれとする考えがひろまるにつれ、狩猟はいよいよ衰退を余儀なくされる。しかし仏教の浸透してくるのがおくれたせいか、あるいは狩猟のための好条件にめぐまれていたせいか、恐らくその両方だと思うのだが、諏訪地方には農耕生活の周辺に狩猟の古い伝統がなお根強く生き続けていた。そしてそこでは当然、狩猟の技術とイクサとは密接不可分に結びついていた。またその接点に立つ金刺氏が、いわゆる弓箭の家、ないしは弓馬の家を以てみずから任じていたであろうこともほぼ疑えない。いち早く欽明の代に宮廷の舎人部となり、壬申の乱にさいしては騎馬隊として出向き、さらにくだっては近衛府とも浅からぬ因縁を有した金刺氏の来歴をかえりみれば、その自負のほどがわかろうというもの。金刺氏がかつて「信濃国造」(古事記)と呼ばれたこと、またずっと諏訪下社の大祝であったことなどとも、それは有機的に包みあう関係にあったと思う。こうしてこの氏は、まさしく弓箭の家の地方的な一典型であった。こうした典型となるべき歴史的な基盤が、金刺氏には奇しくも具備されていたということになる。下社大祝の居館が春宮ではなく山地に接する秋宮の近くにあったのも納得がいく。現にこの御射山祭りでは、いわゆる巻狩りだけでなくあれこれの騎射や歩射《ブシャ》、そして相撲などの競技がおこなわれたのである。桟敷に在ったお歴々もそれぞれほぼ似たような素姓をもつ弓箭の家のものたちであったから、たんなる観客ではなく実は祭りの参加者でもあったといえる。

　このところ、武士を芸能者とする見解が次第にひろがってきている。この視点はすこぶる大事だと思う。さきにあげた金刺盛澄を例の「絵詞」には「弓馬ノ芸能古今ニ比類ナシ」といっているが、平家物語を読めばわかるとおり、そこで目ざましい働きをしているのは「国々の駆《カリ》武者」から成る集団ではなく、イクサに役立つあれこれの「芸能」を身につけた個性的なつわものたちであった。ただ、新猿楽記に「合戦・夜討・馳射《ハセビキ》……笠懸・流鏑馬《ヤブサメ》」等々に秀でた武者が、サイの目を自在にあやつれる博打《バクチ》や、卜占や口寄の上手な巫女等々と並べて挙げられているからといって、これらをうっかり同類とみなしてはなるまい。「弓馬ノ芸能」を身に体したつわものたちは、いうならば中世における武士の英雄時代を表現したところの歴史的な個性であった。少なくとも平家物語に近づこうとするには、この視点をないがしろにできまい。

　最後に、イクサ（軍）という語につき『岩波古語辞典』に次のようにあるのを引いて、筆をおくことにする。いわく「イクはイクタチ（生大刀）・イクタマ（生魂）・イクヒ（生日）などのイクに同じ、力の盛んなことをたたえる語。サはサチ（矢）と同根、矢の意。はじめ、武器として力のある強い矢の意。転じてその矢を射ること、射る人……さらに……矢を射かわす戦の意に展開」したと。現に持統紀三年の条には「射《サ》」をイクサと訓み「射習《イクサ》ふ所を築く」と見える。御射山祭りの「射」の字が、こうなると急にきらりと光ってくる。紛れもなく下社のこの御射山祭りはイクサを象徴的に演じ、それによって実戦に役立つであろう武芸を鍛え、それをあらかじめ身につけておこうとする祭式的模擬戦（mock combat）であった。武士が敵の首をうち取り、功名のしるしにそれを持ちかえったりするのなども、狩猟における獲物の伝統を彷彿させるものがあるといえる。そこにある狩りとイクサとの相関関係には、少なくとも中世における武士のありかた、ひいてはその武士層を軸に構成された中世日本のかなり独自な体制を解き明かす、少なくとも一つの鍵が潜んでいるのではなかろうか。

注

*1――同じく信濃国小県郡に見える須波郷（和名抄）――今の上田市にぞくす――も、やはり水辺の地である。なお小県は和名抄に知比佐加多とある。これは「急峻広大な山岳地帯から流れ出る水量を集め」（歴史地名大系『長野県の地名』）氾濫をくり返した千曲川の流域にはあちこちに小さい潟があった故の名ではなかろうか。佐渡では湿地や谷をスワという（全国方言辞典）とある。古い地名の考察には、まず地勢を重んずるのがいいと私は考える。

*2――それについては第六節以下を参照。

*3――武藤武美『物語の最後の王』所収「地方と神話」参照。

*4――越後の国の越中寄りに頸城郡があり、そこには夷守郷（和名抄）が存し、また越中に「礪《ト》波《ナミ》の関」（万葉集一八・四〇八五）があるのなどを考慮すると、かつてエゾの地はこのあたりまで及んでいたといえそうである。佐伯氏の勢力が越中で大きいのも参考になる。

＊5――常陸国風土記には「高天の原より降り来し大神の命のみ名を、香島《カシマ》の天の大神といふ」とある。

＊6――本書所収「三輪山神話の構造」。

＊7――「或社有レ任二神長一。事乖二通例一。其有二宮符一任二神長一者。亘三改為二神主一」（太政官符大同二年）とあるが、諏訪社はずっと神長で通したようである。

＊8――壬申の乱が起こり将軍となる以前、多品治は美濃国安八郡にある天武（大海人）の直轄領たる湯沐邑を管理する役に当っていた。右にあげた多氏系図に「尾張丹羽臣、島田臣」等、尾張地方の豪族の名が見える背後にも、この品治の存在がちらつく。とくに尾張国中島郡に太神社（名神大）が存するのに注目したい。これを祀っていたのは島田氏に相違いない。

＊9――笹山晴生『日本古代衛府制度の研究』参照。

＊10――『長野県史』通史編集第一巻参照。

＊11――拙著『壬申紀を読む』第八節「猟者二十余人」の条参照。

＊12――藤原宇合が西海道節度使として出発するのを送り、高橋虫麻呂が「白雲の、龍田の山の、云々」（万、六・九七一）と歌い出したのも、白雲の「立つ」と「龍田」の「たつ」をかけたものである。「夕立ち」の「立ち」も、雲や風がにわかに立ち起こるのをいう。

＊13――次のような話もある。「建御名方ノ神ハ伊勢国ヨリ風神ト共ニ信濃国諏訪郡ニ遷リ給フ、然者風神ハ伊勢・諏訪両所ニヲハシマス、故ニ神風ト云コト、諏訪ニモ可亘也矣」（詞林

釆葉抄)。

＊14――ちなみに『日本書紀通釈』の著者飯田武郷は信濃国出身の国学者であり、この神についてはとくに多くの言をついやしている。

＊15――栗田寛『神祇志料』参照。

＊16――高階成章「大物主神と崇神天皇紀」(『大三輪神社資料』第三巻所収)。

＊17――山中笑については東洋文庫『共古随筆』の解説参照。

＊18――『諏訪史』(第二巻)によれば、「御左口神《ミサクチ》……此は石神なり。これを呉音にシヤクジンと唱へしより、音は同じかれど、書様は乱れたり」(旧跡志)とすでにいわれているのに注目したい。

＊19――加藤義成『出雲風土記参究』参照。

＊20――金田一京助「山の神考」(雑誌「民族」二ノ三、昭和二年)、堀田吉雄『山の神信仰の研究』参照。

＊21――『長野県史』。

＊22――本書所収「三輪山神話の構造」。

＊23――岡村道雄「縄文人の生と死」(『縄文の扉』所収)。『諏訪市史』上巻をも参照。

＊24――宮坂光昭「蛇体と石棒の信仰」(前掲『古代諏訪とミシャグジ祭政体の研究』所収)。

＊25――これらについては注24前掲の論文に載る図を参照。

＊26――『諏訪史』によれば「ムサテ八十二月ノ祭日ヨリ次年三月祝日マデ籠蛇ノ形ナリト云人モアリ」（神道縁起）等とある。
＊27――北村皆雄「〈ミシャグジ祭政体〉考」（前掲『古代諏訪とミシャグジ祭政体の研究』所収）。
＊28――田中基「穴巣始と外来魂」（『諏訪信仰の発生と展開』所収）。
＊29――村崎眞智子「異本阿蘇氏系図試論」（劉茂源編『ヒト・モノ・コトバの人類学』所収）によると「異本阿蘇氏系図」は、幕末から明治にかけて生きた系図学者・中田憲信の作ったものという。
＊30――この行事については伊藤冨雄「御射山祭の話」（『伊藤冨雄著作集 第一』所収）参照。
＊31――光盛は平家物語巻七に見るように、このあとすぐ加賀国篠原の合戦で、それとは知らず何と斎藤別当実盛の首を打ちとるのである。
＊32――戸田芳実「国衙軍制の形成過程」（『初期中世社会史の研究』所収）参照。
＊33――この点については前記の伊藤冨雄「御射山祭の話」ならびに「諏訪上社中世の御頭と鎌倉幕府」（同著作集所収）参照。

後記

まさかこれが平凡社編集部の内山直三君を追悼する一文になろうとは。まるで悪夢を見ているような気がしてならない。一九九五年の二月ころであったと思う。ある日、『諏訪史』とか『長野県史』とか諏訪関係の参考文献をリュックにかついでほとんど突如、内山君が拙宅にあらわれたのである。これは諏訪の神につき何かまとまったものを私に書け、とのかれ流の意思表示であった。諏訪は内山君の生れ育った地である。私たちの間ではその諏訪のことがいつしか共通の話題の一つになっていた。そこで私はおくればせながら一九九六年の始めには、この試論のほぼ半ばくらいまでどうやら書き進んでいったのである。むろん、内山君が退院したら読んでもらい、あれこれ遠慮ない意見を聞き、大幅に手直しできるものと、たかをくくっていた。ところがほどなく、何とかれの訃報に接したのである。突っかい棒がなくなったみたいに私はがっくりし、これを書くのを止めてしまった。

それから半年ほど経って、内山君との無言の約束をやはり果たさねばと思い返し、後半をどうにか書き継いだのである。しかしいわゆるシナノロジーにずぶの素人である私には、その内側に立ち入るのがなかなか難しく、しょせんこれは一人の旅人の、けちな手向草にしかなっていないという気がする。シナノロジーだけでなく日本の歴史全体に通じる内山君がこの世にいてくれたら同じ手向草でも、もう少しはましなものになったであろうにと、無念の思いが今さらのようにこみあげてくる。私としてはこの拙い一篇をかれの墓前にささげるほかない。

（一九九六年）

姨捨山考

一　棄老伝説

平安中期の大和物語（一五六段）に次のような話が載っている。

信濃の国に更級《サラシナ》といふところに、男すみけり。わかき時に親死にければ、をばなむ親のごとくに、若くよりあひそひてあるに、この妻《メ》の心いと心憂きことおほくて、この姑の、老いかゞまりてゐたるをつねににくみつゝ、男にもこのをばのみ心さがなく悪しきことをいひきかせければ、昔のごとくにもあらず、疎《ヲロカ》なること多く、このをばのためになりゆきにけり。このをばいといたう老いて、二重《フタヘ》にてゐたり。これをなをこの嫁ところせがりて、今まで死なぬこととおもひて、よからぬことをいひつゝ「もていまして、深き山にすてたうびてよ」とのみせめければ、せめられわびて、さしてむとおもひなりぬ。月のいと明き夜、「媼《オウナ》ども、いざたまへ。寺に尊き業《ワザ》する、見せたてまつらむ」といひければ、かぎりなくよろこびて負はれにけり。高き山の麓に住みければ、その山にはるばるといりて、たかきやまの峯の、下り来《オク》べくもあらぬに置きて逃げてきぬ。「やや」といへど、いらへもせでにげて、家にきておもひをるに、いひ腹立てけるをりは、腹立ちてかくしつれど、としごろ親の如養ひつゝあひ添ひにければ、いとかなしくおぼえけり。この山の上より、月もいとかぎりなく明《アカ》くていでたるをながめて、夜一夜《ヒトヨ》ねられず、かなしくおぼえければ、かくよみたりける、

わが心なぐさめかねつ更級《サラシナ》や　姨捨山《ヲバステ》に照る月を見て

とよみて、又いきて迎へもて来にける。それより後なむ、姨捨山といひける。慰めがたしとはこれがよしになむありける。(日本古典文学大系による)

右の「姨捨山に照る月を見て」の歌が最初に載ったのは、古今集の雑の部に「題しらず、読人しらず」としてである。この歌はいち早く注目を浴びたらしく、古今集時代に伊勢の御「更科やをばすて山のありあけのつきせずものを思ふころかな」、躬恒が「更級の山よりほかに照る月もなぐさめかねつこのごろの空」といった歌をすでに詠んでいる。さまざまな象徴機能をもつ月は、王朝和歌にとっても不可欠な題材であったが、とくに「月見ればちぢにものこそかなしけれ我が身ひとつの秋にはあらねど」(古今集、大江千里)にうかがえるとおり、月を見ることは悲哀感の分泌と結びつきがちであった。姨捨山が忽ちのうちに、名だたる月の歌枕ともてはやされるに至ったのも不思議でない。こういう状況のもと古今集の右の読人しらずの歌は、大和物語で哀れを誘う棄老伝説と一体化して——もっとも最初からこの歌は、何らかの物

語を背負っていたかも知れない――、歌物語へと展開したのである。今昔物語（巻三〇ノ九）にもほぼ似た形で載っているのだが、こうした話がどのように語られて来たか、つまりそこにどのような意味が蔵されているかを、何とか解きほぐしてみたい。

棄老伝説ないし棄老説話が存するのは、ひとり日本に限らない。いや、ある点でむしろ日本はその輸入国だったといえる。例えばインドには雑宝蔵経（巻一）に、老人を駆り集めて棄てる棄老国の話があり、中国の法苑珠林にもそのまま載せられている。さらにそれが海を渡ってきて、わが今昔物語の天竺部の「七十二余ル人ヲ他国ニ流シ遣リシ国ノ話」（巻五ノ三二）となるのである。隣国から二匹の蛇をよこし、いかにしてその雌雄を知るやとか、大きい象をよこし、いかにしてその重さを計るや、等々の難問をもちかけ、答えられねば国を滅ぼすぞとおどされる。今昔は直訳ではなく、「父」を「母」に直したり、難題の種類もあれこれすげ変えたり省いたりしているのだが、ひそかに地中に室《ムロ》を掘って隠しておいた老人の知慧がこれら難題を解決し、あわやというところで国を救ったというので、以後棄老国ではなくなったとする主旨に変りはない。この話の余響は枕草子に伝える「蟻通しの明神」とか、その他に影を落としたり再生されたりし、さらに昔話の種にもなっていった。

中国の孝子伝にはまた次のような話がある。原谷というものの父、その老父（原谷の祖父）を輿《コシ》に乗せ深い山中に棄てた。ところが原谷がその輿を持ち帰るのを見てわけをきくと、子たるものは老いたる父を輿に乗せ棄てるものと知ったので……と答える。父は自分も年をとれば棄てられると思い返し、山に行き老父を迎えとって来て孝養をつくしたと。この話、実は万葉集巻一六に竹取翁のことを詠じた長歌に「古の、賢《サカ》しき人も、後の世の、鑑《カガミ》にせむと、老人《オイビト》を、送りし車、持ち帰りけり」（三七九一）とあるのが初出で、契沖の代匠記がすでに右の孝子伝を引いており、その伝来がかなり古いのがわかる。その後、今昔物語（巻九ノ四五）を始め沙石集（巻三下）とか私聚百因縁集（巻六）とかに再録され、やはり昔話の種となって広まったのである。

棄老譚の見本ともいうべきものがこうして海を渡ってきたわけだが、これらをたんに知識や情報として受けとったと見るべきではなかろう。受けとる側の記憶板ともいうべきものが、そこではしたたかに振動したはずである。例えば右の話の「輿《コシ》」とか「車」とかは、わが昔話では「親棄てモッコ」に化けるといった具合に。モッコは「持ち籠《コ》」の転じた語で、土や肥料などを運ぶ具。いやそれだけでなく、江戸時代には「モッコに乗る」とは死刑囚が仕置場に運ばれることを指したらしいのである。

こうなればもはやただの輸入品ではなく、一つの歴史的な変身をとげたものといっていい。柳田国男はいう、「果樹や花の木の新種というものは、実をもいで来て播いて生やすよりは、台木を見つけてそれを接穂する方が早く生長する。そうしてその台木には大抵は同種の木が用いられる。親棄山の昔話にも、そういう台木になるものが前々から、日本にはすでに有ったのではなかろうか」[*1]と。そしてかれは、右に引いた例を「難題型」と「もっこ型」と呼び、さらに山に棄てられた老婆が山の神の加護を受けて幸運を得る「老婆致福型」と、息子に背負われ山に行く道々に帰りに息子が迷わぬようにと母親が木の小枝を折って置く「枝折型」とをあげ、後のこの二つを日本固有のものだろうとするのである。

ここにいわゆる伝播論だけでは片づかぬ問題が潜在しており、少なくともアジアでは共通の経験にもとづく、老人を棄てる話が広く伝えられていたとしてよかろうか。ただ私は棄老伝説一般ではなく、もっぱら冒頭に引いた大和物語の一文に寄り添って進むことにする。[*2]

二　更級の姨捨山

この話の独自性を解く一つの鍵は、サラシナという語にあると思う。信濃の国には更級を始め埴科《ハニシナ》・仁科《ニシナ》・蓼科《タデシナ》などなど、シナと呼ばれる地名がすこぶる多い。これが坂または段丘をなす地形の意であることは、すでに指摘されているとおりである。国の名シナノも、それらをしめくくるものとしてふさわしい。京都の山科などもほぼ同断とみてよかろう。しかしここでサラシナをたんに地形もしくは地勢の名だけにとどめてはなるまい。私の問いたいのは、とくに歌においてサラシナ（またそれのふくむサラス）という語が、どのように屈折した比喩上の喚起力を秘めていたかという点である。主題からいささか離れるけれども、例えばサラスといえばすぐにも思い出すのは万葉集の次の東歌《アヅマウタ》である。

多摩川に　さらす手作《テヅク》り　さらさらに　何ぞこの子の　ここだ愛《カナ》しき（一四・三三七三）

多摩川にさらす手作りの布みたいに、さらにさらに何でこの子がこんなにかわいいのだろうというのだが、「さらす手作り」が「さらさらに」を呼び起こし、手に抱きとって愛撫するさまを歌っているあたり、絶妙なことばのあやといっていい。

「さらしなや、姨棄山に、照る月を見て」は、もとよりこれとは全く文脈を異にする。この「さらしなや」は一転サラシ野へ、または屍《カバネ》をサラスことの方へと傾斜していく。そしてまずは例えば「野ざらしを心に風のしむ身かな」の句で始まる芭蕉の「野ざらし紀行」の世界などが、おのずと連想されてくる。「野ざらし」とは野にさらされたサレコウベのことで、行き倒れて野ざらしになる覚悟で芭蕉はこの旅に出で立ったことになる。旅が終りに近づくにつれ、だから「死にもせぬ旅寝の果《ハテ》よ秋の暮」の句が作られる。

もっとも、江戸期では芭蕉のこうした覚悟はかなり特別であったはずだが、しかし古代ともなると話は違い、旅に立つものなら誰しも野ざらしになるかもしれぬとの不安を抱いていただろう。一ばんひどい目にあったのは、遠国から徴発された役《エダチ》の民である。平安初期の「東大寺諷誦文稿」には「東ノ国ノ人ハ道ノ辺ニ骸《カバネ》ヲ曝シ、西ノ国ノ人ハ、水ノ中ニ魂ヲ没《シズ》ム」とある。これは「官《ツカサ》ノ言《コト》、朝庭《ミカド》ノ言《ミコト》ニ由リテ、己ガ本郷……ヲ離レテ旅路ニ辛苦」した役の民のことに他ならない。(「東ノ国……西ノ国」とあるのは、役の民は近畿以外の東西の国から徴発されていたからで、舒明紀などにも「西の民は宮を造り、東の民は寺を作る」と見える。)平安京でも古今集の成立より半世紀以上も前に、鴨河原その他で五千五百頭《カシラ》の髑髏《ドクロ》を焼かしむとの記事(続日本後紀、承和九年・八四二)が見える。十世紀の終りごろになると、疫病で「死亡スル者、路上ニ満ツ。往還ノ過客、鼻ヲ掩《オホ》ヒテ過グ。烏犬食ニ飽キ、骸骨巷《チマタ》ヲ塞グ」(本朝世紀、正暦五年)といったありさま。

実は弘仁四年(八一三)、京畿の「百姓」(むろん狭く農民の意ではない)には病者となった「僕隷」(しもべ)たちを路辺に棄てさり餓死に至らしめるを禁断す、とのきつい太政官符がすでに出ていたりするわけで、右にいうドクロのなかにはこういう人びともまじっていたはずである。それ以前はもっとましだったとの保証もない。例えば万葉集には、「讃岐の狭岑《サミネ》の島にして、石《イハ》の中の死人を見て」柿本人麻呂の作った歌(二・二二〇〜二)を載せる。直ぐ次にこれに並んで載る人麻呂の「鴨山の、岩根し枕《マ》ける、我をかも、知らにと妹が、待ちつつあらむ」

（二・二二三）という有名な歌なども、「石見国に在りて死に臨む時に自ら傷《イタ》みて作る歌」と詞書にあるのは編者のおもわくで、実は鴨山に遺棄され野ざらしとなっているわが姿を想いやってかく歌ったのではなかろうかとも解しうる。「岩根し枕ける」には、ただの行き倒れ以上の何かが含意されていると思う。

病者が放り出されたり、棄てられた死体がごろごろしているといった日常が眼の前にあるこうした状況を考えれば、大和物語に見るごとき姨捨山伝説が生れてきてもとくに不思議はなく、人びともさして驚きはしなかっただろう。現にその後、この姨捨山はむしろ月の名所として広く知られるようになる。八代集を見るだけでも、ここがいかに人気のある月見の歌枕になっていたかがわかる。

そういえば芭蕉なども「おくのほそ道」の旅に出る前の年の八月、姨捨山の月見に赴いたことがある。しかしさすが芭蕉で、その折ものした一文には、「すさまじく高くもあらず。かど〳〵しき岩なども見えず、ただ哀《アハレ》ふかき山のすがたなり。なぐさめかねしと云《イヒ》けむも理《コトワ》りしられて、そゞろかなしきに、何ゆゑにか老たる人をすてたらむと思ふに、いとゞ涙落《オチ》そひければ」（更科姨捨月之弁）とあって、「俤《オモカゲ》や姨ひとり泣く月の友」の句を残している。四年ほど前、富士川のほとりで泣く三つばかりの捨子に出逢い、「汝の性《サガ》のつたなきをなけ」と呼びかけた例の「野ざらし紀行」の一節が想い浮かぶ。

さて前置きはこのくらいにし、まともに主題に踏みこんで行かねばなるまい。私のいいたいのは、地名サラシナが野ざらしを想像的に喚起し、それがバネになって姨捨山伝説は生成されたに違いないということである。別のところでシナノという名が風神シナトを喚起し、それで諏訪社が風の神となるに至った次第を、口誦時代におけることばの独自な働きとして説いたことがある。[*3] 神話や伝説に取りくむとき、こうした特質をなおざりにしてはならない。しかもこの喚起作用は決して一義的でない。サラシナといえば蕎麦《ソバ》の名所だが、そのさいサラシナはいかにもさらさらとして新鮮な蕎麦粉を想わせる。だが他方、それが同時に風葬または曝葬ともいうべきもののおこなわれたであろうサラシ野を喚起してくる事実も否めない。少なくともサラシナは地名なりと片づけるだけでは、一向にらちはあくまい。

まず姨捨山というのがどの山を指し、それがどういう処に位置するか確かめる必要がある。これについては古来諸説あるらしいが、冠着山《カムロキ》がそれに当るとの説に従ってよかろう。『長野県の地名』（日本歴史地名大系）はいう、それは今の「東筑摩郡坂井村と更級郡上山田町《カミヤマダ》・埴科《ハニシナ》郡戸倉町の境にあり、標高一二五二メートル、……この独立峰は遠く善光寺平……からもみられ、古代からの信仰の山であった」と。今昔物語にも姨捨山は前には冠山と称したが、それは「冠ノ巾子《コジ》」に似ていたからだとある。そしてそのさい、その山が村のなかではなく村はずれに、ないしは村と村との境界に位置すること、また芭蕉のことばにあるように、さして険阻でない山であることが肝腎である。なぜならそれは、まさしく在所の人びとが村のものの死体を恐らくはモッコで担ぎ上げて棄てる場であったからである。

次のようなことばに耳を傾けていただきたい。「古い葬法では、一般に遺体は人の世から遠く隔離されなければならなかった。……葬地は山の奥、野のはて、磯の彼方が選ばれる場合が多かった」。そして棄老伝説はこういった、「前代の葬地に後から固着した場合のあること、……したがってまたかかる伝説をもつ地を古い葬地という観点からも注意してゆく必要があろう」[*4]と。姨捨山伝説の生成も、冠着山が古い葬地であったことと不可分の関係にあるらしいことが、これでほぼ納得される。

棄老と古い葬り場というこの二つの属性は、たがいに結びついていたと見ていい。例えば群馬県について以下のようなことが報告されている。「南山（利根郡と吾妻郡の境にある山）に地獄谷というところがある。むかしは六十歳になると、年寄りをそこへ捨てた。この谷へ入ると出られなかったという、云々」、「赤城の南麓に狼谷というところがあって、昔、ここへ年寄りを捨てた。それでこの狼谷のことを赤城の姥捨といっていた」、その他。岡山県については、「田益（岡山市）にカメコロバシというところがある。昔、年寄りが六十歳になると、かめにつめて峯から谷底に転がし、死体は野獣の餌にしたという」。「寺郷山（高梁市）の山裾に、ばばあ屋敷というところがある。昔、働けなくなった老婆を捨てたと伝える」等々。[*5]こうした谷々はみな古い葬地であったと思われる。食料の蓄えが乏しく、しばしば飢饉にも襲われ、食いつないでゆけるかどうか、生存そのものの危機がたえず日程に上ってくる世では、どこでもこうした残酷な志向がかなりしつこくつきまとったのである。

『遠野物語』（柳田国男）のなかの次のような話もほぼ同類と見ていい。「ダンノハナと云ふ地名あり。その近傍に之と相対して必ず連台野と云ふ地あり。昔は六十を超えたる老人はすべて此連台野へ追ひ遣るの習ありき。老人は徒に死んで了ふこともならぬ故に、日中は里へ下り農作して口《コ》を糊したり。……朝に野らに出づるをハカダチと云ひ、夕方野らより帰ることをハカアガリと云へり」と。そして次のように注している、「ダンノハナは……丘の山にて塚を築きたる場所ならん。境の神を祭る為の塚なりと信ず。連台野も此類なるべきこと『石神問答』中に言へり」と。

これらの葬り場や棄て場は村と村との境の山とか谷とか、村外れの山すそとかに位置していた。そしてそれは、そこがこの世とあの世との境界でもあることを意味したはずで、手近な例では洛外の化野《アダシ》をあげることもできる。ここはかつて遺骸を棄てて風葬にした地とされるが、それをアダシ野と呼ぶのは、つまりそこが他界への入り口であったからにほかならぬ。信濃国伊那にも安多師《アダシ》野という地があるが、六道《ロクドウ》原と呼ばれるのでもわかるとおり、*6 そのアダシはやはり他界のいいであった。近松「曾根崎心中」道行の「此の世のなごり、夜もなごり。死《シニ》に行く身をたとふれば、あだしが原の道の霜」の「あだしが原」も、このアダシ野から来ているはずである。「人の死骸は数知らず、軒と等しく積み置きたり」という鬼女伝説を主題にした能の「安達原」にも、このアダシ野の反響があるように思われる。

葬むる意のハブルという古代日本語が、投げ棄てるの「放《ハブ》る」とか、殺してばらばらにする「屠《ハブ》る」と互いに通底しあう同根の語であるらしいことに、私たちはもっと驚いていいのではなかろうか。それらはハフルと清音化していくが、古くはハブルであったらしい。神主・禰宜《ネギ》の下にいる祝《ハブリ》というのも、本来はイケニへの獣を屠って神に供える役を引き受けていたのにもとづく名であろう。[*7] こうしたなまなましい語彙が未分化のまま、やまとことばに生き残ったのは、この列島社会が中国を中心とする大陸文明の急激な波動を被り、青銅器時代を飛び越し新石器時代からいきなり鉄器時代へ突入するというかなり唐突な展開を余儀なくされたことと無縁でないかも知れぬ。それはともかく、ハブル（葬）という野性味にあふれた語を梃《テコ》にして、文明以前の太古に人間の死体がどのように処分されたかを探知できる可能性がなくはないことになる。

余談になるが小説「楢山節考」の作者深沢七郎は、ある選集の枕に「人間が死ぬのは清掃作業とおんなじだから多く死ぬだけ綺麗になるんだ」とのことばを書き記しているが、これは葬《ハブ》りの本質を射ぬいたことばだということにもなる。毒気はあるものの、たんに非人間的で、まがまがしい発言と早合点してはなるまい。

ハブル（葬）とは、こうして死体を村境の山や野や谷に放り棄てることを原義とする語にほかならない。その葬地の呼び名にナゲショとかドウガラステバとかがあるのも、土葬やたんなる埋葬などより一段と古い風葬ないし曝葬ともいえるやりかたの名残りである。とすれば、初めにあげた古今集の「更級や姨捨山に照る月を見て」の歌も、サラシナのサラス（曝）とヲバステ山のスツ（捨）とが歌詞として意味論的に共鳴しあっている点をやりすごしてしまうならば、歌の読みとしてまずいということにならざるをえない。すべての注釈書にあたったわけではないけれども、この点に気づいたのがどうやらないらしい（？）のは、古典にたいする、または過去の文化にたいする私たち――むろん私もその一人である――の想像力がまだいかに貧困であるかを語っている。これは、意味を与えることと意味を受けとることとが共時的に連帯していないためといっていい。

たんに「更級の姨捨山に」ではなく、「更級や姨捨山に」と「や」という切字ともいうべきものがあるのに注目したい。もっとも「切字」は主として俳諧用語だから、ここでそれを用いるのは不適切かもしれぬが、しかし「更級の」とべたに続かず、「更級や」と切れて一呼吸あるせいで、サラシナという語の喚起力が一段と高まっているのは確かである。大和物語の話にしても同じで、「信濃の国に更級といふところに、男すみけり」云々と語り出し、その男の嫁が老女を嫌がり「深き山に棄てたうびてよ」と男にせまるとき、すでに両語はひそかに呼び交わそうとしているといっていい。

三　ヲバ・オバ・ウバをめぐって

更級日記には、その終り近くに次の歌がある。

月も出《イ》でで闇にくれたる姨捨に　なにとて今宵《コヨヒ》たづね来つらむ

その文脈は、甥どもなど一処に住んで、朝夕顔をあわせていたのに、夫（俊通）の死というひどく悲しいことがあってからは、別々に住むようになったりして誰かに逢うこともめったになかった、それなのに月もないある暗い夜、六番目にあたる甥が訪ねて来たので珍しくおぼえて、この歌を詠んだというわけである。夫が信濃守として死んだことと更級日記の名がかかわりあるのは周知のとおりだが、それだけではない。作者が右のような歌を詠んだのは、訪ねてきた甥にたいし自分がまさに老残のヲバであるのをわきまえてのことである。蜻蛉日記の作者は、「猶ものはかなきを思へば、あるかなきかの心地する、かげろふのにきといふべし」と記しているが、更級日記の作者も夫の死後、老残の身をさらしている己れを感じとって、この日記を「さらしなのにき」と名づけたのではなかろうか。少なくともサラシナという語に、たんなる地名以上のものが含まれているのは疑えない。

そうかといって、右の筋書きがこの作者の伝記上の事実であるかどうかは別問題である。わが身の上をヲバ捨山伝説に重ね合わせて語ろうとした作者の手になる仮構が、ここにはあるように思う。だからいただけぬ、という意ではむろんない。むしろさらしな日記作者の老残の身のあわれさがひびいて来るのは、この仮構を通してであるともいえる。もしかしたらこのとき作者の心には、「老いさらぼふ」ということばが去来していたかもしれぬと私は憶測したりする。「むく犬のあさましく老いさらぼひて」(徒然草)、また「痩せ給へること、いとほしげにさらぼひて肩のほどなどは、痛げなるまで、衣の上まで見ゆ」(源氏物語「末摘花」)などとある。これらの「さら」は「さらす」の「さら」と同根の語。「老いさらぼふ」が平安朝までさかのぼるとしても、まんざらおかしくあるまい。(ちなみに「老いぼる」という語は宇津保物語にすでに見え、書紀の顕宗二年の条に「老耄」をオイホルと訓ませた例がある。)

それはさておき、姨捨山の名にあまり頓着もせず、私たちはただ何となく老女にかかわるものと受けとって怪しまぬが、古今集の歌や大和物語の話で棄てられるのは、オバやウバではなくヲバとなっている。ここには大事な、しかしかなり厄介で私にもまだよくわからぬ問題が隠れている。例えば柳田国男は、「古い日本語ではウバは姥と書き、母でも誰でも尊敬すべき婦人は皆ウバであった。……京都だけには母をウバと呼ぶ習わしが早くから無かったので、これを伯母を棄てた話に改めることが容易だった」（前掲書）という。だが果たしてそうであろうか。

この問題を解くには、ヲバ・オバ・ウバという語の来歴を考えねばなるまい。まずヲバ（小母）についてだが、令集解喪葬令によると親族呼称では父の姉妹は姑《ヲバ》、母の姉妹は姨《ヲバ》とある。一方、「旨《ウマ》らに食《ヲ》せ、乎者《ヲバ》が君、熟《ウマ》らに寝や」（琴歌譜《キンカフ》）という歌があり、このヲバは「年長の女性をよぶ語でもあったか」（時代別国語大辞典）とされている。その可能性は大きいと私は考える。このヲバと対をなす老翁《ヲヂ》には、いくつかの資料がある。先ず例の塩土老翁につき神代紀（下）に、「老翁、此をば烏膩《ヲヂ》と云ふ」と注しており、皇極紀には「岩の上に、小猿米焼く、米だにも、食《タ》げて通らせ、山羊《ヤマシシ》の烏膩《ヲヂ》」という歌がある。さらに万葉には、「あしひきの、山田守《モ》る翁《ヲヂ》が、置く蚊火の、下焦れのみ、吾が恋ひ居らく」（一一・二六四九）、「松反《ガヘ》り、しひにてあれかも、さ山田の、翁《ヲヂ》が其の日に、求め逢はずけむ」（一七・四〇一四）といった歌がある。この語がこのように広く用いられているのは、老女としてのヲバも同様に流通していただろうことを強く暗示する。

もとより右のヲヂ・ヲバは親族呼称上のヲヂ・ヲバ（父母の姉妹）を下地にもつ語である。しかし右の歌で「翁」という語の用法が相手を尊んだり、親しんだり、さげすんだりにわたっているのからもわかるように、これは一種の俗語であった。当然、民間伝承としてのヲバステ山の「ヲバ」もこうした俗語であり、老女の意であっただろう（現代語の用法からも、このことは容易に推定できる）。しかし勅撰和歌集である古今集は俗語を忌避し、それを親族呼称上のヲバとして取りこんだと思われる。そして大和物語がこのヲバステ山のヲバをそのような語として語ったとき、この方向は決定したといっていい。だから「京都だけには母をウバと呼ぶ習わしが」無かった云々ではなく、勅撰集の問題として私はこれを考える。*8

祖母《オバ》つまりオホハハ↓オホバ↓オバについていえば、注目すべき資料が拾遺集に見出される。たんに一首の歌という以上の意味があると思うので、次に引いておく。源重之（三十六歌仙の一人、家集「重之集」がある）の母が近江の国府に滞在していたところ、孫が東国から夜、上京してきた。が「このたびは急用あってお逢いできず、素通りして京に上りました」と言ってよこしたので、

祖母《オバ》の女の詠みける

親の親と思はましかば訪《ト》ひてまし　我が子の子にはあらぬなるべし

私を親の親と思うなら、きっと訪ねて来ただろうに、だのにそうしないのはお前さんきっと

我が子の子ではないからだろうねとの意。肝腎なのはことば使いからもわかるように、これは祖母が孫に与えた冗談の歌である点だ。親子の関係は直接的であるためかえって面倒であり、何かと葛藤や軋轢の要素を孕みがちであるのにたいし、祖父母と孫との間はむしろ友情と対等の関係で結ばれていた。日本の民俗学でも祖父母と孫の世代との関係についての考察がおこなわれてきている。[*9] アフリカ人類学の研究では、祖父母と孫の間柄を冗談仲間（joking relationship）と定義している。こうした関係はかなり普遍的であったと見て誤るまい。

棄老譚にかんしていえば、さきに見た中国の孝子伝の系統を引くものに、一種の友情で結ばれた祖父母と孫とのこうした関係が生きているように思う。少なくともそこでは孫の存在が不可欠といえる。（他方、棄老国の話では孫が出て来ない代りに、孝行息子がいて床下の穴のなかに隠しておいた年老いた親が難題の答を出す云々という形になっている。日本の昔話にも、こういった型のものが多いようである。）だからかりにもし大和物語の伝説で捨てられるのがヲバでなくオバ（祖母）だとすれば、そこに孫の登場を呼び出す仕儀になり、たぶん歌語りであるのをそれは止めねばならなくなる。大和物語の姨捨伝説が独自なのは、それが歌語りであり、そういった倫理感が割り込んできていない点にある。そこでは男は「わが心なぐさめかねつ」と歌を詠み、「また往きて（ヲバを）迎へもて来にける」とあり、そこで「姨捨山に照る月を見」るのが主題となっている。

ではウバはどうか。例えば『日本民俗事典』に当ってみると、ウバ（乳母）・姥石《ウバ》・姥が淵・姥神・姥皮・ウバ桜・山姥などの項目が、ずらり並んでいる。民間伝承の世界ではウバという語が勝利したらしく、ヲバ捨山もウバ捨山となって出てくる。柳田国男がウバという語にこだわるゆえんでもある。一方『岩波古語辞典』のウバの項には、祖母《オホバ》の転訛したウバ、翁《オキナ》の妻のウバ、幼児語らしいウバ（乳母）を例示している。平安朝に入りワ行音のヲとア行音のオとの区別が薄れるにつれ、——ヲバもウバに近づき——老女を意味するウバという語がひろく用いられるようになったのではなかろうかと思う。

　こうした老女ウバの姿を鮮烈に表現したのが能の「姨捨」である。舞台はもとより姨捨山、そこに後ジテの老女が姥の面と姥髪を身につけ、「月の夜に、白衣の女人」と現われて、無辺光の月をたたえるとともに、満ち欠けする有為転変の世の定めなさを示すクセを舞う。次いで昔を偲んで序の舞となり、「わが心慰めかねつ更科や、姨捨山に照る月を見て」と歌って静かに舞いつづける……。これでわかるとおり、大和物語・今昔物語とは違い、能では、山に捨てられた老女じしんがこれをうたうのである。が、それは能の発明ではない。すでにいわれているとおりその典拠は『俊頼髄脳』で、そこには右の歌をあげたあと次のようにある。（さきにあげた芭蕉の「俤や姨ひとり泣く月の友」の句も、これにもとづくものと思う。）

此歌は信濃の国さらしなの郡に、をば捨山といへる山あるなり。むかし人の姪を子にして年来やしなひけるが、母のをば年老いてむつかしかりければ、八月十五夜の月のくまなくあかかりけるに、この母をばすかしのぼせて逃げて帰りにけり。ただ一人山のいただきにゐて夜もすがら月を見てながめける歌なり。さすがおぼつかなかりければ、みそかに立帰りてききければ、此歌をぞうちながめて泣き居りける。其後この山を、をば捨山といふなり。

能の「姨捨」は、だれが自分を捨てたかということは間狂言にまかせ、妄執の心やるかたない老女の亡霊が現われてこの歌を舞いつつ歌い、袖ひる返し歌い終ると姿は消え、ワキである月見のものもいなくなり、昔捨てられたと同じ「姨捨山となりにけり」で終る。こうしてこの曲は、すこぶる冷え冷えとした劇的な臨場感をもつ。名は「ヲバ捨」だが、曲中の老女はほとんど山ウバ——能には「山姥」という曲もある——に近いといっていい。なお右の曲の間狂言には、捨てられた姨は「執心石となり」と見えるが、現に姨捨山の遺跡には姥石なるものがある。これは恐らく平安中期、龍神（水の神）信仰の戸隠山が修験の山として栄えるにつれ、その余波で、古い葬地である姨捨山にも修験者が出入りするに至ったことを示すものに違いあるまい。

そして捨てられるのがヲヂでなくこのヲバであるのは、宮座組織などを見てもわかるように、男には長老としての社会的な職務や地位がずっと与えられていたにたいし、女の老年には孤独の思いが男よりいっそう強かったことと無縁ではあるまい（葬儀とか孫の出産とかで独自の役割があっただろうが……）。現にここで山に捨てられるのが老女でなかったら、このように哀感のこもった話にはとてもなれなかっただろう。大和物語は「慰めがたしとはこれがよしになむありける」ということばで終っているが、これはとくにわが身の上を侘びる女にとって、姨捨山の月が因縁めいた象徴としてつきまとうに至ったことをも告げる。その好例として源氏物語の、宇治の中君が匂宮に見棄てられ、「来し方行く先皆かきみだり、……心憂くもあるかな、おのづからながらへば、など、慰むことを思ふに、さらに姨捨山の月澄みのぼりて、夜更くるままによろづ思ひみだれ給ふ」（宿木）とある一節をあげることができる。

ところで「更科や姨捨山に照る月を見て」の歌は、「旅の身としてそこへ来た」ものの作で、またその「あはれは、旅情の伴ったもの」といわれる。[*10] こうした来歴をもつ歌が、古今集雑の部に「題しらず、読人しらず」として登録されたわけだ。が、この古今集から大和物語へ至る途上で大きな変化が生じている。更科の地にきた旅のものの作と思しき歌が、大和物語では棄老譚をとりこみ、年老いたヲバを背負い山中に捨ててきたその男の詠んだ歌になる。ところが『俊頼髄脳』や能の「姨捨」では、それが捨てられた老女みずからの歌へと転化する。

姨捨山の名の由来を次のような見地から説く向きもある。山間のハセ・オハツセといわれる葬場には往生しきれずに山姥めいたものがうろうろしているように思いこみ、これをオバステと解するようになったのだという。[*11] これは民俗学の見地からするものだが、『大日本地名辞書』（吉田東伍）は、つとに次のように指摘している、「小長谷《ヲハツセ》の山名に係けて、棄母の旧事を語り、其の物語の中の語縁を以て、小長谷を姑捨《ヲバステ》に転じたる者」なりと。そしてこの辞書は和名抄更級郡「古谷郷」の条にヲダニとヲハツセと二つのルビをふり、「古谷《ヲダニ》庄の名は近世まで塩崎八幡の間に存し、此に長谷《ハツセ》神社、長谷寺、小長谷《ヲハツセ》山などさへありて、万葉集に信濃国防人、小《ヲ》長谷部《ハツセベ》笠麻呂と云ふ人も見え、云々」ともいっている。

しかし、和名抄が「古谷郷」を「乎宇奈」と訓んでいるのに注目したい。これは姨捨山伝説にちなんでこの郷をオウナつまり嫗（老女）と俗に呼んでいた消息を暗示しないであろうか。もっとも乎宇奈ならヲウナ（ヲミナつまり女の転）になり少しずれるが、和名抄の仮名遣いはもはや古い甲乙やア行とワ行の別を失っているのだから、気にするには及ぶまい。ただ、こうした見地からヲハツセがヲバステに転じたと説くだけでは、地名起源論にはなるけれど、「わが心なぐさめかねつ更級や」を歌として理解する役にはあまり立たない。前にもいったとおり、やはり地名サラシナが大事なのだ。その点この語にこだわる私としては、能「姨捨」の詞章で何度もサラシナという語が用いられ、最後に「昔だに捨てられし程の身を知らで、又姨捨の山に出でて、面《オモテ》を更科の、月に見ゆるも恥しや」とサラシナを比喩として月の光に顔をさらすことにかけ、シテがうつむく場面のあるのを無視できない。

つけ加えておきたいことが、いま一つある。それは右にいう更級郡小谷郷が平安初期、石清水八幡宮の荘園となったことである。石清水八幡宮が宇佐八幡から勧請されたのは貞観元年（八五九）のことという。爾来、国を鎮護する神として社領も急拡大するわけだが、更科郡の荘園もこうして寄進されたのであろう。姨捨山の麓にある武水別《タケミナワケ》神社というのが貞観八年、突如、無位から従二位に叙せられたのも、そのせいに違いない。武水別社は恐らく石清水の別宮に近いものになったと思われる。八幡という地名がそのあたりに残されているのも、そのことを示す。[*12] 石清水とのこういった関係をないがしろにできぬのは、ここに新たに開けた回路を通して、僻遠の地である姨捨山とそこの月に、都びとたちがいよいよ親炙するに至ったのではないかと思われるからである。とくに石清水は芸能者や手工業者や商人とも独自の縁をもっていたし、この地方の情報や伝承を都へ運ぶのに一役買ったかも知れない。

注

＊1――「親棄山」（『村と学童』所収、定本第二十巻）。

＊2——脱稿後、穂積陳重『隠居論』（大正四年）に「棄老俗」と題する章があるのを友人から教えてもらったので追記しておく。それは次のように書き出す、「老人を棄つる習俗は、殺老俗と同じく、食糧の欠乏、戦闘、漂住の便宜等に因りて生じたるものなり。平時に於ては、父老を山野に放ちて糧食の需要を省き、漂泊移転を為すときに於ては、老衰者を遺棄して其の負荷を軽くし、戦時に当りては、朽廃者を棄てて攻守進退の障害を除き、其他不具者、癇疾者、犯罪者等を棄つるの俗は、汎く古今東西の諸国に行われ、歴史、旅行誌、風土記、其他人類学、社会学等の諸書中に載する所の例証頗る多く、一々之を枚挙する遑あらず」と。なかんずく北欧サガに言及し、アイスランドでは「往昔厳寒のため食料缺欠せる時には、民会の決議により、老人、不具者等を捨て、其凍死するに任せ、又時として幼児を棄て老人を殺す議決を為しことありしと云う」とあるのにはハッとする。さらに日本の棄老俗ではほとんどすべての資料や、それにかんする諸説にも当っており、これはまことに瞠目すべき論考といっていい。

＊3——本書所収「諏訪の神おぼえがき」の項を参照。

＊4——大間知篤三「墓制覚書」（『神津の花正月』所収）。

＊5——『日本伝説大系』北関東編（編者渡辺昭五）、同山陽編（編者荒木博之）参照。なお土井卓治「棄老伝承と葬地」（『葬送と墓の民俗』所収）をも参照。

＊6——『長野県の地名』（日本歴史地名大系）参照。

＊7――拙稿「イケニへについて」（『神話と国家』所収）参照。
＊8――日本古典文学大系『大和物語』の注によると、ヲバをオバ（祖母）とした異本もあり、またそれを「ウハ」とした例もある。つまり古来このヲバはア行のオとワ行のヲの区別が薄れるにつれ、あれこれと変りやすいかなり厄介な語となったらしいことがわかる。
＊9――宮田登「サブカルチャーとしての老人」（『老人と子供の民俗学』所収）参照。
＊10――窪田空穂『古今和歌集評釈』。
＊11――和歌森太郎「伝説発生過程について」（『歴史研究と民俗学』所収）参照。
＊12――菅江真澄の更科紀行「わがこころ」（『菅江真澄全集』第一巻）は天明三年（一七八三）八月の名月の夜の姨捨山の賑わいのさまを記しているが、そこにも石清水の影が見てとれる。まだ真澄の本領を発揮した文ではないが、その夜酒に酔った乞食の験者が「姨捨山にてるかがみ、姪子《マイゴ》に心ゆるすな」と歌いつつ道行くのに逢ったとある一節が印象に残る。

（一九九七年）

黄泉の国とは何か

一　「蛆たかれころろきて……」

黄泉の国のことはこれまでもう幾度か取りあげたことがあるのだが、またもやそこに連れ戻されたという気がする。それは、「黄泉の国とは何か」が死と葬りの原点にかかわっており、思いのほか厄介な問題を抱えているせいである。少なくとも記紀のこの箇所にかんする読みで私たちが無邪気な誤りを犯したり、肝腎なことをうっかりやりすごしたりしている点があれこれあるように思う。だとすればそれらを是正し、新たな読みの地平をもっと虚心に探ってみなくてはなるまい。

さて古事記はイザナミの死につき、次のように語っている。

伊耶那美《イザナミ》神は、火の神を生みしによりて、遂に神避《カムサ》りましき。……故《カレ》ここに伊耶那岐《イザナキ》命詔りたまひしく、「愛《ウツク》しき我が汝妹《ナニモ》の命を子の一つ木に易《カ》へむと謂《オモ》へや」とのらして、すなはち御《ミ》枕辺に匍匐《ハラバ》ひ、御足《ミアト》辺に匍匐ひて哭《ナ》きし時、御涙に成れる神は、香山の畝尾の木の本に坐す、名は泣沢女《ナキサハメ》神。故《カレ》、その神避りし伊耶那美神は、出雲国と伯伎国との堺の比《ヒ》婆《バ》の山に葬《ハブ》りき。

ここにいう出雲国は大和を中心とする古代の神話的な位相における出雲、すなわち大和から見て遥か西方の周辺に位置しヨミの国の入り口でもある、そういう出雲にほかならない。神話の空間はボロを着ているといわれる。つまり単一性や連続性もなく、それは穴だらけなわけで、非ユークリッド的空間と呼んでもいい。したがって地理学とか国郡制とかのいわば正装した観念でこれを律したら間違ってくる。古事記のヨミの国の話も、イザナミをこうした意味での「出雲国と伯伎国との堺の比婆の山に葬りき」という前口上で始まる。当然、この「堺」もたんに地理上というより文化上の境で、境のこちらは内で境の向こうは外、そして内には秩序があるが外は無秩序の世界にぞくするという神話的な観念が、それには絡んでいた。

比婆山とあるからといってヨミの国は山中に存し、またヨミという語がヤマ（山）にもとづくと持っていったりしたら短絡となり、無邪気な誤りにはまりこむことになる。なるほど例えば古事記で神武から崇神に至る王たちの陵《ハカ》のありかを見ると、畝火山之北方白檮《カシ》尾上（神武）、衝田岡（綏靖）、畝火山之美富登（安寧）、畝火山之真子谷上（懿徳）、掖《ワキ》上博多山上（孝昭）、玉手岡上（孝安）、片岡馬坂上（孝霊）、劔池之中岡上（孝元）、伊邪河之坂上（開化）、山辺道勾之岡上（崇神）とあり、すべて山にかかわっている。陵をヤマといい、それを作る役所を山作司と呼んだこともよく知られている。

だが「比婆の山に葬りき」は、何れ後でいうが必ずしもそこに墓を営んだということではない。この「葬《ハブ》る」を何気なく墓を作る意と予断したとたんに、黄泉の国の話を解き明かす道はほぼ閉ざされてしまう。ヨミはヤミ（闇）の母音交替形とするのがやはり正しい。ヨミのミとヤミのミが古代の仮名でともに乙類のミにぞくする点からも、この説はほぼ動かない。物語の展開のしかたじたいにも、ヨミがヤミと因縁の深い語である消息がうかがえる。イザナキが死んだイザナミに会いたくてヨミの国を訪れた時、「我をな視たまひそ」と妻にいわれたがその禁を破り、かれは「一つ火燭《トモ》して」なかに入って妻の姿を見た。そしてそれがヨミの国の物語の発端となるのだが、ここにはヨミの国が闇に包まれた暗い国であったさまが紛れもなく読みとれる。

だがむろん物語としてはこういった語源説より、この時かれが何を見たかということの方が大事である。かれが眼にしたのは、何と次のような光景であった。

蛆たかれころろきて、頭《カシラ》には大雷《イカヅチ》居り、胸には火《ホノ》雷居り、腹には黒雷居り、陰《ホト》には拆《サキ》雷居り、左の手には若雷居り、右の手には土雷居り、左の足には鳴《ナリ》雷居り、右の足には伏《フシ》雷居り、并せて八はしらの雷神《イカヅチガミ》成り居りき。

「蛆たかれころろきて」は、蛆どもがたかってワーンとむせび鳴く意、まさに死体の腐ってゆきつつあるさまをなまなましく現わしている。体のあちこちに居る八つのイカヅチは鬼類・魔ものの類いである。イザナミを死に至らしめたカグツチのチもこのイカヅチのチも、勢い猛なる威霊をいう。この段の注としてどうしても引きあいに出したいのは、沖縄の津堅《ツケン》島の風葬制にかんする次の伊波普猷の言である、「そこでは人が死ぬと、蓆で包んで、後世山《ゴショウヤマ》と称する藪の中に放《ハフ》ったが、その家族や親戚朋友たちは、屍が腐乱して臭気が出るまでは、毎日のように後世山を訪れて、死人の顔を覘いて帰るのであった。死人がもし若い者である場合には、生前の遊び仲間の青年男女が、毎晩のように酒肴や楽器を携えて、之を訪れ、一人々々死人の顔を覘いた後で、思う存分に踊り狂って、その霊を慰めたのである」[*1]と。

ここでイザナミを出雲と伯伎との「堺の比婆の山に葬《ハフ》りき」のハブルという語に、眼を凝らしていただきたい。これは投げ棄てる意の「放《ハフ》る」と同語である。つまりイザナミの死体も、津堅島で人が死ぬと後世山に棄てられるのと同様、比婆の山に棄て置かれたのだ。恐らく後世山も比婆の山もあの世とこの世を仕切る山であった。死体が野外にさらされている後世山まで家族が訪ねてくるのも、イザナキが死んだ妻に会いたいとヨミの国にやってくるのと、ほぼ軌を一にする話といえよう。違うのは、妻の死体がすでに腐乱し蛆どもがわんさとたかっているのを見てぎょっとし、イザナキがあわてて逃げ出していった点である。

さて物語はそれからどう展開するか。イザナミは「吾に辱見せつ」といい、黄泉醜女《ヨモツシコメ》をつかわして逃げて行くイザナキを追いかける。さらに八柱のイカヅチ、それに多くの黄泉軍《ヨモツイクサ》まで副えて追ってくる。ようやっと黄泉比良坂《ヨモツヒラ》まで逃げのびたとき、最後にイザナミみずからが追いかけてくる。そこでイザナキは「千引《チビキ》の石《イハ》」で以てその比良坂を「引き塞へ」、その石をなかにして別離をいい渡す。するとイザナミ、そういう仕打ちをするなら、「汝の国の人草、一日に、千頭絞《チガシラクビ》り殺さむ」といったとある。

このあたりの読みがどうもまだ浅すぎるように思う。まず「千頭《チガシラ》」だが、「千人と云べきを」かくいうは「絞《クビル》につきたる言なり」（古事記伝）というとおりで、つまりこの「頭」はたんに人を数える助数詞ではなく、いわば呪いのこもったものいいである。これにたいしイザナキは、ならば「吾一日に千五百《チイホ》の産屋《ウブヤ》を立てむ」といい返した。で、一日に必ず千人死に、一日に必ず千五百人生れる勘定になるというわけだが、それにしても千人を、いや「千頭」を「絞り殺す」とは、鬼女と化した死霊あるいは魔女の発したことばとしか受けとれぬ。

西洋の魔女（witch）につき、それは男にたいする女の地位の低さによって生じたものとする説がある。そういえばすぐ思いあたる節がなくもない。イザナミが先に「あなにやし、えをとこを」といい、後でイザナキが「あなにやし、えをとめを」といって交わりを結んだが、「女人《ヲミナ》先に言へるは良からず」というわけで、手足の萎えた水蛭子《ヒルコ》が生れた。で、こんどは男が先にとなえ女が後でとなえて交わったら大八島を生み成すことができたというのである。もっとも、イザナミを魔女に見立てるのにはやはり無理がある。イザナミは今やゴーストとしての死霊にほかならない。イザナキを追いかけて来て「千頭絞り殺さむ」といいわたすイザナミの形相が、鬼女さながらであるのもそのためである。魔女を男にたいする女の地位の低さと結びつける説には、疑わしい点もある。月の障りがあったり、子を生んだりする女体の神秘性が、巫女というものの根本に横たわっている条件だとすれば、魔女は——山姥などもそうだが——その一つの変形と考える方がいいのではなかろうか。

二　死体と魂

死体に蛆がたかるといえば、往生要集の次の一節を私は想起する、「生命の果てたのちは、人は墓場に棄て去られる。一日か二日、あるいは七日も経てばその身は膨れ上がり、色は変じて青くまたどす黒くなる。臭気は満ち、肉は糜爛《ビラン》し、皮はぬるぬると剝げ、血膿はどろっと流れ出す。熊鷹・鷲・鵄《トビ》・梟《フクロウ》・狐・犬といったさまざまな猛獣・猛禽の類が群れ集い、死体は嚙み裂かれ食い荒らされる。食い終わると、いっそう汚く潰《クズ》れ果て、爛《タダ》れるにまかせてしまうから、幾千幾万と数しれぬ蛆がその臭気を慕って群がり出る。この醜怪なること、死んだ犬よりもさらにひどい。こうしてついには白骨と化してしまえば、節々はばらばらに分散し、手や足、頭蓋骨といったものは離れ離れになってしまう。云々」[*2]と。

これも衝撃的な一文といえるが、ヨミの国の話とは主題をまるで異にする。後者では人間の肉体はあくまで不浄で穢れたものであり、だから肉体に宿るもろもろの煩悩を速やかに断って棄て、欣求浄土《ゴングジョウド》にいそしまねばならぬという処方箋が提示される。往生要集のもつ独自の迫力は、これでもかこれでもかとばかり苛酷にこの肉体をいじめぬくことから来る。ところが古事記の語っているのは、人の死後、蛆が湧きその肉が腐蝕するとき、そこを棲みかとしていた魂にどのような異変が生じるかということであって、身体を魂の牢獄と見なそうとするのではない。

神話時代における死霊とか魂とかは、たんにそれじたいとしてではなく、つねに身体との関連において考察せねばならぬ。さもないと、必ず一面性の誤りに陥ってしまう。カラダ（体）とは魂の容器という意で、生きているときはものを思うにつけ夢を見るにつけ、魂はこのカラダに出で入るものとされていた。死体をナキガラと呼ぶのは魂がそこにはもう居なくなること、つまり死とは魂とカラダとが離れ離れになってしまうことをいう。かといって、何か物が箱みたいな空間のなかに入っているのとは違い、魂は身体にいわば棲みこんでいるのである。従ってナキガラが野山に遺棄され腐蝕してゆくのは、魂が永遠におのれの棲みかを失いホームレスと化すことを意味する。それは魂を体に結びとどめていた、いわゆる「玉の緒」が切れてしまうことでもある。「己が緒を、盗み死せむと」(崇神記)、「己が緒を、凡《オホ》になな思ひそ」(万、一四・三五三五)と、「緒」を命の意に用いた歌もある。

魂をわが身の外に自在に游ばせあれこれ超自然的な呪力を発揮するシャーマンの存在を、あまり拡大解釈しすぎるのは考えものである。かれらは特別な訓練を受けた専門的な巫医なのであり、普通の人までみなそういう能力を持っていたわけではない。少なくともかつて魂は、身体のなかで at home であり、両者は一体をなす共生関係にあったはずである。もっとも、和泉式部の次の歌に代表されるような時期があったのも確かである。

物思へば沢の蛍も我が身よりあくがれ出づる魂かとぞ見る

ちょっと注釈をつけ加えておくが、ここの蛍をたんに一匹や二匹の蛍と思い誤ってはなるまい。「沢」は谷川であるとともに、「人さはに、国には満ちて」「鶴さはに鳴く」(万葉)などの「さは」(たくさんの意)にもかかり、つまり群れ飛ぶ蛍である。貴船明神は式部のこの歌にたいし、「奥山にたぎりて落つる滝つ瀬のたま散るばかりものな思ひそ」と返歌した(後拾遺集)とある。源氏物語中の例の六条御息所の「歎きわび空にみだるるわが魂を結びとどめよ下交《シタガヒ》の褄《ツマ》」という歌にも、みじんに散乱するほかない処まで追いつめられた魂の危機感がある。これらと往生要集とほぼ時代が重なっているのは、かりそめではないといっていい。ただ本稿の主眼はこれらに先立つこと三世紀ほど前の世の話である。右はその傍注として読んでいただきたい。

さて本題にもどるが、「吾に辱見せつ」といったとあるのは、腐蝕した死体を見てはならぬとの禁忌《タブー》を破ったからではない。それは「見るな」といえば必ず見てしまう、という物語展開の定式の一つである。海神のむすめ豊玉毘売が、子を生むところを見るなといったのに火遠理《ホヲリ》命に垣間見され「恥づかし」と思い、子を生み置いて本つ国に逃げ帰ったという話に照らしてもわかる。大事なのは、イザナミがそこまで追いかけて来た黄泉比良坂とはどのようなところかという点にある。ヒラ坂は平らな坂と解されがちだが、ヒラはむしろ崖、つまり地下へと深く通じる切り立った境界を含意する。

古事記にはこのヨモツヒラ坂は、「今、出雲国の伊賦夜《イフヤ》坂と謂ふ」とある。出雲風土記の意宇郡には「伊布夜《イフヤ》社」というのがあり、また出雲郡宇賀郷には「磯より西の方に窟戸あり。高さ広さ各六尺許《バカリ》なり。窟の内に穴あり。人入ることを得ず。深さ浅さを知らず。夢に此の磯の窟の辺に至る者は必ず死ぬ。故、俗人《ヨノヒト》、古より今に至るまで、黄泉の坂、黄泉之穴と号《ナツ》く」と見える。ここで古い人骨が十数体発掘されたというが、*3 何れにせよ、出雲国の洞窟がヨミの国への入り口とされていた。つまりヨモツヒラ坂はヨミの国とこの世との境——サカとサカヒとは互いに関連する語——であった。「比婆の山」だから坂があるのではない。それは地下へと降っていく切り立った境界の坂、「千引の石をその黄泉比良坂に引き塞へて、云々」とあるゆえんでもある。そしてその石はサへの神にほかならない。（後には石体地蔵へとそれは変身する。）そういうあたりまでイザナミは、追いかけて来た。それはもとより身体から分離した死霊としてである。

「黄泉比良坂」という語は、古事記で実はもう一度使われている。オホナムヂ（大国主）がスサノヲの居る根の国で手に入れたスセリビメを背負い、またスサノヲの大刀と弓矢と琴を取り持って逃げ出したとき、「黄泉比良坂」まで追いかけてきたスサノヲが彼に向かって遥かに呼ばわって云々、とあるのがそれである。オホナムヂはここで一度死に、そして大国主として新たによみがえるのだから、両者無関係とはいいがたい。スサノヲにしても、かつて「僕《ア》は妣《ハハ》の国根の堅州《カタス》国に罷《マカ》らむ」（古事記）といって涕泣したし、その「妣の国」とは亡き母の意である。それに「黄泉比良坂」がここでもやはり出雲と直結しているのを見のがせない。恐らく根の国は黄泉の国と重なる点があるとともに、さらに地下深い極西の地とされていたようである。だがむろん、根の国すなわち黄泉の国ではない。

根の国が黄泉の国と大きく違うのは、大祓の詞に「罪と云ふ罪」を「……速川の瀬に坐す瀬織津比咩と云ふ神、大海原に持ち出でなむ。かく持ち出で往なば、……八《ヤ》塩道《シホヂ》の塩の八百会《アヒ》に座す、速開都比咩と云ふ神、持ちかか（がぶがぶ）呑みてむ。かくかか呑みてば、気吹戸《イブキド》に坐す気吹戸主と云ふ神、根の国底の国に気吹き放ちてむ。……」という具合に根の国には「大海原」の印象が強く刻みこまれている点である。そしてそこには罪という罪がこの国土から追放される、いや果ての地であった。そのことと、「天つ罪」を犯したスサノヲが根の国に追放された一件とがどう関連するかについては、別稿を参照していただくことにし繰り返さない。[*4] それに比べ死者がいるという印象が、黄泉の国には決定的だといっていい。[*5] 弟の死を悲しむ万葉歌（田辺福麻呂歌集）に「遠つ国、黄泉の境に」（九・一八〇四）とありはするものの、それは根の国みたいに大海原の果ての遠い他界でなかったのは確かである。

イザナキにしても死んだ妻イザナミを「相見むと欲《オモ》ひて黄泉の国に追ひ往き」、「吾と汝と作れるくに、未だ作り竟《ヲ》へず、故、還るべし」（記）といったと見える。それにたいしイザナミは次のように答えた、「悔しきかも、速《ト》く来ずて。吾は黄泉戸喫《ヘグヒ》しつ。然れども愛《ウツク》しき我が汝《ナ》夫《セ》の命、入り来ませること恐《カシコ》し。故、還らむと欲ふを、しばらく黄泉神と相論《アゲツラ》はむ。我をな視たまひそ」と。万葉集では「死還生」をヨミガヘルと訓ませているが、右のイザナキ・イザナミの対話からも、ヨミの国からの帰還つまりヨミガヘリが一般に信じられていたらしい消息がうかがえる。黄泉が死者のいる国だとはどのような事態を意味するかをもっと具体的に問わねばなるまい。

この黄泉の国につき古事記伝は次のようにいう、「仏にまれ、儒にまれ、己が心の引々《ヒキビキ》に、強《シヒ》て其方《ソナタ》に思ひ寄すめれど、皆ひがごとなり」と。もとより儒仏の教えではどうにも解けぬ問題がここにはある。が、さればとて宣長のように「上ツ代の心に立帰りて、唯死人《シニビト》の往て住《スム》国と意《ココロ》得べし」というだけで片がつくわけでもなさそうだ。いや実は、それもまた「己が心」の方に引き寄せた大いなる「ひがごと」と評さざるをえない。野山に葬られ遺棄された死体が次第に腐ってゆくにつれ、この体をずっと棲みかとしてきていた魂はもうそのなかに居続けるわけにいかなくなり、そこから止むなく離脱し新たな受苦が始まる、そういう危機的な過渡期こそ黄泉の国なのではなかろうか。死は結論ではなく、一つの段階であった。したがって、黄泉の国とは「唯死人の往て住国」ではなく、神話化された一つの通過儀礼の表象にほかならない。ではそれは何をめざす通過かといえば、祖霊と合体すべく死者の魂が終《ツイ》の棲みかである「死者の国」へと向かう旅路がここで始まるのだと考えていい。しかもそれは困難な旅路であった。

この移行がとげられるには、死体が腐って骨化するまで待たねばならなかった。つまり死体が腐蝕し終ることによって魂も純化され、つつがなく死者の国へと赴くことができるとされていたわけで、だからここには、いわゆる両墓制における埋め墓ないしは棄て墓の問題と重なる点があるといえる。[*6] ただそのさい、両墓制という制度があるかいなかにこだわりすぎてはいけない。両墓制の有無にかかわらず、肉体の腐敗と魂の純化とは常に表裏の関係にあるわけで、肉体が腐ってゆき骨化するとは、死者の魂が純化されやがて先祖の一人となる過程と重なる。つまり未開の wild な藪原に遺棄されていた死者は、やがて新たな墓標として人びとの住むこの共同体世界に再生するのである。

これまでヨミの国の話を「己が心」に引きつけて解釈しがちであったのは、腐り果てるまで葬られた死体とつきあうという経験が蒸発してしまっていたことと無縁ではあるまい。とくに火葬が普及するにつれ死は一瞬のできごととなり、それが多少とも長期にわたる過程であるということが忘れられてしまうのである。

「臭気が出るまでは」との条件つきではあっても前節で引いた沖縄の津堅島の風葬では、一族のものは毎日のように訪れて「死人の顔を覗いて帰」り、若い友人らは「毎晩のように酒肴や楽器を携えて、之を訪れ、一人々々死人の顔を覗いた後で、思う存分に踊り狂って、その霊を慰めた」とある。そして沖縄では死体が骨化すると洗骨し、それを新たに洞窟とか墓地とかに収める。こうした習俗はひろく東南アジアに広がっているにたいし、日本本土にはそれが見られぬという。しかし、ここで第一次葬が終り、次にいわゆる詣り墓へとそれが移行する点ではさして変りないといっていい。骨を死者の聖なる遺物と見なす習俗は恐らく太古このかた存したろう。天平十年の周防国正税帳（正倉院文書）には、「あをによし、奈良の都は、咲く花の」という歌の作者・故大宰大弐小野老《ヲノノオユ》の骨を京に送る対馬史生が周防を通過したとの記事が見える。

それにつけても、氏《ウジ》・姓《カバネ》のカバネという語がちょっと気にならざるをえない。このカバネはオミ（臣）とかムラジ（連）とかキミ（君）とか、もとは古代豪族につけられた称号であったが、大和朝廷の手で組織化されるにつれそれは政治的な上下関係を示すものになったという。そしてそれをカバネと呼んだのは、新羅の「骨品制《コッピン》」の「骨」にもとづくと説く向きもあるが、かりにそうであってもそれが遺骸の意であるカバネという語で呼ばれるのは、その地位が代々、世襲されることとやはり切っても切れぬ因縁があると思う。

さて本節で私のいいたかったのは、ヨミの国の物語の意味の何であるかを読みとるのには、魂と死体とを相関しあうものとしてとらえ、腐蝕していく肉体から魂が決定的に分離するのが死であり、しかもその魂の純化と肉体の骨化の過程とが互いに対応しあっているのを忘れてはならぬ点である。ところが実は、いま一つ忘れてはならぬ側面がある。それはこのヨミの国の世界にふれたもののこと、具体的にはこの国を脱出したときイザナキが、「吾《ア》はいなしこめしこめき穢《キタナ》き国に到りてありけり。故、吾は御身の禊《ミソギ》せむ」といって、竺紫《ツクシ》の日向の橘の小門《ヲド》の阿波岐原で禊祓《ミソギ》したとある一件とかかわる。

ミソギとハラへは奈良朝にはもう混同され、右にも「禊祓」とあったりするわけだが、ここはあくまでミソギと解すべきである。罪を犯したもの——例えば高天の原でいわゆる「天つ罪」を犯したスサノヲ——に共同体や国が科するハラへとは違い、ミソギはわが身にくっついたケガレを水ですすぎ落とす儀礼をいう。大祓祝詞にミソギという語は一度も出てこない。[*7] それにたいしヨミの国は「しこめしこめき」、つまり目にするのもいやらしく穢い、いいかえればその場に居、それを見るだけで身が汚染される国であった。そしてそのケガレをイザナキが海の水を浴みてすすぎ身を浄めようとしたことからすると、ヨミの国の物語の下地にはそれに立ちあうハブリとケガレに感染することになる、しかも立ちあわざるをえぬそういう何らかの祭式が存したと考えてほぼ間違いない。例えば魏志倭人伝に「死スルヤ……喪主哭泣シ、他人就イテ歌舞飲酒ス。已ニ葬レバ、挙家水中ニ詣《イタ》リテ澡浴シ云々」とあるのなどが、すぐにも連想される。

だがそういえば、もっと決定的な記事がある。それは神代紀上（一書）に、イザナキがその妻を見たいと思い「殯《モガリ》の処」に来た、すると妻は生きていたときのように出迎え、ともに語った云々、と見えるのがそれである。モガリとは何であり、これと黄泉の国の物語とがどのように重なりあっているかどうかが次の問題になる。

三　殯とのかかわり

モガリとは喪上《モアガリ》だとする説が古来あるが、これはどうもまゆつば物と思われる。[*8] 書紀（神代下）に天稚彦（天若日子）が死んだとき「すなはち喪屋《モヤ》を造りて殯《モガリ》す」とあるとおり、モガリとはむしろ喪に入ることじたいをいう語だからである。喪《モ》はイム（忌）にもとづく語で、主として内部のことをいうに対し、モガリは主として外との関わりをいう語であったらしい。何れにせよ、喪屋とモガリが不可分であったことは否めない。[*9] 天若日子の死につき古事記には、たんに「喪」とあるだけである。

ただモガリも決して一義的ではなく、あれこれの辞典を綜合するとほぼ次のように用いられてきた語である。（イ）死者を喪屋に置いてとぶらうこと。「モガリの宮」は貴人の死体を棺におさめ本葬までの間、安置しておく建物。「アラキの宮」ともいう。（ロ）竹を筋かいに組み、縄でしばった柵、竹矢来のことで「虎落」の字をあてる。（ハ）枝のついた竹を立て並べ、物を掛けて乾すもの、とくに紺屋の乾し場をいう。（ニ）動詞モガルは逆らうとか、いい張るとかの意に方言として用いられる地方があるともされる。こんなことをいい出すと、瑣末な詮議と受けとられてしまいそうな気もするが、人の生と死のはざ間にかかわる微妙な話だけに、やはり細心なまなざしが要求される。

モガリにかんする右にあげたもろもろの語義を、『綜合日本民俗語彙』に次のようにあるのと重ねあわせて読むと、およその見当がつく。いわく、「青森県津軽地方では、喪のある家の表口には、二本の木を斜十字に組んで立てておく。これをモガリという。普通の辞書にはこれをただ垣根のように説いているが、少なくともこの×形には象徴的な意味があっただけでなく、これによって初めて殯をモガリと訓ませた理由もわかる。……茨城県で二、三歳の小児を葬るとき、四十九本の青竹を割って周囲に柵を結い、これをモガリと称していた。埼玉県にも、子の墓に限って、墓に十数本の竹を上方を束ね、下方を丸く拡げて墓の上にさしておく風があり、これは犬に喰われぬ用心だといっている。……以前は成人の場合にもそうしたのではないか」と。

右の引用中、まず注目したいのは、最後の「犬に喰われぬ用心云々」の部分である。犬に喰われる死体云々につき、すぐにも想い浮かぶのは餓鬼草紙とか北野天神絵巻とか九相詩絵巻とかで、そこには犬や鳥に死体がさんざん喰いあらされつつあるさまが画き出されている。とくに凄絶なのは九相詩絵巻の「飢犬吠ヘ嘷《サケ》ブ喪斂《ソウレン》ノ地、貪《ドン》鳥群レ集ル棄捐《キエン》ノ林」とある「噉《タン》食相」図だが、これらは原始から古代中世にかけて、人びとの日常しばしば見聞きしてきたところに違いない。そういう外からの侵入を防ごうとして墓のまわりに作る竹の柵を「犬はじき」

◉九相詩絵巻より，噉食相（個人蔵．『日本絵巻大成』 7，中央公論社）

とも呼んだ。だから「虎落」の漢字をあて、敵が攻め込んで来れぬように結う矢来をモガリと称するのと、それは同源と見ていい。俳句で用いられる虎落《モガリ》笛——冬の烈風が竹垣などに吹き当って鳴らす音——なども、こう考えてくるとやはり古いモガリの系譜につらなる語といってよさそうだ。

かといって、動物たちから死体を守るのがモガリの本旨だと考えたら、ひがごとになろう。モガリは、動物もふくめ喪屋に邪悪な力が外から侵入して来て死者を食いものにしたり犯したり、遊離した魂にとりついたりさせぬようにする仕掛けであり、「表口に二本の木を斜十字に組んで立てておく」のも、もろもろのこうした怪しい外力にたいし、なかに入るなとの意志を表示したものにほかならない。

アメノワカヒコの死にさいし、喪屋では「八日八夜、啼《オラ》び哭《ナ》き悲び歌《シノ》ぶ」(紀)、「日《ヒ》八《ヤ》日《カ》夜《ヨ》八《ヤ》夜《ヨ》を遊びき」

(記)とある。アソブとは歌舞音楽を演ずることだが——宮廷の葬儀にあずかる「遊部」なるものの存したこともよく知られている——、それは死者の霊を慰めると同時に、その騒々しい音や声によって邪霊を近づけぬようにする効用もあったであろう。少なくともこのアソビにおける音(声)と灯は喪屋にとって欠かせぬものであったはずだ。例のヨミの国でイザナキが「一つ火燭《トモ》して」蛆たかるイザナミの姿を見た段に、書紀には「今、世人《ヨノヒト》、夜一片之火忌《ヒトツヒトモスコト》む」とあるが、これを一つでも火を灯してならぬと解するのは誤りで、これはむしろ逆にモガリでは一つ灯ではなく多くの灯がともされたことを暗示するものと思う。さきにあげた「火なしあ(も)がり」は、仲哀の死をかくすためあえて灯をともさなかったわけで、ヨミの国ではむしろ灯をあまたともして邪霊を近づけぬようにせねばならなかったはずだ。現に邪霊の侵入を防ぐため、死後間もなく死者の胸やその部屋に刃物を置いたり、そこの灯火を絶やさぬようにする習いが今も広く残っている。

アメノワカヒコのモガリについてはしかし、さらに見逃せぬ点がある。それはとむらいに来た友のアヂスキタカヒコネが剣でその喪屋を切り伏せ足で蹴とばしてしまったことである。というのも、高天の原からくだってきたその父や、もとの妻などが、ワカヒコと容姿すこぶる似たこの友を見て、「わが子は死なずにいたか」「わが夫は死なずにおわしたか」といって、その手足にとりつき泣いたからである。そこでアヂスキタカヒコネはひどく怒っていう、むつまじい友なればこそ、とむらいに来たのに、何だって「穢《キタナ》き死人《シニビト》」になぞらえるのかと。

容姿がそっくりだというのには、魂呼ばいの問題がかかわっていると私は考える。前にいったとおり、人の死とは魂が身体から抜け出してゴーストとなり、両者の分離が決定的になる事態をいう。しかし分離した魂は、とくに死の直後には呼びもどすことができるとされていた。こうして死者の枕頭で、あるいは屋根に上り呼ばわることがずっとおこなわれてきた。オホサザキ（後の仁徳）はウヂノワキイラツコが死んだとき、叫び哭き髪を解き屍に跨りて三たび「我が弟の皇子《ミコ》」と呼んだとあるが（仁徳即位前紀）、これなども明らかに魂呼ばいである。中国の礼記《ライキ》とか儀礼《ギライ》とかではこれを「復」と称するが、アメノワカヒコもこの魂呼ばいによって蘇生したと、その父やもとの妻たちは早合点し、そこに現われたアヂスキタカヒコネではなく、友のアヂスキとりついたのだと解していいと思う。が、それは実はアメノワカヒコではなく、友のアヂスキタカヒコネであった。で、かれはひどく怒り云々となるわけだが、ここで演じられた事態は、アメノワカヒコが高天の原の神々からみて「邪《キタナ》き心」の持ち主であったことと無縁でないはずである。

そもそもアメノワカヒコは、葦原中国《ナカツクニ》の荒ぶる神どもを鎮めて参れと、アメノホヒに次いで高天の原からつかわされた人物であった。が、かれはアメノホヒ同様国つ神に媚びついて、久しくなんら復命しなかった。かれには、大国主の娘下照ヒメを妻としその国をわがものにしようとの下心があったとある。それで高天の原から雉を使としてワカヒコのもとにつかわすと、その雉も射殺され、その矢が天つ神のもとまで射上げられた。天つ神はここで、「もしアメノワカヒコに邪き心あらばこの矢に当って死ね」とその矢を投げ返した。すると、それは寝ているワカヒコの胸もとに命中し、かれは死んだというのである。すなわちワカヒコの死はevil death, つまり悪い死にかたであった。紀に「反矢畏《カヘシヤイ》むべし」とあるのも、その死が忌むべきものであったことを示す。こうした死にかたをしたもののモガリがつつがなく全うされるはずがない。親しい友のアヂスキタカヒコネが、その喪屋をぶちこわし蹴とばしたのもそのためである。アメノワカヒコにとって「死者の国」への道はここで途絶え、その魂はゴーストとして永遠にさすらうことになるはずである。

悪い死にかたをした一例として、崇峻天皇の場合があげられる。東国からの貢ぎものの献上される日に、蘇我馬子の命をひそかに受けた東漢駒《ヤマトアヤ》なるものがこの天皇を暗殺した。そして天皇はその日のうちに倉梯岡陵に葬られたと書紀はいう。そして諸陵式は、この陵には陵地も陵戸も無いといっている。これによって崇峻が、文字どおり葬り棄てられたことがわかる。自然死をとげた者とは違い、自殺者とか暗殺された者とかの死霊は、ろくなことにならぬという信仰は、世界中かなり広くおこなわれていたようである。「謀反」のかどで捕えられ自刃した大津皇子の死霊がどんな運命を辿ったかについては、何れ後でふれる。

他方、平安初期の仏教説話集日本霊異記には、モガリにさいしヨミガヘル話（下・二二、二三）をいくつか載せている。しかもそれらには共通した型が見出される。まずそれが突然な急死であること、その死体を焼かなかったこと、一定の地に「塚を作り殯《モガリ》して置く」とあること、そしてそれから数日して「甦《ヨミガヘ》る」こと等である。ヨミガヘリはもとより黄泉の国からの蘇生を意味するわけだが、そういった蘇生がモガリにさいしおこなわれたというのも、黄泉の国が前にいったとおりいわゆる「死者の国」でないのを思えば納得できよう。死体を焼かぬのは、もとより身体がなければもどってきた魂の棲みかがなくなるからで、火葬というものの始まった世の姿がここには語られている。古今集にも、「翔けりても何をか魂《タマ》の来ても見む骸《カラ》は焔になりにしものを」とあるとおり、火葬にするともう蘇生は不可能であった。

さて日本霊異記（中・二五）には、ある女、いったん死んで冥途に行ったが、その留守中にうっかり焼かれてしまったので冥途からかえって棲むべき体がなくなり、しかたなく同名のほかの女の身に入って甦った、それでひどいごたごたが生じたという落語のネタになりそうな話もある。これなどまさにこうした時期の生み出した喜悲劇にほかなるまい。宗教的展開には、たんなる置き変えはないとされる。日本古代の仏教にしてもたんなる移入というより、古来の民間伝承と矛盾にみちた相互作用をくり返しつつ次第に定着していったわけで、霊異記のモガリの話などもそういった過程を語っているわけである。

さて魂の終の棲みかとしてのいわゆる「死者の国」または他界がどこに存したかは、不明だとしかいいようがない。天空や海のかなたや山上などなど、階層により地域により、それは同じでなかったであろう。魂は死後かくかくの運命をたどると説く宗教上の経典なるものがまだ定立されぬ世にかんし、「死者の国」をここだとハッキリ決めてかかるのは、どだい無理な話で、それではかえって誤りを犯すこと必至といっていい。[*10]

前に見たとおり古事記によると、死んだイザナミとこの世のイザナキとを隔てるのは黄泉比良坂であり、その坂に据えられた「千引の石」であった。そしてその「黄泉の坂に塞りし石は……また塞ります黄泉戸大神《ヨミド》」ともいうのだから、両者をしきるのはいわゆるサへの神であったことになる。これはこの世と黄泉の国との境が、人びとの住む村とその外の世界、つまりwildな野や山などとの境に類似するものであったことを暗示する。現に「死者の国」と呼ばれるところが多くは大きな河によって、ないしはそれに相当する水によって隔離された地である例が多いのに比べ、「黄泉比良坂」がいかに村とその外の世界との境界に近いものであったかがわかる。その点、イザナキは妻に会いたくて「殯の処」にやって来たとする、さきに引いた神代紀一書のひと言は、やはりかなり大きな意味をもつことになる。黄泉の国がいわゆる「死者の国」ではなく、その物語はむしろ魂が身体から離脱し「死者の国」へと赴く旅の始まる、そういう一つの過渡期の儀礼を神話化したものにほかならぬ次第が、これによってほぼ了解できよう。

その決め手になるのが「黄泉戸喫《ヨモツヘグヒ》」という語である。で、もう一度本文に即して考えてみたい。イザナキがイザナミを追って黄泉の国に行って、「吾と汝と作れるくに、未だ作り竟へず、故、還るべし」といったところ、イザナミは「悔しきかも、速く来ずて。吾は黄泉戸喫しつ」と答えたとある。そこで黄泉神《ヨモツ》の意見を聴いてみようと女神は殿の奥に入ったが、なかなか戻ってこぬので「一つ火」ともして見ると、「蛆たかれころろきて、頭には大雷《イカヅチ》居り、云々……」へと続く一節にこのヨモツヘグヒは出てくる語――書紀には「湌泉之竈」とあり、誉母都俳遇比《ヨモツヘグヒ》と訓んでいる――に他ならぬ。いわれているとおり、これは黄泉の国の竈で煮炊きした物を食べる意で、そうするとその国の者になってしまい、もうこの世に帰れなくなるとされていた。[*11] つまりヨモツヘグヒの「へ」はヘッツヒの「へ」である。

問題は黄泉の国の竈で煮炊きするとは何を意味するかにある。ずばりいうならば、それは死の忌みにおける別火なるものと包みあっているはずである。『民俗学辞典』はいう、「死の忌の問題は主として火と食にあった。すなわち喪家の火は死火《シニビ》として恐れ、これで煮焼きしたものを食うと、その死忌は当人に及ぶ」と。そういった強い感染力がこの「死火」にはあった。ヨモツヘグヒを「死者の国」で煮炊きしたものを共食するともってゆくから変なことになるのである。記紀の本文をそのように実体化せず、その根底にあるのは喪屋ないしモガリ屋、そこでの「死火」のこうしたきびしさが、ヨモツヘグヒ云々の神話を想像的に生み出すに至ったのだと解すべきだと思う。

少なくとも黄泉の国が、地下二万由旬のところにある地獄とは違う世界であるのは疑えない。両者の違いは、キリスト教のhellとギリシャのhadesとの違いにほぼ等しい。黄泉の国やhadesでは、地獄のように死者を審判するということが全くないのである。いや、それだけでなく黄泉の国には、hadesが大いなる河によって隔てられているのともことなる独自性が見てとれる。黄泉の国との境をなすヨモツヒラ坂には大きな岩が立ちふさがっていたとあるし、だから前にふれたとおりそれは村の耕地の外にあるwildな世界との境を仕切るものであった。この境は「出雲国と伯伎国との堺」とぴたり一致するわけではないが、それと無縁でもないはずである。ヨモツヘグヒを含めこの冥界神話を一つの全体として理解するには、こういった視点を外してはなるまい。

もっとも、イザナミがその後どうなったかについては何も語られていない。ただ、イザナミを「黄泉大神」と名づけたとあるのみ。が、それは話のあやでそのようにけりをつけたまでで、イザナミが黄泉の国を領する神になったとの意ではありえない。

注

＊1——「南島古代の葬制」(雑誌「民族」二ノ五。『伊波普猷全集』第五巻所収)。

＊2——川崎庸之編『源信』所収、現代語訳「往生要集」による。

＊3——加藤義成『出雲風土記考究』参照。

＊4——本書所収「古代的宇宙《コスモス》の一断面図」参照。

＊5——漢語「黄泉」は死者の行く地下をいう。黄は天にたいする地の色、玄黄といえば天地・宇宙のことで「天ハ玄《クロ》ク地ハ黄ナリ」(易経)ともある。懐風藻所収の大津皇子「臨終」にも「泉路無ニ賓主一、此夕離レ家向」とある。古い中国の詩人の作に「黄泉無ニ旅店一、今夜宿ニ誰家一」といった類句があれこれあるのが指摘されている(日本古典文学大系『懐風藻』補注参照)。

＊6——両墓制には棄て墓・埋め墓と詣り墓とあるが、ここでかかわるのはむろん前者の方である。両者が風景としてもいかに違うかは、最上孝敬『詣り墓』(増補版)所載の写真を参照されたい。両墓が隔たっている場合、棄て墓のあるあたりは、ほとんど草木の茂った原野に近いことがわかる。

＊7——注4に同じ。

＊8——仲哀紀に「无火殯斂をす」とあり、此れを「褒那之阿餓利《ホナシアガリ》と謂ふ」と注している。確かに貴人の死を「神上《カムアガ》り、あがりいましぬ」(万、二・一六七)と詠んだり、書紀は「崩」を

カムアガルと訓んでいたりしているから、貴人のモガリがアガリといわれるようになったと解されなくもない。しかし私見だが、「阿餓利」の「阿」の字は「母《モ》」の字の誤写が固定するに至ったものではないかと疑ってもいいのではなかろうかと思う。

＊9——殯宮と喪屋との関係については「天皇天武の葬礼」参照。

＊10——この点についてはR. Hertz, *Death and Right Hand* 参照。これは二十世紀の初め（一九〇七年）フランスの「社会学年報」誌上に発表され、一九六〇年に英訳本が出たのだが、「死」にかんする研究としていまなお高い古典的価値をもつ名著といっていい。とくに「死」の問題を扱うには、身体と魂と遺族（哀悼者）の三者を同時にとりあげねばならぬとした方法的提示はすぐれている。私も本稿を草するにさいし、本書からあれこれと学んだことをいっておく。

＊11——日本霊異記（中の七話）にも、一度は「地獄」に召された男、「ゆめ黄竈《ヨモツヘ》火物《モノ》をな食ひそ」と告げられ、無事に生き還った話がある。

（一九九七年）

天皇天武の葬礼——一つの政治的劇場

第一章　喪屋の秘儀

一　女たちの挽歌

天皇天武は朱鳥元年（六八六）九月九日に病没、十一日に殯宮《モガリノミヤ》を南庭に設け、殯《モガリ》の儀が始まり、それの終るのは持統二年（六八八）十一月十一日、つまり二年二カ月にわたってこの殯宮は続く。このことだけからしても、これがいかに大儀として営まれたかがわかる。現にこの殯宮には、皇太子（草壁）を始め実に多くのあれこれのつかさびとや氏々のものたちが慟哭したり誄《シノビコト》を献じたり、さらにいろいろな音楽、歌舞が奏上されたりしている。とくに僧たちが、少なからずこの儀に参与しているのも眼につく。これはしかしたんに大儀というより、古代の王権が己れのもつ権威を、とことん見せつけようとする一つの政治的劇場であったと思う。

ところでここにいささか不思議なことがある。それは天武の后であり、その跡を継ぐ持統天皇の名が、この殯宮行事の画面には一度も現われてこないのである。この間、持統はいったいどこで何をしていたのだろうか。持統は天武の没した日に「称制」しており、従って何かとマツリゴトに関与していたはずである。（「称制」を書紀はマツリゴトキコシメスと訓む。）現に「称制」して一月もたたぬうちに例の大津皇子の謀反が発覚し、この一件がどのように処理されたかが持統紀には記されているし、その他、何度か勅を発したとの記事も見える。だが持統は天武の殯庭に、一度も姿をあらわさないのである。他方、皇太子の草壁皇子となると繰りかえし百官を率い、殯宮で慟哭儀礼を捧げている。

「称制」した国王の身分であったためだというかもしれぬが、西征中に北九州の地で斉明の没すると同時にやはり「称制」した皇太子（天智）は、その喪とともに海路を大和に戻り飛鳥の地で殯し、そして「発哀《ミネタテマツ》る」（斉明紀七年）とあるから、必ずしもそうでないことがわかる。では持統が女性であったせいか。が、天武の殯宮には采女《ウネメ》たち「発哀」（持統紀元年正月）と見えたりするので、そう割り切ることもできない。ではこの謎にどのように近づいていったらいいか。

古事記にアメノワカヒコの死んだのを聞きその父や妻が天から降ってきて、そこに「喪屋を作りて云々」とあるのが、書紀では「喪屋を造りて殯《モガリ》す」となっているのにまず注目したい。「殯」はもとより中国伝来の文字だが、モガリは民俗語彙として最近まで生きてきており、外からやってくる獣や悪霊から死体を守るしかけのいいであった。そのことについては別稿を参照ねがいたい。[*1] 一方、喪は恐らくイム（忌）とかかわりある語で、忌みこもる意であったはずである。だからモガリとモは、古代のハブリ（葬）では不可分であり、古くは喪こそが中心であったと思われる。このモガリが中国風の殯《ヒン》と同化し、次第に民俗から離れ宮廷儀礼化し、いわゆる殯宮として執りおこなわれるようになるにつれ――その過程については何れ後でふれる――こういった関係が後退し、喪屋は表からは見えにくくなったのである。「喪屋が殯宮に吸収された[*2]」といってもいい。

本稿は天武の葬礼を一つの政治的劇場として眺めようとするものだが、右のような次第でそこには目に見えぬ隠れた部分のあるのを忘れてはなるまい。そして持統の姿が画面に現われぬ点についても、それはかの女が「天武の殯宮に籠っていたため」で、「草壁皇子は喪主として公的な殯宮供奉にたずさわってはいるが、殯宮には籠っていなかった[*3]」ことが、すでに歴史家の和田萃氏によって指摘されている。さらにこれを受け吉田孝氏はこのへんのことを次のように要約する。「殯宮の儀礼は、女性の近親者や女官・遊部（呪術によって魂に働きかける品部）が奉仕する殯宮の内部での私的な秘儀と、殯庭で行われる公的な儀礼とからなる。天武の場合、皇后の菟野《ウノ》皇女（のちの持統天皇）は殯宮の内に入って天武の魂《タマ》に仕え、皇太子草壁皇子ら皇子、百官人が殯庭で慟哭《ミネタテマツ》り、誄《シノビコト》をたてまつった[*4]」と。殯庭に一度も姿をあらわさぬ持統がどこで何をしていたかの謎を解く鍵を、これらは与えてくれる。つまり殯宮の奥の方には古来の喪屋が存したのであり、そこには死者を納めた棺が安置されており、后たちはそのかたわらにあってあれこれの秘儀をおこなったのである。

例えば敏達天皇の没したとき、穴穂部皇子（欽明の皇子）が皇后（炊屋姫《カシキヤ》、後の推古天皇）を奸《ヲカ》そうと強引に殯宮のなかに入ろうとした、それを三輪君逆《サカフ》なる寵臣が門を堅め入れなかったと書紀には見えるが、これなども皇后が殯宮の一隅に籠っていた消息を暗示する。天武の殯宮がこうして私と公、内と外との二重構造をもっていた点に注目したい。後ほど説くように、それは「王の二つの身体」という大きな問題ともかかわるはずである。

ではその秘儀とはどのような内容であったかといえば、それは哭《ナ》くことと歌うことを主とするものであった。古事記にアメノワカヒコの死んださい、その「妻、下照比売の哭く声、風のむた響きて天《アメ》に到りき」とあるとおり、いかに烈しく哭いたかがわかる。書紀はアメノワカヒコの喪屋につき、「八日八夜、啼哭悲歌」と記し、下四文字を「啼《オラ》び哭《ナ》き悲しび歌《シノ》ぶ」と訓じている。そんな具合に哭くことと、死者をしのび悲歌を声高にうたうことが、そこでは演じられたのである。もっとも、殯庭における多くのものたちの「慟哭」や「発哀」も同じで、人びとはやはり声をあげて哭いたはずである。が、殯庭のことはしばらくおく。さしあたって取りあげたいのは、死者のそばにはんべる女たちの涕泣、それと結びついた悲歌のことである。

殯庭に姿を見せなかった持統だが、万葉集によると実は天武の死を悲しむ次のような歌を詠んでいる。詞書にも「天皇（天武）崩之時」の作歌とあり、これはこの殯宮の喪屋にあってうたわれたものに違いない。「称制」してはいるが持統は天武の妻であり、まさに妻としてこれを詠じたのである。

（イ）やすみしし　我が大君の
夕されば　見《メ》したまふらし
明けくれば　問ひたまふらし
神岳《カムヲカ》の　山の黄葉《モミチ》を
今日もかも　問ひたまはまし
明日もかも　見したまはまし
その山を　振り放《サ》け見つつ
夕されば　あやに哀しみ
明けくれば　うらさび暮らし
あらたへの　衣の袖は　乾《フ》る時もなし　（万、二・一五九）

万葉には右の歌に続き一書に曰くとして、「天皇崩之時太上天皇（持統）御製歌二首」として「燃ゆる火も、取りて包みて、袋には入ると、言はずやも、逢はむ日招《ヲ》くも」（二・一六〇）、「北山に、たなびく雲の、青雲の、星離れゆき、月を離れて」（二・一六一）をも載せる。「太上天皇」とあるのは、持統が文武に譲位した後の称号を前にさかのぼって記したものといわれるが、最初にあげたものとは明らかに歌がらを異にする。*5 この二首は喪屋ではなく、むしろ「太上天皇」として別の折に詠じた歌を編者が「天皇崩之時」のものと見なしたのではなかろうか。持統には天武没後八年の命日の「斎会《サイヱ》の夜」の夢のなかでの歌（二・一六二）などもあるし、何かと亡夫を偲ぶ機会が多かったように思う。少なくとも喪屋でうたわれた挽歌となれば、最初にあげた（イ）の歌がやはり代表作になる。ただそれがどういう特質を持つかを見きわめるには、他の幾つかの挽歌と併せ読んでみることが必要になる。で、次に天智の殯宮にさいし歌われた二首を引いておく。

大后の歌

（ロ）いさなとり　近江の海を
沖放《サ》けて　こぎ来る船
辺《ヘ》つきて　こぎ来る船

沖つ櫂《カヒ》　いたくな撥《ハ》ねそ
辺つ櫂　いたくな撥ねそ
若草の　夫《ツマ》の　念《オモ》ふ鳥立つ　（二・一五三）

婦人《ヲミナメ》の作る歌

（八）うつせみし　神にあへねば
離れ居て　朝歎く君
離れ居て　吾が恋ふる君
玉ならば　手に巻き持ちて
衣《キヌ》ならば　脱ぐ時もなく
吾が恋ふる　君ぞ昨夜《キゾノヨ》
夢《イメ》に見えつる　（二・一五〇）

右の「大后」については、天智七年二月紀に「立二古人大兄皇子女ノ倭姫王一為二皇后一」とある。「婦人」は「氏姓未詳」と注されているが、天智の寵愛を受けた後宮の女性と見ていい。万葉には天智の殯宮のときの歌として、さらに額田王を始め後宮の女性たちの作をいくつか載せている。そのなかから二首の小長歌を私は選んだわけだが、それらを持統の（イ）の歌とぜひ読みあわせていただきたい。

これらが従来どのように読まれてきたかを知るよすがに、例えば沢瀉久孝『万葉集注釈』のいうところに目を向けてみよう。まず（イ）の歌については「二句対が三度くりかえされており、〈夕されば〉〈明け来れば〉の句も二度くりかえされ、……幽明境を異にした夫に対する愛慕の情が簡潔に、素朴に、そして切実に示されている」とあり、（ロ）の「いさなとり」の歌については「二句対を二つ重ねて……守部の所謂畳句というべきもので……素朴で大様で、万葉初期の古風を伝えている」とあり、（ハ）の歌については「同語同句をくりかえした古質な調子に加えて、少し言葉の足らぬような稚拙さ、……作者の思い入った真率な愛慕の情を酌むことができる」とある。

もとより、揚げ足を取ったり難癖をつけるためこれらを引きあいにしたのではない。むしろいちいちもっともだという気さえする。ただ、こうしたことばをつらねるだけでは肝腎な何かがまんまと蒸発してしまうのではないかとの疑問が、一方どうしようもなく湧いてくるのである。右の三首は何れも小長歌で、しかも言われるとおり、ほとんどそれぞれ対句のくり返しによって構成されている点にその特徴がある。対句のこうしたくり返しは、周知のようにとくに古代歌謡にあっていちじるしい。念のため次に目ぼしい一例をあげておく。

八千矛の　神の命は
八島国　妻枕《マ》きかねて
遠々し　高志《コシ》の国に
賢《サカ》し女《メ》を　ありと聞かして
麗《クハ》し女を　ありと聞こして
さ婚《ヨバ》ひに　あり立たし
婚ひに　あり通はせ
大刀が緒も　いまだ解かずて
襲《オスヒ》をも　いまだ解かねば
嬢子《ヲトメ》の　寝《ナ》すや板戸を
押そぶらひ　我が立たせれば
引こづらひ　我が立たせれば
青山に　鵼《ヌエ》は鳴きぬ
さ野つ鳥　雉《キギシ》はとよむ
庭つ鳥　鶏《カケ》は鳴く

心痛《ウレタ》くも　鳴くなる鳥か
この鳥も　打止めこせね
いしたふや　天馳使《アマハセヅカヒ》
事の　語言《カタリゴト》も　是《コ》をば

古事記に載る著名な歌だが、試みに口ずさんでいただきたい。そうするとその対句のくり返しがたんにことばにかかわる文学形式であるにとどまらず、身体の所作と分かちがたく結びついており、むしろそれに基づくところの形式にほかならぬことがおのずと納得されてくるはずである。

沖縄の古歌謡集「おもろさうし」とつきあった折、このへんのことに私は否応なく気づかされ、次のように書いたことがある。すなわち音楽史家によると、舞踊の歴史においては、まったく別個のものとはいえないまでも二種類の基本動作が認められるという。つまり「閉じる動作」と「拡がる動作」とである。後者は「より強い動作反応、より広い歩幅をその特色とし、跳躍することもある」。前者の特徴は、「ある決った運動の中心があって、手足が再々そこに戻ってくることである」。後者が原則的に男性の動きであるにたいし、前者は女性の動きであり、そしてそこではシンメトリックなメロディの形式があらわれる、と。この音楽史家とは『音楽の起源』（皆川達夫・柿木五郎訳）の著者クルト・ザックスを指すのだが、こういう見地から私は「おもろさうし」中にある歌群が女性たちの舞踊の動きに結びついていることを説こうとしたのである。*6

この観点を私は今なお保持している。少なくとも右にあげた八千矛の神の歌のなかの対句が「広い歩幅」と「跳躍」を孕む男性の踊りと対応しているのは確かである。一方、さきにあげた万葉の（イ）（ロ）（ハ）三首に立ち帰っていうなら、対句形式の秘めるその韻律からして、喪屋のなかで女たちのおこなう「閉じる動作」の舞踊とそれが不可分の関係にあり、「手足が再々そこに戻ってくる」柔かい「運動の中心」を持つ女性の身のこなしがそこに彷彿してこないだろうか。とりわけそれらの歌がほとんど対句ずくめで成り立っているのは、それがたんなる文学上の形式ではなく、身体の所作とじかに結びついた形式であることを示していると見ていい。とりわけその「閉じる動作」が鮮かに目に浮かんでくるのは、大后の（ロ）の歌だと思う。

もっとも、右は長歌についての話である。万葉には例えば天智の「大殯《アラキ》の時の歌」として、次の二首の短歌が載る。

かからむと　予《カネ》て知りせば　大御船《オホミフネ》

泊《ハ》てしとまりに　標結《シメ》はましを　（額田王、二・一五一）
やすみしし　我《ワ》ご大君の　大御船
待ちか恋ふらむ　志賀の唐崎　（舎人吉年《エトシ》、二・一五二）

額田王はもとより、舎人吉年もまた後宮の女性である。これら短歌は長歌とは仕組みを異にするが、やはり何らかの形で歌舞として演じられたに相違ない。かの女らは皆、歌の作り手であるだけでなく歌い手・踊り手をも兼ねていたのだ。「大御船」という語がともに第三句に据わっているのは、舎人が額田王の歌を承けてそんな具合に歌ったものと思われる。いや大后のさきにあげた（ロ）（一五三）が船のことをうたい、さらに石川夫人の「楽浪《ササナミ》の、大山守は、誰がためか、山に標結《シメ》ふ、君もあらなくに」（一五四）に標がうたわれているのを見るならば、喪屋にこもる女たちの間にはおのずと「座」のごときものが形成されており、次々に前を承けて歌ったのではないかとの推測がなりたつ。額田王の「山科の御陵より」退出するときの長歌をもふくめ、この挽歌群が「それぞれのパートを担った」「見事な女声合唱」をなしているようだとする考えもうべなえる。[*7] そしてこのことといい、（イ）（ロ）にあげた小長歌の構成の独自性といい、これらは当時の女性たちが文字文化の外側、またはそれ以前の世界に住していた証しといえるはずである。

ただこれら女たちの挽歌・悲歌は、万葉集にしか載っていず、殯宮にかんする書紀の記述からは一切除かれている。これは天皇の殯宮が政治的な意図をもつ宮廷儀礼となっていくにつれ、古い伝統に根ざす喪屋の行事は前にふれたとおり「私的」なものと目されるに至ったことと無縁でない。天智の場合、その死を悲しむ数人の女たちの挽歌が残っているのに、天武の場合は持統一人のものしかないのもこうした傾向を語っている。女たちの「私的」な挽歌に替って「公的」な宮廷詩人として柿本人麻呂があらわれ、新たな挽歌を王族の殯宮に捧げる時代がほどなくやって来る。そのへんのことについては何れあとで触れる。

とにかく死体を安置した喪屋では女たちによりこうした歌舞が反復、演じられたはずである。だが歌舞だけではない。歌舞と並んで慟哭儀礼も不可欠なものであった。発生的には、慟哭の声が言語的に分節化して悲歌を生み出すに至ったとさえいえるわけで、両者はその後もずっと共存していたようである。もっとも、慟哭とか哀哭とか啼哭とか称するが、これはただワァワァ泣く意ではない。

貞観儀式「挙哀儀」の条に「挙哀三段、段別三声《ニ》」とあり、そこに特定の方式のあったのがわかる。が、これは後世の規定である。古い世の慟哭にはもっと烈しいものがあったのは確かで、葬儀で「婦人ハ哭踊ス」と礼記《ライキ》(喪大記)にもある。この例にとどまらず女の悲しみの表現には、総じて狂気に近いものがあったとされる。

そうかといってこれを情緒の自然発生と見るだけに終ってはなるまい。カナシとはただ悲しいのとは違い、「感動の最も切なる場合を表わす言葉」(柳田国男『涕泣史談』)、「自分の力ではとても及ばないと感じる切なさをいう語」(岩波古語辞典)である。古代語のカナシが、切ないほどいとおしい意にも用いられるゆえんである。こうして哀哭は一種の祭式行為であり、従って女たちの悲歌もたんなる独詠ではなく、死者への呼びかけを含むものであったといえる。

哀哭にとって、できるだけ多量の涙を流して泣くことが肝腎であったとしても不思議でない。涙を流すとは、大地を再活性化したり、死者を蘇生させたりする力をもつsoul-substanceの射出を意味する。[*8] その点、涙は血と同類で、次のようにいう民俗学者もいる、「声はり上げて泣く時は死者の名をも呼ぶのが普通だから、その本源は魂呼ばいと同じで、涕泣儀礼によって今一度の蘇生を念願する気持があったのではないか」[*9]と。これは当然、哭女——天若日子《アメノワカヒコ》の喪にさいし「雉《キギシ》を哭女《ナキメ》とし」と古事記にある——の問題ともかかわってくる。哭女につき一升泣きとか二升泣きとかいうのも、多量の涙がよしとされたらしい消息がうかがえる。

二　葬りの伝承歌

伊勢国鈴鹿郡能煩《ノボ》野で没したヤマトタケルの葬りのさまを、古事記は次のように語っている。

周知のものだが、まずそっくり原文を掲げておく。

ここに倭に坐す后等《キサキタチ》また御子等、諸《モロモロ》下《クダ》り到りて、御陵《ハカ》を作り、すなはち其地《ソコ》のなづき田に匍匐《ハ》ひ廻《モトホ》りて、哭《ナ》きまして歌ひたまひしく、

なづきの田の　稲幹《イナガラ》に　稲幹に　匍ひ廻ろふ　野老蔓《トコロヅラ》

ここに八《ヤ》尋《ヒロ》白智《シロチ》鳥《ドリ》に化《ナ》りて、天に翔《カケ》りて浜に向きて飛び行《イ》でましき。ここにその后また御子等、その小竹《シノ》の苅杙《カリクヒ》に、足跳《キ》り破れども、その痛きを忘れて、哭《ナ》きて追はしき。この時に歌ひたまひしく、

浅《アサジ》小竹《ノ》原《ハラ》　腰なづむ　空は行かず　足よ行くな

また、その海塩《ウシホ》に入りて、なづみ行きまし時に、歌ひたまひしく、

海処《ウミガ》行けば　腰なづむ　大河原《オホカハラ》の　植ゑ草《グサ》　海処はいさよふ

また、飛びてその磯に居ましし時に、歌ひたまひしく、

浜つ千鳥（知登利《チドリ》）　浜よは行かず　磯伝《イヅタ》ふ

この四《ヨ》歌《ウタ》は、皆その御《ミ》葬《ハフ》りに歌ひき。故《カレ》、今に至るまでその歌は、天皇の大御葬に歌ふなり。故、その国より飛び翔り行きて、河内国の志幾《シキ》に留まりましき。故、そこに御陵を作りて鎮まり坐《マ》さしめき。すなはちその御陵を号《ナツ》けて、白鳥の御陵と謂ふ。然るにまた、そ

こより更に天《アメ》に翔りて飛び行《イ》でましき。

右の一文中に見える四つの歌は、同じく后たちの歌でも前にあげた「女たちの挽歌」とは性格を異にし、どうも伝承歌であったらしい。現に「今に至るまで」この四歌は、「天皇の大御葬に歌ふなり」と本文に見えるのは、まるでその種あかしみたいなものである。つまりこれらは天皇の、というより王の葬りにさいし、恐らくは独自な演技をともなう一連のものとしてかなり古くから歌い継がれてきた歌謡らしい。ではそこに、どのような伝承の歴史が隠れているか。「隠れて」というのは目には見えぬからで、実は私は右の一節とはこれまで何度か付きあってきたことがあり、そのつど右のような問いが心の片隅にちらつきはするが、なかなか次の一歩が踏み出せなかった、という苦い経験を持つ。それは宮廷の葬礼についての理解が足りなかったせいらしい。今度は何とかその次の一歩を踏み出してみたい。

まず以て最初の「なづきの田の、稲幹に、稲幹に、匍ひ廻ろふ、野老蔓」の歌につき、これまでの解釈をどう訂正するかということから始めよう。ずばりいって従来の読みの難点は、単純にこれを這いまわる意と解してきた点にある。確かに妻イザナミの死にさいしイザナキは、その「御枕辺に匍匐《ハラバ》ひ、御足方《アトヘ》に匍匐ひて哭く」(古事記)とあるし、万葉の挽歌には「鶉《ウヅラ》なす、い匍ひもとほり、侍《サモラ》へど」(二・一九九)、「鹿《シシ》じもの、い匍ひ拝《ヲロガ》み、鶉なす、い匍ひもとほり、恐《カシコ》みと、仕へまつりて」（三・二三九）などとある。礼記の、孝子は親が死ぬと「匍匐シテ之ヲ哭ス」との文句などもしばしば引きあいに出される。しかし匍匐がいつもこういった類いのものばかりであったとは限らぬ。むろん、「稲幹に、匍ひ廻ろふ」を右のような枠で以てくくりたくなるのもわからなくはない。しかし実は、そこに落し穴があるといえる。

「稲幹に、匍ひ廻ろふ、野老蔓《トコロヅラ》」のトコロは、もとよりヤマイモ科の多年生のつる草、そのつるが稲の茎にまきついているのでかく歌ったわけだが、この「匍ひ廻ろふ」は、さきにあげた「鶉なす、い匍ひもとほり」——鶉は飛翔できず、草原をしきりに歩くのでかくいう——などと必ずしも同類でないと知るべきである。それは「なづきの田」つまり水に漬かった泥田のなかで這いまわる所作を含みはするが、ここでの演技は、稲幹に巻きついたトコロの蔓を手繰り手繰りしつつ地中にかくれた根茎を掘り出そうとすることに主眼があったはずである。[*10] 万葉の「菟原処女《ウナヒヲトメ》が墓を見る歌」では、千沼壮士《チヌヲトコ》に遅れをとった菟原壮士が負けてなるものかと、やはりあの世までこの娘を「ところづら、尋《ト》め行きければ」（九・一八〇九）という具合に、「ところづら」を「尋め行く」の枕詞に用いている。とすればここでも「野老蔓《トコロヅラ》」をめぐる所作は、死者の身体から遊離した魂のゆくえを追い求めようとすることと重なっていたはずだ。この歌が、「ここに八尋白智鳥《ヤヒロシロチドリ》に化《ナ》りて、天に翔りて浜に向きて飛び行でましき」という文に、直ちに接続するゆえんでもある。

それにしても「八尋白智鳥」になるとは、いささか唐突で曖昧ないいかたではある。古事記伝なども次のようにいう、「白き千鳥を云るかとも思はるれど、千鳥にはあるべからず、千鳥ならむには、ただ白鳥とは云べからず、……、元は白鳥とありけむを、次なる歌に知登利とあるに依ﾘて、後ノ人のさかしらに、智ノ字は加へたるかと思へど、智ノ字以音と注まであれば、然にも非じ、云々」と。これにつき「後ノ人」ではなく物語の述作者の「さかしら」と考えれば疑問は解けるとする向きもある。確かにここには、ちょっと怪しげな点がなくはない。原文を引けば「於レ是化ニ八尋白智鳥一、翔レ天而向レ浜飛行。智字以レ音」とあるのだが、「智字以レ音」といった訓注はふつう「化ニ八尋白智鳥一、智字以レ音」という具合にその語のすぐ下に記すのに、ここのように「翔レ天而向レ浜飛行」の下に持っていったのは異例にぞくする。かといって、「智」を抹殺しさえすれば片がつくわけでもない。

チドリのチは鳴き声にもとづくはずである。[*11] 万葉の表記でも、チに「千」と「智（または知）」をあてたものとが相半ばする。千鳥はその群れ飛ぶ姿を視て想いついた新しい表記であろう。問題はそれを「八尋白チドリ」と呼んだ点にある。ものの本によると、チドリは小型種のチドリとケリ類の大型とがあり、後者の全長は三十数センチに及ぶというし、腹部の羽毛は白色なので、空飛ぶのを仰ぎ見ればそれはシラトリと呼ばれてもおかしくない。ただ「八尋《ヤヒロ》」のヒロは両手を左右にひろげた長さだから、いくらなんでもこれはおかしいということになりそうだが、果たしてどうか。

万葉に載る天智の大后（倭姫王）の挽歌に、「青旗の、木幡《コハタ》の上を、通《カヨ》ふとは、目には見れども、ただに逢はぬかも」（二・一四八）とあるとおり、魂は空中を行ったり来たりするのを目で見ることはできるけれど、じかには逢うことができぬものであった。というのは、大后の目に映るそれは幻像に他ならなかったことを意味する。「八尋白智鳥」もヤマトタケルの后たちだけの目にした幻像であったとすれば、大して奇怪ではなくなる。むしろ誰の目にも見え、したがってじかに逢えるもののようにそれを対象化し、あれこれ因縁をつけるのは、露伴のいわゆる「実をもって虚を解かんとするの失」に陥っていることにならないか。死者の魂が鳥と化すとする信仰圏は、世界大の拡がりをもつ。有名なのでは、鳥の姿となって魂が死者の口から飛び立とうとするところを描いた古代ギリシャの壺絵がある。

それにつけても、魂の〈形〉に注目せねばなるまい。[*12] 魂とは近代人のいわゆる自我とか意識とかとは、むろん違う。それと関連はするが己れを超えた神秘的なあれこれの力であり、したがって魂はしばしば〈形〉をもったものとして現われる。右のヤマトタケルの話にもあるように人が死ぬとき、それは鳥の姿となって飛び立つ。しかも口から飛び立つのは、ひとりギリシャに限らない。「口なくば、いづこよりか魂かよはむ」と宇津保物語にはある。魂は口や鼻から出入りするものとされていた。蝶や蜂やトンボや鳥がおもな soul animal になるのもそのひらひらとした動きに、出で入る息のリズムを思わせるものがあるからだろう。[*13] だが夢を見たりするのとは違い人が死ぬとなれば、それはどうしても空高く行く飛翔力をもつ鳥でなければ様にならない。その点、「野老蔓《トコロヅラ》」の歌のあとすぐ「ここに八尋白智鳥に化《ナ》りて、天に翔りて浜に向きて飛び行《イ》でましき」と続くのは、「後ノ人のさかしら」であるどころか、むしろすぐれた詩的なヴィジョンがそこには感じとれるのではなかろうか。千鳥だからこそ、それは浜に向かって飛んでゆく。が、小っちゃな千鳥のままだったら、忽ち視界から消えてしまう。突然「八尋白智鳥」と化して示現する点に、逆にそれが后たちの幻視であるゆえんがうかがえる。私はさきに曖昧という語を用いたが、曖昧にもいい曖昧とそうでないのとがある。「八尋白智鳥」の場合は前者であり、つまり詩論などでいうアンビギュイティ（ambiguity）の一種にそれはぞくする。語のもつ多様性を一義化したり、物語に無矛盾性を求めたりするのが学問的だと考えると、詩歌や神話をまともに享受し理解する道から外れることになろう。かりに「八尋白智鳥」云々のことがなかったら、ここの話は劇的な意外性と空間的な拡がりを欠く、かなりつまらぬものに終っていただろう。

さて次の段では、后たちは小竹《シノ》原の笹の切株に足傷つきつつも痛いのも忘れ、哭きながらその後を追い、「浅小竹原《アサジノハラ》、腰なづむ、空は行かず、足よ行くな」と歌う。「足よ行くな」は、鳥は空を翔ぶのにじぶんたちは笹原に腰を取られ、難儀しつつ足で以てよろよろ歩いて行くことよの意。そのように哭きつつ、また腰なずみつつ空翔ぶ鳥を追いかける女たちの姿態が眼に浮かぶのは、それがやはり演技されているせいである。文章の模様や歌詞の律動からも、かなりハッキリその辺のことが感じ取れる。しかもそれは、「匍ひ廻ろふ、野老蔓」の句と一続きをなす演技であった。(なおこの歌が天平六年二月、宮廷の歌垣で「浅茅原曲《アサヂハラブリ》」の名で演じられたことは、次節「遊部について」でふれる。)

さてその演技は、「海処《ウミガ》行けば、腰なづむ、云々」の歌のそれへと受けつがれ、そしてさらに「浜つ千鳥、浜よは行かず、磯伝ふ」となる。これは浜千鳥なのに砂浜からは行かず、岩場の磯伝いに飛んで行くことよとの意。ここで追っかけるのをあきらめ、恐らくは遥かかなたをじっと眺めやるといった形で、一連の所作は完結する。「浜つ千鳥」の前身はむろん「白智鳥」にほかならぬが、こうした変り身のす早さも妙である。

礼記に次のようにある、「其ノ往キ送ルトキハ、望望然汲汲然タリ。追ウコトアツテ及バザルガ如シ。其ノ反哭スルトキハ、皇皇然タリ。求ムルコトアリテ得ザルガ如シ」(問喪)と。むろんここで影響を云々する必要はない。葬儀におけるあれこれの仕草は人の無意識的な次元に根ざしており、従って互いに似てくるのは当然で、ここでは世界は一つという感が強い。

そして古事記は最後に、この四歌は「今に至るまで」天皇の葬りで歌うなりとしめくくる。この「今」が天武の葬礼などをも含むことを、これはかなり強く暗示する。書紀の方はこれとはだいぶ趣を異にし、「時に日本武尊、白鳥《シラトリ》と化《ナ》りて、陵より出で、倭国《ヤマトノクニ》を指して飛びたまふ。群臣《マヘツキミ》等、因りて其の棺《ヒツギ》を開きて視れば、明衣《ミソ》のみ空しく留りて、屍骨《カバネ》は無し。是《ココ》に使者《ツカヒ》を遣《ツカハ》して白鳥を追ひ尋《モト》めぬ」とある。つまり道教の解尸《カイシ》仙の説をとりこみ、ここでヤマトタケルは仙人と化す。こうなれば先に見た四つの歌が消えてしまうのも当然である。天武の葬礼あたりが多分その打ち止めであり、書紀編纂時にはそれはもうすっかり廃れていたと見ていい。

ところでこういった演技を伝承していたのは遊部《アソビベ》以外にありえず、そしてそれは宮廷の葬りにさいし喪屋における秘儀としておこなわれていただろう。アメノワカヒコの喪屋であれこれの鳥が哭女その他の役に当るさまは次節に見るとおりだが、ヤマトタケルの葬りにおけるチドリも、死者の鎮魂に与かるこの遊部なるものを想い起こさせてくれる。哭きつつ、また腰なずみつつそれを追いかける后たちの所作を演じたのは、やはり遊部であったのではなかろうか。

これを土師《ハニシ》氏の伝承とする説も出されている。*14 注目すべき問題提起なのだが、異議なくもない。第二章の冒頭に載せる年表の29の条に見るとおり、天武の殯宮でも楯節《タタフシ》（伏）舞というのが奏されている。これは土師《ハジ》宿禰五人・文忌寸《フミノイミキ》五人が甲を着し刀と楯を持って舞うものであったが、天武の柩を大内陵に葬る直前にこれが奏されたのは、土師・文の両氏が古墳築造ないしは埴輪や土器の製作に携わっていたこととかかわる。土師氏が一時期、宮廷葬儀を掌るに至った因縁もそこにある。楯節舞のおこなわれたのは喪屋ではなく殯庭においてであった。甲を着し云々という出でたちからも、その舞い手が歴とした官人であったことがわかる。この舞が雅楽寮で教習され、東大寺大仏開眼供養などで演じられたのも、それが公的な素姓を持っていたしるしである。

ところが遊部の役は、殯庭ではなく喪屋のなかで秘かに鎮魂の術をおこなうことにあった。両者の持つ機能上の差には、かなりいちじるしいものがある。土師氏にも土部《ハジベ》の民がいたが、右に見たとおり埴輪や土器作りに従事したり、あるいは陵戸（陵守）になったりするのが主であった。つまり天武の葬礼で楯節舞がおこなわれたからといって、ヤマトタケルの葬りのときうたわれた「なづきの田の、稲幹に、云々」以下の「四歌」の仕手もまた土師氏だと持ってゆくことはできそうにない。古事記に右の「四歌」は今に至るまで天皇の葬りに歌うなりとあるのは、それが宮廷に古くからずっと伝承されてきた、従って記し留めておかねばならぬフルゴト（古事）だという意に解していいのではなかろうか。

歌詞じたいからも、その辺の消息がうかがえる。これらの歌は葬りとは全く縁のないものの寄せ集めだ、との説には同調できかねる。前節「女たちの挽歌」の条にかかげた天智の大后の（ロ）の歌「いさなとり、近江の海を、云々」の歌につき、私はかつて「単語が切れ切れに口からこぼれ出たような気のするひびきがある」（斎藤茂吉編『万葉集研究』）という評語を『万葉私記』で引いたことがある。ほぼ同じことが右の「四歌」についてもいえる。四歌中とりわけ初めの三首の歌のもつ不整型でちぎれちぎれのことば遣いは、足場の悪いところで哀哭しつつ踊る女たちの口からこぼれでたもののように受けとれる。女の挽歌は哭くという行為がことばとして分節化することによって発生したと私は考えるのだが、右の三首からもほぼこうした過程が察知できる。それが葬りとは無縁の歌に見えるのは、悲しみを情緒のことばで以ていい表わすあたりまでその分節化が進んでいないこと、つまりそこに古い伝承歌にふさわしい特質があるのを逆に語っているといえる。それが「浜つ千鳥、浜よは行かず、磯伝ふ」という五・七・五の定型に近い句で終り、一種の喪失感が滲み出てくるのも、前の三首が切れ切れの不整型のままであったのと呼応する。

何れにせよ、この「四歌」は今に至るまで天皇の葬りに歌うなりと古事記にいうのを、殯庭でそれが公的に演じられる意にとりなすことはできまい。政治的に劇場化した殯庭ではなく喪屋のなかで、つまり王の柩を前に秘儀としてそれはおこなわれたはずである。その点、女たちの挽歌と同じで「四歌」は殯宮の目には見えぬ部分にぞくしていたことになる。そして古事記の手柄は、滅亡寸前のきわどいところでこの伝承を「古事」として捕えたことにある。そしてこれを伝承してきたのは、前にいったとおり遊部であり、それ以外にはありそうもないと今のところ私は考える。

さて古事記は、ヤマトタケルの葬りの後日譚として次のように語り収めている。

故、その国より飛び翔り行きて、河内国の志幾に留まりましき。……その御陵を号けて、白鳥の御陵と謂ふ。然るにまた、そこより更に天に翔りて飛び行でましき。

文章上からすれば、右の「その国」は古事記伝に説くように伊勢国を指すという図柄になって、ちょっと奇異に聞こえる。前に引いたように書紀には、伊勢のノボ野の陵から「倭国《ヤマトノクニ》を指して飛」ぶとあり、記伝も古事記はこの部分が「早くより漏《モレ》た」のだろうとする。が、やはり本文のまま受けとりたい。ヤマトタケルが東国に向かうとき、伊勢神宮に仕えている姨《ヲバ》ヤマトヒメに「患《ウレ》ひ泣きて」次のように訴えたとある例のことばを、ここに改めて想い出さねばなるまい。

天皇既に吾《アレ》死ねと思ほす所以《ユヱ》か、何しかも西の方の悪しき人等《ドモ》を撃ちに遣はして、返り参《マヰリ》上《ノボ》り来《コ》し間《ホト》、まだ幾時《イクダ》も経《ア》らねば、軍衆《イクサビトドモ》を賜はずて、今更に東の方十二道の悪しき人等を平《コトム》けに遣はすらむ。これによりて思惟《オモ》へば、なほ吾既に死ねと思ほしめすなり。

ヤマトタケルの「建《タケ》く荒き情《ココロ》」に畏れをなして父天皇（景行）は、かれを西のかたクマソ退治にいわば追いやったのだが、すぐまた部下もくれず東国のエミシを撃って来いと命ずる、これはてっきり自分を死ねと思っているせいだというのである。こうした父天皇のいる倭の国に、その死後の魂が立ち戻らなかったとておかしくない。倭への望郷の心は、「倭は、国のまほろば、たたなづく青垣、山隠《ゴモ》れる、倭しうるはし」という「国思《シノ》び歌」ですでに歌ったところである。書紀でのヤマトタケルは父天皇の忠良な代理人であり、古事記とは全く性格を異にする人物として語られる。

両者を一緒くたにし、貴種流離譚と呼んだりするのは全く意味がない。真に流離譚といえるのは、古事記のかたるこの人物の東国遍歴の旅についてである。同じく伊勢のノボ野で死ぬにしても、書紀では東国のエミシどもを平らげその俘虜を神宮に献じ、めでたく帰ってきた、と天皇に奏上してから忽然と逝くのであり、古事記では、天皇にかねて「吾死ね」と思われていた身で疲れ果て、歩くこともできなくなって死ぬ。自殺とか暗殺とかではないものの、これがたんなる自然死でないのも明らかといっていい。そして古事記は、さきに引いたごとく、「また、そこ（白鳥陵）より更に天に翔りて飛び行《イ》でましき」といって終る。書紀も「遂に高く翔《ト》びて天《アメ》に上りぬ」で終る。それぞれその文脈の含意するところは必ずしも同じでない。書紀の方は、めでたく昇天を遂げるのにたいし、古事記には、渡り鳥である白鳥がこの地を離れ去って空高くどこことも知れず翔んでいったという、流離譚らしい余韻が漂う。

三　遊部について

殯宮の一隅の喪屋で秘儀にたずさわったのは「女性の近親者や女官」だけでなく、さらに「遊部」という「呪術によって魂に働きかける品部」もそこにはいたらしい。[*15] そして私はヤマトタケルの葬りの歌を演じたのは、この遊部であっただろうと前節で推測した。次はこの遊部とは何ものかを考えたいのだが、それにかんする資料といえるものは乏しく、喪葬令に「遊部」とあるのにつき令集解が「古記」「令釈」「穴記」の諸注を引きあいに出しているだけなので、その実体に近づくのは容易でない。（ちなみに「古記」は大宝令の注釈で天平年間の成立、養老令の注釈である「令釈」は延暦年間の、「穴記」はさらに遅れ弘仁から天長にかけての成立という。[*16]）

この遊部を論ずるものは、まず何よりも「令釈」の「遊部隔《ハテ》二幽顕境《ヲ》一鎮《ムル》二凶癘魂《ヲ》一之氏也」という「刺激的な記事にひかれて」あれこれと「鎮魂の意味内容について解釈」するのが「現状」に外ならぬ、[*17] といった批判が起きている。その「現状」には、折口信夫「大嘗祭の本義」「上代葬儀の精神」や五来重「遊部考」等が含まれる。これらにたいしこの批判は、資料それぞれの記事のもつ時代性を識別すること、そしてやはりいちばん古い「古記」にもっとこだわらねばならぬと説く。それはそうだろうと私も思う。で、かなり不透明な上いささか奇怪でさえあり、人をたじろがせる点をもつ一文だけれども、この「古記」を現代語訳でそっくり引くことから始めたい。

古記に云う、遊部は大倭国高市郡に在りて、生目天皇《イクメ》(垂仁)の苗裔である。遊部と名を負ふ所以は以下の通りである。生目天皇の庶子たる円目王《ツブラメ》が、伊賀比自支和気《ヒジキワケ》の女を妻としていた。およそ天皇の崩じた時には、比自支和気らが殯所に到ってその事に供奉していたが、その氏の中から二人を取り、名づけて禰義と余比と称した。禰義は刀を負い戈を持ち、余比は酒食を持ち刀を負い、二人して内に入って供奉した。ただ禰義らの申す辞はもっぱら人には知らしめなかった。そののち長谷天皇(雄略)が崩じた時、比自支和気を追払ってしまっていたのにより、七日七夜御食をたてまつらなかった。これがため天皇(の魂)は荒らび給うた。この時、諸国にその氏人を求めた。或る人がいうには、円目王が比自支和気の女を娶って妻としている、この王に問うのがよいと。そこで召し問うたところ、答えていうには、その通りだと。次にその妻を召し問うたところ答えていうには、我が氏は死に絶えてしまった、自分一人がいるだけだとのこと。そこでその殯のことを指示したが、その女のいうには、女が武器を負って供奉するのはやはり不都合である。そこでその夫の円目王に、ということで円目王が妻に代ってその事に供奉した。これによって天皇(の魂)は平らかに和《ナゴ》んだ。で、その時詔りして、今日より以後、手足の毛、八束毛《ヤツカケ》になるまで遊べといわれた。これによって遊部という名が付いたのである。但しこの条にいう遊部は野中、古市の人の歌垣の類がこれである。[*18]

この一文を解読するには、真正面からではなく、四球を選び、あとは犠打を打ったり外野フライを打ったりして何とか得点しようと、辛抱強く進んでいくほかない。

まず、和名抄の大和国高市郡に遊部郷(今の橿原市内)があるのは、かつて遊部がそこに住していたのにもとづく名であろう。宮廷の葬りにじきじき仕える部の民の居地として、久米部の居地が久米郷(橿原市内)であるのなどと同じで、これはまことにふさわしいといえる。伊賀の比自支和気云々も、ヒジキという村の名が上野市に伝わっており、式内に比自支神社が見えるから、たんに架空のものではない。和気(別)とは、かつて大和国家の勢力下における諸首長の有した称号だが、このヒジキ和気も古風で独自な呪力を伝承する氏であり、そこから取られた「禰義」と「余比」が天皇の柩の近くに供奉したというのである。

「禰義」が神に仕える禰宜《ネギ》と同義であるのは、「義」と「宜」がともに乙類の仮名である点からもほぼ疑えない。つまりネギはネグ(祈)の名詞形である。わかりにくいのは「余比」の方で、右の本文は国史大系本に従い「余比」としたが、伴信友は「余此」とある本によりこれをヨシと訓み、「この余此《ヨシ》といへるは爾義が御魂に禱言《ネギゴト》奏畢ると、余比は御魂の御心を奉たまはりて縦《ヨシ》と云ふ」(比古婆衣)のでこの名があるとするけれど、説得力に乏しい。

実はこれまで「余比」は「呼び」で、死者の魂を呼びもどす役の意だろうと私はひそかに考えて来た。ただ「余比」のヨは乙類の仮名であるにたいし「呼び」のヨは甲類だし、無理おしできぬとは承知していた。少なくともそれが成り立つのには、「余比」の「余」は「用」または「与」(甲類)を誤ったものとするほかない。こうして今のところ、「余比」の正体は不明ということになる。ただネギと「余比」の帯する武器が、外からやって来るかも知れぬ悪霊を防ごうとするものにほかならぬ点は確かだから、ネギと「余比」が「祈《ネ》ぎ」と「呼び」であるとすれば、機能の上からも音の上からも、かなり似合いの一対になると思うのだがどうであろうか。[*19]

遊部についての記憶は奈良朝に入るにつれ急に薄れ、同時に一種のねじれ現象が生じてきたように思われる。天武の殯宮あたりを境に遊部と宮廷との関係がふっつり切れてしまったのに、それは恐らく起因する。「古記」がネギと「余比」により天皇の魂を鎮める秘儀に言及しながら、他方では遊部の名は「八束毛になるまで遊べ」といわれたのにもとづくとしたりする点などにも、すでにこういったねじれはあらわれている。とくに延暦期に成ったという「令釈」では、このねじれがさらに拡がってくる。遊部は顕幽境を隔て「凶癘魂」を鎮める氏だとするのは、「古記」に長谷天皇の死霊が荒びたまうたのを和《ナゴ》めたとあるのと同義だろうが、いささかハッタリめいたものいいである。かと思えば次はガラリ変って「終身勿レ仕」、つまり生涯宮仕えしたりせず、課役も免じられ意にまかせて遊行するので遊部と呼ぶのだとの落ちになっているのは、遊部がすでに漂泊の民と化していたらしいことを暗示する。そして令集解本文も結局アソビについてはこの説を採用するのである。しかし、アソビという語がもともと祭祀や葬礼などにおける歌舞・音楽のいいであったのはほとんど明白である。遊部についていうなら、その鎮魂の行為じたいがアソビであったはずである。

　このあたりの消息を知るには、天の岩屋戸の段に就くのが一番だ。古事記によるとアメノウズメは「……天の香《カグ》山の小竹《ササ》葉を手草《タグサ》に結《ユ》ひて、天の石屋戸《イハヤ》に槽《ウケ》伏せて踏み轟こし、神懸《カムガカ》りして、胸乳《ムナチ》をかき出で裳緒《モスソ》を陰《ホト》に押し垂れき。ここに高天の原動《トヨ》みて、八百万の神共《トモ》に咲《ワラ》ひき。ここに天照大御神、怪しと以為《オモ》ほして、天の石屋戸を細めに開きて、内より告《ノ》りたまひしく、「吾が隠《コモ》りますによりて、天の原自《オノヅカ》ら闇く、また葦原中国も皆闇けむと以為《オモ》ふを、何由《ユエ》にか天宇受売《アメノウズメ》は楽《アソビ》をし、また八百万の神も諸《モロモロ》咲へる」とのりたまひき。ここに天宇受売白《マヲ》ししく、「汝命《イマシミコト》に益して貴き神坐《イマ》す。故《カレ》、歓喜《ヨロコ》び楽《アソ》ぶぞ」とまをしき」とある。アソビに「楽」の字をあてているのは人もまた楽しむからで、書紀にはアソブを「噱楽《ヱラク》」（歓喜して笑う）としている。つまりアソビとは歌舞音楽によって心意昂揚し、日常性を超えた状態に達するのをいう。それが歓楽であるのも、日常性からの解放がそこにあるからだろう。

遊女をアソビともアソビメともいう。そう呼ばれる遊女はたんなる売春婦とは違い、歌舞音楽に秀でた芸能者であった。更級日記には、足柄山でどこからともなく出てきた遊女が「声すべて似るものなく、空に澄みのぼりめでたく歌をうたふ。人びといみじうあはれがりて、け近くて《(そばに呼んで)》、人びともて興ずるに云々」と、アソビの生態を描き出した一節がある。

しかし和名抄にいうとおり、アソビはウカレメ（遊行女婦）でもあったわけで、前述「古記」や「令釈」の遊部の名の由来についての説にもどっていうなら、それらはアソビの古義を置き去りにし、ウカレの方にずれこんでいったことになる。もとよりその背後には文化の地層的な変動ともいうべきものがあり、葬りのやりかたなども大きく変容していったと見なしていい。つまり仏教が葬りを主導するにつれ、それは次第にかつてのアソビとは共存しがたいものとなった。ともあれ奈良朝から平安朝初期にかけ、現代語のアソビによほど近い意味づけが次第にこの語にはりつくようになったようである。儒教風の礼楽思想にもとづくものとはいえ、五節の舞につき「直《タダ》に遊びとのみはあらずして、天下《アメノシタ》の人に、君臣祖子《キミオミオヤコ》の理《コトワリ》を教へ賜ひ趣《オモブ》け賜ふとに有るらしとなも思《オボ》しめす」（続紀、天平十五年五月宣命）との言などにも、そうした傾向がハッキリうかがえる。

さて次に問題になるのは、「古記」が「この条にいう遊部は野中、古市の人の歌垣の類これなり」としめくくっていることばである。ここに、最後に乗り越えねばならぬかなり厄介な障害が隠されている。歌垣は、古い成人式の伝統と包みあっていたはずである。すなわち、一定の季節に一定の山や野や市に若い男女がつどい、舞ったり踊ったりしつつ求愛の歌をかけあい、そして集団的に性の解放を経験する、これがかつての歌垣の姿であった。とりわけ世に聞こえるのは常陸風土記に伝える筑波山の歌垣——カガヒとも呼ばれる——だが、逸文摂津風土記などにも「歌垣山あり、昔は男女この上に集ひ登り、常に歌垣を為す」等とあるとおり、この習俗はかなり広くおこなわれていたと推測できる。だが「古記」にいうところの歌垣はこれらを指すものではない。

歌垣は日本列島だけでなく、南西諸島の毛遊《モウアソビ》などをふくめ、中国南部からインドシナ半島、さらにビルマあたりまでおこなわれていた習俗である。つまり日本列島の歌垣は、こうした広大な文化圏の一端にぞくする。民間におけるこの歌垣の習俗が隋・唐の踏歌《トウカ》——男女が列をなし足拍子を踏んで正月を祝福する歌舞——とまことに奇妙な具合に結びつき、奈良朝の宮廷で風流《フリユウ》としておこなわれるようになり、この遊芸もまた歌垣の名で呼ばれたのである。しかも主としてそれに携わるのは、渡来系の人びとであった。こういった入り組んだ関係をほぐすため、つぎに二つの記事を引いておく。

（イ）二月癸巳の朔、天皇、朱雀門に御して歌垣を覧す。男女二百四十余人、五品已上の風流する者、皆その中に交雑《マジハ》る。……本末を以て唱和し、難波《ナニハ》曲《ブリ》・倭部《ヤマトベ》曲・浅茅原《アサヂハラ》曲・八裳《ヤツモ》刺《サス》曲の音《ネ》を為す。都の中の士女をして縦《ホシキマニマ》に覧せしむ。歓を極めて罷《ヤ》む。歌垣を奉れる男女らに禄を賜ふこと差《シナ》有り。（続紀、天平六年二月）

（ロ）辛卯《二十八日》、葛井《フヂヰ》・船・津・文《フミ》・武生《タケフ》・蔵《クラ》の六氏の男女二百三十人、歌垣に供奉《ツカヘマツ》る。その服は並に青摺《アオズリ》の細布《タヘノ》衣を着、紅の長紐《ヒモ》を垂る。行《ツラ》を分けて徐《オモムロ》に進む。歌ひて曰はく、「少女《ヲトメ》らに、男立ち添ひ、踏み平《ナ》らす、西の都は、万世《ヨロヅヨ》の宮」といふ。その歌垣に歌ひて曰はく、「淵も瀬も、清く爽《サヤ》けし、博多川、千歳《チトセ》を待ちて、澄める川かも」といふ。歌の曲折《キヨクセツ》毎に、袂《タモト》を挙げて節《フシ》を為す。その余の四首は並に是れ古詩なり。復《マタ》煩《ワヅラハ》しくは載せず。……六氏の歌垣の人に、商布二千段、綿五十屯を賜ふ。（続紀、宝亀元年三月）

これで宮廷の歌垣がどんなものであったか、ほぼ見当がつく。民間の野性的な歌垣とは似てもつかぬ、花やいだ風流なのだが、男女が「本末を以て唱和」するのでやはり歌垣と呼ばれたのである。（ロ）についていえば、「少女らに、男立ち添ひ、踏み平らす」とあるのは、宮廷儀礼化した歌垣に踏歌の仕草が合わさったものであることを示す。[*20] で次に、「その歌垣に歌ひて曰はく」として「淵も瀬も、清く爽けし……」の歌が出てくるわけで、その歌いかたや所作も踏歌ぶりとはいささか違っていたはずである。（中国において踏歌は、もともと農民が大地を踏んで豊作を祝う踊りであったが、日本に入ってきたのはその貴族化されたものであった。）が、さらに見のがせぬのは「その余の四首は並に是れ古詩なり」とある点だ。この四首とは（イ）のいう難波曲・倭部曲・浅茅原曲・八裳刺曲の四曲を指す。それを「古詩」と呼んだのは、「少女らに」と「淵も瀬も」の二首が「西の都」つまり由義宮をほめるため作られた新詩であるにたいし、右四首が以前から宮廷歌垣で用いられてきた歌詞であったせいである。

（イ）と（ロ）のかかわりには、しかしもっと深いものがある。（ロ）に葛井《フヂヰ》氏以下の六氏が歌垣を演じたと見えるが、（イ）に二百四十余人の男女が参加したという天平六年の歌垣でも、その中心にいるのはやはりこの葛井氏以下のものたちであっただろう。この六氏は、もとよりみな渡来族である。そして「古記」に遊部は「野中、古市の人の歌垣の類」だとするのも、実は宮廷で演じられたこの人たちの歌垣を指すはずである。和名抄の河内国丹比郡野中郷も古市郡古市郷も今は羽曳野市にぞくするが、右六氏はほぼみなこの地域に住していた。（ロ）の由義宮もまたほど遠からぬあたりに存する。こうして「古記」は遊部と歌垣がともに、男女の演じるアソビであるのに目をつけ、両者を同類とするに至ったに相違ない。

さらに見のがせぬのは、（イ）にあげる四曲の一つに「浅茅原曲」というのが存する点である。この曲はもとより、ヤマトタケルの葬りのときに歌われたと古事記にいう「浅小竹原《アサジノハラ》、腰なづむ、空は行かず、足よ行くな」を指す。この歌については前に言及したが、とにかくこうした古歌が新たに曲づけされ、宮廷歌垣として歌われるようになっていた様子がここには見てとれる。

遊部にかんする伝承がねじれていくのも、もっともである。「古記」の作者が「野中、古市の人の歌垣」に通じていた渡来系氏族出身者であった[21]こととこれは無縁ではあるまい。「遊部は野中、古市の人の歌垣の類」とのいい草には、遊部もかつては宮廷の葬りでの歌舞つまりアソビに携わるものであった記憶がきわどく、そしてやや逆説的に残存していると見てよかろう。

だとすれば、遊部がこうした歌舞を演じたとおぼしき古い例があるかどうかが問題になる。そのことを念頭に持って私は前節でヤマトタケルの葬りの歌と遊部との関連に言及したのだが、さらに次にやはり古事記に伝えるアメノワカヒコの喪屋の話をとりあげ、その辺のことを探ってみたい。そこには次のようにある。

天若日子の妻、下照比売の哭《ナ》く声、風のむた響きて天《アメ》に到りき。ここに天なる天若日子の父、天津国玉神またその妻子《メコ》聞きて、降《クダ》り来て哭き悲しみて、すなはち其処に喪屋を作りて、河雁《カハカリ》を岐佐理持《キサリモチ》とし、鷺《サギ》を掃持《ハハキモチ》とし、翠鳥《ソニドリ》を御食人《ミケビト》とし、雀を碓女《ツキメ》とし、雉《キギシ》を哭女《ナキメ》とし、かく行なひ定めて、日八日夜八夜《ヒヤカヨヤヨ》を遊びき。

◉宮が尾古墳（善通寺市）の横穴式石室玄室に線刻された壁画（実測図部分：善通寺市教育委員会）

書紀の方では、アメノワカヒコの屍を天に持ちかえって「喪屋を造りて殯《モガリ》す」とあり、登場する鳥たちとその役割にも多少の異同が見られるが、今はそこまで立ち入って云々する必要はあるまい。結論としていえるのは、記紀のアメノワカヒコの葬礼がいわゆる殯庭の行事ではなく、喪屋での秘儀にぞくするものであっただろうということである。鳥たちがその固有な姿態や特性によってそれぞれ役を負うという形になっているのも、soul animal である鳥たちの所作をあれこれ演ずることによって、死者を鎮魂しようとしたものだろう。

北九州の珍敷《メズラシ》塚古墳は船のへさきに鳥のとまる彩画で知られる。これは死者を安息の地に運ぼうとする図に外なるまい。船と鳥の結びつきを示す考古学上の資料としては、とくに最近(一九九七年七月)奈良県天理市の東殿塚古墳(四世紀初めごろの前方後円墳)から船とそのへさきに鳥、また貴人の象徴である衣笠《キヌガサ》を線刻した円筒埴輪が出土したとの記事が報道されている。これは大王級の人物の魂をあの世に運ぶ葬送船だろうとの専門家の見解も、そこには載せられている。船と葬送とには浅からぬ因縁があったわけで、かつては棺もフネまたはノリフネと呼ばれ、葬儀の世話役を船人《フナウド》と呼ぶ地方さえあった。[*22] フネはものを入れる大型の槽のいいで、古くは酒船とか馬棺《ウマフネ》とかの語も見える。だから葬送にさいし棺が船と同化し、さらにへさきに鳥のとまった船が水上を行くといった図柄が喚起されてきても、何ら不思議はない。あの世とこの世は水で以てへだてられているとの考えが、漠然とだがここでは一役買っていたとも推測される。

それにしてもしかし、「古記」中にいうネギと「余比」のゆくえはどうなるのか。遊部が喪屋で魂の荒び行くのを鎮めようとしておこなう秘儀は表に現われにくいものであった。「内に入って供奉」する——これは死体を収めた棺のそばまで入ってじきじきにという意に違いない——ネギらの申すことばは人には知らしめなかったと「古記」にあるのも、そのへんの消息を語っている。またネギは刀と戈《ホコ》を「余比」は刀を負いとあるが、「古記」にいうとおりこれは男の役であった。それにたいし「雀を碓女とし雉を哭女とし」（古事記）とあるのからも、鳥に扮してあれこれの所作を演ずるのは女たちの役であったと思われる。ハッキリとはわからぬけれど、男役と女役とが交叉しつつ遊部の死者鎮魂の秘術はおこなわれたのであるらしい。「遊部は悲歌の人にて男なり」[*23]とするのは、どうであろうか。このことになぜこだわるかといえば、「古記」が、「遊部は野中、古市の人の歌垣の類」つまり男女立ち添いながらおこなう歌舞だとしめくくることばと、これは包みあう関係にあるらしいからである。

最後に鎮魂ということにつき一言しておく。陰暦十一月の寅の日に宮廷でおこなう鎮魂祭は、タマシヅメノマツリともタマフリノマツリとも呼ぶ。前者は遊離した魂を身体の中腑に復帰させようとするもの、後者は沈滞した魂を活性化しようとするものだが、互いに関連しあう呪術であったため、こうして両様の呼びかたが生じたのだろう。だがこれは生者の魂にかんする儀礼である。死者の場合は帰るべき身体が腐ったりしているので、そのタマシヅメは荒ぶる魂を鎮め他界の方に事なく赴かしめようとする意になる。遊部の場合も、「鎮㆓凶癘魂㆒」（令釈）とか荒びた天皇の魂が「平らかに和《ナゴ》んだ」（古記）とかあるのはこの意と解される。

だがタマフリの方もあったはずだ。例えば物部氏には、「十宝」なるものを「一二三四五六《ヒトフタミヨイツムツ》七八《ナナヤ》九十云而《ココノタリヤトイフテ》フルへ、ユラユラトフルへ」かくせば死人も生き返らむ（旧事紀《クジキ》）という呪法が伝わっていた。宮廷の死者儀礼に仕える遊部も、これに類する固有な呪法を有していたと見て一向おかしくない。アメノワカヒコの話に、その喪を弔いに来た友をワカヒコの父や妻が本人と見誤ったとあるのなども、魂呼ばいの呪法による再生が信じられていたせいと解されなくもない。何れにせよ、「日八日夜八夜《ヒヤカヨヤヨ》を遊びき」とあるアソビのなかには、「雉を哭女」とし等々と並んで、こうしたタマフリの要素もふくまれていただろうと思う。（こうなるとしかし、一度捨てかかった「余比」を「呼び」とする考えがまたぞろ頭をもたげて来るのだが……。）

注

＊1――「黄泉の国とは何か」（本書所収）参照。
＊2――土井卓治『葬送と墓の民俗』。
＊3――「殯の基礎的考察」（森浩一編『終末期古墳』所収）。
＊4――『古代国家の歩み』（大系「日本の歴史」）。
＊5――「燃ゆる火も」の歌は定訓もなく歌意も不明な点があるが、「不思議な術を行なう道士のように奇蹟を実現してほしいという願いを歌ったものと思われる」（稲岡耕二『万葉集全注第二』）とあるのに従ってよかろう。この本には『万葉考』（真淵）の次のことばも引かれている、「後世も火をくひ、火を踏わざを為といへば、其の御時在し役小角がともがらの、

火を袋に包みなどする、恠《アヤシ》き事有けん云々」と。天武が「天文・遁甲」（紀）の道に通じていたことは、よく知られている。

＊6——「オモロの世界」（日本思想大系『おもろさうし』解題。拙著『古代の声』に再録）参照。

＊7——青木生子「額田王と志賀のみやこ」（著作集第五巻所収）参照。

＊8——T. H. Gaster, *Thespis* 参照、なおこの本は「古代中近東における祭式と神話と劇」と副題されている。

＊9——井之口章次『仏教以前』。

＊10——蔓草を手繰り手繰りする所作がなされていたと思われる詞章に、「三身《ミツミ》の綱うちかけて、霜黒葛《ツヅラ》くるやくるやに、河船のもそろもそろに、国来《クニコ》国来と引き来縫へる国は、云々」（出雲風土記）がある。出雲国造の新任のさいそれが演じられたものらしいことについては、拙稿「国引き考」（『月刊百科』一九九一年三月・四月号）参照。また神楽歌中の早歌にも、本と末の両人が「深山《ミヤマ》の小葛《ツヅラ》（本）繰れ繰れ小葛（末）」と、かけあいでやる演技がある。それも「神楽の夜」（拙著『梁塵秘抄』所収）という一文で言及したことがある。

＊11——狂言小歌「浜千鳥の友呼ぶ声は、ちりちりやちりちりちり、ちりちりやちりちりちり、ちりちりやちりちりと、散り飛んだり」が、そのへんのことを知るに役立つ。

＊12——多田智満子『魂の形について』参照。これは詩人の立場からこの〈形〉について発言した著作である。

＊13――拙著『古代人と夢』参照。
＊14――土橋寛『古代歌謡全注釈――古事記編』、『古代歌謡の世界』参照。
＊15――第一節「女たちの挽歌」に引く注4の一文参照。
＊16――井上光貞「日本律令の成立とその注釈書」（日本思想大系『律令』所収）参照。
＊17――新谷尚紀「殯儀礼と遊部・土師氏」（『生と死の民俗史』所収）。
＊18――ややいい変えた箇所もあるが、注17に載せる現代語訳による。
＊19――ふつう「比」はヒであり、ビは「妣」だとされるが、万葉集には「呼ビ」のビに「比」をあてたのが四例もあるから「余比」を「呼ビ」と見てもそう無理ではあるまい。
＊20――『続日本紀』（新日本古典文学大系）脚注。
＊21――注16の井上論文参照。
＊22――柳田国男『葬送習俗語彙』参照。
＊23――薗田守良『新釈令義解』。

第二章　政治的劇場としての殯宮

一　王は二つの身体を持つ

朱雀元年九月九日、天武の崩ずるや「殯宮を南庭に起《タ》つ」（十一日）、「南庭に殯す」（二十四日）とあるが、南庭は平安朝の内裏でいえば、その正殿たる紫宸殿の南側にひろがる白砂の大庭のことで、あれこれの宮廷儀礼はここでおこなわれたのである。むろん当時はまだ紫宸殿という名は冠されていなかったにしても、儀礼用殿舎の紫宸殿と天皇の日常の居所である清涼殿に当る殿舎の二つは、かなり古くから欠くことのできぬものであったはずだ。殯宮《モガリノミヤ》がこの南庭でおこなわれたのは天武だけでない。書紀によれば推古や孝徳の場合も、やはりそうであった。天智について「新宮に殯す」とあるのは、大津宮が火災で焼けたためで、女たちの挽歌がみな湖のことを詠じている点からも、この「新宮」は新たに作られた内裏を指すと推定される。

古く欽明の殯宮は都を離れた河内の古市で、敏達のそれは広瀬郡で営まれたのに比べ、ここに一つの変化ないしは一つの変質の生じているのが見てとれる。つまり天皇の殯宮は、今や即位式などと並ぶ新たな宮廷儀礼に昇華したのである。昇華は質が変るという意をふくむ。皇太子の場合でも殯宮の営まれたのが宮廷外であったことは、万葉巻二所収の日並《ヒナミシノ》皇子（皇太子草壁）とか高市皇子とかの「殯宮の時、柿本人麻呂の作る歌」等によってわかる。南庭に殯宮を設けることができたのは、天皇だけであった。内裏は聖なる空間で、ここには一切の穢《ケガレ》の侵入が許されていなかった。例えば平安初期のことだが、「掖庭《エキテイ》」つまり正殿わきの皇妃らのいるあたりに犬の死骸が見つかったというので、内裏南面の正門の建礼門で大祓をしたとの記事（日本後紀逸文、天長七年九月）が見える。この内裏に出入りする官人たちがいかにケガレを忌まねばならなかったか、その例ならそれこそ枚挙にいとまがない[*1]。かつて代替りごとに都遷りしたのも、死のケガレを忌むためでもあったに相違ない。この聖なる空間の中心にあたる南庭で天皇の殯宮がこうして営まれるようになった意味は、だから小さくないといっていい。

　ではどのようなことがどのように、この天武の殯庭ではおこなわれたか。日本書紀により、それを左に表記しておくが、さいわい先蹤があるのでそれに倣うこととする[*2]。ただ意図が同じでないため、多少の出入りがあるのをおことわりしておく。

天武殯宮年表

1	朱雀元年九月九日	天皇、正宮《オホミヤ》（皇居）に崩ず。
2	〃　九月十一日	始めて発哭す。殯宮を南庭に起《タ》つ。
3	〃　九月二十四日	南庭に殯し、即ち発哭す。この時、大津皇子、皇太子に謀反。
4	〃　九月二十七日	諸の僧尼、殯庭に発哭す。是の日、始めて奠《ミケ》（供物）献上。即ち誄《シノビコト》す。第一に大海宿禰菖蒲《アラカマ》、壬生《ミブ》の事を誄す。次に伊勢王、諸王の事を誄す。次に犬養宿禰大伴、総べて宮内《ミヤノウチ》の事を誄す。次に河内王、左右大舎人の事を誄す。次に当麻真人国見、左右兵衛の事を誄す。次に釆女朝臣竺羅《ツクラ》、内命婦の事を誄す。次に紀朝臣真人 膳《カシハデ》職の事を誄す。
5	〃　九月二十八日	僧尼亦殯庭に哭す。是の日、布勢朝臣御主人《ミヌシ》、太政官の事を誄す。次に石上朝臣麻呂、法官（後の式部省）の事を誄す。次に三輪朝臣高市麻呂、理官《ヲサムルツカサ》（後の治部省）の事を誄す。次に大伴宿禰安麻呂、大蔵（後の大蔵省）の事を誄す。次に藤原朝臣大嶋、兵政官《ツハモノノ》（後の兵部省）の事を誄す。
6	〃　九月二十九日	僧尼亦発哀。是の日、阿倍久努《クヌ》朝臣麻呂、刑官（後の刑部省）の事を誄す。次に紀朝臣弓張、民官（後の民部省）の事を誄す。次に穂積朝臣虫麻呂、諸国司の事を誄す。次に大隅・阿多の隼人、及び倭・河内の馬飼部 造《ミヤツコ》、各誄す。

7	〃　九月三十日	僧尼発哀。是の日、百済王良虞（亡命百済王昌成の子、善光の孫）、百済王善光に代りて誄す。次に国国の造等、各誄す。仍りて種種の歌舞を奏す。
8	〃　十二月十九日	百ヶ日に当り無遮大会を五つの寺に設く。
9	持統元年正月一日	皇太子、公卿百寮《ツカサツカサノ》人等を率て、殯宮に慟哭。納言布勢朝臣御主人誄す。庶衆発哀。次に梵衆《ホフシドモ》発哀。奉膳紀朝臣真人等、奠献上。膳部《カシハデ》・采女等発哀。楽官《ウタマヒノツカサ》奏楽。
10	〃　正月五日	皇太子、公卿・百寮人等を率て、殯宮に慟哭。梵衆発哀。
11	〃　正月十九日	新羅に使を出し天皇の喪を告ぐ。
12	〃　三月二十日	花縵《カヅラ》を殯宮に進ず。この日、丹比真人麻呂、誄す。
13	〃　五月二十二日	皇太子、公卿・百寮人等を率て、殯宮に慟哭。隼人の大隅・阿多の魁帥《ヒトコノカミ》、各己が衆を領《ヒキ》いて誄す。
14	〃　八月五日	殯宮に嘗《ナフラヒ》す。（ナホラヒして平常に復す）これを御青飯《アヲキオモノ》（不明、魚肉を用いぬ菜飯かという）という。耽羅《タムラ》（済州島）の王、方物を献ず。
15	〃　八月六日	京城《ミヤコ》の耆老《オキナ》男女、皆橋の西（飛鳥川の橋かという）に慟哭。
16	〃　八月二十八日	三百人の高僧を飛鳥寺に集め、亡き天皇の服で縫ったものだと称して袈裟を贈る。
17	〃　九月九日	国忌の斎《ヲガミ》（一周忌の斎会）を京師の諸寺に設く。

18 〃 九月十日 殯宮に斎す。

19 〃 九月二十三日 新羅の使・王子金霜林らに筑紫大宰、天皇の死を告ぐ。金霜林ら喪服を着て、東に向き三拝し、三たび発哭。

20 〃 十月二十二日 皇太子、公卿・百寮人・諸国司・国造、及び百姓男女を率て始めて大内陵(高市郡)を築く。

21 持統二年正月一日 皇太子、公卿・百寮人を率て殯宮に慟哭。

22 〃 正月二日 梵衆、殯宮に発哀。

23 〃 正月八日 無遮大会を薬師寺に設く。

24 〃 正月二十三日 金霜林ら三たび発哭。

25 〃 二月十六日 勅して曰く「今より以後、国忌《ハテ》(先皇崩日)の日に取《アタ》る毎に、必ず斎《ヲガミ》すべし」と。

26 〃 三月二十一日 花縵を殯宮に献ず。藤原朝臣大嶋、誄す。

27 〃 八月十日 殯宮に嘗し慟哭。大伴宿禰安麻呂誄す。

28 〃 八月十一日 伊勢王に命じ、葬《ハブリ》(山陵埋葬)のことを宣はしむ。

29 〃 十一月四日 皇太子、公卿・百寮人と諸蕃の賓客を率い、殯宮に慟哭。奠《ミケ》を献じ、楯節舞を奏す。「諸臣各己が先祖等の仕へまつれる状《カタチ》を挙げて、逓に進みて」誄す。

30 〃　十一月五日　蝦夷百九十余人、調賦《ミツギ》を負いて誄す。
31 〃　十一月十一日　布勢朝臣御主人《ミヌシ》・大伴宿禰御行、逓に進みて誄す。当摩真人智徳、「皇祖《スメミオヤ》等の騰極《ヒツギ》の次第」を誄す。終りて大内陵に葬る。

右の表を一瞥しただけでも、これがいかに長丁場で、まるで劇場の舞台みたいにあれこれの人びとが誄をささげたり、慟哭したり、歌舞を献じたりしているかが窺える。それらがそれぞれもつ意味については後ほど考察する。ここでまず問うべきは、この表舞台の奥の方では、女性たちや遊部によって、前章に触れたような秘儀が演じられていたこと、つまり殯宮は二重構造になっていたこと、それがいったい何にもとづくかという点である。

天皇もモータルな、つまり死すべき存在であることは、古事記の明らかに語るところである。この豊葦原水（瑞）穂国に高天の原から最初に降ってきた王は、周知のようにホノニニギであった。このニニギに国つ神オホヤマツミは、わが子の木花之佐久夜毘売《コノハナノサクヤビメ》とその姉石長比売《イハナガヒメ》とを貢進した。ところがニニギは美女サクヤビメだけと婚し、醜女イハナガヒメの方は突き返してきた。オホヤマツミは恥じて次のように申し送ったという、「我が女《ムスメ》二たり並べて立奉《タテマツ》りし由《ユヱ》は、石長比売を使はさば、天つ神の御子の命《イノチ》は、雪零《フ》り風吹くとも、恒《ツネ》に石《イハ》の如くして、常《トキハ》に堅《カキハ》に動かずまさむ。また木花之佐久夜毘売を使はさば、木の花の栄ゆるが如《ゴト》栄えまさむと誓ひて貢進《タテマツ》りき。かくて石長比売を返さしめて、ひとり木花之佐久夜毘売を留めたまひき。故《カレ》、天つ神の御子の御寿《ミイノチ》は、木の花のあまひのみ（ただもろく）まさむ」と。そして古事記本文はこれを受けて、「故、ここをもちて今に至るまで、天皇命等《スメラミコトタチ》の御命長くまさざるなり」としめくくるのである。

いわゆる死の起源についての話なら、比喩のしかたの異なる類例があちこちにあるようだが、ここではそれが「天皇命等」の命にかんして語られている点をなおざりにできない。書紀一書は、「これ世人《ヨヒト》の短折《イノチモロ》き縁なり」とする。古事記も「天皇命等」と世人を含むいい方になってはいるものの、書紀とは違い「天皇」をまっさきにあげている。つまりこれは妻を娶ったり子を生んだりする自然的身体としての「天皇」の命がなぜはかなく、もろいかを語っているわけである。神話は、それを剝ぎとってしまえば、おのずと真実が見えてくる表皮のごときものではなく、それじしん一つの独自な意味を有する物語にほかならない。しかも右は何と、古事記における「天皇」という文字の初出なのだ。古代の天皇といえば、いきなり「現つ神」と考えたりするのが、いかに空疎で独りよがりの臆断であるかがわかる。

問題はこれだけに終らない。ホノニニギはまだ天皇ではなく、天皇の初代は神武天皇である。ただ、この国土を治《シ》らすべく最初に天降ってきたホノニニギは神武の、あるいは天皇という政治的身体の原点ともいうべき存在でもあったのだ。ホノニニギに寄せて「天皇等」の命もろしといえるのも、かれがこういった原点であるのにもとづく。そして歴代のヒツギノミコは自然体として命もろく、はかないけれど、水穂国の王たらんとする日、大嘗宮内の秘儀でホノニニギの降臨を祭式的にみずから再演することによって、高天の原伝来の王権の連続性を実現しようとしたのである。

　王位の継承は万葉では、「橿原《カシハラ》の、聖《ヒジリ》の御代《ミヨ》ゆ、生《ア》れましし、神のことごと、栂《ツガ》の木の、いや継ぎ継ぎに、天の下、知らしめししを」（一・二九）と歌われている。この「継ぎ継ぎに」を、たんに縦につらなる直線と考えるべきでない。代々の天皇はじかに前代を受けつぐのではなく、初めてこの国土に天降ってきたホノニニギにみずからなることによって王権を受けついでゆくという形になる。現に記紀は、ホノニニギが生れたての嬰児として降臨してきたと語っている。つまりヒツギノミコは代々、践祚大嘗祭で天照大神の孫すなわちスメミマノミコト――ミマは御孫の意――に生れ変ることを通して王位に就くわけで、それは彼が祖霊を受肉した王として、まさに新たに誕生することを意味する。いいかえれば、新たな王は生れるかのごとく祭式的に作られる。

　右と関連し、折口信夫のいう「天皇霊」なるものにつき一言しておく。これは魅力に富む説と一見されるけれど、きわどいところで誤っていると思う。いわく「此すめみまの命である御身体即、肉体は、生死があるが、此肉体を充す処の魂は、終始一貫して不変である。故に譬ひ、肉体は変つても、此魂が這入ると、全く同一な天子様となるのである」[*3]と。誤りはスメミマのミマの「ミ」は甲類の仮名なのに、それを「身」すなわち乙類の「ミ」と解するところから生じる。「生死」はあるが魂は外からその身に這入ってきて天子の資格がつく、と持って廻ったいいかたになるのもそのせいである。天子を天子たらしめるこの魂は、しかし外からやってくるのではない。大嘗宮内に隔離され、そこでヒツギノミコは特定の秘儀を通して天照大神の聖なる孫、つまりスメミマに生れ変る。と同時に天照大神の魂がこのスメミマに受肉されるのである。

　これは従って、ホノニニギが高天の原からこの水穂国に最初のスメミマとして降臨したという神話の儀礼的な再演であった。この点にかんする折口の指摘は、ずばり的中している。にもかかわらず、天照大神の祖霊であるものをあえて「天皇霊」と呼ぶのは、右にいう大嘗祭の秘儀と民間の成人式とがともにいわゆる通過儀礼で、互いに関連しあっている点がないがしろにされているせいでもある。大嘗祭は天皇即位後の最初の新嘗祭のいいだが、民間でおこなわれる霜月の季節祭りがその原型であった。子供が子供であることを止め一人前の村の若者に生れ変るには、この季節祭りと結びついた成人式で課される隔離と試練を通過せねばならなかった。そのときやはり祖霊がこの若者たちには受肉されるわけで、大嘗祭での天子の誕生のしかたも、村々のこうした成人式の特殊肥大したものに他ならない。[*4]ここには王権政治、つまりマツリゴトのもつ様式の一端がうかがえる。王権による政治支配は、生活に根ざした民間祭式を荘厳な儀礼に昇華させ、民間とそれを共有するという擬態と包みあっていた。

　こうして個々の王は命もろく、はかない存在だけれど、祖霊を受肉されたヒツギノミコが「いや継ぎ継ぎに」王位に就くという形で王権は持続してゆく。そしてそのさい重要なのは、個々の王より王権の方だということになる。この持続性を封じこめた呪物がいわゆる三種の神器の一つ、鏡である。降臨にさいし天照大神は、古事記によると「これの鏡は、専《モハ》ら我が御魂《ミタマ》として、吾が前を拝《イツ》くが如《ゴト》拝《イツ》き奉れ」といって鏡を渡したとある。これを保持する代々の天子には、そこに己れを超えた神秘な祖霊の影が見えたはずである。

　折口説にこだわるのが本意ではない。ホノニニギと神武とは同体で、連続関係でもって結ばれていることを、いいたかったまでである。ミヅホの国を支配すべく、ホノニニギはタカチホの峯に天降ってくる。そしてその子ホヲリ（亦の名はホホデミ）を経て神武へと系譜はつながってゆくわけだが、神武の名がワカミケヌまたはトヨミケヌ（ケは食）、書紀によればヒコホホデミでやはり穀霊を意味する点からも、そのへんの続きがらがわかる。さらにさきのホノニニギはこの国の山の神の娘と、その子ホヲリは海の神ないしは水の神の娘と婚した形にもなっている。

　神武の正式の名がカムヤマトイハレビコ（神倭伊波礼毘古）である点も無視できない。カムヤマトイハレビコのイハレを地名磐余《イハレ》――現に書紀は神日本磐余彦と記す――に擬する説が広くおこなわれている。見かけは歴史的なようだが、これは却って非歴史的だと思う。なるほど履中天皇など磐余を都とした王がいるにはいるが、もしそれに則ってイハレビコといったとするなら、古事記に神武は「畝火《ウネビ》の白檮原《カシハラ》宮」で「天の下治らしめき」とちゃんとあるのだから、ウネビヒコとこそ称すべきはずではなかろうか。もっとも書紀には磐余に八十梟《ヤソタケル》の軍が「聚《イハ》み」居た、でそこをイハミと呼ぶといった話を載せているが、それはイハレビコの名にちなんで、後から挿入した話にすぎまい。カムヤマトイハレビコの名は、神武が初めて大和に入りそこに都したそのイハレを負うところの王であるとの意だと思う。柳田国男はその著『伝説』でいう、「此語の起りは普通に考えられているよりも古く」「伝説をもし日本語で呼ぼうとするならば、イハレというのが最もよく当っているかも知れぬ」と。（そのヤマトが倭国のヤマトでもあるゆえんについては後にいう。）

こうして高天の原から最初に天降ってきたホノニニギは、命もろきモータルな存在であるとともに、大和に都した神武以下歴代の王たちの、つまり古代王権の連続性の原点でもあった。事実次に見るとおり、王の身体は複合した二重性を荷なっていたのである。

英語の格言（maxim）に“The king dies, but King never dies”（小文字の王は死ぬが大文字の王は死なぬ）というのがある。仏語でも“Le roi est mort ! Vive Le roi !”（王は死せり、

国王万歳）といったりするそうである。さまざまな領域にわたる深い知見を織り込みながらこうしたマキシムの意味するところを解明し、新たな学問領域を開いたのがカントローヴィッチ『王の二つの身体』[*5]という著作である。もっとも副題にあるようにキリスト教神学と深くかかわっており、その点、私などのなかなか理解しがたい部分を含むのだが、こうした問題の発生は異教に根ざすと著者じしんいっているし、その発想に魅せられて強く共感しながらこれを読んだことがある。そしてかつて『古事記の世界』（一九六七年）という小著をものしたときも、ホノニニギが「二つの身体」をもっているゆえんにつき一言ふれたのである。その後ずっとこのことは心の奥の方に潜在していたわけだが、天武の葬礼を改めて考えようとするに及び、それが避けがたいものとなって再浮上してきたといったところである。

つまり、妻として持統（ウノノササラヒメ）が悲歌を詠じたり、遊部がアソビを演じたと推測されるあの喪屋、これが目に見えぬ私的な部分であったのにたいし、皇太子草壁を先頭に以下多くのつかさつかさのものたちがにぎにぎしくし供奉した公的な殯庭、この両者の間に存する二重性は王の「二つの身体」、自然的身体と政治的身体の二重性に対応するものに相違ない。さきに引いた英語のマキシムは、“The king dies, but King demises” ともいわれるらしいのだが、字引きにあたればわかるように、demise には崩御のほか譲渡という意もある。「崩」は中国の礼記にもとづき、日本では天皇にだけ用い、カムアガルと訓む。だから「崩」にも、たんに死ぬだけでなく、カムアガルことによって王位を次の者に渡すこと――とくに三種の神器の譲渡がそれを象徴する――までが含まれる。つまり、前王の殯とそれを継ぐ次の王の即位式とはひと続きの儀礼と見なければならぬ。

天武の殯宮にあってはとくに王権のこの相続・継承のことが主題化される。それが一つの大いなる政治的劇場となったのもそのせいである。前章の「女たちの挽歌」の条で「皇太子草壁皇子ら皇子、百官人が（天武の）殯宮で慟《ミネタテマツ》哭り、誄《シノビコト》をたてまつった」（吉田孝）で終る一文を引いておいたが、それに続いてさらに次のようにいっているのにも注目したい、その「誄とは、故人を思いしのぶ言葉の意であり、亡き人の魂を慰めるための儀礼であったが、大王の殯宮の儀礼の場合には、あらたな皇位継承者への、服属を誓う儀礼としての性格が強かった。先帝の殯宮儀礼は、新帝の即位儀礼の一環ともなっていたのである」と。さきにあげたマキシムでいえば、殯庭の行事は「国王万歳」をすでに織りこんでいたことになる。

内裏の南庭で執りおこなわれる天皇の殯宮がケガレでないゆえんも、こう見てくれば明らかである。それはめでたい「新帝の即位儀礼」を予祝する劇場的な儀礼であり、南庭での殯宮が天皇にだけ許されたのもそのせいに他ならない。（文武に譲位した持統の場合には「西殿に殯す」（大宝二年十二月）と見えるが、これは「太上天皇」と称された人なので恐らく藤原京の西殿で殯したのであろう。）では天皇の殯宮がこのように展開したのはなぜか、それはどういう道筋を辿ったか。それを解くには、いわゆる大化の薄葬の詔までもどって考えねばならない。

この詔は身分別に墓の大きさや葬具、墓を作るに要する役民などにつきあれこれ規制しただけでない。一ばん肝腎なのは、「凡そ王《オホキミ》（皇親でない諸王）より以下、庶民に至るまで、殯《モガリヤ》営《ツクル》こと得ざれ」とした点にある。庶民はとくにきつく、「庶民亡《シ》なむ時には、地に収め埋めよ。……一日も停むることなかれ」（大化二年二月）とされた。こうした発想の出てくる下地には、古墳時代の終焉という事態が存した。これまで信じられていたこの世とあの世との素朴な連続性が破れ、あの世のことにかんし仏教の参与が次第に強まってきたことと無縁ではあるまい。死と葬りがあの世への移行や通過ではなく直線上の一つの終点となるにつれ、いわば唯心的に浄土を求めたり、あるいは死の恐怖におびえたりするようになる。

例えば山上憶良は「沈痾自哀文」（病にかかりみずから悲しむ文）で、死というものについて次のようにあからさまに表明する、「三宝ヲ礼拝シ、日トシテ勤メザルコト無シ」というだけでなく、「生ハ貪《ムサボ》ルベシ、死ハ畏《オ》ヅベシ」、「天地ノ大徳ヲ生《セイ》トイウ。故ニ死ニタル人ハ生ケル鼠ニダニ及《シ》カズ」と。これは抱朴子などを下敷にした文句で、仏教と道教が抱きあわせでこの国に入ってきた様がこの一文にはうかがえる。「日本挽歌」その他の作からもわかるように、とにかく憶良はあれこれと死を目撃してきた人だったといっていい。労力や財をいたずらに費やして、大きい墳墓を作ったりする「旧俗」を止めようというのも、こうした志向と重なっていた。さらに精神史的にいうならば、これが不可視の世界への想像力を次第に目覚めさせる機縁ともなったはずである。

仏教と深い縁を有した推古天皇が「このごろ五穀みのらず。百姓大いに飢う。それ朕《ワ》が為に陵を興して厚く葬ることなかれ」（推古紀三十六年）と遺詔して没したのも納得される。大化薄葬の詔を発した孝徳天皇じしん、「仏法を尊び、神道を軽《アナヅ》りたまふ」（即位前紀）といわれる。この「神道」は紀に「生国《イククニ》魂社の樹を斬りたまふ類これなり」とあるのからもわかるように、呪術をかつぐ古来の習俗を指す。仏教がそれらを振り払う一つの触媒であったのは疑えない。天武の病篤くなるや、宮中で悔過《ケカ》をおこなったり金光明経を読ます等々しているから、僧たちがその殯宮に参加するのも当然で、これが宮廷の葬りに仏教のかかわった最初の記録とされる。しかしそれは一つの触媒に他ならない。仏教の導入する火葬は死と葬りを一瞬間化するため、その作用とともにあることではない。触媒の役はある化学作用を引き起こすことにあり、むしろそのためモガリは無用になる。天武の殯宮にしても、それを一つの政治的劇場たらしめたのは、仏教というより儒家思想であった。孝徳天皇につき、「仏法を尊び神道を軽《アナヅ》る」に続き、「人と為《ナ》り、柔仁《メグミ》ましまして儒を好みたまふ」とある。現に、さきに引いた薄葬の詔なども「西土《モロコシ》の君、その民を戒めて曰はく」といった句で始まっており、紛れもなく中国の儒家思想を範とする言辞であった。

ただ、葬りをめぐるあれこれの「旧俗」にだけ眼を奪われてはなるまい。「王より以下、庶民に至るまで、殯営《モガリヤツクル》こと得ざれ」とされたその反面には、殯をいとなむことが実は皇親の、つまり一部王族の特権と化したという事実が存する。[*6] 少なくとも天武の殯宮が、そのような特権を最大限に生かし王権の偉大さを見せびらかす一つの政治的な劇場であったのは確かである。王の二つの身体、自然的身体と政治的身体という問題ともそれは包みあう。前者についていえば、奥まった喪屋でおもに女たちが私的にその死を悲しんだのにたいし——ここには喪屋の退化という現象が見てとれる——、政治的身体の方は王権の不死と永続性を象徴すべく、人びとの前に大きく誇示されたのである。

それについては何れ後節で記述するが、その前にちょっと立ち止まって考えてみたい事項がある。それは日本書紀が「殯」をすべてモガリと訓んでいるのに、万葉集ではそれをアラキと訓むことになっているのは一体なぜか、という言語上の問題である。自明としてやり過ごせぬものが、ここには隠れている。万葉巻三に次の歌がある。

大君の　命かしこみ　大荒城乃　時にはあらねど　雲隠ります　(四四一)

これは神亀六年(七二九)左大臣長屋王(高市皇子の子)が自尽せしめられたとき、その身近な女性と覚しき倉橋部女王の詠んだものだが、その第三句はもとより「オホアラキノ」と訓む。そしてアラキの「アラはアライミ（粗忌）のアラと同根で略式の意、キは棺」（岩波古語辞典）である。従ってアラキは人の死後、遺体を棺におさめ埋葬までの間、安置しておく意になるわけだが、このさいなぜ大モガリでなく、大アラキと歌われたのだろうか。（ちなみに「大アラキの、時にはあらねど」とあるのは、謀反人としての長屋王には殯宮が許されず、直ちに生駒山に葬られたのにもとづく。）これは民俗に根ざすモガリという語が貴族たちの間では、もういささか古くさく感じられるに至っていたせいだと目測される。

こうして万葉巻二に「日並皇子尊《ミコト》の殯宮の時」「高市皇子の殯宮の時」柿本人麻呂の作る歌とある詞書などもアラキノミヤと訓む。やはり巻二の「天皇の大殯の時の歌」（一五一）も、大アラキと訓む。今日の私たちじしん、これを大モガリと訓むことに抵抗を感じないだろうか。そしてそれは、「殯」という中国風の新たな葬制が定立されたとき、宮廷周辺の貴族たちはこれを既に字音でヒンと呼んでいた事態と見合っているはずである。つまりモガリといったのでは、紳士のステッキをツエと呼ぶようなもので、そのもつ新しみが伝わらなかったのだと思う。

その点、当時の識字層の言語生活がどんなものであったかを、もっと考慮せねばなるまい。例えば漢文で書かれた日本書紀は、「古天地未剖、陰陽不分、渾沌如鶏子、溟涬而含牙」と始まる。これを私たちは「古に天地《アメツチ》未だ剖《ワカ》れず、陰陽《メヲ》分れざりしとき、渾沌《マロカ》れたること鶏子《トリノコ》の如くして、溟涬《ホノカ》にして牙《キザシ》を含《フフ》めり」と訓む。しかし当時の人は返り点をふって訓読したのではなく、白文のままこれを音読したはずである。令制の大学寮にも音博士二人が置かれていた。さもなければ、どだい遣隋使も遣唐使も成りたつまい。返り点が出てくるのは平安朝になってからで、「今日見うる平安時代の日本書紀の写本の訓点の一つの大きな特徴は……文章の語句を及ぶかぎり和語を以て訓み下す点」[*7]にあるとされる。こうして書紀の「殯」をすべてモガリと訓む伝統が今日まで尾を引いてくる。しかし当時の貴族の間で果たして「殯」をモガリといっていたかどうかは、すこぶる怪しい。

いわゆる和漢混交文の成立といえば平安朝末期か鎌倉初期のことになるけれど、日常会話のなかに漢語が交じるようになったのは、ずっと早い時期からと見て誤らない。少なくとも、埋葬前に棺を安置し、その傍でおこなう王族たちのあの新たな儀礼を万葉びとがアラキという名で呼んだのは、「殯」がもはやモガリではなくヒンと字音で呼ばれるに至っていた消息を逆に語っているはずである。

さきに引いた歌にもどっていうなら、右の歌の作者は長屋の死を「オホモガリの、時にはあらねど、雲隠ります」とはもういえず、「オホアラキの、……」でなければならぬと感じたに相違ない。つまりモガリは古びた呼称として、そこでは忌避されたのだと思う。モガリが民俗語彙として永く生き残ったのにたいし、アラキという語が万葉とともに滅びていったのも、こう考えるとさもありなんという気がする。

以上はごくかい撫での目測にすぎず、むろん仮説などといった大それたものではない。ただ、殯宮が王権の威力を人びとに見せつける新たな場であったこと、そのゆえんを知ろうとすると、万葉集がなぜ殯をアラキと呼んだかがやはり問題になるわけで、右はその辺のことをいわば通りすがりに考えてみたまでである。

二　大津皇子の死

前節にあげた年表を見て一番ハッとさせられるのは、3に大津皇子「謀反」という文字が、天武の殯宮の始まった途端に出てくる点だろう。これはこの殯宮がさきのマキシムにいう「国王万歳」の場となるにはどうしても大津皇子を無きものにせねばならず、そのためのはかりごとがひそかに進められていたことを暗示する。さらにこの一件につき、持統前紀は以下のようないきさつを記す。——冬十月二日、皇子大津の謀反発覚。大津を捕え、共犯者として八口朝臣音橿・壱伎連博徳・大舎人中臣朝臣臣麻呂・巨勢朝臣多益須《タヤス》・新羅沙門行心《ギヨウシン》・帳内《トネリ》砺杵道作《トキ》ら三十余人をも捕う。三日、皇子大津は訳語田《ヲサ》の家で自決。時に二十四歳。妃山辺皇女、髪を乱し跣《ハダシ》のまま走り行き殉死。大津は天武天皇の第三子であった、云々と。

ここにいう「謀反」は律令の律に八虐の第一にあげる、国家を危うくする罪、具体的には君主に対する殺人予備罪で、*8 その刑は「斬」であった。そして「謀反」という文字は書紀編者が後の大宝律令あたりから持ちこんだものに相違ないのだが、このことに余りこだわりすぎてはなるまい。王の死後、次の王位を争う内乱が惹起されるのはむしろ一つの古い伝統でさえあったからだ。天武じしん天智の死後、いわゆる壬申の乱で近江朝の大友皇子と争い、それにうち勝って王位をものにしたのである。そこでは勝利したムホンはもはやムホンではなく、敗北したムホンだけがムホンであったともいえる。

王の死は、社会的にも政治的にも大いなる危機を意味した。奈良朝に入ってからだが、例えば元明天皇の没するや「使を遣して三関(鈴鹿・不破・愛発《アラチ》)を固く守らしむ」(続紀、養老五年十二月)とあり、聖武の没した際にも同様の記事(天平勝宝八年五月)が見える。王の没後に訪れるのは一種の空位期であった。王位継承をめぐる内乱がこの空位期に必ずと言っていいくらい起きた律令制以前の方が、この危機感はだからいっそう強かったはずである。天武が没するや否や直ちにおこなわれた持統の「称制」なども、こうした危機を乗りきろうとする手だての一つであっただろう。

その辺の消息を知るには、どうしても一つの独自な生活体としての宮廷の構図に眼を向けねばなるまい。まずいえるのは、君主は多妻であり、宮廷が国内で一ばん大きいハーレムであった点である。例えば後宮職員令は后のほか天子の妻妾として妃二人、夫人三人、嬪四人と規定しているし、その他采女など多くの宮人がその側にはんべっていたのを想いみればいい。中国などでも、「天子ニ后アリ、夫人アリ、世婦アリ、嬪アリ、妻アリ、妾アリ」（礼記）と見え、しかも后以外はみな複数で規模もずっと大きかったらしい。もとより、たんなる色好みのためばかりではない。血統を絶やさず、天子や王のまつりごとを保持してゆくには、できるだけ多くの階層との婚姻上の結びつきが必要とされてもいた。例えば古事記によると崇神天皇には男王七人、女王五人、次の垂仁は男王十三人、女王三人の子女があり、さらにその次の景行には何と八十人（ただ記録されたもの二十一人）もの子女がいたとある。[*9]

まだ大海人と呼ばれていたころのわが天武にしても、百済救援のため斉明天皇に従い北九州の地に赴いていた僅か三年余の間に大伯《オホク》・草壁・大津の三人の子女を儲けているのである。（大伯は備前大伯の海、大津は娜の大津（博多）で生れたのでこの名がある。草壁も筑後に草壁郷がある。九州地方に分布する日下部《クサカ》がその養育費を負担したのによる名だろうという。）これは一つの慶事でもあった。さきにふれたように水穂国の王はかたがた穀霊であり、従ってその生産力の大きいことが常に期待されていたからである。

ところで、大宝令を見ても養老令を見ても王位継承にかんする規定が存しない。明治二十二年「皇室典範」の成立するまで、これは古来ずっとそうであったわけで、逆にいえば原則として息子たちは誰しも父王の死後、その王位をわがものにできる権利と資格を持っていたことになる。初代君主神武の死をめぐって起きたと古事記の語る最初の内乱に、すでにそれがハッキリ見てとれる。神武がまだ日向にいたとき婚した隼人のアヒラヒメ（アヒラは大隅国始羅《アヒラ》郡の地）との間にタギシミミとキスミミの二子がいたが、神武の死後このタギシミミが、大后イスケヨリヒメの生んだヒコヤヰ・カムヤヰミミ・カムヌナカハミミ等三人の異母弟を殺そうと謀った、けれども逆にカムヌナカハミミに殺されたとある。さらに仲哀の殯宮のとき、その子である太子（応神）にたいし忍熊《オシクマ》王（倭建の子）が反乱して戦ったが敗れている。またその応神の死後には、その命によって次の王たるべしとされた大雀《サザキ》（仁徳）にたいし、兄の大山守は、われこそ天下を獲んと弟を殺そうとかかったがやはりしくじったと語られている。

右の仲哀の例でもわかるとおり、問題はたんに息子が多いというだけにとどまらない。垂仁記には、后サホビメの同母兄・サホビコ（先々代の開化の子）が現役の垂仁を殺しそれにとって替ろうとした、かなりきわどい話を伝えている。天智の没後、壬申の乱で争った天武（父は舒明）と大友皇子（父は天智）なども、兄弟の関係ではない。要は、王たちが多妻であり、王位をわがものにしようとする候補が先々代の子を含めつねに複数いた点にある。こうして王位をめぐって内乱が惹起されるのは、古代王権にとってほとんど不可避であった。国としてそれは時にまずいことにもなるわけだが、同時にしかし、特定の条件下ではそれがいわば必要悪であった点も見逃せない。隼人の血をひくタギシミミに、自分たちが殺されようとするのにたいし、大后の長子カミヤヰミミが「手足わななきて」何もできなかったのとは違い、弟のヌナカハミミはなかなか勇気ある男で、見ごと相手を打ちのめした。で、タケヌナカハと称えられ、彼が次の王になったとある。

初代君主にかかわる話だけに、これはとくに意味深いものがある。この内乱はどちらかが殺されるまで戦わねばならなかった。壬申の乱なども、大友皇子の首が大海人皇子（天武）の前に献じられてけりがついた。つまり内乱をとことん戦って、力のないもの――この力はむろんたんなる腕力にとどまらない――は滅び、力あるものが王になる、王権の強化と永続性にとってこれは大事な要素であったのではないかと思われる。

さて天武には草壁・大津・高市・忍壁以下、あわせて十人ばかりの男子がいたらしい。当然、誰が次の王になるかということが、多くのものの胸中には早くからうごめいていただろう。天武と后（持統）にとっても、そのことに無関心ではいられなかったはずだ。書紀によるに天武八年五月、天皇・后、草壁・大津・高市以下の皇子らをひき連れ吉野に赴いたとき、詔していう、「われ今日、汝等とともに盟ひて、千歳の後に事無からしめむと欲《オモ》ふ。いかに」と。綸言汗の如しで、まことに仰せの通りと答え、草壁がまず進み出て、「天神地祇および天皇、証《アキラ》めたまへ。吾兄弟長幼、并《アハ》せて十余五、各異腹より出でたり。然れども……ともに天皇の勅に随ひて、相扶《タス》けて忤《サカ》ふること無けむ。もし今より以後、この盟の如くにあらずは、身命《イノチ》亡び、子孫絶えむ。忘れじ、失《アヤマ》たじ」といい、他のものもそれに同調し次々に誓ったと見える。最後に天皇いわく「わが男等《コ》、各異腹にして生れたり。然れども今一母同産の如く慈《メグ》まむ」と。そして皇子らを抱きしめた。后もまたそれに倣ったとある。

これはきわめて印象深い場面で、万葉巻一の、天武天皇が吉野の宮で作った歌「よき人の、よしとよく見て、よしと言ひし、吉野よく見よ、よき人よく見」(二七)も、右の記事と重ねて読まねばならぬ。「よし」「よき」を八回も用い、さらに五句みな「よ」音の頭韻を踏むこの歌には、並々ならぬ歓喜と予祝の心意が読みとれる。神武のいわゆる東征の軍は熊野でさんざんな目にあったのだがヨシを名に負う吉野に出るに及んで、凶から吉へと世界の新たな転換があらわれたことになっている。大海人(天武)が壬申の乱に立ちあがったのも、この吉野においてである。吉野の地がいかに霊験あらたかであったかがわかる。[*10] だがこういった霊験が絶対であるはずもない。危機はこの七年後、いうならばカリスマ的な指導者であった天武が没するとともに顕在化する。多くの皇子中、血統からみて跡継ぎの筆頭にくるのは天武の皇后鸕野《ウノ》皇女(持統)を母とする草壁皇子、次いで天武の妃・大田皇女を母とする大津皇子、この二人にしぼられる。(長子の高市皇子は、壬申の乱で手柄をたてたけれど母が地方の胸形君の出であったし、このような場合いちおう番外になる。)しかも大田・鸕野は天智の妃・遠智娘《ヲチイラツメ》の生んだ同母姉妹だったのだから、草壁と大津とはきわどく競りあう仲にあったといえる。さらに両人とも百済救援の件で斉明が北九州に赴いた折の出生、天武の没したとき草壁は二十五歳、大津は二十四歳。が、吉野では先頭に立って宣誓し、また天武十年二月に「皇太子《ヒツギノミコ》となり万機を摂す」（書紀）とある草壁の方にやや分があったのは否めない。大津は天武十二年二月「始めて朝政を聴く」（書紀）とあり一歩おくれている。

これはこれとして当然といえる。ただ、皇太子として「万機を摂す」と見える草壁ではあるが、聖徳太子や中大兄とは違い、実際には政治の実権はほとんど委ねられてはいなかったらしい。大津の「朝政を聴く」もそのなかみがよくわからない。そこでヒツギノミコという語につき一考してみる必要が生じる。記紀にいうヒツギノミコは法的な規定ではなく、随って必ずしも唯一の王位継承者を意味するものではなかった。例えば古事記景行の段には、「若帯《タラシ》日子命と倭建命と五百木之入日命《イホ》と、此の三王は太子《ヒツギノミコ》の名を負ふ」とあるように、三人のヒツギノミコのいた代もあった。[*11]

他方、例えば天智天皇（中大兄）のごときは斉明が没すると「称制」はするが、以後七年間も即位せず、皇太子のままで通すこと何と二十数年といった例もある。ここには、王になって表だつよりヒツギノミコのままの方が政治改革をやってのけるには好都合だとの魂胆がハッキリうかがえる。げんに有馬皇子（孝徳天皇の子）その他、邪魔ものを容赦なく葬ってしまうやりくちなど、かなりむごい仕打ちがある一方、大化改新をはじめ新たな政治改革を遂行するのにかれの果たした役割はとても大きかったと見ていい。草壁が皇太子になったのはこれとは趣を異にし、この子を次代の跡つぎにしたいとの天武の意向にもとづくであろう。草壁は后（持統）の生んだ子だから、これは当然のなりゆきともいえる。が、そのように割りきるだけではすみそうにない。

まずあげられるのは、大津が抜群の資質や才幹の持ち主であった点である。容姿すぐれ、幼年から学を好み、詩文をもよくし、壮に及んで武を愛し云々と懐風藻は称え、書紀にも「詩賦《シフ》の興るは、大津より始まる」とある。万葉の歌人としてもかれは一流であった。これに比べると草壁は、温順だけれど凡庸な人物であったらしい。つまり草壁は皇太子になりはしたものの、その背後にはもう一人のヒツギノミコとして、したたか力量をもつ男が不気味に控えていたという形になる。こうしてどちらが次の王になるかをめぐる葛藤は、暗々裡にずっと続けられていたはずである。

ここで気になるのは、大津につきさきの言に続き懐風藻に、「性スコブル放蕩ニシテ、法度ニ拘ハラズ、云々」と見える点である。すなわち一人の男として、かれはすこぶる魅力に富む人物であった。が、「一国の君主の地位につく者としてはどうか。それも……草創の時代ならばよろしい。これからは守成《シュセイ》の世である。律令という法度に従って世を治めてゆくべき時代となったのである」[12]。つまり、王位の争いを内乱にまで持ちこむことなどもう不可能な、具体的には国家の機構や制度が法的に定立され、そのもつ物質的な力が時代とそこに生きる人びとの心をもつらぬく世に次第に近づこうとしていたわけだ。

その点、天武紀十年二月二十五日の条に天皇・皇后、共に大極殿に居て、親王・諸王・諸臣を喚び集め、「朕、今よりまた律令を定め、法式を改めむと欲《オモ》ふ。云々」と詔りしたその同じ日に、草壁（二十歳）を皇太子にしたのはいかにも「象徴的」だといっていい[13]。ここにいう律令は浄御原令で、それによりこの国における律令制の政治機構の大綱が定められたのは周知のとおりである。すなわち新たに法的な制度や秩序を作ることが、君主のパーソナリティより優先する時代を迎えつつあったわけで、そういう律令をまさに定めようとする日に、草壁を皇太子にした天武の眼力は相当なものということになろう。その二年後、大津につき「朝政を聴く」と持っていくあたりにも、配慮のほどが感じとれる。さればといって王の没後に王位をめぐる争いが公然化する恐れが皆無になったわけではなく、少なくともそれにつらなる心情はなお化石化せず、息づいていたはずである。天武が没したその日に——それは草壁が皇太子になった数年後になる——、王位は一日も空しうできぬとばかり持統がすぐ「称制」した根底にも、やはりそのへんの気遣いが働いていたに相違ない。「法度ニ拘ハラズ」とされる大津は、持統や草壁に何かと怖れの心を起こさせる存在であっただろう。生前の天武は、大津のこうした資質をいち早く見抜いていたように思われる。

そして朱雀元年九月廿四日、さきに見たように天武の殯宮儀礼が始まったとたんに、「大津皇子、皇太子に謀反」と来るのである。もっとも懐風藻には前に引いた文に続いてさらに次のようにある、「時ニ新羅僧行心《ギョウシン》トイフモノアリ。天文卜筮《ボクゼイ》ヲ解ス。皇子ニ曰ハク〈太子ノ骨法、是レ人臣ノ相ニアラズ……久シク下位ニ在ラバ、恐ラクハ身ヲ全ウセザラム〉。因リテ逆謀ヲ進メ……遂ニ不軌ヲ図ル、云々」と。しかしこの件につき、大津は僧行心に欺かれたのだと見るだけでは浅はかだろう。己れの運命を知るのにウラナヒは古代人にとって不可欠なものであり、天武なども「天文・遁甲」で占って運命を見定めること、一再でなかった。[*14] 大津も行心の言によって、己れの運命の何であるかを自覚した点があると見て誤るまい。次にその臨終の歌と詩をあげておく。

ももづたふ　磐余《イハレ》の池に　鳴く鴨を　今日のみ見てや　雲隠りなむ　(万、三・四一六)

金烏西舎ニ臨ミ　鼓声短命ヲ催《ウナガ》ス
泉路ニ賓主無シ　此ノ夕《ユフベタ》誰ガ家ニカ向ハム

これにつき契沖は「歌ト云ヒ、詩ト云ヒ、声ヲ呑テ涙ヲ掩フニ遑ナシ」（万葉代匠記・精撰本）という。[*15] 自分の運命に殉じようとするもののみの持つ沈痛な悲哀が、確かにここには読みとれる。懐風藻は大津の死を「嗚呼《アア》惜シキ哉」と歎じているが、事実かれは己れの運命であるかのように王位に挑戦し、そして敗れた、恐らくは最後のヒツギノミコであった。

天武の殯宮が始まると直ぐ大津の「謀反」が発覚し、かれに死を命じるというのは、たんに自然発生とは思えぬ手口である。懐風藻は天智の皇子河島が「莫逆」の友である大津を裏切り密告したのだといい、それを「悖徳《ハイトク》」のわざと評す。これはこれとし、大津の一件の背後にかれを陥れようとする特定の政治的な思惑がうごめいていたのは疑えない。天武の没したとき皇太子草壁はもう二十五歳、それなのにどうして跡を継がず、直ぐ母の持統が「称制」し、やがて即位するようになるのか。この辺のことは、天武と持統の間で多分かねて黙約が交わされていただろうと思う。大津皇子はそれほど気にかかる存在であったわけで、年表3に「大津皇子、皇太子に謀反」とあるのも、母・持統が実は草壁即位に移行するための中継ぎ役であったことを暗示する。

壬申の乱という未曾有の内乱に始まり、あれこれ天武と苦労をともにしてきた持統は、政治にかんしてそれなりに鍛えられており、天武の死がもたらした危機にさいしても一役買っていたと見ていい。しかしそのす早い「称制」といい、大津を謀反人として処分するその手口といい、まるで間然するところがないのは、女だてらにという気もしてくる。それらをも含め、天武の殯宮を「国王万歳！」の政治的な劇場たらしめるべく蔭で動いたのは、実は鎌足の子・藤原不比等ではなかったか。しかしその辺のことは次節で取りあげる。

ここで一言いい足しておきたいのは、大津の実の姉で伊勢の斎宮であった大伯皇女が京にもどり、哀傷して「うつそみの、人にある我や、明日よりは、二上山を、弟《イロセ》と我が見む」（万、二・一六五）と歌った折の詞書に、「大津皇子の屍《カバネ》を葛城の二上山に移し葬る時」とある点である。[16]この「移葬」を殯宮から墓所に移し葬る意に解する向きが今なお多いようだが、これは訂正さるべきである。

別のところで evil death つまり自殺とか暗殺とか悪い死にかたにつき言及したことがある。[17]例えば崇峻天皇はしかじかの事があって蘇我馬子の手先のものにかかって暗殺され即日、倉梯岡陵に葬られた（書紀）。そして延喜式の諸陵寮式はそこには陵地も陵戸もなしと記す。つまり崇峻の屍はそこに打ち棄てられたわけで、これは忌まわしい死にかたをしたものが死後どんな目にあうかを語った一つの見本にほかならない。さらに左大臣長屋王（高市皇子の子）の場合をあげることができる。聖武の天平元年二月十日、長屋王ひそかに左道を学び国家《ミカド》を傾けむとすとの密告があり、直ちに六衛府の兵をしてその宅を囲ませ、翌十一日には長屋王を窮問、そして十二日には自尽させた。妻の吉備内親王（草壁皇子の娘）も自経、翌十三日には二人の屍を生駒山に葬らしむとある。そして万葉集にそのとき側近のある女人が「大君の、命かしこみ、大殯《アラキ》の、時にはあらねど、雲隠ります」(三・四四一)と歌ったとあるのは、長屋王の場合も殯宮が営まれなかったことを示す。

大津皇子もそうで、「謀反」のかどで自刃せしめられたものに、殯宮が許されるはずもない。『日本古代氏族人名事典』には、大津の屍は初め本薬師寺跡の地に葬られ、後に二上山に移されたと見える。それに殯から墓地に「移し葬る」とはいわず、そのさいは「葬る」の一語ですむはずである。大津皇子の自刃は十月二日、伊勢の斎宮であった大伯皇女の帰京してきたのは十一月十六日。が、この移葬のおこなわれた日付けは不明である。それより問題は、どうして大津の屍を二上山に移し葬ったかにある。二上山の西側、つまり竹内街道沿いに河内平野がようやくあらわれ始めるあたりの台地には、孝徳天皇陵その他、王族たちの古墳群が存在する。しかしそれと、五百メートルを超える二上山雄岳の頂上に、しかも西向きに屍を葬るのとでは雲泥の差があるといわねばなるまい。

都のある飛鳥の地を西方の脅威から守るべく、謀反人大津は荒魂としてこの二上山頂に移し葬られたのではなかったか。同じ山頂に豊布都霊《フツノミタマ》すなわち剣——フツは物を切断する音——の霊威と大国魂すなわち大和の国魂神の二座を祀るという式内大社葛木二上神社が鎮座しているのによっても、この推測はまんざらでもあるまい。北麓の穴虫峠と南麓の竹内峠とは河内と大和の境にあたり、それが古くから交通の要衝の地であったことは、壬申の乱の過程などからも見当がつく。天武紀八年の条に「初めて関を龍田山・大坂山に置く」とある大坂の関がどこかは決められぬものの、穴虫峠あたりであることだけは間違いない。それに二上山の頂に立てば大和と河内の平野が見渡せるだけでなく、遥か難波あたりまで遠望することができる。こうしてこの山は東の三輪山と並んで、飛鳥にとって独自な象徴性をもつ山であった。

では飛鳥を西方のどういう脅威から守ろうというのか。むろんそれを特定することはできない。が、まず第一には内乱のもたらす危機があげられる。何しろ壬申の乱のとき、そのあたりで軍事的緊張が経験されてからまだ十数年しかたっていない。次に、この国の軍隊がかつて朝鮮半島の白村江で唐・新羅軍に大敗（天智二年）を喫した記憶もまだ消え去ってはいなかっただろう。この敗北に当時の支配層がいかにおびえたかは、天智六年に都を近江にあわてて遷したり、同じ年に対馬や讃岐だけでなく倭にも高安城（今の生駒郡平群町と大阪府八尾市との境）を築いたりしたのを以てしてもわかる。この敗北は内乱にもまさる深刻なものであったとさえいえる。大津皇子の死はそれから二十三年後であり、とくに北九州の地で大海人（天武）らとともにそれをじかに経験した持統などには、このおびえの記憶はまだ生き続けていただろう。

それだけではない。飛鳥の地を守るには、西方からやって来るかも知れぬ鬼魅の類いを追い返さねばならなかった。延喜式道饗《ミチアヘ》祭の祝詞はこうした鬼魅の類いを「根国・底国より荒び疎《ウト》び来る物」と呼びそれらを都の入り口で退治しようとする詞章にほかならぬが、「根国・底国」が——黄泉の国も——出雲国のかなたにあるとされていた以上、これらモノたちのやって来るのは当然、西方の地からであった。西方の極楽浄土というのが仏教によって説かれる以前の世では、西方はむしろ鬼類の棲みかであった。宗教が現われてくると異教時代の悪はしばしば善に、またその善はしばしば悪に転化される。二上山の頂きに葬られた大津皇子の荒魂は、こうしたもろもろの悪のもたらす脅威から飛鳥の宮都を守ってくれるに役立つと考えたのではなかろうか。何しろ「謀反」という大逆罪を犯して死んだ男である。その死後の魂は、アラブル力となって何ものにも打ち克つに違いあるまい……。それは逆立ちした御霊《ゴリヨウ》信仰の一種だといえなくもない。[*18]

三　誄、日嗣、国王万歳

前にかかげた年表には、「誄《シノビコト》す」の記事が三十回ほど出てくる。この儀礼が殯宮にすこぶる大事なものであったことがわかる。「誄」は普通シノビゴトと訓む。宣命に「志乃比己止乃書」とあるので古くは清音シノヒコトであったようだが、宣命だからこう記したわけで、「殯《ヒン》」と同様、「誄」も実際はルヰと呼ばれていただろうと私は考える。

誄は人の死んだとき、その生前の行跡を称え死者の霊にささげることばのいいで、今の弔辞にあたる。そしてこれはもとより、漢土伝来の新たなジャンルであった。ただ大化二年紀には、「……或いは亡人の為に、髪を断《キ》り股を刺して誄す。かくの如き旧俗、一に悉に止めよ」とあるから（この「旧俗」には人や馬を殉死させたり、宝を墓に蔵めたり等も含まれる）、誄に類するものがこの列島にまるでなかったわけではないらしい。が、かりにそうだとしてもそれが葬礼における最重要な儀礼の一つとされるに至ったのは、そう古いことではあるまい。恐らくこれまた、漢土伝来の殯《ヒン》が旺んになれば誄も旺んになるという関係にあったはずである。

敏達天皇の殯宮のときの次の記事が誄の初出である。「殯宮を広瀬に起つ。馬子（蘇我）宿禰大臣、刀《タチ》を佩《ハ》きて誄たてまつる。物部弓削《ユゲノ》守屋大連、あざ咲《ワラ》ひて曰はく、「猟箭《シシャ》おへる雀鳥《スズメ》の如し」と。次に弓削守屋大連、手脚わななき震《フル》ひて誄たてまつる。馬子宿禰大臣、咲《ワラ》ひて曰はく、「鈴を懸くべし」と」（敏達紀十四年）。それで二人は互いに怨恨を抱くに至ったとあるが、ここにはもっと複雑な問題が絡んでいるように思う。

第一、漢字でもってこの国のことばを、しかも一種の韻文じたてに表現せねばならぬのだから、誄を綴るのは決して容易なわざではなく、それは渡来族出身の史部《フヒト》あたりの手に委ねる他なかっただろう。

太安万侶は古事記の序で、「已に訓によりて述べたるは、詞《コトバ》心に逮《オヨ》ばず、全く音をもちて連ねたるは、事の趣更に長し。ここをもちて今、或は一句の中に、音訓を交へ用ゐ、或は一事の内に、全く訓をもちて録《シル》しぬ。云々」と苦衷のほどを述べているが、それに類する困難がここでもすでに経験されたに違いない。だが問題はそれだけではすまない。こうして漢字で綴られた誄を自国語としてどう誦《ヨ》むかも、なかなかの難事であったはずだ。猟矢を負う雀のごとき馬子の姿といい、手脚わななく守屋の姿といい、互いに嘲けりあったとあるが実は誄を殯宮で誦み上げる難しさが、その下地にはあるのではなかろうか。推古十九年、堅塩媛《キタシヒメ》を改葬した日、いろんな人が誄したが、「摩理勢《マリセ》、烏麿侶《ヲマロ》二人、能く誄す。ただ烏臣のみは誄すこと能はず」(紀)と人々が評したとあるのなどからも、やはりそのへんの消息がうかがえる。

ただ当時の誄はすべて湮滅したので、むろん確かなことは不明である。漢文の誄としては高句麗僧道賢の手に成る貞慧誄——貞慧《ジョウヱ》は鎌足の長子で不比等の同母兄——、平安朝では為憲の空也誄などが残っている。それらを見ると「嗚呼哀哉」を何度か繰り返しつつ生前の行跡をうるわしく称えている点、漢土の文選所収の誄を下敷にした趣向がうかがえる。文選といえば聖徳太子のいわゆる憲法をはじめ、山上憶良や大伴家持らの歌の詞書などにもそれと関わる語句が見え、万葉の歌人らにも親しまれていた本の一つ。いや、万葉の挽歌・相聞・雑歌といった部立ての名も、実はこの文選にもとづく。とすれば誄もそれが一つのジャンルとして定着したのは、やはり文選に由るかも知れぬという気がする。そして挽歌はバンカ、相聞はサウモンだから、誄がルヰと呼ばれていた確率は、いよいよ高くなる。
すでに宣長も「詔詞解」でいっているが、とにかくこうしてそれを綴るのも誦むのも、そうたやすいわざではなかった。後になると「誄人」なるものが現われたのも、誦み手が専門化するに至ったことを暗示する。だがとくに難しいのは、それを作ることに存したはずである。文選の誄は四言の美辞をえんえんと連ねたものが多く、いかにも葬礼で読誦するにふさわしそうに思える。しかし語族を全く異にするこの国のことばでどんな具合にそれを表わしたらいいかを発見するのには、生みの苦しみにも似た試練が意地悪くつきまとっただろう。その辺の消息にかかわる資料が皆無というわけではなく、例えば左大臣藤原永手の死を弔った、光仁天皇の宣命（宝亀二年二月）があるので、その冒頭部分を注記しておく。[*19]
天皇は二親等以上の死にさいしても葬儀に立ちあわず、また服喪もしない（喪葬令）。右も使を遣わして下した宣命で、一種の誄ともいえる性格をもつ。そこに「およづれかも、たはごとをかも」という対句が用いられているのに注目したい。小異はあるがほぼ同様の詞句が万葉の挽歌でも五回ほど使われているのは、両者間に何がしかの交流があったせいに他なるまい。右の宣命は、ちょうど中務大輔の職にあった大伴家持の手になるものだろうとする向きもある。[*20]現にこの詞句の万葉使用例五つのうち三つまでが、家持の長歌形式の挽歌中に見出される。これは天武の殯などで誦まれた誄と挽歌の関連を考える上で見逃せぬ事実といえよう。

喪屋で歌われた女たちの挽歌とはやや質を異にする、日並（草壁）皇子や高市皇子などの死を悼む柿本人麻呂の長編の挽歌が出現するに至るのには、殯宮で誦まれた誄というこの新たなジャンルとの交流が媒介になっているはずだ、との仮説をかつて私は立てたことがある。*21

人麻呂という公的な宮廷詩人は、持統朝にほとんど突如あらわれ、そして分水嶺のように歌の歴史を前後に仕切る。相聞とか従駕の歌などについてもいえるが、とりわけそれは殯宮挽歌にあっていちじるしい。その一つの代表として高市皇子の殯宮のときの歌をあげることができる。ただこれは何しろ一九四句から成る万葉集でも最大の長編なので、その歌句といちいち付き合うゆとりはないが、とにかくかれは、「……ちはやぶる、人を和《ヤハ》せと、まつろはぬ、国を治めと、皇子《ミコ》ながら、任《ヨサ》したまへば、大御身《ミミ》に、大刀《タチ》取り佩《ハ》かし、大御手に、弓取り持たし、御軍士《ミイクサ》を、率《アドモ》ひたまひ、整《トトノ》ふる、鼓の音は、雷《イカヅチ》の、声と聞くまで、吹き鳴《ナ》せる、小角《クダ》の音も、敵《アタ》見たる、虎か吼《ホ》ゆると、諸人《モロヒト》の、おびゆるまでに……」といった具合に壬申の乱における皇子の行跡を息長く歌い、さらにその死をてんめんと悼むといった様式の挽歌を新たに創り出したのである。それは当然、人びとのいる殯庭で読誦されたであろう。

王族たちの葬礼が新たな空間として殯宮というのを持ち、そこで誄を誦む形のものに変っていった事態とこれは包みあっていた。少なくとも右のごとき人麻呂の長編挽歌が、誄のこうしたありようと没交渉に生れたとは考えにくい。喪屋での女たちの挽歌と、それが歌がらを異にするゆえんでもある。だが問題は、これだけにとどまらない。例えば「女たちの挽歌」の条に引いた八千矛神の歌と、人麻呂の右の歌とを読み比べてみていただきたい。紛れもなく歌の旋律が変ってきているのがわかる。八千矛の歌では五・七音と次の五・七音との間に必ず休止があり、そこで踊りのステップを大きく踏む音が私たちの耳にも聞こえてくる。それにたいし人麻呂の歌にはそういった休止がほとんどなく、五・七音がべたに続いてゆく。これはかれの歌のことばが、踊りから——恐らくは音楽からも——すでに分離独立するに至った消息を示すもので、その長歌が休止することなくのべつに連続する声調をもつのもこのことと無縁ではありえない。

さて天武の殯宮では、何と二十数人のものが誄を献じている。もとよりこうした風景は、前にも後にも例がない。まず第一に、大海蒿蒲《オホシアマノアラカマ》なるものが「壬生《ミブ》の事」を誄すとある。この人物は恐らく天武と乳母子《メノトゴ》の関係にあり、それで最初にその出生と養育のことを誄したのだろう。天武の名・大海人は乳母の家の姓をその名としたものである。乳母子とその主人との間柄がどのような縁《エニシ》で結ばれていたかは、源氏物語における一つの重要な関係として取りあげたことがあるので参照を乞う。[*22] 古代にあってその縁はいっそう強いものがあったと思われる。

次いで同日、あれこれの人物が諸王の事、宮内の事、左右大舎人の事、左右兵衛の事、内命婦の事、膳職の事を誄したとある。そして翌日には、さらに太政官の事、法官《ノリノツカサ》（後の式部省）

の事、理官《ヲサムルツカサ》（後の治部省）の事、大蔵の事、兵政官《ツハモノノ》（後の兵部省）の事、翌々日には、刑官《ウタヘノ》（後の刑部省）の事、民官《カキノ》（後の民部省）の事を、やはりつかさつかさのものが誄したとある。ここで注目されるのは、前日の誄は「天皇家の家政的な色彩」が強く、翌日の誄は「国家行政の諸機関を代表して」おこなわれており、「のちの中務・宮内両省に相当する天皇家の家政機関が、当時まだ太政官機構に吸収されていなかったことがわかる」点である。[*23]

壬申の乱が六七二年、天武の没したのが六八六年（朱雀元年）、持統の藤原京遷都が六九四年、そして大宝律令の制定が七〇一年（大宝元年）であることなどを想いあわせると、七世紀後半がいわゆる律令制という法的な国家を生み出すための陣痛期であったさまが納得できる。人麻呂の生れあわせたのもこのような世であり、そして人麻呂によって草壁皇子の殯宮（六八九年）や高市皇子の殯宮（六九六年）のため、新たな旋律をもつ挽歌が創り出されたのである。

誄の献上はまだまだ続く。諸国の国司（年表6）や国造（7）、隼人（6・13）や蝦夷（30）まで誄したという。その他、多くの官人や僧らの慟哭や、種々の歌舞も献じられたとある。また新羅は金・銀を始めくさぐさの貢ぎ物を献じたという。だが天武の殯宮で更に重要なのは、中央のつかさつかさの、またもろもろの地方を代表するものたちの誄が終ったあと、最後に、「当摩《タギマ》真人智徳《チトコ》、皇祖《スメミオヤ》等の騰極《ヒツギ》の次第」を誄した（31）とあることである。書紀はそこに「礼なり。古には日嗣《ヒツギ》と云ふ」と注し、それが済んで大内陵に葬ったとある。

日嗣については舒明天皇の喪（皇極紀元年）にさいし、皇子や大臣の誄のあとやはり最後に、息長《オキナガ》山田公なるものが「日嗣を誄す」とある。爾来、これは一つの礼として定まってきていたのだろう。当摩真人智徳が次に見るとおり持統や文武の葬送でも誄したとあるのは、日嗣を誄する道に通じていたせいもあろうが、実はそれだけでない。息長山田公は舒明天皇の母の族に出自する人物であった。それは舒明の諡《オクリナ》を息長足日広額天皇と称したことからもわかる。当摩智徳がその一員である当摩氏も、用明天皇の麻呂子皇子の裔でやはり準王族であった。天武朝に八色の姓を定めたとき息長氏にも当摩氏にもいちばん上の真人姓を賜うとあるが（天武紀十三年）、こうして真人はかつて準王族の目じるしであった。智徳が「皇祖等のヒツギの次第」を誄したのにも、それなりのいわれがあったことになる。

ところでかれの誄した「皇祖等の騰極《ヒツギ》の次第」とは、古事記序にいう「帝皇日継《スメラミコトノヒツギ》」、もしくは天武紀十年の条にいう「帝紀」に当ると見て誤るまい。つまり「先代旧辞《サキツヨノフルコト》」（古事記序）や「上古諸事」（天武紀十年）が神代の物語であるにたいし、これはホノニニギあるいは神武以来の皇統譜を指す。「千代《チヨ》重ね、いや継ぎ継ぎに、知らし来る、天の日継……」（万、一九・四二五四）とあるように、天照大神の跡を代々受け継ぐ天子の位がヒツギである。そういうヒツギの次第を殯庭で誦みあげて誄奏上の件は終り、そこで和風諡号が贈られるという次第になっていたはずである。

持統の葬送にさいし、「当摩真人智徳、諸王、諸臣を率ゐて、太上天皇に誄奉る。諡して大倭根子天之広野日女尊と曰ふ。是の日、飛鳥の岡に火葬す」（続紀、大宝三年十二月）と見え、文武の葬送では、「当摩真人智徳、誄人を率ゐて誄奉る。諡して倭根子豊祖父天皇と曰ふ。即日、飛鳥の岡に火葬す」（続紀、慶雲四年十一月）とあるによっても、そのへんのことが推定できる。桓武天皇没（八〇六年）にさいし、和風諡号を献ずる誄の一節が残っているのも参考になる（日本後紀、大同元年）。こういった諡号をおくるのは中国古代からの習いである。古代朝鮮の諸国も同じようだから、そこを経由して伝来してきたのであろう。

前に戻るが天武の殯宮でさらに見逃せないものに、「諸臣各己が先祖等の仕へまつれる状《カタチ》を挙げて、遞《タガヒ》に進みて誄す」（年表29）というのがある。誄の主眼は死者生前の行跡を称えその死を悲しみ霊を慰めることに存するわけだが、つかさつかさのみならず、さらに氏々の代表つまり氏上《ウヂノカミ》がこうして「己が先祖等の仕へまつれる」さまを誄するのは、当時の社会が氏制的なものと律令制的なものとの二重構造を持っていたのにもとづく。すでに推古紀にも「氏姓の本《モト》を誄す」と見える。その誄は恐らく、氏々の持ち伝えてきていたであろう系譜つまり、弘仁私記序その他に見える本系帳とか、或いは氏文とかと無縁ではあるまい。持統紀五年（六九一）の条に大三輪・雀部《サザキ》・石上《イソノカミ》以下十八氏に其の「祖等《オヤ》の纂記《ツギフミ》」を上進させたとあるのを、最近では古写本により「墓記《オクツキノフミ》」と読む方がいいとされている。だが、やはり釈紀に「纂記」とあるのは捨てがたい。第一、今のところ墓誌は古くとも七世紀後半以前にはさかのぼらず、むしろ奈良朝のものが多いのだから、それをここで上進させたりするのはありそうもないことである。氏々のツギフミなら、宮廷のヒツギが幹であるにたいしその分枝に当るし、これらに続いてヒツギが誦みあげられて殯が終るという式次第ともぴったりである。

むろん氏々の系譜は、国家以前にはそれぞれ独立したものとして伝承されていただろう。そしてそれはせいぜい十世代前後止まりの系譜であったろうと推測される。ところが古代国家の形成をめぐって新たな過程が進行し大和宮廷の力が優位してくるのにつれ、氏々の先祖はいわゆるヒツギのどこかに組みこまれ、その系譜は宮廷系譜の分枝として存するという形に変ってゆかざるをえなかった。それの文字化された本系帳とか氏文とかのツギフミがあり、それにもとづいて、「己が先祖等の仕へまつれる」さまを氏上らは唱えたのだと考えられないだろうか。[*24]ただ、そういった誄は一つも残っていないのだが、称徳天皇が藤原永手を右大臣に任ずる宣命（天平神護二年正月）で、藤原鎌足・不比等に賜わった「しのひことの書《フミ》」に「子孫《ウミノコ》の浄く明き心を以て朝廷《ミカド》に奉侍《ツカヘマツ》らむをば必ず治《ヲサ》め賜はむ、其の継《ツギ》は絶ち賜はじ」とある故そのとおり永手にいま右大臣を授けるといっているのは、氏上らの誄がどんなものであったかを逆に照らし出してくれる。（この五年後、永手が没したとき、光仁天皇がその死を悼んだ宣命は前に注記したところである。）

氏上らの「己が先祖等に仕へまつれる」さま、つまり臣従と忠誠を誓う誄は、最後に智徳の読みあげる「日継」の誄と一体化して完結するという具合になる。こう見てくると、布勢朝臣御主人《ミヌシ》・大伴宿禰御行《ミユキ》両人による誄の奏上が、智徳による「日継」の誄の奏上の直前におこなわれているのにも、それなりのわけがあることになろう。御主人と御行が持統五年正月にはともに八十戸を増封され、同八年正月には、やはりともに正広肆（従三位）を授けられ二百戸を増封され、また同じく氏上にもなっているのは、たんに諸臣の筆頭というより、前者が臣系の、後者が連系すなわち伴造系の諸氏を代表する人物であったのにもとづくものに相違ない。こうしてつかさつかさの誄だけでなく、氏々の誄が奏上され、さらにそれらが臣系の布勢氏と連系の大伴氏の両氏の手で束ねられ、最後に智徳が「皇祖等のヒツギの次第」をかたる誄が、そういった全過程を収斂して終るという図形がここに描き出されてくるのである。[*25]

ただこれらの誄を歴史意識の所産と見るのには、慎重さが要求される。古事記にしても書紀にしても、過去というものを決して歴史的にはとらえていない。氏々の始祖の多くが神代、あるいは神武以降開化にいたる、つまりひどく神話がかった代の天皇に出自したことになっているに徴してもわかる。それらはおよそ歴史的な年代記《クロノロジー》からは遠い。空間がまだユークリッド的でなかったように、時間もまだ必ずしも歴史意識に浸透されてはいなかっただろう。氏々の誄もほぼ同様であったと思われる。これは律令制的なものと氏制的なものとの二重構造を統合する天皇、そのもつ聖なる輪光を鮮明に表わそうとした図形といっていい。天武の殯宮が一つの政治的劇場であるゆえんとも、もとよりこの図形は包みあう。

こうして天武の死のもたらした過渡期の危機は乗り越えられ、葬礼におけるこの高揚は持統の即位（持統四年正月）や大嘗祭（五年十一月）へと接続してゆくのである。天武の殯宮と持統の即位は別々のものではなく、むしろ両者は一体をなす。ただ先立ったのが天武の殯宮であり、規模もこっちの方がずっと大きかっただけである。だからこれを、たんにおのずからな過程とあしらってはなるまい。劇場と同じようにその背後には演出者がいたはずである。前節でちょっと触れたように、それは藤原不比等であっただろうと私は考える。

かれの名は、持統紀三年二月に判事になったと見えるのが初出である。判事には法律に通じたものがなるわけで、やがてこの不比等が大宝律令の編纂を領導するに至ったのも肯ける。天武の没したときもう二十七歳になっていたかれが、ただ手を拱いて事態を傍観していたはずもない。不比等が判事になった二カ月後、皇太子草壁は夭折する。その草壁が愛用の佩刀を不比等に授けわが子軽《カル》皇子（後の文武天皇）の将来を託したというが、ここにはすでにキング・メーカーたらんとするかれの姿勢がありありと透けて見えるのではなかろうか。

蘇我氏は宮廷と外戚関係を結び専横をきわめたという風に評されるが、それもつまりはキング・メーカーになろうとしたことを意味する。用明・崇峻・推古は、蘇我氏の女の生んだ王である。しかし、蘇我氏の栄華は長続きしなかった。理由はいろいろあろうが、祭祀権を持っていなかったのに因る点もあるといえよう。蘇我氏とは違い、中臣氏と一体である藤原氏は政治力だけでなく、祭祀上の特権をも兼ね有していた。例えばこの中臣氏が天神寿詞《アマツカミノヨゴト》を読むことが、践祚には不可欠であった。（中臣とは神と王との間を媒介するものとの意、鎌足なども神祇伯になるのを拒み政治家であろうとし、藤原氏の祖となった。）さらに不比等の長女宮子が文武天皇の夫人となって天皇聖武を生み、またその第三女光明子が聖武の皇后になるといった道筋を考えるならば、紛れもなく不比等においてキング・メーカーとしての藤原氏の位置は確立したと見ることができる。この不比等が持統の「称制」とか、大津の謀反とかにかかわる処置にすでに深く関与していたとしても何ら不思議はない。ただ判事に任ぜられる以前の経歴がよくわからない。で、それを中臣氏が壬申の乱にさいし近江方に味方したことと結びつける向きもあるわけだが、当時にはその初任年不詳のものが多く、例えばさきの布勢御主人なども正五位の納言として持統元年正月に誄したとあるのが初出で——前掲の年表の9の項参照——その時すでに五十五歳、それ以前のことは不明である。不比等についてもむしろ「生前の鎌足を徳とした天武天皇に庇護され云々」（『日本古代氏族人名辞典』）と見る方がいいのではなかろうか。

不比等は、父鎌足と死別したのが十一歳、壬申の乱のときにはまだ十四歳。フヒト（文人の略）という名は母方の田辺史《フヒト》のもとで養われたのによるらしいが、三十歳ですでに直広肆（従五位下）、そして判事になったのだが、法学に通じていただけでなく鎌足の資質を受けつぎ、不比等は政治に対してもすこぶる明敏であった。少なくとも天武の殯宮に臨み右のような図形を描き出し、この殯を「国王万歳」の政治的劇場たらしむべく演出することのできる人物は、藤原不比等を置いて外にいないと見てよかろう。

四　付、天武から聖武へ

前節に取りあげた図形をたんに国王万歳の見地から受けとるだけですむかといえば、必ずしもそうではない。これを一つのゲシュタルトとして眺めるとき、曼陀羅風の国家とでもいうべきものがそこに現前して来ないだろうか。第一節で初代君主・神武のカムヤマトイハレビコという名につき考えたさい、それはヤマトの地に宮都があるいわれを表わすものと指摘した。しかしこのヤマトは、この列島国家の名がやはりヤマトであることをもすでに織り込んでいたと思う。神武が隼人の棲む南九州の地から畿内のヤマトへ東遷してきたというその行跡も、すでにこのことを暗示する。神武（カムヤマトイハレビコ）のあと開化天皇に至る七代のうち五代までが「大倭《オホヤマト》……」「若倭……」といった和風の名を持つが、これらヤマトも畿内のヤマト国以上のものを含意すると見てよかろう。現に書紀は神武をすでに「神日本磐余彦《カムヤマトイハレ》天皇」と記し、以下五代の天皇に冠するヤマトもみな「日本」または「大日本」と記すのである。

畿内のヤマト政権が支配の輪を次第に拡げていったのでおのずと列島国家をもヤマト（倭国）と呼ぶに至った、とするにとどまるべきではあるまい。[*26]それではいかにも、のっぺらぼうになってしまう。肝腎なのは、王と王宮を中心とする一つの新たな同心円が政治的にそこに描き出されている点にあると思う。

天武の殯宮での誄の奏上にしても、いちばん身近な乳母の家に始まり、それからつかさつかさのものへ、さらにあれこれの要《カナメ》になる人物を挟んで国司から国造へ、さらにまた隼人や蝦夷の誄へと続き、そして最後は準王族が日継のことを誄して完結する。この鎖状につながる同心円は、一種の「政治的マンダラ」と呼ぶにふさわしい。礼記に「賤ハ貴ニ誄セズ」とあるのはよく知られているが、そうだとすれば天武の殯宮での誄が王の事跡を称え臣従を誓うといった形になっているのは、そのありようが中国の場合とは国がらのせいか、かなり大きく変ってきていたことになる。

さて「政治的マンダラ」という新たな概念を創り出した人類学者ギアーツのことばを、次に引いておく。「インドネシアの国家運営の基本原理――王宮は宇宙のコピーであり、王国は王宮のコピーであって、神々と人間との間の境界で宙吊りになっている王は二つの方向を媒介するイメージであるという原理――は、ほとんど幾何学的な配置を持っている。中心かつ頂点に王、王の周囲と足下には宮殿、宮殿の周囲には〈信頼のおける、従順な〉首都、首都の周囲には〈無力で、頭を垂れ、身を屈めた、卑屈な〉王国、王国の周囲には〈服従を示す準備をしている〉王国の外の世界——これらはみな方位に従って配置されていて、単なる社会の構造でなく、宇宙全体の構造を表わした政治的マンダラともいえる同心円の形状をとっている」[*27]と。いささか注釈を加えるなら、右にいう「同心円」は nested circles と原文にあるから、これは入れ子状の、つまりそれぞれがその巣を上から割りつけられた円形をあらわす。

むろん十四・五世紀のインドネシアの国家を、この列島の七・八世紀の国家と等しなみに扱うことは許されない。ここでは中央にも蘇我氏のようにおよそ「従順」「卑屈」でなく、むしろ王家の向こうを張ろうとする貴族や豪族がいたし、隼人や蝦夷にしてもしばしば反乱を起こしており、決しておとなしく「服従」しようなどとしていたわけではない。またこの列島は、多くの山々によって分断されていたため、それを政治的に統一するのが容易なわざではなかったし、さらに中国に倣って律令制という法的な、つまり氏族制とは異なる秩序を創出しようとする新たな試みがそこでは実現されつつあった。こうした志向はアジアの小国としてはきわめて特異な現象と見ていいはずである。

しかし天皇を中心にするこの中央集権機構が他方、右にいうマンダラ模様に近似する側面を持っていたのも確かである。国号を「倭」から「日本」に改めたのはむろん国際関係を意識しての話だが、それでも右の事情は大して変らなかったと思う。なぜなら、新たな国号「日本」は、宮廷の祖神として新たに伊勢に鎮座した日神・天照大神と、奇しくも（？）呼び交わす関係にあったからだ。

そういえば、天武の皇女大伯《オホク》（大津皇子の姉）は伊勢に遣わされた最初の斎宮であったらしい。天武の代に伊勢神宮が国家的に定立された消息は、壬申紀や持統の歌（万、二・一六二）などからもうかがえる。神話では斎宮の始まりは倭姫までさかのぼるが、伊勢の斎宮であるそのヤマトヒメと、隼人や出雲建をことむけ次に東国のエミシを討とうとしたヤマトタケルとが、ワンセットをなす名として記紀の景行の段に出てくるのは、つまり日神をいつく斎宮の始まりと武力による国土の平定とが政治的・宗教的に互いに不可分であったことを象徴する。のみならず、古事記ではもっぱら倭建命であったのが、日本書紀では日本武尊へとその表記が変ってゆく。それは父・景行天皇と対立しその「建く荒き情《タケ ココロ》」（古事記）で以て父をおびやかしたこの人物が、書紀では父・天皇の従順な代理人となり国の内に蟠踞する悪しき諸力を次々に討ち平らげる日本タケルに化けていった次第をも示す。むろん、「倭」から「日本」への移行がいつおこなわれたかの年月日は定かではないものの、「天皇」号が用いられるに至った時期と、「日本」へのこの移行とは無関係ではなかったに相違ない。

書紀によるとかつて天照大神は宮廷内に倭大国魂と同殿で並び祀られていたが、「其の神の勢」強く「共に住み」がたいとして崇神の代に、宮廷外に祀ることにした。そして次の垂仁の代になり天照大神は倭姫の手で伊勢の地に鎮まり、倭大国魂も倭国造のいつくところとなったと見える。宮廷の祖神・天照大神についていえば、それが東方の伊勢にこのように遷座したのは、その光被を日本全土にあまねからしめんとしたものに相違ない。そして倭大国魂が倭国造の神とされたのは、国々の豪族たちの祖神がそれぞれ地域を鎮める霊力へと転化してゆく過程とも重なっていたであろうことを暗示する。延喜式神名帳の世界が構成されてくる機縁がここにある。宮廷系譜にじかに結びついた豪族たちの神々は、いうまでもない。辺地のおもだった国造たちの神々も、ほぼ限なく式内社に登録されていったと見ていい。つまり神々の世界においても一つの独自な図形が紡ぎ出されていったわけで、伊勢神宮の創られたのと出雲大社の創られたのとは、同じ政治的・宗教的次元のできごとであったと私は考える。その点、「伝聞、大国魂神者、大己貴神（大国主）之荒魂」（大倭神社注進状）とある記事は注目される。[*28]（とくにヤマトタケルが出雲タケルを撃った話があるのは見のがせぬ。）

歴史を越えたコスミックなものとの関連をもつ王権は、危機に出逢うたびに護国のためと称してこれに似た図形を再生産して来たともいえそうである。実は私は、総国分寺である東大寺を造り、その毘盧舎那仏を教主にする神秘的な蓮華蔵世界を日本国に示現させようとした天皇聖武の企図について一言したいのである。

梵語でビルシャナは万物をあまねく照らす意といわれるから、毘盧舎那仏は天照大神の一種の変形と解することができる。げんに大仏を造るにあたり、勅使として伊勢神宮につかわされた左大臣橘諸兄が帰京した夜、聖武天皇の夢に日輪は大日如来なりとの告げがあったという話（東大寺要録）さえある。しかしむろん、たんなる連続性を云々するだけではすまされぬ。両者は無縁ではないけれども、聖武がここで王権のもつ諸要素の布置の組み替えとでもいうべきものを求めざるをえなくなったのは疑えない。歴史的には、律令体制が早くも冬の試練を迎えたのである。そしてそれは、もっぱら先祖からの血統に頼るところの世襲王権の制度的疲労とも重なっていたといえるのではなかろうか。

天平勝宝元年（七四九）四月、天皇聖武は東大寺の毘盧舎那仏の前殿に「北面」し、左大臣橘諸兄をして「三宝《ミホトケ》の奴《ヤツコ》と仕へ奉る天皇《スメラ》が命」と名告りして、陸奥国から黄金の出たことを悦び「百 官 人等《モモノツカサヒトドモ》を率ゐて礼拝《ヲロガ》み仕へ奉ることを、挂《カ》けまくも畏き三宝の大前に、恐《カシコ》み恐みも奏し賜はく」といわしめた。これは周知の話だが、この「三宝の奴と仕へ奉る」とのことばにどんな意味がかくれているかは、決して自明ではない。本居宣長は続紀歴朝詔詞解で次のようにいう、「そもそも此天皇の、殊に仏法を深く信じ給ひし御事は、申すもさらなる中に、これらの御言は、天ツ神の御子ノ尊《ミコト》の、かけても詔給ふべき御言とはおぼえず、あまりにあさましくかなしくて、読み挙るも、いとゆゝしく畏《カシコ》ければ、……目をふたぎて過すべくなむ」と。こんな具合に右の言辞を抹殺しようとかかるコトアゲを、むしろ宣長のため残念だと私は思う。少なくとも学問では己れの意に添わぬ、または己れの考えをはみ出す資料に出逢ったら、むしろそれを大事にせねばならぬはずで、さもないと普遍化への道は閉ざされてしまう。かといって、「三宝の奴」云々をただ字づらどおりに受諾しさえすればすむといった安易な文脈でもない。

まず聖武の葬礼のことから考えてみる。続紀に「御葬の儀、仏に奉る如し」（天平勝宝八年五月）とあるように、それは天武の殯宮などと違い、まるごと仏式であった。さらに天皇は出家し帰仏していたので——二年ほど前、盧舎那仏殿前の戒壇で鑑真から菩薩戒を受けていた——誄号《オクリナ》の儀もなかったという。天皇没時に和風誄号を献ずるのは、前にもいったとおり中国の制にもとづき、六世紀ころから殯宮儀礼の最後におこなわれてきていたらしいので、これをやめたことも小さくない一つの事件であった。だが宣命のなかでみずからを「三宝の奴」と名告った聖武にしてみれば、それは当然の帰結であっただろう。

ところでこの「三宝の奴」ということばは、仏にたいし臣従の姿勢を示したものとされる。さきに見たとおり聖武は「北面」して仏像に向かった。君は「南面」し臣は「北面」するのだから、ここに臣従の態度が示されているのは疑えない。書紀なども「君をば天《アメ》とす。臣《ヤツコ》をば地とす」（推古紀十二年）をはじめ、「臣」をしばしばヤツコまたはヤツカレ（ヤツコアレの約）

と訓んでいる。しかし「臣」と「奴」とでは微妙な違いがあるはずである。「住吉《スミノエ》の、小田を苅らす子、奴《ヤツコ》かも無き、奴あれど、妹がみためと、私田《ワタクシダ》刈る」（万、七・一二七五）に見るごとく、ヤツコ――それは家《ヤ》つ子であり、促音ヤッコになるのは江戸期に入ってからとされる――は、家に従属し労役に服する賤民を指すのが本義であった。

トモノミヤツコ（伴造）である連《ムラジ》姓の族と臣姓の族を比べてみても、前者の方が宮廷への従属度がずっと強い。クニノミヤツコ（国造）もほぼ同様であることは、国造の総代として大国主神が宮廷にたいし国ゆずりしたという例の話からもおよそ察しがつく。神武東征にさいし、その従者となり海路を案内したサヲツネヒコなども、倭国造の祖であった。新羅と結んで大和朝廷にたいし反乱を起こしたという筑紫国造磐井のごときは、例外中の例外と見ていい。

このクニノミヤツコはもともと地方豪族で、律令制の施行以後、一部は出雲国造のように祭祀に与るものとして残るが、多くは郡司に任ぜられる。だがそのさい見逃してならぬのは、相変らず譜代が重んぜられこの郡司が世襲職であった点である。その上司は中央から派遣されてくる国司、これにはむろんいちおう任期があった。しかしこの国司もクニノミコトモチ、つまり天皇の御言《ミコト》をたずさえてまつりごとをやるのだから、周辺部の地方政治がいかにマンダラ国家らしい縁取り模様を織り出していたか、わかるというものである。

クニノミヤツコのミはむろん敬語だが、それは当人に対するものではなく、宮廷に仕えるのでつけられた敬語である。宣命（天平神護元年八月）に、「貞《タダ》しく浄き心を以て朝庭《ミカド》の御奴《ミヤツコ》と奉《ツカヘ》仕《マツ》らしめむ」とあるのに徴してもわかる。百姓をオホミタカラというのも同類で、大御田《タ》族《カラ》つまり朝廷から口分田の班給を受けた公民・良民のいいに相違ない。これを「大御財《タカラ》」とするのは転化で、「天下《アメノシタ》の公民《オホミタカラ》の作りと作る物を、云々」（龍田風神祭祝詞）の方が本意に近いと思う。

総国分寺としての東大寺、そこに造られつつある毘盧舎那仏の前で「三宝の奴」と名告る聖武のことばも、こうした同心円のコスモスの真ん中に据えて眺めるなら、ヤツコという語が何を含意するかが見えてくる。それをたんに信仰心のあらわれとするだけでは、上べを掠めたにすぎぬことになろう。国分寺にかんしても聖武はその僧寺を「金光明四天王護国之寺」と名づけ、「朕また……金字の金光明最勝王経を写し、塔毎に各一部を置かしむ」（天平十三年三月の詔）と、前に明言していたのである。

実をいえば私はかつて、シャム国（今のタイ国）の王朝儀礼を詳しく記述した著作に、王はある儀礼にさいし己れを「仏陀の奴」（the Lord Buddha's Slave）と称し、それが今日に至るまで記憶されているとする一節にたまたま出逢ったことがある。[*29] さらにその王は、人びとを奴部隊（an army of slaves）として駆りたて巨大なパゴダ（寺塔）を作らせたともある。つまり王が「仏陀の奴」と称するのは、この著者によれば王権のもつ「絶対主義」のあらわれにほかならぬというのである。この一節に接すると、誰しも聖武の「三宝の奴」を想い出すだろう。

シャム国にはヒンドゥ教の下地が存し、その仏教はいわゆる小乗仏教だから、むろん事情はかなり異なる。しかし仏法と王法の交渉という大きな見地から眺めると案外、両者の間に相似性が見てとれるといえなくもない。

紫香楽宮《シガラキ》にあって大仏を造立したしとの大願を発起した日、聖武が「それ天下の富を有つは朕なり。天下の勢を有つは朕なり。この富と勢いとを以てこの尊き像を造らむ」（天平十五年十月紀）と勅したのを想い出さねばなるまい。この勅と「三宝の奴」ということばを抱きあわせて考えるならば、大仏を中心とする蓮華蔵世界を現ぜんとする願望と、王権の「絶対主義」とが決して無縁でないのが諒解される。事実こうした企図が日程に上ってきたのは、内乱や班田農民の逃散のほか、飢饉や疾病などがしきりに起こり、天武・持統朝に成立した律令制国家が早くも試練の冬に直面したことが引き金になっているはずである。

次のような見解も提示されている、いわく「聖武天皇は、かつての天武天皇時代の〈大君は神にしませば……〉とうたわれた、神と一体化している天皇ではなく、〈三宝の奴〉であることを宣言する。それは仏という絶対者と天皇を切り離すことによって、逆に天皇を絶対化する方向へすすむ。中国の天子が〈天〉という絶対者の命（天命）によって地上の絶対者になったように、日本の天皇も三宝の奴であることによって、天下の富と勢をもつ君主制へと転換していく」[*30]と。この「三宝の奴」はだから、例えば称徳天皇が大嘗祭のナホラヒでいった「朕は仏の御弟子として、菩薩の戒を受け賜はりて在り、云々」（天平神護元年十一月紀）などとは、いささか次元を異にする。後者は天皇における神仏習合を宣したにほかならぬが、「三宝の奴と仕へ奉る」の方には、みずから奴となって奉仕し何とか大寺・大仏を造立しようとする志のほどがハッキリ読みとれる。

天下の富と勢いを持つのは自分だと豪語した同じ勅で、かれは「知識に預《アツ》かる者」つまり大仏造立の大業に加わろうとする者は、至誠の心をもって、日毎三度盧舎那仏を心に念じ、みずからが大仏を造るという気持になってほしい。また「一枝の草、一把の土」でも造仏のため寄進したいというものあれば、願いのまま許せ。国司・郡司たちは、今度のことを口実に百姓を徴発したり、増税したりしてはならぬといっている。そして現にその四日後、甲賀に在って聖武は現地に臨んで寺域を開き、行基も弟子とともに庶民をいざない整地に参加し、翌年十一月には大仏の骨柱を建て「天皇、親《ミツカ》ら臨みて手《テヅカ》らその縄を引」いたのである（続紀）[*31]。

ここには信を同じうする知識たちの先頭に立って、仏に仕える「奴」として立ち働こうとする姿がうかがえる。だからその後五年ほどたって、陸奥国から黄金が初めて出たというのですぐさま東大寺に幸し大仏の前で「三宝の奴と仕へ奉る天皇」と奏上したのも、こう辿ってくると、大して不思議でも唐突でもないのがわかる。東大寺要録には、「材木知識　五万一五九〇人、役夫　一六六万五〇七一人、金知識　三七万二〇七五人、役夫　五一万四九〇二人」とある。ここにいう「知識」は無償の働き手のいいだが、かつて行基が「道場」――寺院ではなく――を中心に作っていた同じ同行の共同体とは違い[32]、これはまさしく権力を通して上から組織された部隊であった。聖武が「三宝の奴」と名告ったときも、すでにこうした類いの知識たちが念頭にあったと思う。だが、材木にかんし、役夫つまり役民の数は知識の三十倍にも達するのだから、全土の国分寺――地方では知識の数はきわめて乏しかっただろう――を合算すると、造寺だけでもほとんど天文学的な員数の役夫が、「百姓を徴発してはならぬ」との善意にもかかわらず動員されたはずである。反乱がばれ捕えられた橘奈良麻呂（諸兄の子）が「東大寺を造りて、人民辛苦す」（天平宝字元年紀）といったというのも、たんに因縁をつけただけではあるまい。自家撞着しているかに見えるけれど、聖武が盧舎那仏の前で「三宝の奴云々」と自称したことは、「天下の富」と「勢」を持つ己れを仏法によって絶対化する道と通底しあっていたのである。そこに働く歴史の狡猾できびしい皮肉を見逃すべきであるまい。

同じように仏陀の奴と称したとはいえ、シャムの王との違いも明白である。シャム国では昔の法典の書き出しにも「仏法の最高の擁護者として、常に仏教の興隆を祈念し、これを衰退から守るため務め怠ることなき国王」とあり、王はサンガという出家者の集団を維持する任を負い、さらに「思想と信教の自由をうたった新憲法においても、ひとり国王のみは仏教徒でなければならぬ[33]」と定められているという。ここにある“Buddha's Slave”の現実性に比べると、

「三宝の奴」となって、東大寺大仏を中心に蓮華蔵世界を創り出そうとする聖武がいかに記念碑主義的ともいうべき幻想に執りつかれていたかが見えてくる。聖武の背後には、ごく僅かの知識衆がいるだけで、あとは「人民辛苦」の労役に頼るほかなかった。かれが「皇帝」つまり命令者といわれたゆえんでもある。それにたいしシャム国王の背後には、出家者の集団が控えている上、国王は民衆的規模での「在家者の長」[*34]でもあったとされる。

隋書の倭国伝に、その国書（推古朝）に「日出ヅル処ノ天子、書ヲ日没スル処ノ天子ニ致ス、恙《ツツガ》無キヤ云々」とあるのに接し隋の煬帝が怒った話は有名だが、もとよりこれは「王」にほかならぬものが「天子」と僭称したのが気にくわなかったのである。つまり倭国の王は、中国の皇帝に臣従する「王」であることをこころよしとしなかった。皇帝とか天子とかに代り「天皇」というやや曖昧な称号をとり込んだのも、それと関連があろう。そして記紀ともに、その死を「崩」と記しているのである。礼記に規定するとおり、「崩」は天子の死について用いる語であった。ということは、たんに「王」とか「大王」ではなく「天皇」と称するに及んで、内実はkingであるにもかかわらず、この国の首長はemperorであり、「日本」は一つの「帝国」である、との自負を主観的に抱くことができたらしいのである[*35]。

古代朝鮮の三国（百済・新羅・高句麗）との違いが、ここにある。三国史では王の死は、すべて「薨去《コウキョ》」と記している。礼記によれば「薨」は「諸侯の死」をいう語である。「日本」でも、「薨」は天皇以外の王族や三位以上の貴族について用いる習いとなっていた。中国との間に正式の冊封関係があるか否かで、こうした関係は左右されたわけで、例えば新羅王は中国の皇帝にたいし、みずからを「藩屏ノ家臣」と称している。「日出ヅル処ノ天子」と推古が大きく構えることができたのは、この冊封関係の外にいたからに他ならぬ。少なくとも正式の冊封関係はなかったといえる。

だとすれば、うっかり「天皇」を中国の「皇帝」と同一視しない方がいい。聖武は没後「皇帝」と呼ばれ（天平宝字二年紀）、女の元明天皇なども太安万侶の古事記序の上表文で「皇帝陛下」と称されているが、これらは多分に儀礼上の措辞であったと思う。「帝国」への野望は、天智朝に新羅が唐と連合してまず南の百済を（六六〇年）、次に北の高句麗を滅ぼし（六六八年）、朝鮮半島に律令制的な統一国家を作るに至ったという情勢に刺激される点が大きかったと思う。現に百済救援に赴いたわが軍は新羅・唐の連合軍に大敗を喫したのである。

平家物語などがしきりにいっているように、日本列島は「粟散辺土《ゾクサンヘンド》」の「心憂き境」とされていた。こうした小国意識または辺地意識は、明治期になり帝国主義という怪物が現われてくる以前の世では、むしろ一般の通念であった。その王も、太平記にいうとおり「辺土の主《アルジ》」にほかならなかった。この国の王権の祖とされる「天つ神」が天照大神という女神であり、みずから田を作ったり、まるで巫女であるかのように「神御《ミツ》衣」を織ったり云々と記紀が語り伝えている事実も忘れてはなるまい。少なくとも、天照大神が Corn Mother（五穀の母）ともいうべき属性をもっているのは、ほぼ確かである。だからこそその血を受け継ぐことになる代々の王たちにも、「水穂国」の統治者としての資格が与えられたのである。原始の面影を留めるこういった「天つ神」と、宇宙の主宰者である中国流の「天帝」との違いは明らかで、したがって本朝の「皇御孫命《スメミマノミコト》」を、「たった一人の強大な徳（力）が天におおわれたあらゆるものに達し、宇宙の果てにすら至る[*36]」という中国皇帝に似るなどと見たりするのは危いのでないかと思う。「天の下治《シ》らしめす」天皇とは決り文句だけれど、その威力の及ぶのは、しょせんこの「粟散辺土」に限られていた。そうかといってこの「辺土」に、何らめぼしい独自の文化が開花しなかったかといえば、決してそうではない。むしろそこにこそ、肝腎な文化上の問題が隠されている。

そこでものをいったのは、この列島が玄界灘によって大陸から隔離されていたという地理的条件であったと思う。しかも中国と朝鮮三国を先進国とし、どしどし文化は摂取できたのだから、このことにかんする限り、古代の玄界灘は恵みの海であったともいえる。例えば、かりにもし漢字文化を所有する強い政治勢力が勝利者としてこの列島に押し寄せてきたとすれば、源氏物語などの代表する仮名文字文化の成立は、恐らく不可能に終っただろう。表意的な漢字をもとにした表音の仮名文字は、まず万葉仮名として現われるわけだが、その創出には、おもに朝鮮半島から長期にわたり三々五々と海を渡ってきた人びとの身につけた和漢にわたるバイリンガルな能力が大きく寄与したはずである。七世紀に百済や高句麗が滅んださいには、多くの亡命者が半島からどっと渡って来た。それがもし征服者であったならば、事情は大きく違っていたであろう。[*37]

ただ忘れてはなるまい。もしこの列島が小笠原群島の位置にあったとしたら、そこには十世紀になっても恐らく石器時代がまだ続いていたであろうことを。聖武が盧舎那仏を中心とし国々に国分寺を配するという宗教的な曼陀羅風の国家を夢想することができたのも、問題の次元は違うが中国との冊封関係の外側にあって、島国としてこの列島が一つの政治的な完結体をなしていたことと無縁ではなかった。

それにつけても王法と仏法とが密着していた東南アジア諸国の歴史をもっと詳しく知ることができたら、「三宝の奴」という言葉のもつ意味や、その下地をなすこういった曼陀羅風の国家の構造なども明らかになってくるに違いない。直接の関係は乏しいにせよ、また単純な比較は禁物であるにせよ、こうした観点に立っての、東南アジア諸国への歴史的眼なざしが今や多少とも必要になってきているのではなかろうか。

注

*1――この点については、山本幸司『穢と大祓』参照。

*2――安井良三「天武天皇の葬礼考――日本書紀記載の仏教関係記事」(三品彰英編『日本書紀研究』第一冊)参照。

*3――「大嘗祭の本義」(『古代研究』所収)。「天子」とは祭祀上の称で、和語では須売弥麻乃美《スメミマノミ》己等《コト》といい(令集解儀制)、祝詞は「皇御孫《スメミマ》の命」と記す。その「弥」と「御」はともに甲類のミであるにたいし、「身」は乙類のミで、この違いはほぼ決定的といってよかろう。折口学には、基本語彙につきこうした解釈上のミスがあれこれあり、それが直観の冴えをあたらぶちこわす次第になっている場合があるように思う。「天皇霊」批判としては、能谷公男「古代王権とタマ――天皇霊を中心として」(『日本史研究』三〇八号)がある。

*4――拙稿「大嘗祭の構造」(『古事記研究』所収)参照。

*5――E. H. Kantorowicz, *The King's Two Bodies* (1957)、この本については小林公訳『王の二つの身体――中世政治神学研究』(平凡社、一九九二)という翻訳が出ている。著者についてはアラン・ブーロー『カントロヴィッチ――ある歴史家の物語』(藤田朋久訳、みすず書房)という本があることをいっておく。この著作を葬式の問題として扱ったものに、カントローヴィッチの弟子 R. E. Giesey に *The Royal Funeral Ceremony in Renaissance France* (1960) があることもいっておく。

＊6——和歌森太郎「大化前代の喪葬制について」（『歴史研究と民俗学』所収）参照。

＊7——『日本書紀』（日本古典文学大系）解題。

＊8——『日本書紀』（日本古典文学大系）頭注。

＊9——私にはマックス・ウェーバーの次の言葉が、ここで否応なく想起されてくる、「一夫一婦制が唯一の正統な婚姻形式としておこなわれているということが、君主権力がきちんと連続してゆくための最も重要な基礎の一つであり、オリエントの状態に対比して、西洋の君主制を利した事情であった。オリエントの状態においては、目前に迫った、または将来生じうる王位交替に対する考慮が、全行政を駆り立てており、また、王位の交替はそのつど、国家制度の破局のチャンスを招来したのである」（『支配の社会学 2』、世良晃志郎訳）。日本の王権でこの一夫多妻制は明治期まで連綿と続いてきている。そのさい肝腎なのは、王位の継承が宮廷政治としてどのような危機や矛盾を孕んでいたかを時代毎に事実に即し究明することではなかろうかと思う。

＊10——むろん、吉野という名のめでたさだけに話を還元すべきでない。万葉に「神《カム》さぶる、磐根こごしき、み吉野の、水分《ミクマリ》山を、見ればかなしも」（七・一一三〇）とあるように、吉野山は農の水を配分してくれる神を祀った山で、そこには吉野水分社がある。祈年祭祝詞にも「水分に坐す皇神《スメガミ》等の前に白《マヲサ》く、吉野、宇陀、都祁《ツゲ》、葛木と御名は白《マヲシ》て云々」と見える。これを下地にして吉野は修験の山になってゆくわけで、これによると役行者のいた葛木も

また水分の神であった。名のめでたさとともに、こうした歴史的トポロジーも無視してはなるまい。

＊11――ヒツギノミコについては荒木敏夫『日本古代の皇太子』参照。
＊12――直木孝次郎『持統天皇』参照。
＊13――前項に同じ。
＊14――拙著『壬申紀を読む』第三節の「古代人は運命をどう読んだか」の項参照。
＊15――歌については阪下圭八『初期万葉』を、詩については小島憲之『万葉以前』を参照されたい。
＊16――万葉巻二に大津皇子が「ひそかに伊勢神宮に下り」上京する時に大伯皇女の作った次の歌二首を載せる。

我が背子を大和へ遣るとさ夜ふけて暁《アカトキ》露に我が立ち濡れし　（一〇五）
ふたり行けど行き過ぎかたき秋山をいかにか君が独り越ゆらむ　（一〇六）

また大津が没した後、伊勢から京に上る時作った次の二首も載る。

神風の伊勢の国にもあらましを何しか来けむ君もあらなくに　（一六三）
見まく欲《ホ》り我がする君もあらなくに何しか来けむ馬疲るるに　（一六四）

これらは本文に引いた歌と一緒に享受されねばなるまい。この「ひそかに」がいつの日のことかわからぬけれど、多分それは天武の病篤くなった以後であろう。この一群の歌から感じとれるはずだが、大伯皇女は大津にとってその心を癒やしてくれる「姉の力」ともいうべきものであったらしい。ふたりの親密な間柄には、姉ではなくヲバだがやはり伊勢の斎宮であったヤマトヒメとヤマトタケルとのそれにやや似た点がある。

*17――本書所収「黄泉の国とは何か」参照。

*18――日本霊異記（中・一）には、さきにもちょっと触れた長屋親王につき、その一族のものの死骸はみな焼き、河や海に投げすてたが、親王の遺骨だけは土佐国に流した。するとその国の百姓に多くの死者が出た。で、人びとは「親王の気《ケ》に依り、国内の百姓みな死ぬべし」と訴えた、云々とある。これは悪死したものの「気」がどんな風に働いたかを知る早期の資料といえる。もとよりこの「気」は、もののけのケでもある。

*19――「大臣《オホオミ》明日は参出《マヰ》来仕へむと待たひ賜ふ間《アヒダ》に、休息安《ヤス》まりて参出ます事は無くして、天皇《スメラ》が朝《ミカド》をおきて罷退《マカ》りますと聞《キコ》し看《メ》しておもほさく、およづれかも、たはごとをかも云ふ。信《マコト》にしあらば、仕へ奉りし太政官《オホキマツリゴトノツカサ》の政をば、誰に任《ヨ》さしかも罷《マカ》りいます、孰《タレ》に授けかも罷りいます。恨めしきかも、悲ししかも。朕《ア》が大臣、誰にかも我が語らひさけむ、孰にかも我が問ひさけむと、悔しみ、惜《アタラ》しみ、痛み、酸《カナ》しみ、大御泣哭《ミネナ》かし坐《マ》すと詔《ノタマ》ふ大《オホ》命《ミコト》を宣《ノタマ》ふ。（以下略）」

（大臣は明日は参内するだろうと待っていたのに、病癒えて参内する事もなく、朝廷をあとにしてあの世に旅立っていったと聞いて思うには、人まどわしや、たわごとを云うことだ、もし本当なら、仕えていた太政官の政をば、誰に任せていかれるのか、誰に授けて往かれるのか。恨めしいことよ、悲しいことよ。わが大臣よ、誰と語らって自分は心を晴らそう、誰に問いかけ心を晴らそうと、悔しく痛ましく、悲しくて、声をあげて泣いている、との大命を宣下する。)

*20――稲岡耕二「続日本紀における宣命」(新日本古典文学大系『続日本紀』所収)参照。

*21――「柿本人麿」(『詩の発生』所収)。なお万葉の挽歌史の推移については身崎寿『宮廷挽歌の世界』、青木生子『万葉挽歌論』(著作集第四巻)等を参照。

*22――『源氏物語を読むために』参照。

*23――『日本書紀』(日本古典文学大系)頭注。

*24――横田健一「日継の形成――誄と歴史意識」(『日本古代神話と氏族伝承』所収)参照。

*25――殯宮から陵墓にいたる葬送も何らかの儀礼を伴っていたはずで――挽歌も棺を乗せた車を引くものの歌というのが原義――、例えば聖武については「笛人をして行道の曲を奏さしむ」(続紀、天平勝宝八年五月)とあるし、すでに早く継体紀二十四年の条にも、淀川を上って近江に帰る毛野臣の葬送歌「枚方《ヒラカタ》ゆ、笛吹き上る、近江のや、毛野《ケナ》の若子《ワクゴ》い、笛吹き上る」がのせられている。このへんのことについては田中日佐夫『二上山』参照。

*26――カラ(韓・唐)はもと朝鮮半島南部の加羅という国名であったが、朝鮮半島全体を指すようになり、転じて唐を、さらに中国をもカラと呼ぶに至った語。空間が次第にひろがって

いった点はヤマトに似ているけれども、それは同心円を描いているわけではなく、ただ延びていっているだけだから、両者を同一視することはできぬと思う。

*27――クリフォード・ギアーツ『ローカル・ノレッジ』(梶原景昭・小泉潤二・山下晋司・山下淑美訳、岩波書店)の第六章「中心、王、カリスマ――権力を象徴するものについての考察」。

*28――神功皇后前紀に玄海を渡るにさいし、「和魂は王身に服《シタガ》ひて寿命を守らむ。荒魂は先鋒として師船《イクサ》を導かむ」との神語があったとあるが、倭大国魂を大国主の「荒魂」と称するのは、倭国造の祖サヲツネヒコが神武の軍船をヤマトへ導いたという話とかかわりがあろうか。この社はもとより、延喜式神名帳の大和国山辺郡の筆頭に大和坐大国魂神社三座とあるのがそれで、三座は大和大国魂神・八千矛神・御年神を指すといわれる。とにかく倭国造のいつくこの神が出雲の大国主と因縁の深いのは疑えない。また同地に和名抄大和郷が見えるのは、そこがヤマトという名の起こりであったことを示すものと考えてよかろう。

*29――H. G. Quaritch Wales, *Siamese State Ceremony* (1931) 参照。源氏物語「若菜」巻で、朱雀院の娘・女三宮が光源氏のもとに降嫁する一件につき、例えば次のようにいったことがある、「元来、皇女の結婚ということはなかなか厄介な問題であった。皇子との結婚は近親相姦になる率が多かったし、ただびととの結婚は宮廷の血の神聖を汚すとされていた……これは神聖王権のもつ一つの矛盾ともいうべきもので、本朝以外にも例はすくなしと

しない。シャム国の宮廷などもそうで、ただびととの結婚を許して後も、皇女が子を生むのを禁じていた。云々」（『日本古代文学史』）。『源氏物語を読むために』では、この点をもっと突込んで考えたつもりだが、実はこれもウェルズのこの著作にもとづくものであったことをいっておく。その点、この著作は日本の王権を照射する上にも、独自な一つの資料となりうる点があるといえようか。

*30——前掲吉田孝『古代国家の歩み』。なおこの点については石母田正『日本古代国家論』所収の「国家と行基と人民」をも参照。

*31——このへんの記述は青木和夫『奈良の都』に負う点が多い。

*32——前掲石母田正論文には、「本来、知識結《ユイ》という集団は、共通の宗教的事業または目的のために、同行同心を唯一の紐帯として存立する第二次的な共同体である」（圏点は引用者）と見える。

*33——石井米雄『タイ仏教入門』による。

*34——右に同じ。

*35——「王」または「大王」と「天皇」、やまとことばでいえばキミまたはオホキミとスメラミコト、あるいはkingとemperorとが概念としてどのように違うかについては、「スメラミコト考」（『神話と国家』所収）参照。なお「天皇」という呼称にも、いろいろ問題があるらしい。例えば宮崎市定『古代大和朝廷』所収の「天皇なる呼称の由来について」は、天

皇の皇字を——皇太子・皇后などはみな漢音コウなのに——なぜ呉音ノウと訓むかと疑い、それは天皇を「天王」（大王にあらず）と呼ぶ時代があったせいだとする。そして東洋史の広い視点に立って次のようにいう、「日本が百済に対して優越感を満足させるには、天王でよかった。ところが大陸に隋という統一王朝が出現し、日本も否応なくこれと国交を開かなければならなくなると、天王ではまずいことになった。天王と皇帝では、僅かの差とは言え、対等ではないからである。あたかもよし、中国には古来、皇帝号に対してひけを取らない天皇という言葉があった。そこで天王を皇と改めて、天皇とし、これに伴って諸制度を皇帝政府と平等化していったのは極めて自然な推移と言える」。

＊36——マルセル・グラネ『中国古代の舞踏と伝説』（明神洋訳）。

＊37——私は以前、「古典的古代文明を有する大国の周辺に棲む諸民族のうち、古代文学史とよべるものがまともに成り立つところはあまりない……。その点、日本の古代文学史をどのように記述するかは、一つの実験的な意味をもつであろう」と『日本古代文学史』でいったことがあるが、たんに文学史だけではなく、玄界灘でもって大陸から距てられた列島国家である日本とは何かを根本から考えるのに欠かせぬ奥の深い問題が、まだここには眠ったままになっているように思う。

（一九九八年）

あとがき

三十年も昔の話になるが、『古代人と夢』という本を執筆中、地下世界に通じる洞窟がどんな意味を神話上もつかにつきあれこれ考えあぐねていたさい、もしかしたら近いうち「古代人と死」といった風の問題に出くわすかも知れぬ、とほんの一瞬、予感したことがある。その折はそれっきりで、何も始まらなかった。ところがその二十数年後、「ノミノスクネ考」という一文をたまたま草するに及んで、いつしか自分が主題としてこれに向かいあっているらしいのに、ふと気づいた。うかつといえば、確かにそうである。

もっともその時は、何しろ難解さに充ちた未開拓な分野のせいもあり、本書の副題に記した「大地・葬り・魂・王権」といったもろもろの範疇が茫漠と拡がったり、また怪しく重なりあったりしていると映るばかりで、どこからどう手をつけたらいいのか、まるで見きわめがつかなかった。で、とにかく筆を執って当ってみるしかないと、以下の諸篇をどうにか書きついでいったのである。その足どりのたどたどしさを知ってもらうべく、あえて執筆順にそれらを並べることにした。その間、難産のため未定稿として筐底に放りこまれたままになっているのも幾篇かある。最後の「天皇天武の葬礼」に至って、やっと何か手ごたえのようなものに出くわしたと感じたのである。

この本が成るにさいしては、平凡社の龍沢武さん・直井祐二さん・菅原晶子さんらに、いろいろ心づくしのお世話をいただいた。また何人かの方が資料につき教えて下さった。ともに厚く感謝する。また、むぐらのわが宿に月ごと足を運び、内外の書を一緒に読んでくれた若い友人たちとの対話から、私はたえず知的な活力を汲みとることができた。それなしにはこのささやかな仕事も、途中で多分あえなくへたばっていただろうという気がする。

一九九八年九月

著者

執筆一覧

ノミノスクネ考　「文学」一九九三年冬号

地下世界訪問譚　「日本文学」一九九四年三月号初出、改稿「ユリイカ」一九九四年十二月「死者の書」特集号

古代的宇宙《コスモス》の一断面図　「月刊百科」一九九五年三・四・五月号

三輪山神話の構造　「思想」一九九七年三月号

諏訪の神おぼえがき　「月刊百科」一九九七年三・四・五月号

姨捨山考　新稿、一九九七年

黄泉の国とは何か　新稿、一九九七年

天皇天武の葬礼　新稿、一九九八年

解説——日本の古典学への道

大隅和雄

古代人との対話

この本の「あとがき」は、「三十年も昔の話になるが、『古代人と夢』という本を執筆中、地下世界に通じる洞窟がどんな意味を神話上もつかにつきあれこれ考えあぐねていたさい、もしかしたら近いうち「古代人と死」といった風の問題に出くわすかも知れぬ、とほんの一瞬、予感したことがある。」という文章で書き始められている。

本書の著者西郷信綱氏は、七十年にわたって、日本の数々の古典との対話を続けてきたが、一貫してその中心に置かれていたのは『古事記』であった。一九六七年に出た『古事記の世界』(岩波新書)は広く読まれ、『古事記』の内在的な読みの先駆的な書として知られているが、弛むことなく続けられた古事記解読の成果を集約したのが、『古事記注釈』全四巻(平凡社)であったのはいうまでもない。

『古事記注釈』は、一九七五年に第一巻が出て、第四巻で完結したのは一九八八九年のことであったが、その間にも、つぎつぎに解読の上の新しい問題が生起し、問い直しが必要と思われることが出来して、その検討は、注釈の完成後時を措かずに始められた。本書は、一九九三年に発表された「ノミノスクネ考」を最初に、一九九八年に書かれた「天皇天武の葬礼」までの、八篇の論文が収められている。その書名は三十年前に、予感されたものであったというが、『古事記』と、それが生まれた時代への探求の、並々ならぬ息の長さと深さを考えると、居住まいを正さずにはいられない思いがする。

書名の通り、著者が考え続け、研究の対象にしたのは、「古代人と死」であったわけだが、この本で取り上げられる「古代」というのは、単純にいつからいつまでという時代区分上のことではない。古代ということばが指している時代は、古代から現代に至るまでの時間の何倍もの長さを持っていて、その始まりは、遠く原始の時代にまで遡って、しかと見定めることはできない。ここで考えられている古代は、中世の向こうに現われる一まとまりの時代というようなものではないし、現代から遡って行って、突き当たる壁のような時代で、そこに描かれた壁画を読み解くようにして、理解できるようなものでもない。

一昔前まで、日本古代の文化は、稲作を基礎にした社会で形成され、考古学の時代区分でいうと、弥生時代に始まると考えられて、それが日本の固有文化だと思われていた。それが遺跡の発掘と、調査研究の急速な進展によって、外来文化としての、稲作の起源も明らかになり、日本の固有文化を考えるためには、弥生時代から遡って、縄文時代を視野に入れなければならなくなり、人々の間で縄文文化への関心が高まってきた。

それよりも前、『古事記』との対話を続けていた著者は、古代の奥深さを思わずにはいられなくなり、『古事記』の中に現われるさまざまな事象は、縄文時代からのつながりを視野に入れなければ、理解できないということに気づいていた。古事記の世界には、縄文時代以来の伝統が生きている一方、古代は中世以降の社会の中にも見え隠れしていることを、忘れてはならないというわけである。

日本では、青銅器の時代が、充分な時間を経て成熟を迎えるに至らないうちに鉄器が伝わったので、原始的なものが克服されずに生き続けたという著者は、弥生時代、古墳時代になっても、縄文時代の文化が生き残っていると考えて『古事記』を読み、文字の伝来以後の古代を考えることで、精一杯だった古代研究を、文字以前の世界に押し拡げる上で大きな役割を果たした。

古代人と死

それでは、洞窟の奥深くに潜んでいる古代人に出会い、対話を試みる手がかりはどこにあるのだろうか。西郷氏が、古代の世界に入って行く主要な鍵と考えたのは、「死」をめぐるさまざまな問題であった。文字に書かれた事柄の中で、政治に関わる記述は、権力によって変形されやすい。それに対して、神話や古代の記録の中では、死にまつわる習俗が無視されたり、書き変えられたりすることは少なく、さまざまな死者儀礼の記述は、古い時代から受け継がれたものをゆがめずに伝えていると考えられる。

著者は、記紀神話や祝詞の中から、古代人が、死にどのように対応し、死者はどこにゆくと考えていたのか、さまざまな死者儀礼の中で、死者がどのようにしてこの世から離れて行くと思われていたのかを読み取り、古代の奥深さを測ろうとする。

葬礼を手がかりにして、ノミノスクネに関する伝承を見て行くと、一見つながりのない神話の断片が、埋葬の儀礼につながっていることが分かって来る。死者の行く世界は、地下にあると考えられていた。イザナギが、地下の黄泉の国に行ったイザナミを訪ねる神話は、本書の中でも、二つの論文で取り上げられている。「地下世界訪問譚」は、天空ではなく、地下にあるとされる黄泉の国が、ものを生み出す大地の女性原理に属していて、仏教の地獄や浄土とは大きく異なる古代的な世界であったことを述べ、「黄泉の国とは何か」は、イザナミの亡骸の姿から、古代では死体がどう扱われたかを考えて、古代人が死体とどう向き合っていたのかを論じ、そう考えた上で、仏教がどのような受け容れ方をされたのかを考えなければならないと説かれる。

地下世界について思索を進めた著者は、つぎに地上の世界がどのように考えられていたかを見届けようとする。「古代的宇宙の一断面図」では、大祓の詞の精細な読みを通じて、古代的宇宙における壱岐・対馬と、伊豆諸島のもつ意味が明らかにされる。「三輪山神話の構造」は、神話の世界における蛇の意味を考えることから始めて、三輪山と、諏訪・宇佐の伝承との関連を読み取り、古代の世界で重要な意味を担っていた蛇が、仏教の伝来によって、別ものの龍に取り込まれて行く道筋が述べられる。

ついで「諏訪の神おぼえがき」は、諏訪の神の神話の中に、蛇の神話の伝統を読み取ることから問題に入って、縄文時代の信仰のひろがりを考えようとした論文で、古代の奥深さが明らかにされている。「姨捨山考」は、他の論文でも取り上げられている、死体の扱い方を考えた論考で、死体を野山に晒す習俗の、「さらす」と、更級山との言葉の響き合いを論じたところは、ことばの音韻に注目して、音の響きによる連想の展開を辿る、著者ならではの読みが示され、文字以前の時代における、ことばのはたらきについて、魅力的な指摘がなされている。

本書の最後に置かれた「天皇天武の葬礼」は、第一章 喪屋の秘儀、第二章 政治的劇場としての殯宮という二つの章からなる大きな論文で、本書の総論というように相応しい。第一章は、天皇の喪屋のありように詳細な吟味が加えられて行く中で、天武天皇という天皇の、古代史における位置が明らかにされ、第二章で、カントローヴィッチとギアーツの論に触発されて、古代王権の本質を考え、天武天皇の葬礼を細部まで読み解き、王の死ということの意味を明らかにするとともに、古代王権の確立の中での古代人の死に対する向き合い方の変容について述べられている。

古代の理解の方法

文字以前の時代を理解することは、気の遠くなるような困難な道である。石器や土器の形式、住居や集落の遺跡の特徴までは分かっても、そこで生活していた古代人の、思想や信仰を理解することは容易なことではなく、文字の時代に入ってから書かれた、僅かなことばから、読み取る試みを続ける以外に、手立てはない。

西郷氏は、同じ問題を繰り返し、何度でも取り上げる。例えば黄泉の国について、考察を加えた論文は、いくつ書かれたであろうか、数えるのは容易ではない。本書の中にも二つの黄泉の国論が収められている。実証的な研究では、できるだけ多くの資料を集め、吟味を重ねて下した結論は、新しい資料が発見されない限り、簡単には変えられない。同一人が、同じ題の論文を書くことは滅多にない。

それに対して、この本の著者が、繰り返し同じ問題を扱いながら、それを読む者に緊張を覚えさせ、読後に新たな充実感を与えるのは、著者の問い直しが、常に新しい問題を発見して読みを深めようとし、新しい方法の模索を続けているからであろう。

僅かなことばをもとに、古代のことを考えるとすれば、一つのことばから、どれだけ多くのものを引き出せるかが、勝負の決め手になる。西郷氏は、一つ一つのことばを、常人の真似できないほどのこだわりを持って取り扱い、その中で、鍵になることばがどれであるかを見定め、言葉の由来、意味、置かれた位置、連想の広がりなど、時に鋭く、場合に応じて柔軟に、読みを進めて行く。

十九世紀から二十世紀前半の西欧の人文科学は、長い歴史を持つ聖書学とギリシャ神話学の中から生まれ、発展してきたといってよい。聖書の伝える世界の意味を理解し、ホメロスに始まるギリシャ神話の宇宙について考える学問は、何世紀もの積み重ねによって、広汎な広がりを持つに至ったが、それを母体として十九世紀後半に現われた個々の学問は、それぞれの領域を定め、方法を立てて分化を進めて行った。しかし、細分化した個別の学問は、困難な問題に出会うと、もとの聖書や古典の世界に立ち戻って、重厚な学問の蓄積の中で、問題の意味を問い直し、新しい学問を生み出してきたということができる。

ところが、日本の近代の人文科学は、西欧の国で細分化が進んで行く時代の学問を受け容れることから始まり、個々の学問分野の境界を立てることを厳密な学問の発展と考えたために、西欧の学問から見れば未分化のままに見えた、国学などの日本の古典研究継承を顧慮せず、西欧の同時代の学問を受け容れ、その方法を遵守しようとした。そのため日本の人文科学は、困難な問題に突き当たった時、もとに帰って研究の意味を考え直し、方法を吟味する、聖書学やギリシャ学にあたるような学問の根を持っていなかった。

この本の著者は、国文学者として世に出たが、当時の国文学は、国語学は別として、訓詁注釈学、文献学、書誌学、文芸学などの細分化が始まった時代で、『古事記』や『万葉集』と取り組もうとした著者は、古典の世界に住みこみ、古典を内在的に理解しようとしても、その支えになる学問がないことに失望せざるを得なかった。問題意識の低さ、狭さに起因する、無邪気な誤りに、恬として気づくことのない国文学に対する、苛立ちから逃れられない著者は、西欧の古典研究の豊かな蓄積に学ぶこと以外に、新しい研究法を見出し、鍛えて行く道はないと考えた。

立ち戻る広く深い古典学を持たない著者は、細分化と綜合とを続ける西欧の学問の最先端に目配りをする一方、迂遠な道であっても、日本の古典学を模索することをやめるわけには行かないと考えた。『古事記』の研究を続けることは、日本の古典学を模索し築き上げて行くことであり、幅広く奥深い古典学を背景にして、『古事記』や『万葉集』、『源氏物語』や『梁塵秘抄』の世界が理解できると考えた。本書は、『古事記注釈』完成後の研究の豊かな実りであるが、そういう著者の苦闘の記録でもあると思う。

（おおすみ　かずお／日本文化史）

な

た

さ

か

索　引

古事記，日本書紀，万葉集は省いた。

平凡社ライブラリー　640

古代人《こだいじん》と死《し》

大地・葬り・魂・王権

発行日…………2008年5月9日　初版第1刷
2023年9月18日　初版第2刷

著者……………西郷信綱

発行者…………下中順平

発行所…………株式会社平凡社
〒101-0051　東京都千代田区神田神保町3-29
電話　(03)3230-6579［編集］
(03)3230-6573［営業］

印刷・製本……藤原印刷株式会社

装幀……………中垣信夫

ISBN978-4-582-76640-0
NDC分類番号911.63
B6変型判(16.0cm)　総ページ416

平凡社ホームページ　https://www.heibonsha.co.jp/

落丁・乱丁本のお取り替えは小社読者サービス係まで
直接お送りください（送料は小社で負担いたします）。